本书由湖南师范大学中国语言文学一流学科资助

本书为作者 2009 年度国家社科基金一般项目"中古道教
文学思想研究"(批准号：09BZW024)成果形式

国家社科基金丛书
GUOJIA SHEKE JIJIN CONGSHU

中古道教文学思想史

History of thought of Mid-Ancient Taoist Literature

蒋振华　著

人民出版社

责任编辑:陈寒节

封面设计:石笑梦

版式设计:胡欣欣

图书在版编目(CIP)数据

中古道教文学思想史/蒋振华 著.—北京:人民出版社,2021.10

ISBN 978-7-01-023672-8

Ⅰ.①中…　Ⅱ.①蒋…　Ⅲ.①道教-宗教文学-古典文学研究-中国-
　中古　Ⅳ.①I207.99

中国版本图书馆 CIP 数据核字(2021)第 168390 号

中古道教文学思想史

ZHONGGU DAOJIAO WENXUE SIXIANGSHI

蒋振华　著

人民出版社 出版发行

(100706　北京市东城区隆福寺街 99 号)

北京盛通印刷股份有限公司印刷　新华书店经销

2021 年 10 月第 1 版　2021 年 10 月北京第 1 次印刷

开本:710 毫米×1000 毫米 1/16　印张:18.5

字数:293 千字

ISBN 978-7-01-023672-8　定价:78.00 元

邮购地址:100706　北京市东城区隆福寺街 99 号

人民东方图书销售中心　电话:(010)65250042　65289539

目　　录

绪　　论

　　本书的研究对象是中古道教文学思想。这里的"中古"概念，主要是沿用传统文学史研究的分期法，将汉魏六朝称为"中古"。由于宗教和文学都表现出对人类生命的关爱和重视，因此，发生在宗教和文学之间的关系，成了研究者十分关心和探讨的问题。在我国所有的宗教中，道教是最为关心人的健康、寿命、幸福的宗教，是最具有人生"终极关怀"品格的宗教，它与关注生命、关爱人生的文学更容易发生有"共同语言"的关系。这种关系最早出现在道教产生、形成和发生变化的我国中古时期。与对儒教、佛教和文学关系的研究相比，对道教与文学之关系的研究相对来说非常薄弱；至于对中古道教文学思想的研究，则更是捉襟见肘，尽管此时道教的保命养生、延年益寿、飞升成仙的浓厚的宗教信仰强烈地吸引着中古文人与文学。因为道教的介入，使中古文学发生了巨大的变化，给文学研究带来了许多新的课题，但是我们还是选择此时的道教文学思想来进行研究。首先，在中古道教典籍和道教人物那里，有极其丰富的文学观念和文学思想，在汉末早期道教典籍如《太平经》《老子想尔注》《老子河上公章句》《周易参同契》里，在晋代把民间道教引向神仙道教的道教思想家葛洪那里，在南北朝时期全面整顿道教教理、教义、组织，把道教官方化的改革者陆修静、寇谦之、陶弘景那里，都从不同层面、不同角度表现出对文学诸方面的不同认识，这些认识都带有不同程度的道教仙学色彩，构成名副其实的道教文学思想，所有这些，历史以来一直为学界所忽视甚至成为研究空白。从中古道教自身发展的历史来看，此时道教文学思想的发展也有规律可循，早期道教的文学思想还没有摆脱汉代谶纬迷信的影响；随着晋代道教教义教理的开始系统化，葛洪的文学思想也走向成熟、全面，表现出仙学色彩与科学认识相杂糅的趋势；由于南北朝道教官方化、士族化的基本完成，其文学思想也发生转变：用道教仪式、存思、仙歌、步虚词来表现对文学的认识。

反过来，中古道教文学思想的发展，特别是南北朝陆修静、陶弘景时代强调艺术的玄想、存思、内观、守静，反映了中古道教由粗俗的下层色彩向雅化的士族道教转型的趋势，当然也是一个由对生命的外在躯壳的关心向生命的内在心性炼养方向发展转化的趋势。职是之故，通过对中古道教文学思想的研究，能够打开我们研究中古道教的新视角，提供研究道教的新途径。

其次，中古道教文学思想对魏晋南北朝文学思想的诸多方面有程度不等的影响，通过探讨造成这些影响的原因，也可以拓宽对魏晋南北朝文学思想的研究。

近一个世纪以来，对于专门的某一个历史阶段的道教文学思想研究，从实际的研究成果来看，严格地说，还只停留在它的外围研究上，即主要表现为道教与文学之关系的研究，对此，葛兆光在《重现中国宗教与文学之因缘》一文中指出："二十世纪前20年'道教与文学'的研究完全是一片空白。直到二十世纪下半页的后三十年，道教与文学之关系的研究，一直相当的落后，就连曾经研究过道教，写过《道教史》上册的许地山，都没有专门论述道教与中国文学的论著，直到1940年后，才有李长之的《道教徒的诗人李白及其痛苦》问世。"20世纪70年代以后，道教与文学的关系的研究开始呈现出上升的趋势，屈指可数的研究成果有葛兆光《中国宗教与文学论集》《想象力的世界——道教与唐代文学》，孙昌武《道教与唐代文学》，吴国富《全真教与元曲》，詹石窗《道教与戏剧》，蒋艳萍《道教修炼与古代文艺创作论》，赵明《道教思想与文学》，卿希泰四卷本《中国道教史》第八编《道教文学》，刘守华《道教与中国民间文学》，张松辉《汉魏六朝道教与文学》，苟波《道教与神魔小说》，（台）黄兆汉《道教与文学》，（台）李丰楙《魏晋南北朝文士与道教之关系》《六朝隋唐仙道类小说研究》，（香港）文英玲《陶弘景与道教文学》，（日）小南一郎《中国的神话传说与古小说》，（日）桔朴《道教的神话传说——中国的民间信仰》。近年来，出现了一批专门研究道教文学现象或某种道教文体的成果，如伍伟民等《道教文学三十谈》，杨文光等《道教文学艺术谈》，罗永璘《中国仙话研究》，罗争鸣《杜光庭道教小说研究》，王汉民《道教神仙戏曲研究》，左洪涛《金元时期道教文学研究》，詹石窗《道教文学史》，杨建波《道教文学史论稿》。上述成果，或者是整体把握道教与文学共同成长的历程，或者是截取一个时代、一段历史探讨道教与文学的关系，或者掇取文学中的一种文体来研究道教与这种文体的关系。至于对道教文学思想或者说某一个历史时段比如中古的道教文学思想的系统专门而又深入全面的研究则几乎为零。在上述诸著中，有些成果已浮光掠影般地涉及道教文学思想，比如葛兆光在《想象力的世界——道教与唐代文学》一书中就认为道教的想象与夸饰属于文艺思维，孙昌武在《道教与唐代文学》中也认为"道教的宗教玄想又表现出浓厚的艺术性质"，詹石窗在《道教文学史》中也提到了《周易参同契》的形象思维和《黄庭经》炼丹前的联想等与文学理论相关的概念。至于道教文学思想的个案研究，虽然比较整体研究来略好一些，但研究的成果也寥若晨星。比如对葛洪文学思想的研究，（台）陈飞龙的《葛洪之文论及其生平》罗列了葛洪文论的几个基本观点，但并没有从葛洪道教理论的高度深入论述这些观点形成的背景，没有把葛洪置于道教在他手里发生了理论上实践上的转变之历史环境中来探讨其文论，而且该书的主要篇幅是对葛洪生平家世、师徒、交友、年谱的叙述与考证（从第 47 页至第 190 页，全书共 209 页）。此外，还有几篇简短的关于葛洪文论研究的论文。倒是著名学者罗宗强在他的《魏晋南北朝文学思想史》中列专节《葛洪文学思想的意义》精辟地论述了葛洪作为一个旁观者的文学思想的价值，这篇具有真知灼见的文章对本书的写作启发颇大。至于对中古道教文学思想其他个案的研究则罕有问津了。吕鹏志曾撰文归纳了早期灵宝经的天书观，但没有就整个中古道教的天文观进行分析，因为这涉及的道书太多，不易清理。韩国汉城国立大学博士郑在书在《试论太平经成立和思想》中论析了《太平经》的文学性及其实用性文学观。王明对《华阳陶隐居集》的文学性给予了较高的评价。虽然胡孚琛的《魏晋神仙道教——抱朴子内篇研究》是关于道教研究的专著，但对于我们试图通过中古道教文学思想的研究来描述道教从汉末民间道教向两晋南北朝士族道教转化的历程有重要的参考价值，因此，这也是我们必须注意的一个研究现状。总之，建立在上述研究现状基础上的基本结论是，对中古道教文学思想系统而全面的研究以及史的勾勒，还暂时是一个空白。

中古道教文学思想的产生，建立在两个带指导性的理论基点上，一个是以老庄道家思想为依托的道教教理、教义、教旨，即道教仙学理论；一个是道家文艺美学思想。就前一个理论基点而言，其实就是道教仙学与其文学思想的关系，我们在下面有详细的分析。就道家文艺美学思想而言，它在宏观上起着催发和诱导道教文学思想形成的作用。从汉末早期道教典籍《太平经》《老子想尔注》《老子河上公章句》主张的为文之要在于"去浮华"，到葛洪提倡文应自然，到灵宝派提出"质而有用谓之文"，到陶弘景提出"注真情"，最后到顾欢在比较佛道文典的风格时认为道教之文"质而精"、"实而折"、"简而幽"，无不是老庄素朴归真、朴实无华、除去雕饰做作的文艺美学思想影响、催生的结果。老庄哲学以道为万物本源的本体论，规定了道法自然的内在质性带有淳厚质朴的特征，上升到对物质世界的审美认识来讲，它不需要审美主体对客观物象做过多的条分缕析，如果一旦切割审美对象，物质世界特别是自然界所固有的道的本性必将导致七零八乱而失去其本然，纷多细腻的语言图释常使对象的美面目全非，因此，对道的规律性和审美性的把握，应当是一种整体的观照。故老子认为"道之出口，淡乎其无味，视之不足见，听之不足闻，用之不可既"，"信言不美，美言不信；善者不辩，辩者不善"；庄子说"复归于朴"，道的传授，文的撰写，只需要平淡自然、真实质朴的语言，任何粉饰涂抹甚或可能对美的客观世界和美的道的本质进行歪曲，故"大直若屈，大巧若拙，大辩若讷"。所有这些，就是中古道教重视自然、质朴、真淳的文学思想、审美理论、艺术境界的理论根据或认识论指南。此外，老庄的虚静清淡的艺术理论，是酝酿南朝上清派内观守静和抒心写性的艺术思想的酵母；想象奇诡，荒诞谲怪，"意出尘外，怪生笔端"的庄子浪漫主义文风，无疑对中古道教主张的具有艺术特质的存思、玄想产生了巨大的影响，甚至可以说汪洋恣肆的庄周艺术精神培育了道教的想象灵感。综上所述，对中古道教文学思想的研究，必须踩在道家巨人的肩膀上以辽阔的视野细观中古道教文学思想的每个角落。

在对"文"的性质的认识上，早期道教典籍《太平经》把它宽泛到学术文化、文饰、记事诸方面来义界，明显受汉代泛文章观念的影响。但是，《太平经》更主要地从宗教立场出发，在对"文"的起源和实用价值的认识上充满着浓厚的神学迷信色彩。关于"文"的起源，它说"故文者生于东，盛于南，故曰出于东，盛于南方"，"治者，当象天以文化，故东方为文，龙见负之也。南方为章，故正为文章也。章者，大明也，故文生于东，明于南"，这种文的起源与地理方位紧密相连的观点，烙上了汉代阴阳五行思想和谶纬迷信的印痕，也为后来道教关于某部道教经典的产生有其注定的方位学说提供了依据；从文学发展的区域概念来讲，《太平经》较早地关注到文学发展的地域性问题。关于文的实用价值，立足于关爱生命的宗教立场，强调文的有助于个人养生、延年益寿的实际功效，"积文亿卷，不能得寿，何益于命乎？……文书亿卷，中有能增人寿，益人命，安人身者，真文也，其余非也"，强烈的长生久视、神仙可致的宗教诱惑力，与儒家文艺观宣扬的助教化、美人伦分庭抗礼，表现出独具的道教文学思想特色。

我们注意到，比较早地把"文"与"气"相提并论，并不是曹丕的"文气"说，而恰好是道教的第一部著作《太平经》。此后，在道教内部形成了一个道教典籍乃自然之气、妙气所成的传统，后来葛洪又提出禀气说。曹丕的文气说正是在汉魏之际文章乃天流气所致和人物品评以天生气质、才性作为标准的时代背景下提出来的。至于刘勰的养气论则更是对《太平经》

"气"的物质属性、曹丕"气"的才性、气质特点、葛洪气的差异观的综合——才、气、学、习的统一。

葛洪是中古道教最有理论建树的道教思想家和信仰者，也是道教内部最全面系统地阐发道教文学思想的人。在他的文学思想中，凡文学"本"论、文体论、创作论、风格论、批评鉴赏论、文学进化论，都已经构成了一个基本可以和后来刘勰最系统最全面的文学理论相匹敌的框架。由于他全面提升了人类在生存斗争中的主观积极性和能动性，从而提出了神仙可学、成仙可致的进化的生命理论，因此，也造就了他今胜于古的进化的文学观；也由于他提出了人在降生时偶值星气之清浊从而形成才性之高低的观点，所以在文章创作上就有"参差万品"的现象，不能用一个标准去衡量和批评文章的优劣。他还认为，由于鉴赏者好爱的不同，因此难以判断出作品的好坏与高低，大体上只能区分为"咸酸之味"与"大羹之味"，这对司空图追求醇美有一定的影响。他又坚决反对为文"皮肤鲜泽而骨髓迥弱"的"属笔之家"，主张骨髓坚挺朗健有骨气，这无疑对后来刘勰的风骨说启发颇大。

宗教是一种极其神秘的意识形态，道教则更突出地运用隐喻、象征等文学艺术手段来达到宣教的目的，从而更具有神秘性。《周易参同契》和《黄庭经》的隐喻系统，道教斋醮过程中各种道法、道器、道坛的象征意蕴，也构成中古道教文学思想的重要内容。尤其是道教仪式中的表演，可以说包含了对戏剧的朦胧的认识。

中古道教对神仙境界的追求，是由其以道家思想关于"道"的本质的认识作为教理决定的。"道家者流……知秉要执本，清虚以自守，卑弱以自持，此君人南面之术也"，道的最高境界，就是虚无玄妙，万化冥合，以无为本，臻于这种境界，则能逍遥徜徉，精神自由。因此，当中古道教以此为依托把对生命的关怀纳入其宗教信仰的轨道后，就表现出对美妙绝伦的神的境界的追求，而这种追求往往以玄想的思维形式来表现。在道教徒那里，超越现实的仙境的快乐，肉体与精神的自由自在，一切都通过与神的对视与冥通，通过幻想神游的形式得以实现，这样，"道教的宗教玄想表现出浓厚的艺术性质"，"道教自身以其对于生命探求的大胆玄想，对于心灵自由的热烈向往而具有浓重的艺术性"。这种艺术性主要通过南朝上清派的存思、灵宝派的斋醮（上清斋的心斋）、道教典籍中仙歌、步虚词之创作来表现。存思和心斋都强调在清虚笃静的心理条件下遥想神灵鱼贯降临或者飞升遥远的天界仙境，自身的各种身神与天上神灵对接，又把散漫在外的身神收入体内与神灵会合，然后主体进入美妙自由的精神境界，获得愉快与满足，存思中的形象包括天上神灵神仙和自身身神必须是清晰可见的。这个想象玄想的"艺术"创造过程，其实就是六朝文学理论家们艳称的"情瞳眬而弥鲜，物昭晰而互进"，"精骛八极，心游万仞""寂然凝虑、思接千载；悄然动容，视通万里""神与物游"。此外，与存思、心斋等"艺术"修炼相似的心性修炼理念还有"内观"、"守静"、"守一""修真"等等，也包含了对文学的抒心写性的初步认识，故刘勰认为"陶钧文思，贵在虚静。疏瀹五藏，澡雪精神"。至于仙歌、步虚词所运用的玄想和想象，夸饰铺厉的手法，繁丽侈富的语词，更是对六朝文人游仙诗和六朝浪漫主义创作思潮产生了深刻的影响。

从《太平经》到陆修静的"三洞"书目，中古道教都把道教典籍的产生、形成、起源、传授标榜得玄奥离奇，形成了诸如"天真之文"、"天书"、"灵书"、"自然之音"之类的"天文"观念。道教认为，万物以自然为性，自然之性就是真的表现，真就是道的品性，故老庄主张守真、守本性。有了道家思想的物之自然之性乃道之真作基础，中古道教就将其所求所传之道称为"真道"，所求所传之德称为"真德"，而宣传这真道真德之文自然是"真文"，故《太平经》云："且人家兴盛，必求真道德；奇才殊方，可以自救者，君子且兴，天必子其真文真道真德，善人与其俱共为治也。"《上清大洞真经》云："道之所谓经者，发乎天真之音。"不但如此，中古道教对其典籍的称呼也有"真经"、"真文"等名目，如《道德真经》《上清大洞真经》、"真文品"。对宣教的道符也称之为"真符"，对他们描摹的洞天福地的地理图本命名为"真形图"。在道教的造作和传授上，中古道教还有一个与其他宗教不同的特点，即是：天神降临凡间，口述经的内容，由信道者举笔照书。这种看似神秘的扶乩降笔的形式，其实对于道经创作的主体来说，仍然是现实中的人，即陶弘景所说的"学道者"。对此，陶弘景说，要想得到"明师"口述之道，必须"注真情"，"建志不倦，精诚无废"，只有"立诚"，才能"修辞"。由上述可知，中古道教体现了一种自然求真的创作倾向。南齐顾欢在总结几百年来佛道二教既融合又斗争的情况时，有一段意味兴长的关于佛道二教典籍文风的评语："佛教文而博，道教质而精；……佛言华而引，道言实而折；……佛者繁而显，道经简而幽。"（《夷夏论》）诚如所言，中古道教文学思想在文章风格上追求简洁质朴，这种风尚对中古的文学创作、政治生活、玄学清淡发生了深刻的影响。

　　本书在研究方法上采用纵向剖析和横向比较相结合的方法企图达到以下目标：梳理出中古道教文学思想史的轨迹，描述其动态的发展过程，在已有研究成果的基础上对葛洪文学思想对刘勰文学理论的影响上试作突破，揭示中古道教文学思想对个案文人的影响，以及在这种影响下的文人文化心态，从道教养生思想的角度探讨南北朝文学思想之娱乐倾向的成因。

　　对中古道教文学思想的研究，必须建立在深入广泛阅读道教文本的基础上，然而诚如葛兆光所说"《道藏》语言难懂，时代混乱，相当复杂"，这无疑对理解文本和本书的研究带来了很大的困难。而且作为对宗教与文学、宗教思想与文学思想的交叉研究在把握的分寸、概念的表述上都有较大的难度，同时道家与道教又是难以截然区分的，很容易引起歧义与误解，因此，本研究都要小心谨慎。

　　道教文学思想既是一个全新的提法，又是一个创新的课题，以笔者的疏才浅学，确有强为其难之感。书中如果有什么一孔之见的话，也丝毫不敢有居功之态，只能说明在这个专题研究上踏上了筚路蓝缕之步，更深层的研究还等在后头。呈现在方家面前的还是非常肤浅粗陋的"胚胎"，恳望方家批评指正。

第一章　汉末早期道教文学思想

东汉后期，是中国道教的产生期。此时的道教，一般被称为早期道教。

东汉一朝，自和帝即位（公元 89 年）始，社会政治开始动摇，危机已然隐伏。外戚窦宪恃其军功独揽朝政大权，任人唯亲，骄横跋扈，滥杀无辜，以致"有司畏懦，莫敢举奏"①。窦宪被诛后，宦官又干预朝政，至安帝、顺帝，社会日趋动荡，民不聊生。安帝永初三年，"京师大饥，民相食"②，边夷叛乱，盗贼并起。顺帝时，"赋役重数，内外怨旷，惟咎叹息"③。至桓灵之世，社会更加黑暗，党锢之难，贤良殆尽。"逮桓灵之间，主荒政缪，国命委于阉寺，士子羞于为伍"④，桓帝更是奢欲无度，恣纵不检，以致民变四起，怨声载道。在"出门无所见，白骨蔽平原"的东汉末季，谁来解救水深火热之中的贫苦百姓？此时，早期民间道教应运而生。据《三国志·张鲁传》注引《典略》云："（灵帝）熹平中，妖贼大起，三辅有骆曜。光和中，东方有张角，汉中有张修。骆曜教民缅匿法，角为太平道，修为五斗米道。太平道者，师持九节杖为符祝，教病人叩头思过，因以符水饮之，得病或日浅而愈者，则云此人信道，其或不愈，则为不信道。修法略

---

① 范晔：《后汉书·窦宪传》，中华书局 1965 年版，第 819 页。
② 范晔：《后汉书·安帝纪》，第 212 页。
③ 范晔：《后汉书·顺帝纪》，第 274 页。
④ 范晔：《后汉书·党锢列传》，第 2185 页。

与角同，加施静室，使病者处其中思过。又使人为奸令祭酒，祭酒主以《老子》五千文，使都习，号为奸令。为鬼吏，主为病者请祷。请祷之法，书病人姓名，说服罪之意。作三通，其一上之天，著山上，其一埋之地，其一沉之水，谓之三官手书。使病者家出五斗米以为常，故号曰五斗米师！"① 又据《后汉书·皇甫嵩传》载："初，巨鹿张角自称'大贤良师'，奉事黄老道，畜养弟子，跪拜首过，符水祝说以疗病。病者颇愈，百姓信向之。"② 这样，以老子道家思想为依托，具有一定的教义教规如"首过"或"思过"、"跪拜"、"都习"《老子》（诵经）和一定的组织制度如设"奸令祭酒"的宗教——早期道教就产生了。

在民不聊生的乱世，只用祈祷之法和病不愈则视为"不信道"的"欺诈"之术来吸纳信徒是远远不够的，还需有一套富有说服力的理论观点来为教徒洗脑。太平道和五斗米道的首领张角、张陵等，都曾努力寻求和创造能指导其教团活动的理论著作，张角得到了汉顺帝时琅琊宫崇（一作嵩）所献的干（一作于）吉所得神书，"号《太平青领书》"，即后来成为太平道经典的《太平经》，而张陵则依据道家原典《老子》对之进行理论的再创造，撰成了《老子想尔注》。在与太平道、五斗米道的酝酿和产生的同时，即从东汉中叶至东汉末世，产生了以黄帝老子之长生道术来治身养性的早期神仙道教——黄老道，而尤以桓帝时代和桓帝本人对此道信奉有加，据《后汉书·祭祀志》云："桓帝即位十八年，好神仙事，延熹八年初使中常侍之陈国苦县祠老子。九年，亲祠老子于濯龙。"③ 又同书《王涣传》云："延熹中，桓帝事黄老道。"④ "黄老道"的宗教名称亦始见于此。在这种信奉黄老道的养生风气之下，《老子指归》《老子河上公章句》等带有浓厚黄老色彩的道教著作也大量问世。如王明所说："《河上公章句》者，似当东京中叶迄末

---

① 陈寿：《三国志·张鲁传》，中华书局 1959 年版，第 264 页。
② 范晔：《后汉书·皇甫嵩传》，第 2299 页。
③ 范晔：《后汉书·郊祀志》，第 3188 页。
④ 范晔：《后汉书·王涣传》，第 2470 页。

年间感染养生风气下之制作。"① 此外，作为早期丹鼎派理论著作之代表的《周易参同契》也于东汉后期由魏伯阳撰定②。

上述早期道教著作，笼罩着浓厚的巫俗文化色彩和神仙学说气氛，成为孕育魏晋神仙道教的主要思想材料。而所谓巫俗文化色彩，就是在原始神灵崇拜意识支配下，通过歌舞表演以娱神的方式，来祈请幸福、消除灾患、治病驱邪的生存观念。东晋、南北朝道教中灵宝派的重斋醮仪式就是对这种巫俗文化的提升和洗练。神仙学说气氛，则是追求延年益寿、长生久视以至飞升成仙的养生理论的温床，魏晋神仙道教就是这种养生理论最集中的代表和最突出的表现。正是这种巫俗文化色彩和神仙学说气氛使早期道教和文学创作、文学批评、文学思想结下了密切的关系，并在早期道教典籍中有所反映。

第一节　第一部道典《太平经》的文学观

《太平经》是道教的第一部典籍，也是早期道教的最重要经典。就其核心思想而言，主要反映了劳苦大众以实现天下太平、社会公正合理、人人平等、人人劳动为目标的理想主义，表达了渴望作为社会个体的人的生命的永恒与长存的神仙思想，同时还体现了对善恶现象无法解释其成因的"承负"观念，这些方面，都说明了该书特有的下层人民色彩或民间色彩，特别是它的迷信成份和农民意识，更体现了原始道教的粗糙和拙劣。这种"下层性"使得该书的"文学意识"处于幼稚蒙昧的状态，无论是它自身的文体特征，或者是它的行文表述的语汇，都无法与两晋南北朝的文人道士著作相媲美（比如《抱朴子》），至于它的文学观念或文学思想，体现了道教信仰者是站在神仙观的立场上来进行文学批评的，比如它对"文"的概念的认识，对

① 王明：《道家和道教思想研究》，中国社会科学出版社1984年版，第293页。
② 王明考证该书约成于东汉顺帝至桓帝之间，详见《道家和道教思想研究》，第242页。

"文"的产生和功用的认识，等等，都带有宗教神学和迷信的色彩。有学者认为《太平经》是"综合已有的汉代神学迷信加以改编而成的"①，这在文学观方面也体现得很明显。

一、对"文"之性质的朦胧认识

《太平经》对"文"的认识，在道教早期，仍然处于一种带宗教色彩的朦胧之境，主要是对"文"的基本概念和"文"的起源的认识。在对"文"的基本概念的认识上，一方面表现出与整个汉代对"文"的义界基本相同的观点，另一方面也体现了自己独特的宗教色彩，并涉及"文"与"气"的关系问题，为后来"文气"说的产生导夫先路。

两汉时代对"文"的认识，开始从先秦时期"文学"与学术不分的状态中摆脱出来，较为明确地界定为学术之文与文章或词章之文。《史记·武帝本纪》云："上向儒术，招贤良，赵绾、王臧等以文学为公卿，欲议古立明堂城南，以朝诸侯。"同篇又云："上征文学之士公孙弘等。"② 司马迁在《儒林列传》里也多次提到"文学"，现摘引几例如下："及今上即位，赵绾、王臧之属明儒学，而上亦向之，于是招方正贤良文学之士"，"延文学儒才数百人，而公孙弘以春秋，白衣为天子三公"，"于战国，儒术既绌焉，然齐鲁之门，学者独不废也。……夫齐鲁之间于文学，自古以来，其天性也，故汉兴，然后诸儒始得修其经艺"③。凡上引所称"文学"都与学术特别是儒学相关，一切对儒家经典进行研考阐发的成果都可以学术之文目之。班固也沿司马迁故说，《汉书·张汤传》云："汤决大狱，欲傅古义，乃请博士弟子治尚书、春秋，补廷尉史。"④ 区别了学术之文，司马迁又提出了"文章"、"文词"或"辞"等概念，《史记·儒林列传》云："臣（指公孙弘

---

① 金春峰：《汉代思想史》，中国社会科学出版社 1987 年版，第 528 页。
② 司马迁：《史记·武帝本纪》，中华书局 1975 年版，第 452 页。
③ 司马迁：《史记·儒林列传》，第 3118、3117 页。
④ 班固：《汉书·张汤传》，中华书局 1962 年版，第 2639 页。

——引者注）谨案：诏书律令下者，明天人分际，通古今之义，文章尔雅，训辞深厚，恩施甚美。"同篇又云："天子问治乱之事，申公时已八十余，老，对曰：'为治者不在多言，顾力行何如耳。'时天子方好文词，见申公对，默然。"① "文章"、"文词"等概念，越来越逼近艺术的文的含义。班固在这个问题的认识上亦承司马迁余绪，《汉书·公孙弘列传》云"文章则司马迁、相如"，又云"刘向、王褒以文章显"②。他后来把诗赋置于《艺文志》中，大概认为只有工于诗赋颂赞者方称能文，足见其对文的认识朝着比司马迁更近的艺术的文的方向发展。

《太平经》作者对文的认识，在司马迁、班固对文的学术性认识的基础上，更宽泛到典籍、法律制度、文明教化等诸多文化学术方面，几乎涉及宇宙天地及所有文化上的道理，是一个具有广泛包容性的概念。其《件古文名书诀第五十五》云：

> 众贤共视古今文章，竟都录出之，以类聚之，……深知古今天地万物之精意矣，因以为文，成天经矣。③

而《太平经》自己则是这种典籍、经籍的最突出的代表，即所谓"天经"，因而是完全够得上"文"的称呼的，"吾书，……此古圣贤所以候得失之文也"④。这种经典之文当然侧重于宣传宗教神学的目的性，正像儒家学术之文也要达到一个正统一尊的目的一样，因此，《太平经》宣称：

> 吾文以解天地之大病，使帝王游而无忧无事，天下莫不欢喜。⑤

又把文看成是法律制度、法典条规的"文本"，具有极其神圣不可亵渎的庄严性：

---

① 司马迁：《史记·儒林列传》，第 3119、3121 页。
② 班固：《汉书·公孙弘传》，第 2613 页。
③ 王明：《太平经合校》，中华书局 1960 年版，第 84 页。
④ 王明：《太平经合校》，中华书局 1960 年版，第 9 页。
⑤ 王明：《太平经合校》，中华书局 1960 年版，第 136 页。

> 人不卧之时，行坐无语，分明白黑，正行住立，文辞以为法
> 度，此人神在也。①

法律法典正是以其说一不二、泾渭分明的品格对人间是非做出公正明确的判决，这其中当然也隐含了对学道弟子严格约束的戒律之意，特别是《太平经》反复强调的"天地君亲师"的等级规范，如果不以法典条文的形式固定下来，道教组织的发展，道教义理的普及，道教方术的施行，都是难以想象的。只有严明律纪，才能体现宗教的"神性"。

在《太平经》看来，不同的时代，由于统治政策的不同、指导思想的差异，必然带来社会进步程度亦即文明程度的高低，因此，"文"在社会进程中除了上述两重意义之外又含有文明教化之意。三皇（一说伏羲氏、神农氏、燧人氏；一说天皇、地皇、人皇）时代实行无为而治，无刑罚科律，故为最上等的社会；五帝（黄帝、颛顼、帝喾、尧、舜）时代始有教令，使人小畏，故为中等社会；三王（禹、汤、文武）时代始有小刑，故为下等社会；五霸（晋文公、秦穆公、齐桓公、宋襄公、楚庄王）时代多教多刑，多邪文，故为最下等社会。

> 何谓得文如得三皇之文者即其上也；若得五帝之文者，即其中
> 也；若得三王之文者，即其下也；如得五霸之文者，即其最下也。
> 神人（或称天师）回答说："教其无刑而自治者，即其上也；其出
> 教令，其惧之小畏之者，即其中也；教其小刑治之者，即其（大
> 中）下也；多教功伪，以虚为实，失其法，浮华投书，治事暴用刑
> 罚，多邪文，无真道可守者，即是其下霸道之效也。"②

社会愈是减少繁文缛节，就愈纯朴；只有不教而治、无为而治的社会，才是无邪文的社会。这是《太平经》的作者所设计的一个返璞归真的理想，一个带有极端幻化色彩但对万民来说又极具有诱惑力的超现实世界，而这又

---

① 王明：《太平经合校》，中华书局1960年版，第681页。
② 王明：《太平经合校》，中华书局1960年版，第140页。

是以老庄的"至德"之世的社会理想为依托的。从对"文"的认识的理论根据上讲，这种无"文"为上的观念也是以《老子》主张的"知者不言，言者不知"（第 56 章），"信言不美，美言不信"（第 81 章）为依托的，故《太平经》又云：

> 言则道不成，多言则为害。闭口不言，万岁无患。①

《太平经》的作者认识到，这种无须条文规矩限制的"太平社会"只是一个悬空的"馅饼"，而每当人们踮高一点企图咬住它的某个部位时，上帝拴饼的绳就向上提高一点，让你永远只有想望，却不能尝到它的甜头。而为了遏制这个觅食过程中的饥饿者在清醒时候的愤怒，必须给他套上庄严的神圣的戒规，以免受到神的处罚。这样，一方面对这个能解救饥饿的馅饼抱有无限的幻想因此而追求不息；另一方面又永远被驯服在宗教神圣的殿堂里，听从宗教主的摆布。

《太平经》对"文"的认识，义界极其宽泛松散，但这个义界却是紧紧围绕它的宗教神学色彩展开的，无论是作为经籍的文也好，作为法典的文也好，甚或是作为教化文明的文也好，都离不开它们神学目的论。但另一方面，也像司马迁、班固对"文"的认识开始朝着文的艺术的方向发展一样，《太平经》对文的认识也潜藏着这种"艺术"之文的看法，主要表现在从为文的手段、方法、技巧上来认识文，即把文理解为修饰、润色的结果，因此文又具有文饰的含义：

> 贤人治文便言，与文相似，故理文书。……文字言不真，大贤人不来至。②

理文书的贤人，除了能说会道、能言善辩外，还能妙笔生花，是口手两能、双管齐下的人。但唯其如此，也就隐含着与"真"相反相对的因素——

---

① 王明：《太平经合校》，中华书局 1960 年版，第 736 页。
② 王明：《太平经合校》，中华书局 1960 年版，第 88—90 页。

伪饰和欺诳了。对此,《太平经》的态度是很鲜明的,它坚决反对这种文饰之文,频繁地提出去浮华的主张,这与东汉初期王充的"疾虚妄"有相似之处,王充甚至把古代神话传说都视为虚妄而加以否定和批判。① 对这个问题我们必须从两个方面来进行客观公正的评价。一方面,《太平经》认为"文字言不真,大贤人不来至",强调为文以真实为基础、为原则,再拔高一点说,文学创作是以生活的真实为源泉的,艺术的真实来源于生活的真实,因此,它反对伪饰欺诳的浮华之文是必须肯定的。但是,艺术之所以为艺术,文学之所以为文学,是以虚构、夸饰、想象为基本前提的,它允许充分的以现实为基础的联想甚至超现实的幻想,否则文学艺术的品性也就和历史没有区别,所以,它反对这种艺术性的"文饰",无疑对文艺的发展只能起阻碍滞后的作用,这是必须反对和否定的。从王充的"疾虚妄"到《太平经》对"文饰"之文的态度,我们可以看出东汉人对"文"的认识的一斑。关于"文饰"的形成,《太平经》认为是一个"欺神"(专门造谎的神)在"助桀为虐":

> 行文者,隐欺之阶也,故欺神出助之。……文者,主相文欺,失其本根,故欺神出助之也。上下相交,其事乱也。②

任何宗教的产生都是以万物有灵观念为基础的,道教也不例外,现象世界有什么事物、现象,就是什么神灵作用的结果。依此类推,书有书神,说谎有欺神,文饰之文为欺神所为,就理所当然了。

对"文"的认识,除了指称上述几种概念外,《太平经》还把记事类的传文、传记、杂录、事录等文体也视为文,当然也包括记叙以符水治病之经历、介绍道教组织产生发展之情况的《太平经》。

---

① 如《论衡·感虚》云:"儒者传书言:'尧之时,十日并出,万物焦枯,尧上射十日,九日去,一日常出',此言虚也,……虚非实也。"(王充《论衡》,上海人民出版社 1974 年版,第 73 页)

② 王明:《太平经合校》,中华书局 1960 年版,第 31—32 页。

> 书之为法，著也，明也。天下共以记事，当共所行也，可以记
> 天下人之文章也。①

这种文章就像那"深切著明"之《春秋》，它能反映历史发展的本来面目，让后人了解历史，懂得历史。所以《太平经》对文的认识，不外乎三个方面：经籍、法典、科律之属谓之文；浮华文饰之属谓之文；记事稽核之属谓之文。《太平经》云：

> 书有三等，一曰神道书，二曰核事文，三曰浮华记。神道书
> 者，精一不离（离者，丽也，错彩繁丽也。——引者注），实守本
> 根，与阴阳合，与神同门。核事文者，考核异同，疑误不失。浮华
> 记者，离本已远，错乱不可常用，时时可记，故名浮华记也。②

这种文分三等的泛文章（或杂文章）观念，仍然没有离开汉代对文的认识的大环境、大背景，是在继承王充关于对文的分类和基础上提出来的。王充说："文人宜遵五经六艺为文，诸子传书为文，造论著说为文，上书奏记为文，文德之操为文。"③ 这"五文"就包括了《太平经》所云的"神道书"和"核事文"。王充又云"永平中，……百官颂上，文皆比瓦石，班固、贾逵、傅毅、杨终、侯讽五颂金玉，孝明览焉"④，"文质之法，古今所共，一质一文，一盛一衰，古而有之"⑤，这里所指的赋颂和与质相对的文饰，就如《太平经》所说的"浮华记"。所不同的是，《太平经》的作者从宗教立场出发，把对文的认识标榜得极具迷信神学色彩而已。

《太平经》对"文"的认识，还包括对"文"的起源的认识。《太平经》把老子提出的"人法地，地法天，天法道，道法自然"作为其宗教哲学的基础，依据"道法自然"的原则来解释"文"的产生，即把"文"看作是自

① 王明：《太平经合校》，中华书局 1960 年版，第 419 页。
② 王明：《太平经合校》，中华书局 1960 年版，第 9—10 页。
③ 王充：《论衡》，上海人民出版社 1974 年版，第 313 页。
④ 王充：《论衡》，上海人民出版社 1974 年版，第 312 页。
⑤ 王充：《论衡》，上海人民出版社 1974 年版，第 291 页。

然现象的一种表现形态。

> 文者生于东，明于南，故天文生东北，故书出东北，而天见其
> 象，虎有文，家在寅，龙有文，家在辰，负而上天，离为文章在南
> 行，故三光为文，日最明大。①

从日、月、星辰（三光）等自然天文现象以及自然界中动植物的纹理如
龙虎之花纹来推导文的起源，虽然不能说它有肇始之功，但对后来刘勰在探
讨文的起源时是有一定启发的。刘勰《文心雕龙·原道》云："夫玄黄色
杂，方圆体分，日月叠璧，以垂丽天之象；山川焕绮，以铺理地之形，此盖
道之文也。……故形立则章成矣，声发则文生矣。"又《情采》云："夫水
性虚而沦漪结，木体实而花萼振，文附质也。"可见自然界天文地理是
"文"的渊薮所在。《太平经》的这种文章起源论一方面反映了对宇宙自然
现象的认识，另一方面说明其开始把文的起源与形而上的"道"能产生万物
的思想关联起来，从而既引出了对道的神秘理解（道也产生文章），同时又
为以后文以载道思想的提出做了铺垫。在《太平经》关于文的起源的论述
中，可注意到它把文的起源与地理方位联系在一起：

> 故文者生于东，盛于南，故日出于东，盛于南方。②
>
> 治者，当象天以文化，故东方为文，龙见负之也。南方为章，
> 故正为文章也。章者，大明也，故文生于东，明于南。③

这种文的起源与地理方位紧密相连的观点，毫无疑问是与汉代的阴阳五
行思想和谶纬迷信分不开的。《白虎通·德论》曾从阴阳五行思想出发对文
章的产生渲染得神奇诡谲："精者为三光，号者为五行。行生情，情生汁中，
汁中生神明，神明生道德，道德生文章。"④ 上述《太平经》的道生文章的

---

① 王明：《太平经合校》，中华书局1960年版，第228页。
② 王明：《太平经合校》，中华书局1960年版，第229页。
③ 王明：《太平经合校》，中华书局1960年版，第263页。
④ 刘向：《白虎通·天地》（汉魏丛书本），吉林大学出版社1992年版，第173页。

神秘性与这里说的"道德"功能毫无二致，而阴阳五行又与文章不可分离。至于各种纬书用神学思想来解释文学现象特别是对诗、乐进行曲解，则更笼罩着浓厚的迷信色彩。

从某种意义上来说，在谶纬盛行的汉代，文学已沦为神灵降瑞的说辞，处于被支配的地位。对此，班固曾大有不寒而栗之感，并为文曰："夫图书亮章，天哲也；孔猷先命，圣孚也；体行德本，正性也；逢吉丁辰，景命也。顺命以创制，因定以和神。……是时圣人固已垂精游神，苞举艺文，屡访群儒，谕诺故老，与之斟酌道德之渊源，看核仁谊之林薮，以望元符之臻焉。"① 而"望元符之臻"，也正是《太平经》之作者所希企的，"文生于东"，已暗示了作为符瑞降临，预兆太平盛世即将来临的《太平经》的地理方位，黄巾太平起义于东方，恐怕不是一种与"文生于东"偶然巧合的现象，正是这种谶纬思想的预期成果。《后汉书·襄楷传》李贤注说："琅邪宫崇诣阙上其师于吉于曲阳泉水上所得神书"（指《太平清领书》即《太平经》，——引者注），神书云："今润州有曲阳山，有神溪水；定州有曲阳山，有神溪水；海州有曲阳城，北有羽潭水；寿州有曲阳城，又有北溪水。而于吉、宫崇并琅邪人，盖东海曲阳是也。"② 可见《太平经》出现于东，这与它所说"文生于东"又悄然暗合，谶纬迷信影响下的发生说在此昭然若揭，当然也预示了一场摧毁腐朽的东汉王朝以实现太平世道的大风暴即将从东方兴起。

关于"文"与"气"的关系问题，学界公认魏文帝曹丕是最早探讨这个问题的。其《典论·论文》有云："文以气为主。气之清浊有体，不可力强而致，譬诸音乐，曲度虽均，节奏同检，至于引气不齐，巧拙有素，虽在父兄，不能以移子弟。"但是，若往前追溯，更早地把"文"与"气"联系起来进行说明，而且第一次使用"文气"这个语词（或概念）的却不是

---

① 萧统：《文选》卷48班固《典引》，载《六臣注文选》，中华书局2012年版，第922页。

② 范晔：《后汉书·襄楷传》，第1084页。

《典论·论文》，而是《太平经》。

我们先来看《太平经》关于"文"与"气"的几段论述文字：

> 夫文辞，天下阴阳之语也（"阴阳"指阴阳之气）。①
>
> 行文者，天与文气助之。②
>
> 其气异，其事异，其辞异，其歌诗异，虽俱甲子，气实未周
> （同），故异也。③
>
> 邪伪文多，则邪恶气多，故人多病则不得寿也。此天自然之
> 法也。④

以为"文"与"气"是一种生成关系、因果关系、依附关系（或主从关系）。"气"是源（缘），"文"是流（果）。而"气"之所以作为"源"，又是道教关于"气"为宇宙本源和宇宙构成之基质思想的反映，是一个哲学意义上的理论建构。

中国哲学关于对"气"的界说和定义，一般不超出以下三个义界：一为自然状态下的云气现象，即反复见之于先秦两汉文献中的"六气"——阴阳风雨晦明，我们可称之为"自然之气"；一为宇宙的本体、万物的根源，这是中国哲学本体论中的一个核心问题，我们可称之为"天地元气"；一为人体之气，因为气既然为天地万物形成的元素，人为万物之一，人的生命来源，当然也源于气，因此人体内部充满了气，包括生理和心理两方面的气——血气和心气。就这三种义界上的"气"来考察《太平经》关于形成"文"的"气"，我们发现三者俱备。

> 夫古今百姓行儿诗者，天变动，使其有言。⑤

---

① 王明：《太平经合校》，中华书局1960年版，第686页。
② 王明：《太平经合校》，中华书局1960年版，第690页。
③ 王明：《太平经合校》，中华书局1960年版，第177页。
④ 王明：《太平经合校》，中华书局1960年版，第139—140页。
⑤ 王明：《太平经合校》，中华书局1960年版，第174页。

此古诗之作，皆天流气，使其言不空也。①

以歌诗特别是"古诗"为代表的"文"（或文学）的创作必须靠"天变动"、"天流气"才能实现，"文辞"，是"天下阴阳之语"，这里的"天"、"气"、"阴阳"诸概念，就是指的天地元气、自然之气。在天地元气、自然之气的基础上，由气形成的人所为之文，必然含有人的血气和心气因素，所以《太平经》云"行文者，天与文气助之"，这文气的意思是指，一旦作为文的创作的主体在运用其血气和心气为文时，这血气和心气就转变为"文气"，再加上前两种"气"——天地元气和自然之气，即这里所说的"天"，于是文就得以"行"。当然，《太平经》也认为，不但"文"的形成是如此离不开"气"，"乐"的形成也"与天同气"。

夫乐者，……与天同气，故相承顺而相乐，主所言而同者，相乐也。②

在关于"文"与"气"的论述中，《太平经》以歌诗、文、乐为例来说明文学艺术创作的起源，解决了"文"与"气"两者之间的关系问题，为探讨文学的源泉打开了一片新天地。

天地元气、自然之气一旦造就了人类生命，由于个体生命禀受"气"的时间的差异，"气"的种类的差异，因此，在每个个体生命的内部又形成千差万别的血气和心气，这些"气"的不同或差异，又将产生不同的事物。文学作品出自不同的人之手，由于人的气质、精神的差异，必须使得作品的风格、面貌千差万别，《太平经》在这里发现创作主体是造成作品风格各异的原因，实际上为后来曹丕"清浊有体"的作品个性气质差异论打开了借鉴之门，曹丕的"文气"说，正是在接受了《太平经》关于"气"的物质属性的基础上，把"气"提升到从人的才性、个性精神气质的层面对作家提出要

---

① 王明：《太平经合校》，中华书局1960年版，第178页。

② 王明：《太平经合校》，中华书局1960年版，第630页。

求。后来葛洪总结了《太平经》和曹丕关于风格差异的理论，认为"气"生天地万物，人之初生，禀受星气。气又分清浊，人之才亦有清浊，用之造文，亦"参差万品"：

> 夫才有清浊，思有修短，虽并属文，参差万品。或浩瀁而不渊潭，或得事情而辞钝，违物理而文工。①

至于刘勰的《文心雕龙》的"气"论，则系统综合了《太平经》"气"的物质属性，曹丕"文气"说的才性、气质传统，葛洪的才质差异观，把先天的才气、后天的学问、文化教养、环境影响通盘融合起来，强调才、气、学、习的统一，从而提出了全面的"养气"论。

《太平经》毕竟是一部宗教著作，对许多问题的阐释和解决必然会围绕神学目的来展开。它认为天地混沌之气、阴阳之气能转化为人体中的精气，而人体的精气经过修炼、升华，又和社会上的太平之气相感应。

> 夫人本生混沌之气，气生精，精生神，神生明。本于阴阳之气，气转为精，精转为神，神转为明。欲寿者当守气而合神，精不去其形，念此三合以为一，久即彬彬自见，身中形渐轻，精益明，光益精，心中大安，欣然若喜，太平气应矣。修其内，反应于外，内以致寿，外以致理，非用筋力，自然而致太平矣。②

混沌之气、阴阳之气、人体精气，《太平经》给它们套上宗教伦理的外衣，涂上宗教神学的色彩，就有了所谓的善恶之别，有所谓善气与恶气。善气至则有善事，有善事，则有善辞；恶气至则有恶事，有恶事，则有恶辞。文之好坏，在于气之善恶。《太平经》云：

> 真道德多则正气多，故人少病而多寿。邪伪文多，则邪恶气

---

① 杨明照：《抱朴子外篇校笺下》，中华书局1991年版，第394—395页。
② 王明：《太平经合校》，中华书局1960年版，第739页。

多，故人多病则不得寿也。此天自然之法也。①

坏的"文"是由邪恶之气造成，好的文无疑是由善气造成，所以，《太平经》又有和合喜悦之音乐缘自正太平气之说：

> 太平气至，人民但日相向而游，具乐器以为常，因以相和相化，上有益国家，使天气调和，天下被其德教而无咎。和与不和，以为效乎？得天地意者，天地为和。人法之其悦喜；得天地人和悦，万物无疾病，君臣为之常喜。是古太平气至，具乐之悦喜也。②

由宗教神学论出发阐明的善气（正气、太平气）与文艺（如音乐）的关系是相辅相成的。此外，《太平经》还用善恶报应思想来判断文章语言（辞）的品性的高下：

> 辞祥善，即报之以善；其言凶恶不祥，亦报之以恶。③

之所以如此，我们认为只有一个解释，宗教必须借助于人伦道德的质（善与恶）才能在人类灵魂深处绽开其花蕾，文艺是依附于宗教的。

《太平经》的这种文气观并不是一种孤立存在的现象，不是无源之水，无本之木。东汉初期著名思想家和文学批评家王充有关文学和妖气的关系的论述，就是《太平经》文气观的源头。王充认为，人由阴阳两气生成，"夫人所以生者，阴阳气也，阴气主为骨肉，阳气主为精神"④，阴阳之气必须调和，如果阳气过强，世上就会出现妖怪："故凡世间所谓妖祥，所谓鬼神者，皆太阳之气为之也。"⑤ 由太阳之气所造成的妖气和以妖气形式而形成的妖怪现象中包含着言妖、声妖和文妖："天地之间，妖怪非一，言有妖，

---

① 王明：《太平经合校》，中华书局 1960 年版，第 139—40 页。
② 王明：《太平经合校》，中华书局 1960 年版，第 358 页。
③ 王明：《太平经合校》，中华书局 1960 年版，第 154—155 页。
④ 王充：《论衡》，上海人民出版社 1974 年版，第 347 页。
⑤ 王充：《论衡》，上海人民出版社 1974 年版，第 347 页。

声有妖，文有妖。"① 由于妖气会起鬼神的作用，所以有时言妖、声妖和文妖会以预测未来吉凶的形态出现，社会流行的童谣就是这种形态的表现："人含气为妖，巫之类是也。是以实巫之辞，无所因据，其吉凶自从口出，若童之谣矣"②，"当童之谣也，不知所受，口自言之。……犹世间童谣，非童所为，气导之也"③，童谣就是世间妖气导致。作为唯物论者的王充，他也有无法解释自然现象的时候，用妖气的作用来说明世上不合理的神秘的现象就是这种无奈的表现，但是，我们也必须看到，王充正是以这种妖气中产生的文学现象如诗歌、童谣等作为其疾虚妄和批判的客观存在，毕竟再现了他对"真美"的追求，只是他提供的这种无法解释的神秘现象成为《太平经》借题发挥的他山之石，从而使《太平经》的神学色彩显得有据可依了。

此外，我们还注意到，《太平经》在谈到"文"的成因时，始终把"天"冠在"气"之首，表现了早期道教无时不以天为最高神灵的神学概念，因为"天者最神，故真神出助其化也"④，所以，万物皆天所化，"文"亦如之，"文"乃天所助之⑤，既然"文"是最神圣的天所助，自然"文"也是神圣的，权威的，这无疑是与汉代宗经、征圣的学术气氛相关的。在关于"文"与"气"之关系的看法上，孟子虽然论及过气，但与文学无关，王充提出过妖气、诗妖、声妖等，也没把气与文并提。把文与气并提并指出其关系而且第一次使用"文气"一词的，当首推《太平经》，曹丕的"文气"说出现在《太平经》之后。

二、强调"文"的宗教实用价值

《太平经》在检讨"文"的价值取向时，总是把它放在宗教实用的筹码

---

① 王充：《论衡》，上海人民出版社 1974 年版，第 345 页。
② 王充：《论衡》，上海人民出版社 1974 年版，第 346 页。
③ 王充：《论衡》，上海人民出版社 1974 年版，第 346 页。
④ 王明：《太平经合校》，中华书局 1960 年版，第 32 页。
⑤ 王明：《太平经合校》，中华书局 1960 年版，第 690 页。

上，即把"文"放在对人的生活行事尤其是宗教行事有无成效上来认识，以为"夫勇士不试，安知其多力？见文而不试用，安知其神哉"①，只有放到生活实践中去"试用"，才能知道"文"（或文学）的作用与否，正好像要知道一个大力士的勇武和气力，必须让其试举重物一样，否则是纸上谈兵，耸人听闻。这种思想，也体现在《太平经》的"古文优劣论"及其文史观上面。

在强调"文"必须有效用有实效的前提下，"文"究竟必须有哪些实用价值呢？对此，《太平经》作了两个方面的阐述。第一方面是从传统的政教功利目的出发强调"文"的实用性。《太平经》认为，文的作用，或者说为文的使命和责任在于为实现太平政治服务，"文"必须有利于治理国家，有利于治平天下。

> 夫文辞，天地阴阳之语也。故教训人君贤者而敕戒之，欲令勤行致太平也。所以言蔽藏者，贤君得而藏于心，用于天下，养育万物而致太平也。②
>
> 文书满室，而不能理平其治，又何益于政乎？……文书满室，中有能得天心平理治者，真文也，其余非也。③

只有对国家政治有利，能帮助国家进行治理的文章和文书，才是"真文"，号召天下为文者必须从有利于国家治理的高度进行创作。《太平经》的这种站在政教功利目的上的"文"的实用观，保持了与儒家文艺思想的政教目的论相一致的态度，埋下了以后道教为争得中国正统儒家政治的认同所必须具备的前提。

第二方面也是最主要的方面，是文的实用观的宗教神学色彩。《太平经》的"文"的宗教实用色彩，在于肯定文（或文学）有助于个人养生、延年

---

① 王明：《太平经合校》，中华书局 1960 年版，第 265 页。
② 王明：《太平经合校》，中华书局 1960 年版，第 686 页。
③ 王明：《太平经合校》，中华书局 1960 年版，第 446 页。

益寿。

> 积文亿卷，不能得寿，何益于命乎？……文书亿卷，中有能增
> 人寿，益人命，安人身者，真文也，其余非也。①

从实际生活来看，文或文学确实具有消解人的疲劳、郁闷等生理和心理疾患的作用，至于过分地夸大文能"增人寿，益人命，安人身"，正好体现了以《太平经》为代表的道教教义在其根本点——宣扬长生久视、成仙可致上的宗教诱惑色彩，甚至把"文"的这种实用效应附会为具有神秘力量和至高无上的权威的天神所给。

> 天教吾具出此文，以解除天地阴阳帝王人民万物之病也，凡人
> 民万物所患苦，悉当消除之，……天地之病，都得消除，已消除，
> 帝王延年，垂拱无忧也。②

"天"是万能的，"天"给出或者说造出的"文"也是无所不能的，它可以治病，可以解除痛苦。我们常说的文学的作用诸如教化作用、社会作用、愉悦作用、精神作用，都由《太平经》的这种"文"的实用性涵盖了。"文"能消除"天地之病"的说法，可理解为对社会（天地）各种弊端和痼疾的疗救，文学一旦揭露了社会的各种黑暗和病痛，如果引起了统治当局的重视，并且提出了许多救治的方法，为"文"的终极目标也就达到了。"文"的万能，充分地体现了宗教的神秘主义的夸张与现实人间的愿望紧密地结合，所以对信众具有强烈的吸引力。

《太平经》还主张"文"（或文学）的实用价值应从劝善惩恶的观点来定位。

> 善者著善之文，不失其常，不失其宜，是为上德。③

---

① 王明：《太平经合校》，中华书局1960年版，第446页。
② 王明：《太平经合校》，中华书局1960年版，第694页。
③ 王明：《太平经合校》，中华书局1960年版，第540页。

> 故善人无恶言者，各有其文，所诫所成，分明可知。……行善
> 之人无恶文辞。①

善良的人所著文章是好文章，恶煞的人所说所著则恶臭败坏。好文章于人于己，利益多多，或激发人类向上，或鼓舞人的意志，或陶冶人的情操，或娱悦人的耳目；恶文辞害己害人，无一可用。用善恶是非作为衡量文章质量的标准，一方面表现了《太平经》对"文"的作用的看法，另一方面说明这种标准是以宗教的善恶报应说和汉代的天人感应论为理论基础的。我国古代善恶报应的思想渊源有自，至《太平经》则发展为"承负"说，认为人有善恶行为，或者现身受到报应，或者流给后世，流给后世子孙，就叫作承负。

> 凡人之行，或有力行善，反常得恶；或有力行恶，反得善。②
> 力行善反得恶者，是承负先人之过，流灾前后，积来害此人
> 也。其行恶反得善者，是先人深有积善畜大功，来流及此人也。③

善良的人所做之事定为善事，凶恶的人所做之事定为恶事，其所写文章亦然，《太平经》说：

> 古今之文多说为天地阴阳之会，非也，是皆承负之厄也。④

文章好坏，完全是善恶报应的结果，可见这种善恶报应思想除了在社会伦理道德规范的层面上流行外，也已经渗透到了"文"或文学创作领域。

汉代的天人感应思想，是建立在同类相感召的逻辑思维基点上的神学观念。董仲舒说："人受命天，有善善恶恶之性也。"⑤ 又说："美事召美类，恶事召恶类，类之相应而起也。如马鸣则马应之，牛鸣则牛应之。帝王之将

---

① 王明：《太平经合校》，中华书局 1960 年版，第 625 页。
② 王明：《太平经合校》，中华书局 1960 年版，第 22 页。
③ 王明：《太平经合校》，中华书局 1960 年版，第 23 页。
④ 王明：《太平经合校》，中华书局 1960 年版，第 371 页。
⑤ 董仲舒：《春秋繁露·玉杯》，华东师范大学出版社 2013 年版，第 24 页。

兴也，其美祥亦先见；其将亡也，妖孽亦先见，物固以类相召也。故以龙致雨，以扇逐暑，军之所处以棘楚，美恶皆有从来。"① 这种美恶各有其所应，美类召美，恶类召恶的思想，正是《太平经》的"文"的善恶观的理论基础。在《太平经》里，我们随处都可看到它对汉代天人感应论的吸收和发展，如云：

> 人者，天之子也，当象天为行。……夫有至道明德仁善之心，乃上与天星历相应，神灵以明其行。②

如果人君违逆阴阳，背叛天心，则：

> 水旱气乖迕，流灾积成，变怪不可止，名为灾异。③

灾异的谴告，就是天人感应的表现，由此类推，好文章，坏文章云云，当然也是善善恶恶之所由起。

《太平经》以给人在艺术欣赏的效果上来得更为快捷简便的听觉艺术——音乐为例，对文艺的实用等级进行了划分，这也是《太平经》对"文"或文艺的实用性之认识的一个方面。它说：

> 故举乐，得其上意者，可以度世；得其中意者，可以致太平；得其下意者，可以乐人也。上得其意者，可以乐神灵也；中得其意者，可以乐精；下得其意者，可以乐身。④

以音乐为代表的文艺的实用等级有上中下三个层次，其最高级的作用，可使人度世成仙；其中级的作用，可使人得到太平美好的生活；即使是其最低级的作用，也可使人得到审美的快乐。这里划分的效用等级，总的来说是积极的、正面的，虽然含有阶级等级的界限，如认为统治者可以通过音乐

---

① 董仲舒：《春秋繁露·同类相动》，第178页。
② 王明：《太平经合校》，中华书局1960年版，第160页。
③ 王明：《太平经合校》，中华书局1960年版，第178页。
④ 王明：《太平经合校》，中华书局1960年版，第634页。

（或文艺）活动沟通和打动"神灵"，中层阶级可使自身精神感到愉快，下层群众也可通过欣赏去愉悦自我，但这种活动的实用目的就是为了使全社会都得到熏陶和感化，人人心身健康，这无疑是在呼吁文艺的教化作用和审美作用，只不过这里又回到了以成仙长寿作为最高最实惠的宗教目的论的原点上。因此，我们的结论是，这种"文"或文艺的实用等级论，既体现了早期道教思想的民众化、大众化，也体现了道教审美文化的宗教化。

以上述的"文"的实用价值为标准，《太平经》在对上古以来一切著作和文章进行抽象的类的划分时，表现了鲜明的孰优孰劣、孰是孰非、孰可取孰不可取的"古文优劣"观。或许是由于抽象的泛论，其《诸乐古文是非诀第七十七》有云：

> 古文众多，不可胜书。以一事况十，十况百，百况千，千况万，万况亿，亿况无极，事各自有家类属（对问题各有自己之见解——引者注），皆置其事本文于前，使晓知者执其本，使长能用者就说之，视其相应和、中者皆是也，不应又不中者，悉非也。①

"古文众多"，其中良莠不齐，精粗相杂，必须有一个鉴别是非、分判高下的标准，因为这既关系到对待古代文化遗产的态度或者说影响到文化典籍的历史积淀，也为今后的文章著述提供导向。因此，必须"视其相应和、中者皆是也，不应又不中者，悉非也"，文章必须"相应和"、"中"，即文章创作必须符合某种目的或意图，必须应和、相中一个呼声，朝着一个预定的方向发展。我们可以把这"相应和"、"中者"提升到这样的高度：文章创作（或者说文学创作）必须与时代脉搏一起跳动，"文变染乎世情，兴废系乎时序"，"与世推移"（《文心雕龙·时序》）的文章，才能经久不衰，青春永驻，才是上乘之作。与时代相应和，又不是被动地去适应，而是在一种互动融合的行进中心心相应。

———————————

① 王明：《太平经合校》，中华书局1960年版，第184页。

> 比若呼人，得其姓字者皆应。鬼神亦然，不得姓字不应，虽欲
> 相应和，无缘得达，故不应也。①

为文者或创作者也在寻找这种召唤，正像有人在急切地盼望一种救助，有如在呼唤一个名字，而被呼唤者又时刻准备应答这种迫切的需求，于是，水到渠成的写出有用之文。

解决了什么是文章（古文）的"相应和"、"中"的问题，接下来应该是什么样的文章（古文）才是"相应和"的、"中"的文章（古文）。对此，《太平经》分出了十个类别或者说十个等级。

> 故古者名学为往精，精者，乃精念其事象可宜，复思其言也。
> ……吾书乃为贤仁生，往付有德，有德得之，以为重宝，得而不能
> 善读，言其非道，故不能乐其身，除患咎也。夫大道将见，其如无
> 味乎？用之不可既乎？众贤原之，可以和刚柔、穷阴阳位乎？诸文
> 书必定，各得其所，不复愦愦乎？恶悉去矣，上帝大乐，民无崇
> 乎？泽及小微，万物扰扰，不失气乎？复反于太初，天地位乎？邪
> 文已消，守元气乎？②

上述十个等级的"古文"我们可以精简为：（1）精念事象，极思真谛者；（2）自乐其身，消灾除患者；（3）无味者；（4）用之不竭者；（5）和刚柔、穷阴阳者；（6）不昏愦者；（7）去恶、帝乐民安者；（8）不失气者；（9）反于太初、天地之位者；（10）守元气者。在这十个类别里，根据《太平经》的古文必须"相应和"、"中"的标准，符合标准的有"太阳文"、"太阴文"和"中和文"等类别。

> 明案吾文以却咎，奸祸自止民自寿，原末得本无终始，十十相
> 应，太阳文也；十九相应，太阴文也；十八相应，中和文也；十七

---

① 王明：《太平经合校》，中华书局 1960 年版，第 184 页。
② 王明：《太平经合校》，中华书局 1960 年版，第 184—185 页。

相应，破乱文也；十六相应，遇中书也；十五相应，无知书也，可
言半吉半凶文也；十四中者，邪文也；十三中者，大乱文也；十二
中者，弃文也；十一中者，佚中文也。十七中者以下，不可用，误
人文也，随伤多少，还为人伤，久久用之不止，法绝后灭门。①

显然，自"十七中者以下"，都是不符合标准的，也就是说，从我们精
简命名后的第四类起，都是不"相应和"、不"中"的，都在抛弃、消除
之列。

"太阳文"指精念事象、极思真谛者。事象指事与物的形象和外观，象
又包含真象和现象，精念事象，当然是指熟练地把握事物的真象，因为有后
文的"真谛"为补充。极思真谛，是指紧扣大千世界、纷繁事物的内在本质
和真义。两句关合起来，是指为文必须揭示事物的真象，反映事物的内在本
质和规律。而从象又具有的现象、形象上讲，为文还要求描绘或揭示生动鲜
活的外界形象。综合起来就是，通过描写和反映栩栩如生、纷繁复杂的现象
世界，揭示事物所具有的真象即内在本质和规律，这样的文章才是十十相应
的太阳文，这种揭示"真谛"的"古文"标准，或者说这种以此为优的
"古文"，是建立在道家"返璞归真"的哲学基础之上的。从《太平经》表
现的道教神学观来看，由于它要求道教信徒在习道信奉时，精思"神道"，
想象"天尊"、"天神"形象的存在，"道"的形象、"天"的形象是无上至
高的，它们是真谛的化身，真义的体现，并把"道"描绘成人们害怕畏惧的
形象②。因此，精念事象、极思真谛也应包含这层意义，而反映此种意义的
文章，如《太平经》等宗教典籍，当然属于"优"者之列，是"十十相应
和"的。

"太阴文"指自乐其身、消灾除患者。这当然是从道教养生健身、消除
灾难等人生现实关怀的角度、生命关爱的角度，也即宗教实用的角度来看待

① 王明：《太平经合校》，中华书局1960年版，第185页。
② 王明：《太平经合校》，中华书局1960年版，第701页。

"古文"的，《太平经》曾反复强调自己是周穷救急，治病救人的"神道书"，史书也记载张角等人宣扬太平道利用吞符服水的方式为民治病，"符"本身就是一种道文。不难看出，《太平经》的古文优劣观，再一次显示了其宗教神学、宗教迷信色彩。

"中和文"指无味者。无味即平淡，即自然的意思。它不假雕琢，不事夸饰，用庄子的话来说，即"以天合天""不加巧"。这是道家文学主张的核心追求。《太平经》以道家这种追求为依托，在吸收老庄这方面的成果之上，第一次以"无味者"来提升文章的优良品质，又以"中和"来进行阐释，把对自然的理解又掺进阴阳和合的意蕴，即于平淡之中又融合着天地本真、阴阳元气。这种自然文的境界，当然是回味无穷、饶多兴趣。言及道家追求自然的文艺思想的发展过程，学界往往从老庄直贯陶渊明，忽略了《太平经》的"无味者"。而陶渊明诗的"开千古平淡之宗"，当与《太平经》所选定的"无味"文相通。陶渊明的诗歌所表现的平淡，用"无味"的标准来衡量，主要体现在意境之淡、物象之淡、用语之淡、事理之淡、心绪之淡、欲望之淡，平淡之中，又有令人回味、令人遐想的余地。

通过上述辨析，我们发现一个饶有意味的对应关系。即《太平经》所认可的"优"的古文，第一等与第二等的"太阳文"与"太阴文"恰好处于阴阳和合、阴阳互补、一阴一阳的对等关系之中，这正好是以道家的"道生一、一生二、二生三"的宇宙生成论来论证"文"的合理性的，也就是说，只有阴阳对应，有阳必有阴，文的存在才合理，才居优。这是从存在形式上来讲。从文的存在内容上说，"太阳文"是揭示现实真象的，现实世界的本质是"道"在主宰一切，这是真义，是真谛，因此，"文"是揭示"道"的，而"道"的使命是"施"，有如天以施为阳，因此为"太阳"；而建立在道家思想基础之上的道教以追求人生长寿、健康无病为终极目标，以实用养生为宗教目的，正象地以养为阴，为用一样，因此为"太阴"，那么，反映这两个内容的文章分别为"太阳文"和"太阴文"。如果说"太阳文"揭示了形而上的"道"，那么"太阴文"则反映形而下的器（诸如人类的健康、长寿、疾患、灾祸等生活现象），这器就是道教的终极关怀。至于"无味者"或者说"中和文"，又正是阴阳相加，二生三的体现，道家认为和气正是阴气与阳气的相生，"和"是万类中最理想最佳妙的状态，所以《太平经》反复强调"和"与"中"，以此来衡量"文"，亦当以"中和"之文为上。考"中和"在《老子》里，又是一个"自然"、"不言"、"虚静"的措辞，从不言之言、不教之教、无为之为、不信之信等来看，又可类推出无味之味的，所以，阴阳和合相生的"中和文"（无味者），当然是理想之古文了。

《太平经》是按照其带有浓厚道教色彩的古文优劣论来对待它之前的文之历史的。这里说的道教色彩，虽然在上述古文优劣论中已有所体现，但更多的还表现在其文史观上。它包括两个方面：一是以道家的无为、反对文明智巧作为其文的历史观的哲学思考和文化阐释，一是以养生长寿的宗教定义来界定文的发展史。

《太平经》把"文"的发展分为五个阶段。第一阶段是上古三皇（天皇、地皇、人皇，一说伏羲、神农、燧人）时代，这个时代没有文籍，没有文书，没有文化，也没有文采。第二阶段是五帝（黄帝、颛顼、帝喾、尧、舜）时代，这个时代始有文明、教令、文典。第三阶段为三王（禹、汤、文武）时代，文明大盛，文典、书诰、条文、文采大增，礼乐始昌，亦有刑罚。第四阶段为五霸（即春秋五霸，又延续到战国）时代，文籍繁乱，学术纷杂，著述芜漫，邪文泛滥，刑罚大炽。① 第五阶段是近世（笔者考证，主要是指儒家著述立为经典后的两汉时期，又以东汉为主），经书浮浅，内学外学混杂不分。②

这五个阶段中的"文"，是一种怎样的发展态势？《太平经》认为每况愈下：

---

① 王明:《太平经合校》，中华书局 1960 年版，第 131—142 页。
② 王明:《太平经合校》，中华书局 1960 年版，第 230 页。

> 三皇之文，……其上也；五帝之文，……其中也；三王之文，……其大中下也；五霸之文，其最下也。①

汉代儒家五经之文（外学）和谶纬之文（内学）又在前四者之下。为什么出现这种江河日下的局面？《太平经》说：

> 多教功伪，以虚为实，失其法，浮华投书，多邪文，无真道可守者。②

> 经书则浮浅，贤儒日诵之。③

> 他书（儒书及其他子书，亦即道教典籍以外的书，——引者注）非正道文，使贤儒迷迷，无益政事，非养其性。④

> 合于外学章句者，日浮浅而致文妄语，入内学合于图谶者，实不能深得其要意，反误言也。⑤

> 外学入浮华，内学不应正路。⑥

这些解释有两个方面的含义，就第一个方面而言，所谓伪、失法、浮华、邪文、无真道、非正道，说明《太平经》试图努力把"文"拉回到原始纯朴、没有文饰的"至德之世"，这是一种"文"的复古情结。就第二个方面而言，一字千金的"非养其性"，说明《太平经》又试图把整个"文"的发展，整合到养生长寿乃至成仙久视的宗教图景里，此为一种"文"的生命情结。

所谓"文"的复古情结，就是复归老子和庄子所向往的元古自然社会。我们知道，老庄所处的时代，是一个物欲横流、巧智百般、矫情伪性、淳挠朴散的纷乱之世，因此，老庄主张回归"初始"、"混沌"、"至一"的元古

---

① 王明：《太平经合校》，中华书局1960年版，第140页。
② 王明：《太平经合校》，中华书局1960年版，第140页。
③ 王明：《太平经合校》，中华书局1960年版，第230页。
④ 王明：《太平经合校》，中华书局1960年版，第230页。
⑤ 王明：《太平经合校》，中华书局1960年版，第277页。
⑥ 王明：《太平经合校》，中华书局1960年版，第277—278页。

自然时代。老子向往"小国寡民"，在那个社会，人们"结绳而用之"，"甘其食，美其服，安其居，乐其俗。邻国相望，鸡犬之声相闻。民至老死，不相往来"（《老子》第八十四章），这个社会尽管封闭、保守、落后，但展现的是一幅和谐、宁静、纯朴的原始村落的社会图景。庄子向往"至德之世"的社会，这个社会比"小国寡民"更加古远："至德之世，不尚贤，不使能，上如标枝，民如野鹿；端正而不知以为义，相爱而不知以为仁，实而不知以为忠，当而不知以为信，蠢动而相使，不以为赐。是故行而无迹，事而无传"（《庄子·天地》），"夫至德之世，同与禽兽居，族与万物并，恶乎知君子小人哉。同乎无知，其德不离；同乎无欲，是谓素朴；素朴而民性得矣"（《庄子·马蹄》），无论是老子的小国寡民，抑或是庄子的至德之世，都表现了对人类初始、人类童年的追忆，对人类浑一未分的原始自然时代的赞美。

这种远古社会，《太平经》称之为三皇时代，无论是道教纪年的天皇、地皇、人皇，或者是中国历史所指称的伏羲、神农、燧人，完全与老庄所向往的远古相吻合。如果说老庄的返璞归元来自其所处时代之纷乱与堕落，那么《太平经》的复古情结无疑是东汉末季社会昏乱、政治黑暗的"造就"。汉安帝、顺帝时期，"其治不和，水旱无常，盗贼数起，反更急其刑罚，或增之重益纷纷，结连不解，民皆上呼天，（政）治乖乱，失节无常，万物失伤，感动苍天，三光勃乱多变，列星乱行"[①]，像《太平经》那样的关心现实、关怀百姓的作者，在对现实世界的绝望之余，泛起丝丝对远古社会——原始太平社会的向往的涟漪，自然是一种暂时缓解心灵痛苦的"摆脱"和"镇痛"。

我们读陶渊明的诗和文，总是有如下的字眼在我们眼帘中反复跳跃：返、还、回、归、复，这无疑表明：在他的内心深处，弥漫着一股股强烈的对远古自然之世的追怀情绪。像老庄和《太平经》的复古一样，陶渊明的

①　王明：《太平经合校》，中华书局 1960 年版，第 23 页。

"始得反自然",是对"真风告逝,大伪斯兴"(《感士不遇赋》)的有晋文明时代的否定,陶渊明在"羲农去我久,举世少复真"(《饮酒》第二十)的痛惜之余,仿佛又重复了一次《太平经》的作者曾经有过的无奈。从老庄到陶潜,经《太平经》这个中间环节,呈现出否定智巧,否定虚伪巧诈,回归天真无邪的原始文化状态的复古思想。

所谓"文"的生命情结,是指《太平经》企图通过对汉代儒家经典和其他子书文籍的全盘否定,实现以关心现实人生的健康寿命为宗旨的道教思想。因"他书非正道文,使贤儒迷迷,无益政事,非养其性"①;因此,建设关爱生命、享受永年的太平道文典必为当务之急。王符也曾深刻地揭露了东汉社会的危机:"贪残专恣,不奉法令,侵冤小民,州司不治。"② 这种恣肆无度的剥削,使老百姓处于水深火热之中,特别是东汉后期外戚、宦官之间的政治斗争所酿成的流血战争,更使生灵涂炭,对此,许多文人士大夫唱出了对生命的悲叹:"人生天地间,忽如远行客","人生寄一世,奄忽若飚尘","人生非金石,岂能长寿考","人生忽如寄,寿无金石固",面对如此残酷的社会现实和由此造成的如此短暂的人生,《太平经》用它的蕴含生命情结的"文",开出了医治的良方,企盼着人类服用这些良方达到延长生命的目的。

良方之一:养性加积德:"内以致寿,外以致理"③,用传统的善恶报应思想劝告人们多积阴德行善事,鬼神则在暗中保护人类的生命和健康,如果加上自身的心性休养,就能相得益彰,长寿不止。这当然是宗教向人们施放的一服麻醉剂,但也是一种无可奈何地向草菅人命的当局投放的良心谴责丸,以期他们自动改过自新,体现了早期宗教的幼稚和幻想。

良方之二:守一之法。这又有两种方式,一种是使人体的主要器官保持

---

① 王明:《太平经合校》,中华书局 1960 年版,第 230 页。
② 王符:《潜夫论·实贡篇》,彭铎笺校,中华书局 1985 年版,第 78 页。
③ 王明:《太平经合校》,中华书局 1960 年版,第 739 页。

充实平衡，不受外来的损伤。① 另一种是守神，使人的精神专注，"常合即为一，可以长存也"②，"人生精神，悉皆具足，而守之不散，乃至度世"③，在第二种方式中，又有九种法术，其中最重要的有三种，一是保持元气处于无为状态；一是内心虚无自然；一是积精自视。④

良方之三：食气服药。欲要长生，必须调节好饮食，"第一者食风气（自然之气——引者注），第二者食药味"⑤。

宗教往往是解救人类于现实痛苦中的精神安慰剂，《太平经》所强调和宣扬的这种"文"的生命情结，通过其引进和渗透的上述延命之术或者说神仙方术来追求痛苦的解脱和心灵的慰藉，从而具有浓厚的宗教色彩。

三、《太平经》的文学色彩

虽然《太平经》是宗教著作，但从文学的角度来阅读，我们发现它有许多富有文学色彩的地方，这些文学色彩也是作者一些文学观念的反映或是其对于文学创作所做的理解和暗示。

首先在语体上，《太平经》以口语化的对话体（或语录体）为主，特别是大量吸收了汉代通用的许多群众语言或流行口语，同时也吸收了一些古代书面语言，从而形成了语言上的以俗为主、雅俗共赏的特色。

《太平经》的本子很多。但无论是正统《道藏》本残存的《太平经》五十七卷，或者是唐人闾丘方远的节本《太平经钞》甲部十卷，甚至是现在最为完善最为流行的王明的复元本《太平经合校》一百七十卷（其中有些缺卷名），都采用了对话的形式，即天师答六方真人问道的形式。这种形式虽然源自先秦时期以《论语》为代表的诸子语录体和汉大赋主客问答的形式，

---

① 王明：《太平经合校》，中华书局 1960 年版，第 13 页。
② 王明：《太平经合校》，中华书局 1960 年版，第 716 页。
③ 王明：《太平经合校》，中华书局 1960 年版，第 716 页。
④ 王明：《太平经合校》，中华书局 1960 年版，第 282—283 页。
⑤ 王明：《太平经合校》，中华书局 1960 年版，第 717 页。

但对于作为宗教接受主体的文化素质较低的广大下层群众来说，采用这种一问一答甚至反复询问反复解答的形式，更有利于灌输和宣传宗教（道教）思想，这比起深奥庄重的理论直述更容易吸收宗教信徒。因此，这种形式无疑要求广泛运用当时口语和群众用语，甚至包括一些方言。

比如"何等"一词，在汉代典籍里，被使用的频率极高，王充《论衡·语增》云："传又言：纣悬肉以为林，令男女裸而相逐其间，是为醉乐淫戏无节度也。夫肉当内于口，口之所食，宜洁不辱。今言男女裸相逐其间，何等洁者？"① 又《艺增》云："年五十击壤于路，与竖子未成人者为伍，何等贤者？"② 赵歧在注《孟子·公孙丑》之"敢问夫子恶乎长"时云："丑问孟子才志所长何等"。③ 高诱在注《吕氏春秋·爱类》之"其故何也"时云："为何等故也？"④ 其他典籍如《后汉书》《后汉纪》《东观汉记》等均使用过"何等"一词。至于该词在《太平经》中的使用情况，则更频繁了，现亦举数例以明。卷三十五云：

今民间时相谓为富家何等也？⑤

卷三十七云：

乞问天师，上皇神人所问何等事也？⑥

卷四十八云：

真人所疑何等也？⑦

卷五十一云：

① 王充：《论衡》，上海人民出版社1974年版，第118页。
② 王充：《论衡》，上海人民出版社1974年版，第132页。
③ 《十三经注疏》本，中华书局2009年版，第5840页。
④ 高诱注：《吕氏春秋》，上海古籍出版社1989年版，第195页。
⑤ 王明：《太平经合校》，中华书局1960年版，第32页。
⑥ 王明：《太平经合校》，中华书局1960年版，第54页。
⑦ 王明：《太平经合校》，中华书局1960年版，第146页。

子复欲问何等哉?①

卷九十云:

当冤其何等者哉?②

卷九十二云:

请问一绝诀说何等也? 今不审知一者, 何等也?③

可见《太平经》也像汉代其他典籍一样, 大量地使用口语。从上引各例来看,"何等"作为当时的口语甚或为方言, 其意义相当于现代的"什么"、"为什么"、"多少"等。

再举汉代盛行的口语在《太平经》中的使用情况。"县官"一词, 在汉代用来指称天子, 这在《史记·周勃世家》《汉书·武帝纪》《后汉书·明帝纪》《盐铁论·授时篇》, 以及王充《论衡》、应劭《风俗通义》等多种著作中都曾使用。如《论衡·程材》云:"县官事务, 莫大法令"④, 又《讥日》云:"县官之法, 犹鬼神之制也"⑤, 又《正说》云:"史官记事, 若今时县官之书矣"⑥。它在《太平经》中使用得极多, 现略举一、二。卷三十七云:

天下云乱, 家贫不足, 老弱饥寒, 县官无收, 仓库更空。⑦

卷四十七云:

众仙人之第舍多少, 比若县官之室宅也。⑧

---

① 王明:《太平经合校》, 中华书局 1960 年版, 第 187 页。
② 王明:《太平经合校》, 中华书局 1960 年版, 第 341 页。
③ 王明:《太平经合校》, 中华书局 1960 年版, 第 369 页。
④ 王明:《太平经合校》, 中华书局 1960 年版, 第 190 页。
⑤ 王明:《太平经合校》, 中华书局 1960 年版, 第 368 页。
⑥ 王明:《太平经合校》, 中华书局 1960 年版, 第 430 页。
⑦ 王明:《太平经合校》, 中华书局 1960 年版, 第 58 页。
⑧ 王明:《太平经合校》, 中华书局 1960 年版, 第 138 页。

《名为神诀书》云：

> 故天地调则万物安，县官平则万民治。①

除使用口语用词外，《太平经》中还有许多其他群众基础深厚的语汇。这种语言特点，可以说是整个汉代文籍撰述的基本趋势，此外，《太平经》也吸收了许多古代书面语言，也为自己抹上了一层文雅庄重的色彩，其中尤以对道家著作中的语词吸收较多。如"不失铢分"一语使用最多，可说连篇累牍。此语源自《庄子·达生》："仲尼适楚，出于林中，见佝偻者承蜩，犹掇之也。仲尼问：'子巧乎！有道邪?'曰：'我有道也。五六月累丸二而不坠，则失者锱铢；累三而不坠，则失者什一……。'"《太平经》经过化用，把"失者锱铢"改成"不失铢分"（有时为"不失分铢"），字面虽有变，但意义却基本一致。

上述《太平经》的语言特色，至晋代道教思想家、神仙理论家葛洪极为赞赏，提出文章语言"尚易晓"②，同时他的著作又骈散合璧，口语与书面语相得益彰，从宗教内部的发展来说，表现了语体上的一脉相承的传统。《太平经》用通俗易懂、平实晓畅的汉代口语、方言表现了对文章质朴、平淡风格的追求，这是它的文学特色之一。

其次，《太平经》在文体上虽然主要是语录体散文，但也间或运用了诗体句式，特别是七言诗体的创作，从而使这部经籍韵散结合，有一定的文学色彩，对我国古代七言诗的发展做出了一定的贡献。文学史上一般公认张衡（78—139）所作《四愁》诗为较早的七言诗，虽然形式不完整，但开七言诗之端绪。从《太平经》的成书年代来看，《后汉书·襄楷传》云宫崇曾向汉顺帝献其师干吉所得神书《太平清领书》③，而宫崇与张衡为同时人，则其师干吉所得《太平经》之成书或许比张衡《四愁》诗要早，起码不会比

---

① 王明：《太平经合校》，中华书局1960年版，第18页。
② 杨明照：《抱朴子外篇校笺下》，中华书局1991年版，第78页。
③ 范晔：《后汉书·襄楷传》，第1080页。

《四愁》诗晚，那么《太平经》中有数量可观（共94句）的七言诗，在创作时间上，保守一点说，也与《四愁》诗同时。可以说，在我国古代七言诗的发展史上，《太平经》以大量的七言诗句与《四愁》诗一起，为中国古代七言诗的发展打开了先路。

在《太平经》的九十四个七言诗句中，由于受道家出世思想的影响，有些诗句表现了对官场利禄的淡薄和蔑视，对名利的厌弃和憎恶，如云：

> 五守已强不死亡，安贫乐贱可久长。贱反求贵道相妨，尊官重
> 禄慎无望。强求官位道即亡，不若徐卧久安床。①

由于汉代吏治的腐败，特别是东汉王朝政治黑暗，君主昏愦残暴，道德沦丧，从而导致盗贼横行，百姓妻离子散，家破人亡。对此，《太平经》用七言诗的形式进行了无情的揭露。如云：

> 上无明君教不行，不肯为道反好兵。户有恶子家丧亡，持兵要
> 人居路旁。伺人空闲夺其装，县官不安盗贼行。②

此外，还有一些反映道教教理和信仰的诗句如修身养性，保守精神，健康长寿等内容。

由于是属于起步阶段的七言诗句，《太平经》里的七言诗句在艺术上当然无法与后来的七言诗相比，但在用韵上却灵活多样，自由多变。主要有下列三种用韵形式：一是一韵到底，这种情况较多。如上引两首就属于这种用韵情况，张衡的《四愁》诗和后来最完整的七言诗——曹丕的《燕歌行》就属于这种用韵。二是自由换韵，灵活多变，如卷五十《诸乐古文是非诀》第七十七中的七言诗为：

> 一字适遗一字起，贤者次之以相补。合其阴阳以言语，表里相
> 应如规矩。始诵无味有久久，念之不解验至矣。灾害去身神还聚，

---

① 王明：《太平经合校》，中华书局1960年版，第306页。
② 王明：《太平经合校》，中华书局1960年版，第307页。

人自谨良无恶子。①

其中，起、久、矣、子属子部韵；补、语、矩在鱼部韵；聚在侯部。三是隔句用韵，如卷三十八的《师策文》其中有云：

子巾用角治其右，潜龙勿用坎为纪。人得见之寿长久，居天地间活而已。

"右"与"久"隔句用韵，"纪"与"已"隔句用韵，这样节奏起伏有度，朗读起来亦能上口。

《太平经》的这些七言诗句，在艺术上还显得幼稚粗陋，既没有使用某些艺术手法也不能营造某一种境界，只能说在形式上具备了七言诗的形式，因此，有学者指出，这些七言句式只能是"七言诗雏形"②，是有一定道理的。但是，它在七言诗的发展史上是有一定地位的，或者说，它对七言诗的发展做出了一定的贡献，则是应当肯定的，特别是它的某些思想内容还有一定的思想深度，这与完全意义上的文学作品没有多大的区别，或许这正是《太平经》的作者看重文学创作的地方。

第二节　早期道教典籍中"去浮华"文学思想

在道教早期出现的几部道教典籍如《太平经》《老子想尔注》《老子河上公章句》中，有一种共同的反对矫情文饰的"去浮华"的思想倾向。这既包括对虚伪文彩、丽辞章句的否定，也包括对务虚学风、浮夸理论的批判，尽管这些道教典籍在措辞上有所不同，但在追求质朴淳厚的为文风格上却是殊路同归的。关于《太平经》的"去浮华"思想，我们前文已经涉及，这一节主要谈《老子想尔注》的摒弃"邪文"主张，《老子河上公章句》所

---

① 王明：《太平经合校》，中华书局1960年版，第185页。
② 詹石窗：《道教文学史》，上海文艺出版社1992年版，第28页。

阐述的质文关系说，这些文学主张可视为《太平经》的"去浮华"思想的发展。

一、《老子想尔注》的"邪文"观

继以《太平经》为理论指导的"太平道"出现之后不久，在东汉末期出现了张陵开创、张修、张鲁等人继承的五斗米道。据《后汉书·皇甫嵩传》注引《典略》及《三国志·张鲁传》等史书记载，初创时期的五斗米道奉《老子五千文》为主要经典，使弟子都习诵咒念，后张陵为《五千文》做注解，这就是《老子想尔注》。唐玄宗《道德真经疏·外传》和五代杜光庭《道德真经广义》，都说这个注本为"三天法师张道陵注"。这个注本现在仅存敦煌莫高窟所出六朝写本的残卷，藏于大英博物馆。近人饶宗颐的《老子想尔注校证》对此书的作者、成书年代以及它与《太平经》的关系等均做了详细的考证，本文在论述时，一些历史以来有歧见的问题均持饶说。

从思想内容上来看，《老子想尔注》基本上以《老子》思想为依托，《老子》反复宣称"虚静"、"无为"、"无"、"虚怀若谷"等道家思想，《老子想尔注》把它们发挥为"空"的观念，疑有受佛教影响的因素。其"想尔"的意思就是"色者是想尔，想悉是空"①。由于五斗米道都要求入道者于静室存想思过，又受太平道的"入室存思"之影响，所以"想尔"又有"存想"的含义。

五斗米道把存思守静作为它的基本教义，要求入道弟子谨守勿失。另外，五斗米道的倡导者又制订出了要求受道弟子时刻遵守的戒律戒规，有《道德尊经想尔戒》《道德尊经戒》《老君存想图》。《戒》是立教之本，《注》乃述教之义，《图》为行戒（实践）之方。现保存于张君房辑《云笈七签》卷四十三中的《坐朝存思》条之戒文云："不妄言，不绮语，不两

---

① 饶宗颐：《老子想尔注校证》，上海古籍出版社 1991 年版，第 106 页。

舌，不恶口。"① 如果违背此戒，则视为胡言乱语，邪言妄语，是为浮华"邪文"。

从文化学术和思想角度上来说，五斗米道产生的时代背景，与太平道是相同的，正值儒学转为烦琐侈丽的章句之学之际。从它产生的自身渊源来说，是在汉代盛行的各种宗教迷信、神仙方术、黄老道教等云蒸霞蔚的氛围中形成的，这些神仙方术如所谓祠灶、谷道、却老、求仙、候神、望气、导引、斗旗、按摩、芝菌、烧炼等等，"然而或者专以为务，诞欺迂怪之文弥以益多，非圣王之所教也"②，对这两种现象，《老子想尔注》指斥为邪文、邪道、伪伎，非真书真道。

以五斗米道为代表的初期道教由于在传教方式上主要是师徒之间的口口相传，所以特别注重口头语言的谨慎、真实，无论是几代师徒的传承，都要求所传"话语"的格调一致。特别是作为对圣典——《老子》进行注解的《老子想尔注》，因为是阐述其教旨的教科范本，所以，师徒之间的传授更必须严谨、不失偏倚，任何随心所欲的增饰、夸大都是违背教义的。这种恪守传语规范的行为，为传授营造了庄严紧张的气氛；反过来，五斗米道之所以要求在静室接受教义教理的传授，也是为了使这种传授显得庄重。这种相得益彰的传承氛围，还暗示了传授双方内心的虔诚、信善，这也是保证传语不虚夸、不浮艳的重要前提。如《老子想尔注》对《老子》之"言善信"（第八章）和"善言无瑕谪"（第二十七章）之注解，以为：

> 人当常相教为善，有诚信。③
>
> 今信道言善，教授不邪，则无谪也。④

这是对传道授徒的严格要求。内心诚信，从善如流，则传授之中，不枝

---

① 张君房辑：《云笈七签》，书目文献出版社1992年版，第318页。
② 班固：《汉书·艺文志》，第1728页。
③ 饶宗颐：《老子想尔注校证》，上海古籍出版社1991年版，第11页。
④ 饶宗颐：《老子想尔注校证》，上海古籍出版社1991年版，第34页。

不蔓，不邪不恶，说话朴实，无耸人听闻、华而不实之语。反之，传语过多，则"伤朴散淳，薄更入邪，故不可诘也"①，人内心固有的纯朴就被邪气压抑，就无从问道授教了。

老庄哲学以道为万物本源的本体论，规定了道法自然的内在质性带有淳厚质朴的特征。上升到对物质世界的审美认识来讲，它不需要审美主体对客观物象做过多的条分缕析，如果一旦切割审美对象，物质世界特别是自然界所固有的道的本性必将导致七零八乱而失去其本然，纷多细腻的语言图释常使对象的美面目全非，因此，对道的规律性和审美性的把握，应当是一种整体的观照。老子认为"道之出口，淡乎其无味，视之不足见，听之不足闻，用之不可既"（第三十五章），"信言不美，美言不信；善者不辩，辩者不善"（第八十一章），它只需要平淡真实质朴的语体表白，任何粉饰涂抹都可能对美的客观世界和美的道的本质进行歪曲，是故"大直若屈，大巧若拙，大辩若讷"（第四十五章）。《老子想尔注》正是根据《老子》的上述释道方式和审美观照方式强调道教传道过程中的语言把握：

> 道乐质朴，辞无余。视道言，听道诫，或不足见闻耳，而难行。能行能用，庆福不可既尽也。②
>
> 多余的言辞只能害道，反不能释道或载道。
>
> 道之所言，反俗绝巧，于俗人中甚无味也，无味之中有大生味，故圣人味无味之味。③

在平淡无味之中把道表述得简明扼要，言简意赅，这本身就是意味无穷。

那么，《老子想尔注》是如何依附《老子》来确定和推崇"道"的威严和神圣性，然后在载道之文与"邪文"的强烈对比中，表现出去浮华的批评

---

① 饶宗颐：《老子想尔注校证》，上海古籍出版社1991年版，第17页。
② 饶宗颐：《老子想尔注校证》，上海古籍出版社1991年版，第45页。
③ 饶宗颐：《老子想尔注校证》，上海古籍出版社1991年版，第45页。

态度的呢？

关于道，《老子》第十四章云："（道）是谓无状之状，无物之象。"《想尔注》注云：

> 道至尊，微而隐，无状貌形象也；但可从其诫，不可见知也。①

"道"在这里成了至尊至威、必须服从恭奉的神。《老子》第十章云："载营魄，抱一，能无离乎？"《想尔注》注云：

> 一者道也。……一散形为气，聚形为太上老君，常治昆仑，或言虚无，或言自然，或言无名，皆同一耳。②

一就是道，化为气，气相聚，则为太上老君（老子），老子就是道的化身，是道的尊神，后来道教有"一气化三清"之说即滥觞于此，这个尊神也像人间帝王统领万民为中国之主一样，它则统治昆仑为其所辖之主，亦是高高在上。《老子》第二十一章云："孔德之容，唯道是从。"《想尔注》云：

> 道甚大，教孔丘为知；后世不信道文，但上孔书，以为无上；道故明之，告后贤。③

令人啼笑皆非的是，这里望文生义，把"孔"注说成孔丘，这种曲解，当然是为了扬老抑孔，扬道抑儒，好为其敷展"儒经邪文"的观点做铺垫。《老子》第二十五章云："人法地，地法天，天法道，道法自然。"《想尔注》注云：

> 自然者与道同号异体，令更相法，皆共法道也。④

明明是道法自然，而为了抬高道的地位，竟把它凌驾于自然之上，"令更相法"简直颠之倒之，可以说把道夸大到至极。

---

① 饶宗颐：《老子想尔注校证》，上海古籍出版社 1991 年版，第 17 页。
② 饶宗颐：《老子想尔注校证》，上海古籍出版社 1991 年版，第 12 页。
③ 饶宗颐：《老子想尔注校证》，上海古籍出版社 1991 年版，第 27 页。
④ 饶宗颐：《老子想尔注校证》，上海古籍出版社 1991 年版，第 33 页。

"道"既是如此崇高神圣，而作为在道教原典《老子》旗帜指引下的注道之书——《老子想尔注》，当然也是很神圣威严的，在注者看来，只有自己的释道之书、扬道之文才是真道文章，其他经典传记，特别是儒学经典，则皆非道之文，皆邪文伪作。

> 何谓邪文？其五经半入邪，其五经以外，众书传记，尸人所作，悉邪耳。①

辨别"邪文"与否的标准，就是看它是否体察"真道"，"知真道者，不知邪伪技巧"②，而一旦"真道藏，（则）邪文出"③。所谓"五经半入邪"，《想尔注》虽没有明说哪一半不入邪，但联系上述标准来权衡，可能暗指《易》《书》全部及《诗》的半部，因为"《易》以道阴阳"（《庄子·天下》），此为道教的一个渊源；"《书》以道事"（《庄子·天下》），事者实也，"归真"者也；至于《诗》，以《太平经》的观点看：

> 古诗人之作，皆天流气，使其言不空也。④

亦即诗乃天流气所致，这也是道教"气"说的一个含义，但《诗》的雅颂部分，则与风的全部在率性之作上是有明显差异的，因此以道家之"气"与"率性"来衡量，则《诗》只能有一半符合这些"道"之类的范畴。用老庄"道"的标准来考衡《礼》与《春秋》，周礼及其道德规范之仁义礼知之不符合标准，在《老子》中已被批判得无以复加。"五经半入邪"的一个重要原因，就是，愈繁文缛节的儒家伦理规范，愈是被质朴淳厚的道家视之为浮华虚伪。联系《想尔注》产生的时代背景，这种对儒家五经的态度，多半是出于对汉代特别是东汉以来烦琐章句之学及其丽辞淫句之不满。

所谓"五经以外，众书传记，尸人所作，悉邪耳"，这里所指恐怕就是

① 饶宗颐：《老子想尔注校证》，上海古籍出版社 1991 年版，第 22 页。
② 饶宗颐：《老子想尔注校证》，上海古籍出版社 1991 年版，第 11 页。
③ 饶宗颐：《老子想尔注校证》，上海古籍出版社 1991 年版，第 22 页。
④ 王明：《太平经合校》，中华书局 1960 年版，第 178 页。

汉代丽辞主义的赋与文了。有鉴于此,《想尔注》最终托出了一对范畴或概念:"真道"与"邪文",或曰"真文"与"邪文",一切的评价和态度全在这对范畴之中。

如注《老子》第八章云:

> 知真道者,不知邪伪伎巧。①

注第十章云:

> 诸附身者,悉世间伪伎,非真道也。②

注第十八章云:

> 真道藏,邪文出。
>
> 今世间伪伎,因缘真文设诈巧。③

注第三章云:

> 道绝不行,邪文滋起。④

这种"真道"(或真文)与"邪文"相对立的文学批评观念,从道教的文学思想自身的发展历史来看,是有其渊源继承关系的。《太平经》即为这种观念的肇始之源,其卷一百〇二云:

> 按行真道,共劫邪伪。⑤

又卷九十七云:

> 凡人乃不宜闻非真要道,非真要德,……敕教之,反以浮华伪
>
> 文巧述示教。⑥

---

① 饶宗颐:《老子想尔注校证》,上海古籍出版社 1991 年版,第 11 页。
② 饶宗颐:《老子想尔注校证》,上海古籍出版社 1991 年版,第 12 页。
③ 饶宗颐:《老子想尔注校证》,上海古籍出版社 1991 年版,第 22 页。
④ 饶宗颐:《老子想尔注校证》,上海古籍出版社 1991 年版,第 6 页。
⑤ 王明:《太平经合校》,中华书局 1960 年版,第 459 页。
⑥ 王明:《太平经合校》,中华书局 1960 年版,第 430 页。

在标题上，《太平经》有《真道得失文诀》《校文邪正法》《验道真伪诀》《急学真法》《去邪文飞明古诀》《去浮华诀》。这些题目都把真道、真文与邪文对举，更是对《想尔注》的"邪文"观颇有启发。

太平道、五斗米道等早期道教，直接脱胎于秦汉时期的黄老道、方仙道等多种准宗教活动的，但五斗米道正式创建以后，迫于树立自己一教之尊的形势，曾经力主统一教规，并把与己之教义戒规不相一致的其他宗教一概目为邪伎、伪伎。故《想尔注》云：

> 真道藏，邪文出，世间常伪伎称'道教'，皆为大伪不可用。①

只有五斗米道问世（与"藏"相对）才能荡清"伪伎"，涤除"邪文"，或者说，只有五斗米道才是"真道"，《想尔注》才是"真文"。这个意义上的"邪文"观，主要建立在对当时其他民间方术淫靡祭祀之奢华风气的批判之上，如云：

> 行道者生，失道者死，天之正法，不在祭祀祷祠也。道故禁祭祀祷祠，与之重罚。②

这与《太平经》反对的厚葬、厚祀、活人不如死人的铺张奢华风气是相一致的。《三国志·魏志·武帝纪》注引《魏书》载青州黄巾军致曹操檄文云："昔在济南，毁坏神坛，其道乃与中黄太乙同，似若知道，今更迷惑。"③ 此见太平道对祭祀的奢华之不满，《想尔注》因而光大之。据《三国志·武帝纪》注又引《魏书》载汉末济南祭祀风气之盛云："至六百余祠，……奢侈日甚，民坐贫穷，历世长吏无敢禁绝者。"④ 如此淫祀之风影响下的汉末其他道教，《想尔注》都斥为伪伎，恐怕只有屈指可数的中黄太乙道之类被五斗米道引为同道。

---

① 饶宗颐：《老子想尔注校证》，上海古籍出版社1991年版，第22页。
② 饶宗颐：《老子想尔注校证》，上海古籍出版社1991年版，第31页。
③ 陈寿：《三国志·武帝纪》，第10页。
④ 陈寿：《三国志·武帝纪》，第4页。

总之,《想尔注》的"邪文"观,既有从传道语体上立论的内涵,更有从经典文章内容及修辞意义上的阐述,也包括对道教内部邪道伪伎的批判,含义丰富,视角多维,在中古道教文学思想史上有较重要的地位。

二、《老子河上公章句》 的质文关系论

自从太史公《史记·乐毅列传》提及河上丈人以来,关于《老子河上公章句》之成书时代、作者等问题至今聚讼纷纭,莫衷一是。就成书时代而言,有云战国末者,有云西汉者,有云东汉者。就作者而言,有云河上丈人者,有云河上公者,有云河上丈人与河上公系指一人者。其中影响较大者为皇甫谧撰《高士传》云:

> 河上丈人者,不知何国人也。明老子之术,自匿姓名,居河之湄,著《老子章句》,故世号曰河上丈人。当战国之末,诸侯交争,驰说之士,咸以权势相倾。唯丈人隐身修道,老而不亏,传业于安期生,为道家之宗焉。①

对于《老子河上公章句》为汉代(包括西汉与东汉)时作,历来争论较大,如自唐代以来刘知几、黄震、徐大椿、姚鼐、章太炎、马叙伦等均否认为汉代作品。我们认为,从该书反映的核心思想——养生为要的思想来看,"约作于东汉中叶迄末季间,系养生家托名于'河上公'者"②,是比较稳当的,因此,我们把它视为东汉末季之道教典籍,与《太平经》《老子想尔注》等一起讨论。

《老子河上公章句》(简称《河上注》) 对道与万物的关系及道的特性的认识,基本上因循《老子》的思想。它认为:

> 始者道也,道为天下万物之母也。③

---

① 李昉等:《太平御览》卷507引,四库全书本。
② 王明:《道家和道教思想研究》,中国社会科学出版社1984年版,第303页。
③ 《道藏》第12册,文物出版社、上海书店、天津古籍出版社1992年版,第15页。

> 万物皆恃道而生。①
>
> 天地神明，蜎飞蠕动，皆从道生。②

这显然表现了道家的道为宇宙之源的宇宙本体论和宇宙发生论。它对道的质性或特点的认识则认为：

> 道性自然，无所法也。③
>
> 道清净不言。④
>
> 道无为而万物自化成。⑤

认识到了道的这些本质和属性，以此为理论依据，《老子河上公章句》明确规定了内容与形式（质与文）的关系是质决定文，重质轻文，返质去文。这种认识表现在哲学、养生、道德、为人处事、政治、文化等各个领域。

先从哲学的角度来认识质与文。在《河上注》看来，"道"作为宇宙的起源，万物的本体，是决定一切的根本性的质（内容），它不需要任何外在涂饰的形式：

> 道，精气神妙甚真，非有饰也。⑥

一个客观的真的实体的存在，一旦被蒙上一层装饰色彩，就掩盖了这个真的实体，假象就开始出现，于是人类对现象世界的认识就愈来愈离开其本质和规律，人类就成了对象世界的奴隶而受其支配，同时，纷繁错乱的粉饰也使人类学会了巧诈和欺骗，对此，《河上注》呼吁：

---

① 《道藏》第12册，文物出版社、上海书店、天津古籍出版社1992年版，第10页。
② 《道藏》第12册，文物出版社、上海书店、天津古籍出版社1992年版，第13页。
③ 《道藏》第12册，文物出版社、上海书店、天津古籍出版社1992年版，第8页。
④ 《道藏》第12册，文物出版社、上海书店、天津古籍出版社1992年版，第8页。
⑤ 《道藏》第12册，文物出版社、上海书店、天津古籍出版社1992年版，第13页。
⑥ 《道藏》第12册，文物出版社、上海书店、天津古籍出版社1992年版，第6页。

抱素守真，不尚文饰。①

这种否定形式（文饰）的哲学观点，过于强调道作为根本之质（内容）的客观存在，而这种客观存在又被认为早于宇宙之前、人类出现之前，所谓"道乃先天地生也"②。那么，是不是因为对"文"的否定而认为"文"就毫无作用可言呢？《河上注》第十九《还淳》有云：

见其（代指道，——引者注）质朴以示天下可法则。③

这里有两层含义，一是说天下可法者道也，道是决定一切的，道的根本的质性不容违背；另一个含义是潜伏在语言背后的"台词"，如果要追求某种形式的作用也必须以质朴的道为前提，这两层含义通常就是哲学领域所指称的内容决定形式，形式服从于内容，即质决定文，文服从于质。

以上述关于质文关系的哲学思考为基点，《河上注》在对待其他方面的质文关系时，表现出重质轻文，返质去文的思想倾向。

黄老思想在汉代有两个表现阶段。第一阶段为西汉初期，此时的黄老之学主张清静无为，以治国为目标。第二阶段为东汉后期特别是桓灵之世，其时黄老之学的主旨是养生保生，力求长生久视以致成仙，以治身为目标，桓帝于延熹八年三次亲祠老子就是为了"存神养性意在凌云"④。受这种社会风尚的影响，《河上注》以宣传爱精保气、治身保神的养生思想为其最主要的内容，在强调养生的同时，又把诸如戒言语、忌妄为等养性养德思想结合起来，从而形成了以养生为本（质），以富贵荣华为末（文）的重质轻文思想。其《淳风》第五十七有云：

我常无欲，去华文，微服饰，民则随我质朴。⑤

---

① 《道藏》第12册，文物出版社、上海书店、天津古籍出版社1992年版，第6页。
② 《道藏》第12册，文物出版社、上海书店、天津古籍出版社1992年版，第2页。
③ 《道藏》第12册，文物出版社、上海书店、天津古籍出版社1992年版，第6页。
④ 范晔：《后汉书·桓帝纪》，第313—317页。
⑤ 《道藏》第12册，文物出版社、上海书店、天津古籍出版社1992年版，第16—17页。

其《独立》第八十亦云：

> 清静无为，不作烦华，不好出游娱。
> 安其茅茨，不好文饰之屋。
> 乐其质朴之俗不转移。①

把一种清贫闲淡、粗茶淡饭的生活与金食走马、游乐声色进行对比，即质朴与华丽的对比，从而表现其尚质轻文的文质观，同时也暗含着对东汉末期统治阶级奢侈华丽腐朽之生活的批判。

养生需闲养精神，闭目少思，处静少言，这既是一种躯体休养，又是一种道德修养（但不同于儒家所追求的仁义礼孝慈爱的伦理道德修养），故《显德》第十五云：

> 内守精神，外无文彩。②

《虚用》第五云：

> 多事害神，多言害身，口开舌举，必有祸患。③
> 归神于质朴，不复为文饰。④

儒家思想所规范的为人处事——谨言慎行，主要是用来调和社会关系和人际关系以稳定统治为目标，而这里的道家或道教对待事和言的态度，则完全是从个体身心和生命健康的角度予以关爱。就个体生命来说，养身养神至为重要，少事少言，有益健康，巧言伪行，劳损心身。

《河上注》把归于质朴、本于自然的学问，作为处理文质关系的一个重要内容。认为：

> 众人学问皆反也，过本为实，过实为华，复之者，使反本实

① 《道藏》第12册，文物出版社、上海书店、天津古籍出版社1992年版，第22页。
② 《道藏》第12册，文物出版社、上海书店、天津古籍出版社1992年版，第5页。
③ 《道藏》第12册，文物出版社、上海书店、天津古籍出版社1992年版，第2页。
④ 《道藏》第12册，文物出版社、上海书店、天津古籍出版社1992年版，第9页。

者也。①

　　圣人动作因循，不敢有所造为，恐离本也。②

　　学问必须据实为依，凭借自然之道以求其旨，任何违背"道"、"自然"之义的学说都为夸饰之谈，这里恐怕也影射了东汉章句之学的增饰敷衍，违背儒经本旨。

　　虽然《河上注》的主要思想是养生治身，但也并不回避对治国策略的思考，只不过是把治国看得比治身轻而罢了。它的治国思想与治身思想一样，也表现出重质轻文的倾向，主张返质去文。《忘知》第四十八云：

　　治天下常当以无事，不当烦劳也。③

《还淳》第十九云：

　　绝圣制作，反初守元，五帝画像，苍颉作书，不如三皇结绳，无文而治也。④

　　强调无为而治，反对繁文缛节，文过饰非，社会愈多条文法律，则愈多乱犯，愈多诳诈。"科条既备，民多伪态"，"繁称文辞，天下不治"（《战国策·秦策一》），那么只有"反初守元"，反归质朴的上古三皇时代，人人相安无事，无有欺诈，治世太平。虽然这里追求的是老子理想的那种"小国寡民"社会，但表现出来的逆历史潮流而动的倒退的历史文化观念，毕竟是反动的。

　　无论从哪个角度出发，在对待文与质的关系上，《河上注》都主张"去彼华薄，取此实厚"⑤，因为"除浮华则无忧患"⑥，无论于身、于国，于

_____

① 《道藏》第 12 册，文物出版社、上海书店、天津古籍出版社 1992 年版，第 19 页。
② 《道藏》第 12 册，文物出版社、上海书店、天津古籍出版社 1992 年版，第 19 页。
③ 《道藏》第 12 册，文物出版社、上海书店、天津古籍出版社 1992 年版，第 14 页。
④ 《道藏》第 12 册，文物出版社、上海书店、天津古籍出版社 1992 年版，第 6 页。
⑤ 《道藏》第 12 册，文物出版社、上海书店、天津古籍出版社 1992 年版，第 11 页。
⑥ 《道藏》第 12 册，文物出版社、上海书店、天津古籍出版社 1992 年版，第 6 页。

己、于人，都是如此。这种重质轻文，返质弃文的观点，除了依托于道家的"道法自然"的思想外，还受墨家的"先质而后文"的观念的影响。"出于清庙之守"的墨家学派的创始人墨子，是道家信奉的人物，葛洪在《神仙传》里就为他立了传。这个学派对汉末早期道教如太平道、五斗米道都发生过较大的影响，且不说它提倡的敬祀天神、地祇、人鬼等宗教观念在早期道教中的流行，即以《太平经》为例就可以发现它其他思想成分对《太平经》的渗透。

以《老子想尔注》为理论典籍的五斗米道有"三官手书"的请祷之法，即把所谓的天官、地官、水官奉为"三元大帝"予以祈请，据云天官可以赐福，地官可以赦罪，水官可以解厄①，后来道教干脆把这三官封号分别贴在尧舜禹身上，这所谓"三元大帝"实则源于墨家所敬奉的尧舜禹三大圣。

这种现象说明，墨家思想的许多成份已经对汉末道教提倡者、创立者、理论家、思想家如《太平经》之作者和《想尔注》之注者，形成了一种较大的影响态势。特别是墨子那种摒弃文采、注重质朴的审美观念，可以说肯定触动了《河上注》者大脑深处时时萌发的返质去文的思想观念，以致把这种观念一吐为快，形之为文。且看墨子的重质轻文的思想：

> 墨子曰："古有无文者，得之矣，夏禹是也。卑小宫室，损薄饮食，土阶三等，衣裳细布。当此之时，黼黻无所用，而务在于完坚。……故食必常饱，然后求美；衣必常暖，然后求丽；居必常安，然后求乐。为可长，行可久，先质而后文。此圣人之务。"②

列举夏禹和殷之盘庚来说明对文采修饰的否定，提出"先质而后文"的美学观，重视实际的功用，轻视文彩之美，这与《河上注》的质文观是完全一致的，从时间推移的顺序看，无疑是墨子的思想对《河上注》有所启发。

---

① 陈寿：《三国志·张鲁传》注引《典略》，中华书局1959年版，第264页。
② 刘向：《说苑·反质》，汉魏丛书本。

三、"去浮华" 论的思想背景

无论是《想尔注》的"邪文"观，或者是《河上注》关于质文关系的观点，都表现出共同的思想倾向，那就是反对浮华，主张摒弃文彩，归于质朴。在任何意义的内容与形式的关系上（包括文章撰写）都重质轻文，返质去文。作为成书时代相去不远（基本上都出现于东汉末季）的早期道教典籍为什么都表现出上述相同的思想观点？我们联系其产生的历史背景，可以从下述三个方面找到原因。

一是对汉代特别是东汉以来的社会浮华风尚和儒家章句之说的强烈不满。汉代经学用烦琐演绎的思维方式，动辄以冗长的篇幅和琐碎的丽辞对儒家经典进行阐释和注解，诚如《汉书·艺文志》所言："后世经传既已乖离，博学者又不思多闻阙疑之义，而务碎义逃难，便辞巧说，破坏形体；说五字之文，至于二三万言。后进弥以驰逐，故幼童而守一艺，白首而后能言。"对此，桓谭在其《新论·正经》中亦深刻指出："秦近君能说《尧典》篇目两字之谊，至十万言，但说'曰若稽古'，三万言。"杨终曾向汉章帝上书称"章句之徒，破坏大体"[1]，以致章帝不得不下诏企图阻止章句的浮华，由此可见章句之危害，已到了非常严重的程度，所以《太平经》强烈指出这是本末倒置，是非不分：

> 守众文章句而忘本事者，非也，失天道矣。[2]

"失天道"，即失去"道法自然"的本色，失去道教赖以依存的道家思想质朴无华的本质特征。

二是对汉代谶纬之虚妄的批判。汉代谶纬，内容杂乱，主要包括以下一些知识范围：天官星历，灾异感应，谶语符命，天文地理，风土习俗，自然知识，文字训诂，神仙方术，神话幻想以及驱鬼镇邪之法，几乎无所不包，

---

① 范晔：《后汉书·杨终传》，第1599页。
② 王明：《太平经合校》，中华书局1960年版，第31—32页。

无奇不有，被鼓动得神诡怪诞，这是汉代今文经学政治化、世俗化、平庸化与汉代盛行的神仙迷信相结合的产物。我们来看一段《后汉书·张衡传》对谶纬之虚妄的描写：

> 自中兴之后，儒者争学图纬，复附以妖言。（张）衡以图纬虚妄，非圣人之法，乃上疏曰："臣闻圣人明审律历以定吉凶，重之以卜筮，杂之以九宫，经天验道，本尽于此。或观星辰逆顺，寒燠所由，或察龟策之占，巫觋之言，其所因者，非一术也。立言于前，有征于后，故智者贵焉，谓之谶书。……（谶纬）之书，互异数事，圣人之言，执无若是，殆必虚伪之徒，以要世取资。……此皆欺世罔俗，以昧执位，情伪较然，莫之纠禁。且律历、卦候、九宫、风角，数有征效，世莫肯学，而竟称不占之书，譬犹画工，恶图犬马而好作鬼魅，诚以实事难形，而虚伪不穷也。"[1]

张衡在这里一方面探讨了谶纬的形成，另一方面指出了谶纬的危害，当然对其中属于科学成分的星历知识也予以肯定。针对贻患社会的虚伪华饰之"图谶"之说，张衡又上书说："宜收藏图谶，一禁绝之，则朱紫无所眩，典籍无瑕玷矣。"[2]

《太平经》曾把图谶之学称为内学，以为是不应正路的邪说，《想尔注》称"其五经半入邪，其五经以外，众书传记，尸人所作，悉邪耳"[3]，就汉代而言，五经以外还有什么呢？谶纬图识之属，肯定是"以外"之一了，因此，《想尔注》所主张的去"邪文"，当然也指这类虚妄的图谶之书。《河上注》在《守微》第六十四里也曾谈到汉代学问的离真去朴，背离质朴之自然时说：

---

① 范晔：《后汉书·张衡传》，第 1911—1912 页。
② 范晔：《后汉书·张衡传》，第 1912 页。
③ 饶宗颐：《老子想尔注校证》，上海古籍出版社 1991 年版，第 22 页。

> 众人学问皆反也。过本为学，过实为华。①

这里虽然笼而统之地说"众人学问"，但可以推知，肯定泛指汉代整个学问的趋势和路径，那么当然也包括谶纬之学了。早期道教为了自神其教，必须争得与儒家（或儒教）等同的地位，则效法儒家的神圣其典籍与周孔的做法是一个最快捷最有效的方法，但仅此还不够，还必须想方设法贬损异己的势力以抬高自己，所以又大肆攻击儒家"五经半入邪"，五经以外，"悉邪耳"。

三是对汉季民间鬼道和淫祀活动的不满。对于汉代的民间鬼道和祭祀活动，从宗教起源和发展的角度来看，对早期道教的形成是起过催化作用的，但为什么当太平道、五斗米道等创建之后又对之持不满甚至批判的态度呢？《太平经》曾指出它们：

> 多张其祭祀，以过法度，阴兴反伤衰其阳。②

《想尔注》则表明了希望天师道脱离民间邪道和淫祀的愿望，故云：

> 天之正法，不在祭祀祷祠也，道故禁祭祀祷祠，与之重罚，祭祀与邪同。③
>
> 有道者不处祭祀祷祠之间也。④

可见，太平道和五斗米道在产生中离不开民间巫觋文化和祭祀习俗的影响，但那些铺张浪费、欺世惑民的邪伪华饰之巫觋活动、祭祀活动，严重干扰着作为有组织有理论纲领的宗教活动，他们巧言惑众，在一定程度上动摇着这些早期道教团体，或者玷污这些教团的名声。所以，北魏时期寇谦之在清整道教组织自身缺憾时，说汉世末季"世间作伪，攻错经道，……惑乱万

---

① 《道藏》第 12 册，文物出版社、上海书店、天津古籍出版社 1992 年版，第 19 页。
② 《道藏》第 12 册，文物出版社、上海书店、天津古籍出版社 1992 年版，第 52 页。
③ 饶宗颐：《老子想尔注校证》，上海古籍出版社 1991 年版，第 31 页。
④ 饶宗颐：《老子想尔注校证》，上海古籍出版社 1991 年版，第 32 页。

民，称鬼神语，愚民信之，诳诈万端"①，这是很有针对性的。在《正一天师告赵升口诀》里，造经者曾假托张陵的口气对这种混淆是非、文饰鬼道的现象也进行了尖锐的批评：

> 但见佩黄老职治之人，与三百鬼官，文墨纷纷，更相段鄙，浊乱清文，多佩箓职，自称真人，卖术自荣，妖惑愚人，贪尺帛、十钱、斗米，聚敛人物，求目下之安。②

可见，这种"文墨纷纷"、"浊乱清文"的浮华邪道有极大的危害性，因此，"去浮华"，去"邪文"是势在必行，当务所迫。

以王充、王符、崔寔、仲长统等为代表的东汉思想家，从哲学、政治、思想等各个领域对东汉社会的种种弊端进行了深刻尖锐地批判，汇成了一股洪流般的社会批判思潮，猛烈地冲击着东汉王朝的腐朽统治。《想尔注》《河上注》这些出现于东汉末期的道教典籍，也从宗教的立场出发，对东汉社会的不良风尚进行了较有力量的批评。这些典籍的"去浮华"论、"邪文"观、文质关系论，都具有一定的进步意义和历史作用，是必须予以肯定的。

第三节　早期丹鼎派的隐喻含蕴

中古时期的道教，可以根据其自身发展的特点划分出几个发展阶段。东汉顺帝以前是准备阶段，从东汉顺帝至汉末是始创阶段，魏晋时期是由民间道教转向贵族化的神仙道教的过渡阶段，南北朝时期是提高道教素质，出现教会道教的成熟阶段。在这几个发展阶段中，可以看出道教在思想信仰上由驳杂繁富向单一的长生成仙思想发展的趋势。如《太平经》的思想主张是非

---

① 《老君音诵戒经》，《道藏》第 18 册，第 211 页。
② 《道藏》第 32 册，第 593 页。

常繁杂的，涉及哲学、政治、神学、选举、经济、养生、方术、文艺等多个领域；《老子想尔注》虽然有许多方面与《太平经》有一脉相承之处，但主要表现在把"道"和"老子"神化以及重视"生"两个方面，体现了它以神学思想、生命意识为主旨的特点；《老子河上公章句》则很明确地认为治身（养生）比治国重要，把养生看得高于一切，全部"章句"都围绕养生来阐发。至于成书于上述三书之后的《周易参同契》，则只有一个思想中心：炼丹以服可以永生。它的出现，不但成为后世道教丹鼎派的鼻祖，而且也为早期道教向魏晋神仙道教过渡做了铺垫，更为重要的是，该书大量使用的隐喻性语言，为后世道教典籍的造作在用语上开创了隐秘晦涩、古奥神诡的先例，给宗教抹上了谲怪神圣的色彩，形成了一种瑰丽绚烂的语言风格。

一、魏伯阳与早期丹鼎派

魏伯阳是否东汉人，《周易参同契》是否成书于东汉，学界存在许多分歧，出于本章研究对象的考虑，有必要对这两个问题提出自己的看法。

魏伯阳其人的生平事迹，查《后汉书》等正史，均无记载。古籍中较早谈及其人其书者，是道教中人、丹经理论之集大成者葛洪，其《神仙传》卷二云：

> 魏伯阳，吴人也，本高门之士，而性姓（信）道术，……作《参同契》《五相类》，其说如似解释《周易》，其实假借爻象以论作丹之意。①

葛洪虽没记载魏伯阳所属时代，但确认魏作《参同契》，对该书的主旨也指称正确。此说一出，引来许多好事者对此敷衍修饰，但有一点是众说普遍认同的，即魏作《参同契》。

那么，《参同契》（《周易参同契》的简称，又称《易参同契》）究为何

---

① 《四库全书》本子部十四《道家类》。

时所作？作者何人？解答这两个问题，必须从后蜀彭晓的《周易参同契分章通真义》序入手，该序云：

> 真人魏伯阳者，会稽上虞人也。……约《周易》撰《参同契》三篇。……密示青州徐从事，徐乃隐名而注之。至后汉孝桓帝时，公复传授与同郡淳于叔通，遂行于世。[1]

徐从事行状不可考，然被传授《参同契》的淳于叔通却是我们解决上述两个问题的突破口。据《后汉书·五行志》注引干宝《搜神记》云："桓帝即位，有大蛇见德阳殿上，洛阳市令淳于翼曰：'蛇有鳞，甲兵之象也，见于省中，将有椒房大臣受甲兵之诛也，乃弃官遁去，至延熹二年，诛大将军梁冀，捕治宗属，扬兵京师也'。"又据袁宏《后汉纪》卷二十二云："故洛阳市长淳于翼学问渊深，大儒旧名，常隐于田里，希见长吏。"这个洛阳市（令）长淳于翼就是五代时彭晓说的淳于叔通。陶弘景在《真诰·稽神枢》中亦云"桓帝时上虞淳于叔通……以知术故郡，举方正，迁洛阳市长"[2]。桓帝时的淳于叔通已传授《参同契》，则《参同契》之成书或在桓帝时，或在桓帝即位之前，则作者魏伯阳的生活时代亦与此相当，即或在桓帝时，或在桓帝即位之先。所以朱熹说"《周易参同契》魏伯阳所作，魏君后汉人"，"盖后汉之能文者为之"[3]，把《参同契》的作者及成书年代都置于后汉，这种说法当然更显稳妥。

《参同契》及作者的时代问题既已解决，那么我们所立论的它是早期道教向魏晋神仙道教特别是葛洪的外丹理论过渡之桥梁也就赢得了时间上的证据。而从内容上来讲，它阐发的炼丹原理、服丹永生的思想，则更启葛洪金丹术之先河。

从《周易参同契》的书题来看，就可推知它是运用《周易》的阴阳之

---

① 《道藏》第20册，第131页。
② 《道藏》第20册，第562页。
③ 《周易参同契考异》，《道藏》第20册，第118页。

道来讲述炼丹原理即炼丹术,彭晓在《参同契通真义序》里说:

> 《参同契》者,参,杂也;同,通也;契,合也。谓与诸丹经理通而契合也。①

朱熹《参同契考异》所附黄瑞节前序亦云:

> 参,杂也;同,通也;契,合也。谓与《周易》理通而义合也。②

该书论述以铅汞入药,与水火为伍,规定了用药的分量,炼丹的火候,还丹的过程,服丹的效果。这些炼丹原理为葛洪撰《抱朴子内篇》的外丹理论提供了依据。因此,《参同契》被视为道教丹鼎派最早的理论著作——千古丹经之祖,魏伯阳也被奉为丹经之王。

由于强调《周易》阴阳之理对炼丹的作用,又吸收了汉代易学中的纳甲原理、十二消息说和卦气说来指导炼丹的具体方法和程序,因此,《参同契》全书充满了极其神秘怪谲的色彩。为了体现道家天道自然思想中道的万能及神秘,作者又大量使用隐语、隐喻来影射炼丹中的具体事物以及丹药的神奇,使炼丹本身更具有神秘性。"宗教语言充满着隐喻"③,在《周易参同契》里表现得是很充分的。

二、《周易参同契》 的隐喻修辞艺术

我们先来检索一下《参同契》所运用的隐喻。由于魏伯阳的另一部炼丹著作《五相类》是补充《参同契》的,因此,我们也把它的隐喻与《参同契》的隐喻一起讨论,二者构成《参同契》的隐喻系统。

《参同契》的隐喻系统包括炼丹原理(基础理论)、炼丹伊始、炼丹原

---

① 《道藏》第20册,第131页。
② 《道藏》第20册,第18页。
③ [法]利科:《隐喻过程》,刘小枫主编:《20世纪西方宗教哲学文选》,上海三联书店1991年版,第1053页。

料、火候形态、铅汞状貌、丹之形成、丹之效用、用药要求等各个环节对隐喻的运用。如第一条：

> 发号顺时令，勿失爻动时。①

用国君的统治万民、治理朝政要顺时来比喻养身要顺应节令。第二条：

> 经营养鄞鄂，凝神以成躯。

用鄞鄂（鄂犹萼——引者注）来比喻性命之根本。第三条：

> 于是仲尼始鸿蒙，乾坤得洞虚，稽古当元皇，关睢建始初，冠婚气相纽，元年乃芽滋。

这里列举《易》《书》《诗》《礼》《春秋》的托始之义，来比喻炼丹亦要重基始。第四条：

> 象彼仲冬节，竹木皆催伤，佐阳诘贾旅，人君深自藏。

用仲冬万物收藏、商旅不行来比喻意守丹田、气回丹田。第五条：

> 金本从月生，朔旦受日符。金反归其母，月晦日相包。阴藏其垣郭，沉沦于洞虚。

用日月的会合，月受日化来比喻碳酸铅投入火中，经受阳火的烧炼。第六条：

> "初九潜龙"、"九二见龙"、"九三夕惕"、"九四或跃"、"九五飞龙"、"上九亢龙"。

此数语皆为乾九之爻龙的升降翩翩之态，以此比喻炼丹时火候之用，强调进火退符均须依此规则。第七条：

> 阴阳为度，魂魄所居。阳神日魂，阴神月魄。魂之与魄，互为

---

① 《周易参同契》收录于《道藏》第 20 册，第 65—96 页，为了引用的方便，我们以萧汉明《周易参同契校释》（以下简称为《校释》，上海文化出版社 2001 年）为依据。

室宅。性之处内，立置鄞鄂。情主营外，筑垣城郭。

用日月比喻人体之阴阳魂魄，用室宅喻人体，性为根（内）以鄞鄂喻之；情为末（外）以城郭喻之。第八条：

三光陆沉，温养子珠。

用"陆沉"来比喻气收丹田的养生之法。① 第九条：

被褐怀玉。

用褐与玉来比喻炼丹原料——铅的外黑内白、外粗内精的自然状态。第十条：

丹砂水精，得金乃并。金为水母，母隐子胎；水者金子，子藏
母胞。

铅与汞，即金与水，炼丹时，铅汞熔合，金水相依，犹母子相依；铅汞之关系，犹母子之关系。第十一条：

解化为水，马齿阑玗。

比喻炼丹时所结成之物附着于鼎器上下形成马齿之形阑玗之状。第十二条：

迫促时阴，拘畜禁门。

用皇宫之禁门比喻鼎器之口。第十三条：

龙呼于虎，虎吸其精，两相饮食，俱相贪荣。

用龙喻汞，用虎喻铅，龙虎又喻雄雌，用龙虎相依喻铅汞的胶着状态。第十四条：

五行相克，更为父母。母含滋液，父主禀与。慈母养育，孝子

---

① 《庄子·则阳》："其声销，其志无穷，其口虽言，而心未尝言，方且与世违而心不屑与之俱，是陆沉者也。"

报恩。严父施政，教敕子孙。

用父母生子喻铅汞生丹。第十五条：

关关雎鸠，在河之洲，窈窕淑女，君子好逑。

用男女匹配比喻炼制金丹时药物一定相配，否则金丹终不可得。

这些隐喻的大量运用，带来的直接的语言效果是古奥难懂、恍惚迷茫，令人捉摸不透，这种"寓言借事，隐显异文"①的用语手段，连朱熹都感到"无下手处，不敢轻议"②，"词韵皆古，奥雅难通"③，"《参同契》为艰深之词，使人难晓，其中有千周万遍之说，欲使人熟读以得之也"④，恐怕只有"熟读"万遍，其意也许"自见"。

为什么《参同契》之作者在用语上"故弄玄虚"？我们只能从其笃信金丹可以长生的宗教心理上得到解答。由于作者为了表现阴阳之"道"的万能与神秘，所以有意曲为其辞，慎重其事，正像他自己所说：

文字郑重说，俗人不熟思。寻度其源流，幽明本共居，窃为贤者谈，曷敢诈为辞？若遂结舌瘖，绝道获罚诛，写情著竹帛，恐泄天之符。犹豫增叹息，俯仰掇虑思。陶冶有法程，未忍悉陈敷，略术其纲纪，开端见条枝。⑤

既暗示了一种矛盾的心态，又表现了传授金丹之法的神秘。如果沉默不传语，则获绝道之罪；详写于书，明确表白，又恐泄露天机，反复衡量，只好欲言又止，处于说与不说之间，说则含混，隐又微露，故弄点玄虚，以示真道不可轻得，从而"道"的神圣与庄严就得以体现，宗教的神秘和崇高建立在这种无形的感召之中。朱熹说："大概其说以为欲明言之，恐泄天机，

---

① 彭晓：《参同契解义序》，《道藏》第20册，第131页。
② 朱熹：《周易参同契考异》，《道藏》第20册，第118页。
③ 《道藏》第20册，第131页。
④ 黎靖德编纂：《朱子语类》卷125，中华书局1988年版，第3002页。
⑤ 《道藏》第20册，第131页。

欲不说来，又却可惜。"① 这种天机不可泄露的宗教心理，使信奉者永远觉得其中神秘莫测、奥妙无穷、高不可攀，然后崇拜不止，景仰不息。

秘而不宣是道教传道的"法门"，道士著书往往不把"真诀"写在书上，他们担心、害怕上天的罪罚乃至殃及子孙，既怕不传而"闭天道"，又怕不该传而传以"泄天机"，于是故意用隐语写书，设迷布阵，让修道者自己领悟，故葛洪云：

> 道家之所至秘而重者，莫过于长生之方也。故血盟乃传，传非其人，戒在天罚。先师不敢以轻行授人，须人求之至勤者，犹当拣选至精者乃教之。②

这就是自道教产生以后道书愈来愈多隐语的原因，隐语写作发展到极端，就会走向怪异、神诡，诚如葛兆光所说，道书"为了宣传神灵的灵异威严及鬼怪的可怖与凶恶，为了引起人对理想中的仙界的向往，当然也为了保证道士对于沟通人神天地的特权，它们常常需要使用一些非常独特和怪异的语词，所以它不是无文字语言以为说，而是专凭文字语言以为神"③。这种隐语手法，滥觞于《参同契》。

从人类思维的角度讲，对于抽象概念的把握，特别是宗教领域的抽象概念，往往需要借用隐喻，正如英国语言学家米勒指出："古代语言是一种很难掌握的工具，尤其对于宗教的目的来说更是如此。人类语言除非凭借隐喻就不可能表达抽象概念。说古代宗教的全部词汇都是由隐喻构成，这并非夸张其词。"④ 法国修辞学家利科也指出："宗教语言充满着隐喻。"⑤ 只有通

---

① 黎靖德编纂：《朱子语类》卷 125，第 3002 页。
② 王明：《抱朴子内篇校释》，中华书局 1985 年版，第 252 页。
③ 葛兆光：《中国宗教与文学论集》，清华大学出版社 1998 年版，第 75 页。
④ ［英］麦克斯·米勒：《神话学论稿》，载［德］恩斯特·卡西尔《人论》，上海译文出版社 2004 年版，第 153 页。
⑤ ［法］保罗·利科：《隐喻过程》，载刘小枫主编：《20 世纪西方宗教哲学文选》，上海三联书店 1991 年版，第 1053 页。

过隐喻才能表达出一个抽象概念，在表达与被表达之间，是一种修饰关系，起"一种装饰"作用，我们可以利用这种隐喻理论来分析《参同契》的隐喻所起的"装饰"作用。利科说"隐喻是转义，即涉及命名的谈话的修辞格"，"隐喻是命名的一种延伸，这延伸是通过它与语词的表面意义的分离完成的"①，不包括任何语义方面的革新。"既然不允许有革新，那么隐喻就没给实在提供信息，它只是话语的一种装饰"，② 《参同契》隐喻系统中的隐喻，是符合利科所说的隐喻的定义的。如第二条云："经营养鄞鄂，凝神以成躯。"这个隐喻的含义是养生必须养本，但这个意义是"养鄞鄂"的"转义"，因此，"隐喻是转义"的定义和条件在这里是具备的，"凝神以成躯"是"养鄞鄂"的延伸，但这种延伸最后与"养鄞鄂"这个语词的表面意义分离，所为"得兔忘蹄，得鱼忘筌"是也，这也符合利科讲的第二个条件。这个隐喻中的延伸与语词的表面意义之所以能分离独立，就是因为"养鄞鄂"与"养生"有相似性，没有两者的相似性当然就无法寻找替换物，替换物"鄞鄂"在"经营养鄞鄂"这个句子里，并不阐述养鄞鄂的任何含义，没有带来语言意义上的任何变化、革新，因此，它只是一种拿来引发下一句的真正意蕴的联想物，起到装饰、引发的作用。

《参同契》隐喻系统中的隐喻，在喻体与本体中具备的相似性，如利科所说"好的隐喻就是建立相似性，而非纯粹显示相似性的那种东西"③，亚里士多德也曾说"造一个好的隐喻就是领悟相似性"，"使事物活现在眼前"④，可见，相似性原理是作为"装饰"的隐喻的共同基础。从修辞格的意义上来说，隐喻是一种语言表现手段，如果把这种手段运用到文学艺术创作中来，它就是一种言在此而意在彼的留给读者丰富的想象、回旋余地的创

---

① ［法］利科：《隐喻过程》，刘小枫主编：《20 世纪西方宗教哲学文选》，第 1054 页。
② ［法］利科：《隐喻过程》，刘小枫主编：《20 世纪西方宗教哲学文选》，第 1054 页。
③ ［法］利科：《隐喻过程》，刘小枫主编：《20 世纪西方宗教哲学文选》，第 1056 页。
④ 苗力田主编：《亚里士多德全集》第 9 卷《修辞术》卷三，中国人民大学出版社 1990 年版，第 520 页。

作技巧。刘勰说："隐也者，文外之重旨者也；……夫隐之为体，义生文外，秘响旁通，伏采潜发，譬爻象之变互体，川渎之蕴珠玉也。"（《文心雕龙·隐秀》）文学创作追求隐藏在字面背后的深邃的意蕴，让读者产生一种回味无穷、把玩不尽的兴味，一种掩卷深思的含蓄之美在读者的脑际回荡，所谓"婉转附物"，正是依托在物的相似性的原理之上的创作联想，《参同契》的隐喻系统，既体现了对语义上的修辞格的娴熟运用，又与文学艺术创作中的这种言外之意、味外之旨、含蓄之美相沟通。当然，从道教宣教、尊神、扬威的目的出发，把隐喻之法推向诡秘、怪诞的端头，甚至许多信仰道教的文人墨客亦效法此"格"，创作了许多匪夷所思的诗文作品，恐怕是《参同契》的作者始料不及的。

第二章 魏晋神仙道教文学思想

东汉末年，以早期道教形式组织起来的如火如荼的黄巾农民起义，在统治者的血腥镇压下失败了，从此，我国土生土长的道教开始走向分化，这种分化随着新的封建政权——魏晋政权的建立所采取的既镇压又笼络的政策而呈现出这样的态势：一部分道教徒继续在民间或秘密、或公开地布道授教，传播的重心开始向南方转移。除了早期道教组织中的天师道依然是主要的道教派别外，其他在社会上流行的道教团体较有影响的还有李家道、帛家道、干君道、清水道和杜子恭道团；另一部分甚至是主要的部分则开始向上层士族社会渗透，逐渐形成具有时代特色的上层神仙道教或贵族道教。这种态势在晋代尤其明显，一些道教徒穿梭奔波于豪门权贵之间，一方面宣传道教的教旨、教义，阐述长生成仙之道，一方面又借此直接参与封建统治阶级内部的政治权力分配和斗争，有些人甚至于其中运筹帷幄乃至呼风唤雨；另一个现象则是，统治阶级中的一些高级士族和豪右主动地加入道教中来，成为道教虔诚的信仰者，特别是对神仙道教神仙可致的最高目标深信不疑以致躬亲实践，这样，高门士族与道教发生了紧密无间的联系，出现了一些所谓的天师世家。据陈寅恪考证，这些出身高门士族的天师道崇信者有琅邪王氏（王羲之等为代表）、高平郗氏（郗鉴为代表）、吴郡杜氏（杜子恭为代表）、会稽孔氏（孔愉为代表）、义兴周氏（周勰为代表）、陈郡殷氏（殷仲堪等为代表）、丹阳葛氏（葛洪为代表）、许氏、陶氏以及吴兴沈氏（沈警以及后来沈约等为代表）。①

魏晋社会特别是晋代社会为什么会出现豪门贵胄阶层信仰神仙道教的现象？当然，比较直观的原因是来自统治阶级采取的既镇压又笼络的双重政策，造成了道教组织与统治政权之间互动的局面，也就是说，黄巾起义失败的血的教训使道教组织认识到必须适应统治阶级的政治需要，自身才能生存和发展，因此，许多天师道信徒想方设法挤进上层社会使道教的性质慢慢地发生改变，即由原来的作为联络和组织农民起义的政治工具改变成为统治阶级服务、为使统治阶级的统治千秋永固提供肉体上长生久视的灵丹妙药的治身之术——神仙法术。另一方面，统治阶级也施展许多笼络、感化的政策，运用政权意志和权力把道教逐步引向统治意识之中，从而使道教在魏晋时期基本上流传于神仙道教的范围之内。从曹魏初建对待张鲁的态度和西晋初期杨骏和贾后利用道士来巩固其统治地位等事例中清楚地说明了这一点。这种互动形势带来的直接效果，无疑是使神仙道教在魏晋政治统治中的中心阶级——豪门士族中产生深刻的影响。葛洪就是在这种背景下全面系统地总结了自战国、秦汉以来流传的方仙道术，把道教的神仙信仰理论化，为上层士族道教奠定了理论基础，也为封建统治阶级分化、镇压民间道教提供了依据，他也成为道教史上承前启后的划时代人物。而作为他神仙道教理论的核心的金丹理论，在当时及其以后，持久地深入士族知识分子的心灵。无论是他撰著的道教思想的《抱朴子内篇》，或者是他的儒道兼综的《抱朴子外篇》，都从哲学、宗教、科学、文学艺术、语言等各个领域对人们产生了深远的影响。

第一节　葛洪的神仙道教理论

南宋著名诗人陆放翁曾作诗评葛洪并自勉，其诗云：

---

① 陈寅恪：《金明馆丛稿初编》，三联书店 2001 年版，第 18—38 页。

　　　　稚川师郑君，才及一卷书。书大仅如箸，度世盖有余。想其所
论说，妙极轩昊初。

　　　　内篇今虽存，亦复饱蠹鱼。我欲探其源，蹇步空越趄。安得插
两翅，从公游太虚。①

　　"度世有余"、"从游太虚"，既道出了儒家经营世事及人间得失、臧否
的处世态度，又表明了道家不为物役、出世优游的人生哲学。葛洪一生的行
事就是在儒道之间徘徊，儒道杂糅的思想，是他一生的主要思想格调和基本
特征。

一、葛洪的儒道观

　　王明说："葛洪这个飘零没落的士族分子，他的前后思想变迁的脉络，
大体就是从入世而遁世，从儒家而皈依神仙道教，但也始终没有忘怀儒家和
道家。"② 综观葛洪的一生，他的思想表现为儒、道及二者矛盾杂糅的三个
层面，特别是他的儒道杂糅、矛盾对立的层面，往往是我们理解他的双重人
物性格、文化性格以及其他思想领域比如神仙思想、文学思想等领域中的矛
盾现象的突破口，也是我们解决这些矛盾的突破口。

　　我国封建社会占统治地位的儒家思想是一个庞大而又繁复、全面的理论
体系，它对国人的影响，或者说它所起的制约作用究竟能发挥到多大程度，
这得视封建社会各个历史时段的时事环境、时代背景而定；其次，儒家思想
中到底有多少成分、多少内容被国人特别是知识分子所接受，接受之后在其
身上又表现出怎样的特点或者说起了哪些变化、有哪些价值判断和价值选
择，这也得视人们所处的时代环境而定。从上述两点来考察葛洪的儒家思
想，我们可以给他定位在兴儒教、正纲常、救风俗三个坐标上。

　　葛洪身处两晋乱世，世道陵夷，"世道多艰，儒教沦丧，文武之轨，遂

------

① 陆游：《剑南诗稿》卷63，四部备要本。
② 王明：《道家和道教思想研究》，中国社会科学出版社1984年版，第57页。

将凋坠"①，因此，葛洪大有孟子舍我其谁的责任感和使命感，决心"拥经著述"，"立言助教"②，"兴儒教以救微言之绝"③。儒教沦丧的一个重要原因就是谈玄之风的炽盛，整个社会"宝玄谈为金玉"④，因此必须抑玄谈才能崇儒教："今圣明在上，稽古济物，坚堤防以杜决溢，明褒贬以彰劝沮，想宗室公族，以贵门富年，必当竞尚儒术，搏节艺文，释老庄之不急，精六经之正道。"⑤

对于玄学的评价和看法，我们应采取区别对待的态度。早期玄学特别是何晏、王弼时代的玄学都是从哲学方法论的高度来解决世界的本源问题，他们祖述《老》《庄》，立论以为天地万物以"无"为本，"无也者，开物成务，无往而不存者也。阴阳恃以化生，万物恃以成形，贤者恃以成德，不肖恃以免身，故无之为用，无爵而贵焉"⑥，哲学方法论上的玄学是无可厚非的，并且由此带来了当时许多认识论上的问题的解决。但一旦把这种本体论哲学与政治文化特别是人的精神欲求结合起来的时候，玄学就发展为以率任自然为目标而背离政治伦理道德的约束，这就是阮籍、嵇康时代的"越名教而任自然"，"非汤武而薄周孔"的"异端"玄学。这种玄学虽然到了郭象时代企图以调和的态度把名教与自然统一起来，但实际的情形则是愈到后来，玄学愈向放诞、颓废的方向发展，越来越背离嵇、阮对精神自由之追求的本意，中朝玄谈与渡江前后的玄风如王澄、王敦、王导、殷浩之流的放达、消遣色彩，就是这种趋势的代表，因此，葛洪非议和抨击的就是这种违背儒家礼教廉耻观念的没落玄风：

> 抱朴子曰：轻薄之人，背礼叛教，托云率任，才不逸伦，强为

---

① 杨明照：《抱朴子外篇校笺上》，中华书局 1991 年版，第 134 页。
② 杨明照：《抱朴子外篇校笺上》，中华书局 1991 年版，第 59 页。
③ 杨明照：《抱朴子外篇校笺上》，中华书局 1991 年版，第 61 页。
④ 杨明照：《抱朴子外篇校笺上》，中华书局 1991 年版，第 47 页。
⑤ 杨明照：《抱朴子外篇校笺上》，中华书局 1991 年版，第 173 页。
⑥ 房玄龄等：《晋书·王衍传》，中华书局 1974 年版，第 1236 页。

放达。①

　　诬引老庄，贵于率任……啸傲纵逸，谓之体道。②

　　对这些曲解老庄本义，也即曲解玄学本体论原旨的"强为放达"之玄风，葛洪才为之"呜呼惜乎！岂不悲哉"③。既背离了何王玄学，又与嵇阮玄学不合拍的西晋中朝玄学和渡江前后的玄学造成了怎样的现实环境呢？葛洪是这样描述的：

　　世故继有，礼教渐颓，敬让莫崇，傲慢成俗，俦类饮会，或蹲或踞，暑夏之月，露首袒体。④

　　世人闻戴叔鸾、阮嗣宗傲俗自放，见谓大度，而不量其材力，非傲生之匹，而慕学之，或乱项科头，或裸袒蹲夷，或濯脚于稠众，或溲便于人前，或停客而独食，或行酒而止所亲。⑤

　　这简直是一幅背礼叛教之假阮籍之流的群丑图。对此，葛洪表示：

　　余愿世人改其无检之行，除其骄吝之失，遣其夸矜尚人之疾，绝息嘲弄不典之言。⑥

　　回到儒家礼教、周孔道德的轨道上来，以复兴儒家为当务之急。而要复兴儒教，就必须从正纲常、救风俗着手。⑦

　　正纲常是复兴儒教、消弭玄风的首要任务，而正纲常又必须首先端正君臣上下尊卑等级秩序。葛洪耳闻目睹了汉末以来频频出现的君主禅让废立的政权交替现象，而鲍敬言又在当时极力宣传无君论思想，认为立君违反了人

---

① 杨明照：《抱朴子外篇校笺上》，中华书局1991年版，第619—620页。
② 杨明照：《抱朴子外篇校笺上》，中华书局1991年版，第632页。
③ 杨明照：《抱朴子外篇校笺上》，中华书局1991年版，第632页。
④ 杨明照：《抱朴子外篇校笺上》，中华书局1991年版，第601页。
⑤ 杨明照：《抱朴子外篇校笺下》，中华书局1991年版，第29页。
⑥ 杨明照：《抱朴子外篇校笺上》，中华书局1991年版，第609页。
⑦ 葛洪对玄学的态度是留有余地的，他坚决反对的是那种强为放达、东施效颦和颓废堕落的玄风，而真正意义上的追求精神自由，他是赞许的，否则会与他的神仙思想相矛盾。

性要求，对此，葛洪极为不满并大加申斥。他认为君上臣下有如天上地下是不可动摇的：

> 清玄剖而上浮，浊黄判而下沉。尊卑等威，于是乎著，往圣取诸两仪，而君臣之道立；设官分职，而雍熙之化隆。①
>
> 君，天也，父也。君而可废，则天亦可改，父亦可易也。②
>
> 方策所载，莫不尊君卑臣，强干弱枝，《春秋》之义，天不可雠，大圣著经，资父事君，民生在三，奉之如一，而许废立之事，开不道之端，下陵上替，难以训矣。③

所以，葛洪坚决主张"废立之事，小顺大逆，不可长也"④。葛洪的这种君臣尊卑等级观念，是他神仙道教思想中的神仙亦有等级观念的理论基础，由此我们可以看出他的神仙道教也是旨在为统治阶级服务的，是极力为封建等级制度进行辩护的。

葛洪的正纲常还表现在"法后王"的贵今举措上。荀子主张的"至治之极复后王"和"舍后王而道上古，譬之犹舍己之君而事人之君，故曰，欲观千岁，则数今日"⑤ 的思想也是儒教的一个重要组成部分，葛洪以此为依据，对鲍敬言宣传的上古无君无臣，"入无六亲之尊卑，出无阶级之等威"的古胜于今论进行了认真严肃的批判，指出后世的种种文明比远古的蒙昧愚妄要优胜得多，这是符合历史进化论的。后来葛洪在文学思想上提出今之文章不比古之文章差就是建立在这种历史进化论的基础之上。

端正了君臣的位置，正名定分之后，就可以解救"上梁不正下梁歪"所引起的颓废之世风，因此，葛洪接下来的兴复儒教之举就是救世风。一是纠正学风不正的弊病，继承和弘扬汉儒治学的精神，为此，葛洪专著《勖学》

---

① 杨明照：《抱朴子外篇校笺上》，中华书局 1991 年版，第 174 页。
② 杨明照：《抱朴子外篇校笺上》，中华书局 1991 年版，第 285 页。
③ 杨明照：《抱朴子外篇校笺上》，中华书局 1991 年版，第 290—291 页。
④ 杨明照：《抱朴子外篇校笺上》，中华书局 1991 年版，第 280 页。
⑤ 杨柳桥：《荀子诂译》，齐鲁书社 1985 年版，第 102 页。

篇以荀子撰《劝学》的格调强调为学的必要性，为学的方法，为学以善为本，为学要珍惜光阴，为学要博闻广见，学不可已矣，能够如此重视学习，则"进可以为国，退可以保己"①。他自己在学习上也把汉代的内学外学沟通起来，特别是他集大成的神仙学说，更是总结汉代以来的天人感应学说、谶纬神仙理论、易学思想，再糅合吴国江南学风，表现出一种保守正派的治学风范，所以唐长孺说："葛洪的学问综合了南北的旧传统、旧思想。……葛洪的地域、家学、师承都重保守，因此他的学问纯为汉人之旧。"② 这所谓旧传统、旧思想，也包括葛洪对所谓晋代玄学放达、旷荡、纵逸之"新"的排斥和否定。在纠正学风上，葛洪还主张文章风格上的革新变化，反对汉儒学问文章唯古是从、唯三代之文是贵的贱今思想，表现出进化发展的文学观念。这里看似与他的汉儒传统学风相矛盾，这固然是他儒道杂糅的思想矛盾造成的，但也表现了他文章高于德行的偏重文章特别是子书的思想。

一是拯救社会风俗的颓败腐朽。我们来感受一下葛洪时代的社会风气：

　　或假财色以交权豪，或因时运以佻荣位，或以婚姻而联贵戚，或弄毁誉以合威柄。③ ——不择手段巴结豪门。

　　或有不开律令之篇卷，而窃大理之位；不识几案之所置，而处机要之职；不知五经之名目，而飨儒官之禄；不娴尺纸之寒暑，而坐著作之地；笔不狂简，而受驳议之荣；低眉垂翼，而充奏劾之选；不辨人物之精粗，而委以品藻之政；不知三才之军势，而轩昂节盖之下；屡为奔北之辱将，而不识前锋之显号……④——每一个官位都是些尸餐素位、不称其职的酒囊饭袋。

　　小大丧乱，亦罔非酒，然而俗人是酣是湎：其初筵也，抑抑济济，言希容整，咏湛露之厌厌，歌在镐之恺乐……日未移晷，体轻

---

① 杨明照：《抱朴子外篇校笺上》，中华书局1991年版，第111页。
② 周一良：《魏晋南北朝史论集》，三联书店1955年版，第377页。
③ 杨明照：《抱朴子外篇校笺上》，中华书局1991年版，第613页。
④ 杨明照：《抱朴子外篇校笺下》，中华书局1991年版，第149—150页。

耳热……醉而不止，拔辖投井，于是口涌鼻溢，濡首及乱。屡舞蹁
跹，舍其坐迁；载号载呶，如沸如羹。或争辞尚胜，或哑哑独笑，
或无对而谈，或呕吐几筵，或嗔蹶良倡，或冠脱带解……①——醉
生梦死的社会颓废画。

丧乱以来，事物屡变：冠履衣服，神祇裁制，日月改易，无复
一定，乍长乍短，一广一狭，忽高忽卑，或粗或细，所饰无常，以
同为快，其好事者，朝夕放效，所谓"就鄑贵大眉，远方皆半额"
也。② ——外则时髦，内则空虚。

诸如此类，不胜枚举。而每每触及此等恶习，葛洪亦百般无奈，"有斧
无柯，其如之何哉"③。之所以如此，葛洪认为，关键的问题是人才任用的
不合理和官吏选用制度的腐败，如果能人尽其才，才称其职，就能社会澄
清，世风端正，所以葛洪非常重视人才的运用，而且提出才仁兼重，尤以用
其所长，不计其短为佳，特别不应该"以细疵弃巨美"，"以小累废其多"，
因为"小疵不足以损大器，短疚不足以累长才"④。

葛洪的儒家思想主要集中体现在他开始隐居罗浮山之前，而尤以他参与
平定石冰叛乱为国家讨贼立功的实际行动为突出表征。葛洪像历史上任何一
位理想落空壮志难酬的知识分子一样，一旦儒家建功立业的宏伟抱负不得施
展，便马上坠入道家的出世肥遁，笑傲山林的隐居世界，他的思想也就出儒
入道。他详细地审查了儒道两者之难易，最后做出选择：

儒者，易中之难也。道者，难中之易也。夫弃交游，委妻子，
谢荣名，损利禄，割粲烂于其目，抑铿锵于其耳，恬愉静退，独善
守己，谤来不戚，誉至不喜，睹贵不欲，居贱不耻，此道家之难
也。出无庆吊之望，入无瞻视之贵，不劳神于七经，不运思于律

---

① 杨明照：《抱朴子外篇校笺上》，中华书局 1991 年版，第 570—572 页。
② 杨明照：《抱朴子外篇校笺下》，中华书局 1991 年版，第 11 页。
③ 杨明照：《抱朴子外篇校笺上》，中华书局 1991 年版，第 614 页。
④ 杨明照：《抱朴子外篇校笺下》，中华书局 1991 年版，第 307 页。

历，意不为推步之苦，心不为艺文之役，众烦既损，和气自益，无为无虑，不怵不惕，此道家之易也——所谓难中之易矣。夫儒者所修，皆宪章成事，出处有则，语默随时，师则循比屋而可求，书则因解注而释疑，此儒者之易也。钩深致远，错综典坟，该河洛之籍籍，博百氏之云云，德行积于衡巷，忠贞尽于事君，仰驰神于垂象，俯运思于风云，一事不知，则所为不通，片言不正，则褒贬不分，举趾为世之人所则，动唇为天下之所传，此儒者之难也——所谓易中之难矣。笃论二者，儒业多难，道家约易，吾以患其难矣，将舍而从其易正。①

葛洪大半辈子的隐居，就遵循这不慕富贵、不干世务的道家“约易”，奉行安分知足、守柔不争的老庄哲学，“不牵常欲，神参造化，心遗万物”②，“乐天知命，何忧何虑，安时处顺，何怨何尤”③，对此，王明指出：“葛洪说‘金以刚折，水以柔全。山以高陊，谷以卑安。是以执雌节者，无争雄之祸’，这是有意识地采纳老聃的执雌、守柔、不争的人生哲学。他又说：‘否泰有命，通塞听天’，‘穷达，时也，有会而不可力焉’，这是刻意袭取庄周说的‘知其不可奈何而安之若命’，‘生死、存亡、穷达，命也’和‘安时而处顺，哀乐不能入也’的处世哲学和人生态度，有着浓郁的道家味道，可以视作他明显地撷取道家老庄思想的例证。”④

葛洪的思想，虽然较清晰地表现出由儒入道的倾向，但也并不是那么绝对地泾渭分明，隐居前也并非绝对纯儒思想，隐居后也并非绝对纯道理论，而往往是儒道杂糅，儒道兼综的。即以他自己所说的子书著作《抱朴子》之内篇“属道家”来看，其中也包含着修道成仙要恪守儒家忠孝礼义的思想，而就其外篇“属儒家”来看，也渗透着道家知足安命、不婴事物的处世哲

① 王明：《抱朴子内篇校释》，中华书局 1985 年版，第 139—140 页。
② 杨明照：《抱朴子外篇校笺下》，中华书局 1991 年版，第 589 页。
③ 杨明照：《抱朴子外篇校笺上》，中华书局 1991 年版，第 507 页。
④ 王明：《道家和道教思想研究》，中国社会科学出版社 1984 年版，第 56 页。

学。而最能体现其儒道杂糅思想特色的就是他提出的独特的隐居理论，有趣的是，这些隐居理论又都集中于他所说的"属儒家"的内篇里。我国传统意义上的隐居思想最突出最核心的特点是遗世高蹈、不涉世事、独善其身，葛洪对隐居却有独特的理解，他认为人隐居山林草野，能够配合人间儒教"阐弘风化"，起到帮助朝廷淳化世风的作用，因此，统治阶级应该鼓励隐居，"在朝者陈力以秉庶事，山林者修德以励贪浊，殊途同归，俱人臣也"①，隐士"从其志则可以阐弘风化，熙隆退让，厉苟进之贪夫，感轻薄之冒昧"②。这些隐居者道德高尚，完全可以鞭策感化贪夫、净化社会，因此与那些参与国家管理的儒士、知识分子同样起到了忠于国家朝廷的作用，同样是君主的臣民。从这种隐居思想出发，葛洪极力推崇隐居著书立说，认为这同样可以名垂后世，青史不朽。在著书上，他又尤重子书，且终生之心愿，就是"著一部子书，令后世知其为文儒而已"③。如果说伯夷叔齐式的隐居是真隐（葛洪反对这种隐居，认为他俩太固执，"不足师表"），"身在山林，心存魏阙"式的隐居是假隐，"朝隐"式的隐居是半隐，那么，葛洪这种创新意义的隐居则是兼隐，它把儒家的立言之不朽与道家的不慕利禄荣誉、权势、富贵兼综起来，两全其美，相得益彰。不但如此，葛洪的隐居思想又很好地把儒道出处这一对矛盾和谐地统一起来，为知识分子设计了一条较为理想的人生道路，士人可以在隐居山林修身养性的同时，又可以笔耕不辍，著书立说；既可以修道学仙，又可以舞文弄墨，这样，葛洪的神仙道教思想就得以建立起坚实的现实基础，也就能吸引大量的士阶层知识分子信仰热爱。

二、葛洪的神仙道教理论

葛洪的神仙道教理论是他独特的隐居思想发展的必然结果，但也是葛洪

---

① 杨明照：《抱朴子外篇校笺上》，中华书局 1991 年版，第 100 页。
② 杨明照：《抱朴子外篇校笺上》，中华书局 1991 年版，第 72 页。
③ 杨明照：《抱朴子外篇校笺下》，中华书局 1991 年版，第 710 页。

对中国社会士人阶层隐居的历史和魏晋社会隐居的现状所作的总结和反思。隐居的历史和缘由，我们且不谈尧时代的许由、周代的伯夷叔齐、春秋时代的荷条丈人、老子、秦汉之际的四皓、西汉的严遵、东汉的严光，就魏晋的社会现状来说，由于社会政治的腐败和官吏选拔制度、用人制度的不合理，使得一大批正直的知识分子羞于与当路豺狼为伍，于是纷纷脱离仕途隐居山林，从他们原来对儒家经典的治学、传授转到精研修身养性的神仙方术上来。据葛洪《神仙传》所载，在这些转变学术路径、学术思想、生活道路的人当中，有汉代的阴长生、王烈、孔元方、尹轨，他们先诵读儒家五经后习方术；有魏晋的左慈（严格说来是汉魏之际）、葛玄等。譬如葛玄"经传子史无不该览"，后"从仙人左慈受九丹金液仙经"①，而葛洪的老师郑隐本是大儒士，曾教授《礼记》《尚书》②，至于葛洪自己，则更是由儒入道、由儒学仙的代表。通过对这些隐居人物之历史与现状的研究，葛洪总结出山林隐逸是修道成仙的必经之路的思想：

> 山林之中非有道也，而为道者必入山林，诚欲远彼腥膻，而即此清静也。③

而且他又分析了晋代知识分子当进取无门只好回过头来企求长生做神仙的心理，当然也包括他自己的心理：

> 鄙人面墙，拘系儒教，独知有五经三史百氏之言，及浮华之诗赋，无益之短文，尽思守此，既有年矣。既生值多难之运乱靡有定，干戈戚扬，艺文不贵，徒消工夫，苦意极思，攻微索隐，竟不能禄在其中，免此垄亩；又有损于精思，无益于年命，二毛告暮，素志衰颓，正欲反迷，以寻生道。④

---

① 胡守为：《神仙传校释》，中华书局 2010 年版，第 269 页。
② 王明：《抱朴子内篇校释》，中华书局 1985 年版，第 332 页。
③ 王明：《抱朴子内篇校释》，中华书局 1985 年版，第 187 页。
④ 王明：《抱朴子内篇校释》，中华书局 1985 年版，第 331 页。

从某种意义上来讲，由儒入道，由道成仙，或者说由儒到隐，由隐致仙，成了葛洪时代一大批知识分子的生活路径和生命模式，因此，胡孚琛指出："魏晋时期的神仙道教，就以这批失意的知识分子组成的隐士和方士队伍为主体，逐步形成和发展起来。"①

葛洪的神仙道教理论，既是他调和儒道矛盾的结果，也是他对隐居的历史与现状的总结。但是，从理论思维发展的内在逻辑来看，更是葛洪把老庄的为宇宙之母、万物之源的"道"神秘化、玄奥化的结果，也就是说，葛洪的神仙道教理论，是建立在道家关于宇宙起源的哲学基础之上的。

《老子》第二十五章云："有物混成，先天地生。寂兮寥兮，独立而不改，周行而不殆，可以为天下母。吾不知其名，字之曰道。"第四十二章云："道生一，一生二，二生三，三生万物。"第二十一章云："道之为物，惟恍惟惚。惚兮恍兮，其中有象；恍兮惚兮，其中有物；窈兮冥兮，其中有精。其精甚真，其中有信。"

《庄子·大宗师》云："夫道，有情有信，无为无形；可传而不可受，可得而不可见；自本自根，未有天地，自古以固存。神鬼神帝，生天生地，在太极之先而不为高，在六极之下而不为深，先天地生而不为久，长于上古而不为老。"

葛洪怎样把老庄之道神秘化、玄奥化？《抱朴子内篇·畅玄》云：

> 玄者，自然之始祖，而万殊之大宗也。眇眛乎其深也，故称微焉；绵邈乎其远也，故称妙焉。其高则冠盖乎九霄，其旷则笼罩乎八隅。光乎日月，迅乎电驰……

> 方而不矩，圆而不规。来焉莫见，往焉莫追，乾以之高，坤以之卑，云以之行，雨以之施。胞胎元一，范铸两仪，吐纳大始，鼓冶亿类……

> 夫玄道者，得之乎仙，守之者外，用之者神，忘之者器，此思

---

① 胡孚琛：《魏晋神仙道教》，人民出版社1989年版，第66页。

玄道之要言也。①

"道"能陶冶宇宙万物，微妙神明，生命之要，在乎体道，体道则长生而永恒。又《抱朴子内篇·道意》云：

> 道者，涵乾括坤，其本无名。论其无，则影响犹为有焉；论其有，则万物尚为无焉。……以言乎迩，则周流秋毫而有余焉；以言乎远，则弥纶太虚而不足焉。为声之声，为响之响，为形之形，为影之影，方者得之而静，圆者得之而动，降者得之而俯，升者得之而仰，强名为道，已失其真，况复乃千割百判，亿分万析，使其姓号至于无垠，去道辽辽，不亦远乎？②

"道"无法以数计，无法以象观，又无法以闻听，这个无名之"道"，不能言说，不能分析，它是一种虚无缥缈、变幻莫测的神秘力量。又《抱朴子内篇·明本》云：

> 夫所谓道，岂唯养生之事而已乎？
>
> 道也者，所以陶冶百氏，范铸两仪，胞胎万类，酝酿彝伦者也。
>
> 凡言道者，上逮二仪，下逮万物，莫不由之。
>
> 夫道者，内以治身，外以治国。
>
> 夫体道以匠物，宝德以长生者，黄老是也。
>
> 夫道也者，逍遥虹霓，翱翔丹霄，鸿崖六虚，唯意所造。③

"道"支配天地万物，治身则长生，治国则国固，如能体道之真谛，则能做神仙逍遥翱翔于天国，自由自在，快活幸福。由此可知，葛洪的"道"，就是神仙道教，就是养生怡神的"黄老"道。

---

① 王明：《抱朴子内篇校释》，中华书局1985年版，第1—2页。
② 王明：《抱朴子内篇校释》，中华书局1985年版，第170页。
③ 王明：《抱朴子内篇校释》，中华书局1985年版，第184—189页。

建立在上述基础之上的葛洪神仙道教，到底有哪些思想内容呢？

葛洪神仙道教最核心的教旨是长生成仙，"道家之所至秘而重者，莫过乎长生之方也"①，"长生之道，道之至也，故古人重之也"②，因此，他首先坚信神仙实有、长生能致、仙术有效。为了说明他这个观点的正确，用万千世界无奇不有的个别事例和古书的记载以及历史人物由始而怀疑终而相信神仙确有的事实澄清魏晋以来对神仙的疑惑，从而使自己的观点确凿有据，其《论仙》云：

> 或问曰：神仙不死，信可得乎？
>
> 抱朴子答曰：……万物云云，何所不有？况列仙之人，盈乎竹素矣。不死之道，曷为无之？……
>
> 若夫仙人，以药物养身，以术数延命，使内疾不生，外患不入，虽久视不死，而旧身不改，苟有其道，无以为难也。而浅识之徒，拘俗守常，咸曰世间不见仙人，便云天下必无此事。夫目之所曾见，当何足言哉？天地之间，无外之大，其中殊奇，岂遽有限？诣老戴天，而无知其上，终身履地，而莫识其下。形骸己所自有也，而莫知其心志之所以然焉。寿命在我者也，而莫知其修短之能至焉，况乎神仙之远理，道德之幽玄，仗其短浅之耳目，以断微妙之有无，岂不悲哉？……不见仙人，不可谓世间无仙人也。
>
> 魏文帝穷览洽闻，自呼吁物无所不经，谓天下无切玉之刀，火浣之布，及著《典论》，尝据言此事。其间未期，二物毕至，帝乃叹息，遽毁斯论。陈思王著《释疑论》云，初谓道术，直呼愚民诈伪空言定矣。及见武皇帝（操）试闭左慈等，令断谷近一月，而颜色不减，气力自若，常云可五十年不食，正尔，复何疑哉？……彼二曹学则无书不览，才则一代之英，然初皆谓无，而晚年乃有穷理

---

① 王明：《抱朴子内篇校释》，中华书局 1985 年版，第 252 页。

② 王明：《抱朴子内篇校释》，中华书局 1985 年版，第 288 页。

尽性，其叹息如此，不逮若人者，不信神仙，不足怪也。刘向博学
则究微极妙，经深涉远，思理则清澄真伪，研核有无，其所撰《列
仙传》，仙人七十有余，诚无其事，妄造何为乎?①

解决了神仙实有的问题，接下来便是怎样引导人们长生成仙，这个问题
的实质便是怎样从理论到实践的问题，亦即作为一种宗教形态怎样吸纳信徒
的问题。对此，葛洪一方面认为"仙可学致"，另一方面提供了许多修道成
仙的仙术仙法。

就"仙可学致"而言，他首先批判了当时流行的神仙有种的思想，如嵇
康所云"（神仙）特受异气，禀之自然，非积学所能致也"②，对此，葛洪认
为作为万物之灵长的人完全可以通过学习延年益寿之法长生成仙，其《对
俗》云：

> 夫陶冶造化，莫灵于人，故达其浅者，则能役用万物；得其深
> 者，则能长生久视。知上药之延命，故服其药以求仙。知龟鹤之遐
> 寿，故效其道引（导引——引者注）以增年。且夫松柏枝叶，与众
> 木则别；龟鹤体貌，与众虫则殊。至于彭老犹是人耳，非异类而寿
> 独长者，由于得道，非自然也。③

> 他以彭祖、老聃学而得法、长生成仙为例，说明"长生之可
> 得，仙人之无种耳"④。

神仙既可学而得，因此，葛洪非常强调主观上的刻苦努力，要求做到立
志、明师、勤求，坚持不懈：

> 夫求长生、修至道，诀在于志。⑤

---

① 王明：《抱朴子内篇校释》，中华书局 1985 年版，第 12—16 页。
② 陈寿：《三国志·嵇康传》，第 605 页。
③ 王明：《抱朴子内篇校释》，中华书局 1985 年版，第 46 页。
④ 王明：《抱朴子内篇校释》，中华书局 1985 年版，第 110 页。
⑤ 王明：《抱朴子内篇校释》，中华书局 1985 年版，第 17 页。

> 志诚坚果，无所不济，疑则无功。①
>
> 未遇明师而求要道，未可得也。②
>
> 非长生难也，闻道难也；非闻道难也，行之难也；非行之难也，终之难也。③

我们在探讨葛洪神仙道教的来源时，认为它是儒道调和、矛盾统一的结果，其实，葛洪主张的儒道双修，把儒家伦理道德带进修道成仙中，这本身又构成他的神仙道教理论的一个重要内容。葛洪认为，仙人是这样形成的，首先他必须体道，必须具备道家之"道"的品质：

> 仙人殊趣异路，以富贵为不幸，以荣华为秽污，以厚玩为尘壤，以声誉为朝露，蹈炎飚而不灼，蹑玄波而轻步，鼓翮清尘，风驰云轩，仰凌紫极，俯棲昆仑。④

其次他必须遵循儒家的孝道伦理规范：

> 欲求仙者，要当以忠孝、和顺、仁信为本，若德行不修，而但务方术，皆不得长生也。⑤
>
> 欲求长仙者，必欲积善立功，慈心于物，恕己及人，仁逮昆虫，乐人之吉，悯人之苦，赈人之急，救人之穷，如此，乃为有德，受福于天，所作必成，求仙可冀也。⑥

修道者必须积善积德积功，功德的多少，又是他达到何种仙阶等级的前提和条件：

> 人欲地仙，当立三百善；欲天仙，立千二百善。若有千一百九

---

① 王明：《抱朴子内篇校释》，中华书局 1985 年版，第 123 页。
② 王明：《抱朴子内篇校释》，中华书局 1985 年版，第 124 页。
③ 王明：《抱朴子内篇校释》，中华书局 1985 年版，第 240 页。
④ 王明：《抱朴子内篇校释》，中华书局 1985 年版，第 15 页。
⑤ 王明：《抱朴子内篇校释》，中华书局 1985 年版，第 53 页。
⑥ 王明：《抱朴子内篇校释》，中华书局 1985 年版，第 126 页。

十九善，而忽复中行一恶，则尽失前善，乃当复更起善数耳。故善不在大，恶不在小也。虽不作恶事，而口及所行之事，及责求不施之报，便复失此一事之善，但不尽失耳。①

这样，积善立德，忠孝为本，成为修道者做神仙的必由之路。从这个意义上来讲，这种神仙道教理论当然符合统治阶级的需要和胃口，而其本质也是站在统治阶级的立场上"神道设教"，之所以在两晋时期神仙道教得到许多士族知识分子青睐，联系两晋政治统治主要为士族政治的背景来说，其原因也就在这里。另外，汉魏两晋以来，基本上以儒家的孝道治国治政，葛洪的神仙道教强调忠孝为本，也是顺从统治阶级意志的，因此我们说他的神仙道教完全是上层道教或贵族道教，这也是一个重要因素，除此之外当然还包括要有丰厚的物质条件才能信仰它。

神仙、神仙世界为什么那么强烈地吸引魏晋士人、知识分子及其他普通民众？上面我们分析的葛洪神仙道教理论的相关内容只是对一个渴望成为神仙的人来说首先必须承担的责任，除此之外，难道就没有让那些想成为神仙的人在现实世界中找不到的享受？对此，葛洪也进行了深入的思考。这个问题作为一个非常迫切的现实问题必须解决，否则神仙信仰就无从谈起。因此，葛洪极所能地阐述了神仙生活、神仙世界的令人遐想，那里有现实世界所没有的安逸、自由、逍遥、享乐、幸福。

或耸身入云，无翅而飞；或驾龙乘云，上造天阶；或化为鸟兽，游浮青云；或潜行江海，翱翔名山，或食元气；或茹芝草。②

登虚蹑景，云舆霓盖，餐朝霞之沆瀣，吸玄黄之醇精，饮则玉醴金浆，食则翠芝珠英，居则瑶堂瑰室，行则逍遥太清，掩耳而闻千里，闭目而见将来。③

---

① 王明：《抱朴子内篇校释》，中华书局 1985 年版，第 53 页。
② 胡守为：《神仙传校释》，第 16 页。
③ 王明：《抱朴子内篇校释》，中华书局 1985 年版，第 52 页。

听钧天之乐，享九芝之馔，出携松、羡于倒景之表，入宴常阳于瑶房之中。①

如此快乐的神仙生活和神仙世界，无疑是现实世界中找不到的，是对现实生活的一种弥补，它把人生现实中的所有欲望在彼岸世界得到满足，从而让人类对神仙生活不懈地追求，这是葛洪神仙道教理论的宗教目的之一。但是，由于宗教理想是建立在现实基础之上的，不论宗教世界、理想世界，就道教来讲，是神仙世界，它们对现实世界否定也好、提升也好，都必须立足于现实，在那个世界里，人们吃的、用的、遵循的、执行的……一定是现实世界中有其原型或影像的，即如上引葛洪说的神仙们吃的茹芝、醴浆，断然就是现实世界中的物质。从形而下的物质生活来讲，神仙世界以现实世界为基础；从形而上的精神、制度、秩序、等差诸方面来说，神仙世界首先必须肯定其有，然后对这些"有"进行规范，使之程序化、秩序化，否则有如此众多神仙的神仙社会在如此丰富的物质和快乐面前，就会出现混乱，这样，带有现实世界社会等级痕迹的神仙世界的等级也就产生了，所以，当我们在葛洪的神仙道教理论里发现有其神仙等级的观念时，便毫不足怪了，况且联系葛洪所处时代严格的封建门阀等级制度来看，他的神仙世界中仙人品位、等级的划分，实际就是他那个等级社会甚至整个中国封建社会儒家尊卑贵贱观念在神仙世界的投影。葛洪是这样规范其神仙等级的：仙分三等，分别为天仙、地仙、尸解仙，对应的现实人士分别为上士、中士、下士。仙的等级划分之后，就按照等级安排其居处、享受的高下，就像现实社会按人的等级享受相应的待遇一样。神仙是靠法术修得的，葛洪修仙最灵验最上乘的法术是金丹大道，其次才是导引服饵，谁最信仰金丹之术，谁就名列最高等级，余皆依次排列。神仙等级的划分，就是根据上述三个程序进行的：

上士举形升虚，谓之天仙。中士游于名山，谓之地仙。下士先

---

① 王明：《抱朴子内篇校释》，中华书局1985年版，第189页。

死后蜕，谓之尸解仙。①

　　上士得道，升为天官。中士得道，栖集昆仑。下士得道，长生
世间。②

　　朱砂为金，服之升仙者，上士也。茹芝导引，咽气长生者，中
士也。餐食草木，千岁以还者，下士也。③

　　神仙等级制度一旦形成，就必须严格执行，有哪一个神仙违背了某条仙
规仙律，就从其等级上进行降等处分，有的甚至驱逐出神仙行列。《祛惑》
中就记载了一个受此处分的"蔡诞"：

　　吾未能升天，但为地仙耳。又初成位卑，应给诸仙先达者，当
以渐迁耳。向者为老君牧数头龙，一班龙五色最好，是老君所常乘
者，令吾守视之，不勤，但与后进诸仙共博戏，忽失此龙，龙遂不
知所在。为此罪见责，送吾付昆仑山下，芸锄草三四顷，并皆生细
石中，多芜秽，治之勤苦不可论，法当十年乃得原。会偓佺子、王
乔诸仙来按行，吾守请之，并为吾作力，且自放归，当更自修理求
去，于是遂老死矣。④

　　蔡诞本来希望以自己好的表现"渐迁"的，结果犯了玩忽职守罪而被贬
昆仑山下，可见神仙等级制度的严厉。文献上所载常有许多"谪仙"，皆准
此。葛洪的这种神仙等级观念，到后来南朝陶弘景手里更进一步得到完善和
系统化，在他的《真灵位业图》里，将道教信仰的天神、地祇、人鬼、众仙
等庞大的神仙群体，用七个等级进行排列，从而构建了等级分明的神仙谱
系，这其实就是魏晋南北朝门阀士族等级制度在神仙世界的射影，用陶弘景
自己的话来说就是："搜访人纲，究朝班之品序；研综天经，测真灵之阶业。

① 王明：《抱朴子内篇校释》，中华书局 1985 年版，第 20 页。
② 王明：《抱朴子内篇校释》，中华书局 1985 年版，第 76 页。
③ 王明：《抱朴子内篇校释》，中华书局 1985 年版，第 287 页。
④ 王明：《抱朴子内篇校释》，中华书局 1985 年版，第 349 页。

……今正当比类经正，校雠仪服，埒其高卑，区其宫域。"①

正是由于严格的神仙等级制度使许多渴望成仙甚至已经成仙的人不堪其辱，特别在天仙世界里更是尊卑森严，地位低的众仙们所受苦楚更为惨烈，"天上多尊官大神，新仙者位卑，所奉事者非一，但更劳苦，故不足役役于登天"②，于是葛洪发明了一种既能长生不死又可在人世间纵情享乐的"地仙"观念：

> 求长生者，……若幸可止家而不死，亦何必求于速登天乎?③
> 中士游于名山，谓之地仙。④

葛洪的这个神仙理论一出笼，两晋许多知识分子和道士极为赞赏，都渴求服半剂金丹成为"地仙"。为什么这种观念能广为流传和接受？难道是因为天仙世界等级严酷之故吗？我们认为，从宗教是鸦片和麻醉剂的理论来讲，从葛洪站在两晋门阀士族统治阶级的立场上来讲，这种"地仙"的思想就是为士族弟子和士人们提供一块似乎忘怀尘世的遮羞布，以掩盖他们留恋人间繁荣的物质享受、生杀予夺之大权等等势位富贵的真实内心，它是一种现实与超现实的奇特组合，也是士族知识分子安逸、放荡、肆欲的物质生活在神仙世界的曲折反映，只不过是葛洪想借人们的宗教理想，让人们声色犬马和荣华富贵的贪婪欲望得到永久的满足，从而延长人们的世俗生活罢了。葛洪还特别提到地仙也同样可以做官，这更让那些出处难以两全的士人找到了一个很好的台阶，哪头好办就往哪头发展，可以左右逢源两全其美。葛洪的这种地仙思想，"解决了士族名流既贪恋世俗生活又想修道成仙的矛盾"⑤，孙昌武指出"那些'地仙'实际已被纳入现世统治体制之下。道士

---

① 《真灵位业图序》，《道藏》第 5 册，第 3316 页。
② 王明：《抱朴子内篇校释》，中华书局 1985 年版，第 52 页。
③ 王明：《抱朴子内篇校释》，中华书局 1985 年版，第 53 页。
④ 王明：《抱朴子内篇校释》，中华书局 1985 年版，第 20 页。
⑤ 胡孚琛：《魏晋神仙道教》，人民出版社 1989 年版，第 139 页。

们随顺世俗，屈从于现实统治权威，则更是顺理成章、心安理得的事"①，正是葛洪的"屈从于现实统治的权威"，才把神仙们拉回到"现世统治体制之下"，"率土之滨，莫非王臣"，神仙也是王臣呢，有谁能逃离和摆脱这个现实世界呢？最终还是葛洪自己说得好，可谓一针见血、一语破的：

> 人道当食甘旨，服轻暖，通阴阳，处官秩，耳目聪明，骨节坚强，颜色悦怿，老而不衰，延年久视，出处任意，寒温风湿不能伤，鬼神众精不能犯，五兵百毒不能中，忧喜毁誉不为累，乃为贵耳。若委弃妻子，独处山泽，邈然断绝人理，块然与木石为邻，不足多也。②

诚然，神仙实有，神仙可学，儒道调和，神仙有差，地仙可贵等等构成了葛洪神仙道教理论的重要内容，但不管其理论有多丰富、多强的内在逻辑，每当碰到一些具体的问题比如有人笃信神仙道教理论但就是不能长生成仙时，这些理论却往往不能给当事者满意的答复，于是，葛洪便从宿命论的观点出发宣扬成仙还需禀受仙气的思想，人除了在主观上要相信神仙以坚定其宗教信仰然后努力去学，还要视他是否在客观上有仙命。所以葛洪说：

> 仙经曰：服丹守一，与天相毕，还精胎息，延寿无极。此皆至道要言也。民间君子，犹内不负心，外不愧影，上不欺天，下不食言，岂况古之真人，宁当虚造空文，诳误将来，何所索乎？苟无其命，终不肯信，亦安可强令信哉？③

经籍所云神仙实有，千真万确，足以相信，但要成仙，关键在他有否其命，"苟无其命，终不肯信"。命和仙之关系极其密切：

> 命之修短，实由所值，受气结胎，各有星宿。天道无为，任物自然，无亲无疏，无彼无此也。命属生星，则其人必好仙道，好仙

---

① 孙昌武：《道教与唐代文学》，人民文学出版社2001年版，第154页。
② 王明：《抱朴子内篇校释》，中华书局1985年版，第52—53页。
③ 王明：《抱朴子内篇校释》，中华书局1985年版，第47页。

道者，求之亦必得也。命属死星，则其人亦不信仙道，不信仙道，则亦不自修其事也。所乐善否，判于所禀，移易予夺，非天所能。①

"判于所禀"，就是命中注定，可见仙由命定。那么命由谁定？于是葛洪又把这种宿命论与胎气、自然之气联系起来，认为命又由胎气、仙气所决定：

> 按仙经以为诸得仙者，皆受命偶值神仙之气，自然所禀。故胞胎之中，已含信道之性，及其有识，则心好其事，必遭明师而得其法，不然，则不信不求，求亦不得也。……人之吉凶，制在结胎受气之日，皆上得列宿之精。其值圣宿则圣，值贤宿则贤，值文宿则文，……值仙宿则仙……为人生本有定命，苟不受神仙之命，则必无好仙之心，未有心不好之而求其事者也，未有不求而得之者。②

一个由仙气决定仙命，由仙命决定仙人的逻辑论证，在葛洪的神仙道教理论中形成，通过渲染这种命定论的思想来吸引神仙道教信徒。我们考察他这种仙气论、星气说、命定论，也是由来有自的，是汉代以来星宿、命运、骨相学说的发展。王充早就说过："寿命修短，皆禀于天；骨法善恶，皆见于体。命当夭折，虽禀异行，终不得长；禄当贫贱，虽有善性，终不得遂。……富贵所禀，犹性所禀之气，得众星之精。众星在天，天有其象。得富贵象则富贵，得贫贱象则贫贱，故曰在天。在天如何？天有百官，有众星。天施气，而众星布精，天所施气，众星之气在其中矣。人禀气而生，含气而长，得贵则贵，得贱则贱，贵或秩有高下，富或资有多少，皆星位尊卑小大之所授也。"③ 人的富贵贫贱皆命里注定，而命又由星气决定，葛洪在逻辑思维上完全与此一致，只不过他谈的是成仙。

至此，葛洪的神仙道教理论之主要轮廓业已分明有绪。从上述关于葛洪

---

① 王明：《抱朴子内篇校释》，中华书局 1985 年版，第 136 页。
② 王明：《抱朴子内篇校释》，中华书局 1985 年版，第 226 页。
③ 王充：《论衡》，上海人民出版社 1974 年版，第 18 页。

的神仙道教思想来看，侯外庐称之为"内神仙外儒术的道教思想是比较稳当的"①。只有对这个思想轮廓有一个全面深入的研究分析，我们才能发现其思想理论中的矛盾之处。这些矛盾之处表现在：

（1）儒道出处之间的矛盾。尽管葛洪企图用他独特的隐居理论和著子书的观点来调和这对矛盾，但内心深处却始终交织着为官与隐遁的斗争，这种矛盾性格、双重属性尤以其三十五岁后的生命流程表现得最为突出，例如从公元 315 年司马睿为丞相至晋成帝咸和三年（公元 328 年）短短十四年中，虽然隐居在自己的家乡句容，但却时断时续有五次脱隐为官，过着亦官亦隐的生活，这五次为官分别为：公元 315 年辟为司马睿丞相府，公元 317 年晋元帝即位辟为掾，公元 318 年赐爵关中侯食邑二百户，公元 326 年受司徒王导之召补州主簿旋转司徒掾，公元 328 年迁谘议参军。更有意思的是，自公元 333 年上疏拟长期隐居广州罗浮山得诏许后，却一直做着勾漏县令伴随着隐居至死。总之，这对矛盾我们可以从理论上概括为：既主张道本儒末、道先儒后，追求隐居和向往神仙不死超脱尘世，又不能忘怀治世经国、维护君臣礼节。

（2）玄道理论与神仙方术的不协调。前面已经论及，葛洪在阐述其对宇宙起源的认识时，通过援引和嫁接老庄关于宇宙本体的"道"从而认为"道"为宇宙之母、万物之源，在此基础上，葛洪又把"道"提升到"玄"，其目的就是为了张扬"道"的神秘性，从而为其神仙道教提供理论依据。但是，当要介入成为神仙、长生久视的具体修炼之法时，葛洪又把关于宇宙起源的本体论降位到修行仙道的方法论层次上："夫玄道者，得之乎内，守之者外，用之者神，忘之者器，此思玄道之要言也。"② 于是把玄道具体化为如下一些修炼成仙之法：守一合气、形神互恃、服饵金丹、存真思神……这些都不过是用来外攘邪恶、修身养性的一种道术，葛洪美其名曰"守玄一"

① 侯外庐主编：《中国思想通史》第 3 卷，人民出版社 1957 年版，第 742 页。
② 王明：《抱朴子内篇校释》，中华书局 1985 年版，第 2 页。

或"守真一"。这对矛盾我们也可以从理论上概括为神秘主义的本体论与实践理论思维的方法论之间的矛盾。

（3）仙可学致与命里姻缘的抵牾。葛洪一方面反对"仙人有种"，强调仙可学致的主观努力，从而宣扬人人皆可为仙；另一方面，实际的情形每每是有些人信仙而成仙，有些人则相反，于是葛洪又认为仙由命定，这无异于"仙人有种"，这样，他的神仙理论就常常处于这进退两难的尴尬局面。葛洪思想理论中类似的矛盾之处还有不少，我们必须立足于他的上述思想及其矛盾方面，才能解释和体会他的文学思想特别是他的文学观念中的矛盾。

三、葛洪神仙道教理论对其文学思想的影响

葛洪的神仙道教理论是他整个生命的核心思想，也是其世界观和方法论的学说，对于他其他方面的思想比如科学思想、文学思想、政治思想等都产生了很大的影响。

虽然葛洪的神仙道教理论建立在道家关于宇宙起源的本体论哲学基础上从而把道的品格提升得玄奥离奇，以致"玄"成了"道"的异名，"道"的功能和作用完全神秘化、神格化，但是，当他的神仙道教理论一旦要面对现实怎样引导人们对之信仰和长生成仙时，他不得不从务实求真的立场出发，向人们提供一系列长生成仙的方法，其中能表现这种务实倾向的最突出的例子就是金丹炼制的科学实验。此外，作为其神仙道教理论之渊薮的隐居思想，关于著书立说特别是对子书的看法，也表现了葛洪的务实态度。至于他把儒家的忠孝礼义仁善和顺等观念纳入修道成仙的系统工程，认为修道学仙内以治身、外以治国，则更是把高而玄的"道"落到实处的表现。有鉴于上述种种因素，我们才好理解葛洪从实用出发、从有助于教化出发所阐述的文学思想，这正如罗宗强所说"他……又是一个求实的思想家，这一点对于解释他的文学思想是至为重要的"①。

---

① 罗宗强：《魏晋南北朝文学思想史》，中华书局 2006 年版，第 117 页。

生死存亡，是困扰中国古代思想家及文人士大夫的一个重要课题，他们对此有种种不同的态度。儒家一贯主张"死生有命，富贵在天"，人类只能屈服于命运，消极地做命运的奴隶，在强大的自然力、社会力即所谓的命运面前俯首帖耳，他们根本不承认人类有一种主观能动力可以与命运作斗争以延缓生命的时间，更不愿意去主动提升这种能动力。道家之老子对生的问题不太看重，葛洪批评《老子》对生轻描淡写，"泛论较略"①，庄子更是恶生乐死，"齐生死"，当然遭到葛洪更激烈的批判。随着人类生存环境的每况愈下，特别是战乱对个体生命的打击，许多人士开始注重对生命的关怀，这在汉末魏晋表现较为突出。但是大多数人在发现了生命的重要之后，却以一种极端的态度来对待，这就是汉末出现的及时行乐思想，它在一批古诗中历历可见，在理论上尤以《列子》的纵情享乐观为代表。这种思想发展到魏晋玄学的末流，则更是形成了一种颓废放达的生命意识，与其说是重生，毋宁说是摧残生命，消耗生命，无异于战争及其他自然灾害对生命的扼杀。而真正重视人类的生命，并要求尽可能地发挥人的主观能动性以与命运抗争，延缓生命的衰老并渴求长生久视以致成仙的，则是道教，而尤其是葛洪的神仙道教。他首先从理论上强调生的重要：

> 天地之大德曰生，生，好物者也。是以道家（此指道教——引者注）之所至秘而重者，莫过乎长生之方也。②

> 古人有言曰，生之于我，利亦大焉。论其贵贱，虽爵为帝王，不足以此法比焉。论其轻重，虽富有天下，不足以此术易焉。故有死王乐为生鼠之喻也。③

为什么要珍重生命？道理很简单，人生苦短：

> 百年之寿，三万余日耳。幼弱则未有所知，衰迈则欢乐并废，

---

① 王明：《抱朴子内篇校释》，中华书局1985年版，第253—254页。
② 王明：《抱朴子内篇校释》，中华书局1985年版，第252页。
③ 王明：《抱朴子内篇校释》，中华书局1985年版，第259页。

童蒙昏耄，除数十年，而险隘忧病，相寻代有，居世之年，略消其半。计定得百年者，喜笑平和，则不过五六十年，咄嗟灭尽，哀忧昏耄，六七千日耳。顾眄已尽矣，况于百年者，万未有一乎？谤而念之，亦无以笑彼夏虫朝菌也……人在世间，日失一日，如牵牛羊以诣屠所，亦不固知所以免死之术，而空自焦愁，无益于事。①

即以苟活一百年计，也没有几个真正属于生命意义的日子，况于大多数不足百年者乎？因此，葛洪重生的第二个步骤就是求"所以免死之术"，在实践上为人们提供了一系列可实行的养生长生之神仙法术。葛洪对生的重视，尤其表现在强调主观努力方面，他曾以一种豪迈、居高凌下和不可侵犯的姿态宣言自我力量的伟大，表现出藐视对于生命威胁的异己力量的气魄和战胜困难、把握生命的信心。

未若修松乔之道，在我而已，不由于人焉。②

寿命在我者也。③

当恃我之不可侵也。④

龟甲文曰：我命在我不在天，还丹成金亿万年。⑤

出现在《抱朴子》内外篇的四次自我呼唤，把一个觉醒的具有战胜命运、战胜自然、战胜他人的生命主体形象突兀眼前，这无疑是对有史以来一切不重视生命、游戏人生的消极思想的巨大否定和批判，是具有完全意义的进化发展的积极生命观。葛洪的这种进化发展的人生观，支配着他对于一切变化的现实世界的看法，也决定着他对于变化发展的文学现象的看法。此外，葛洪还根据自然界物类变化发展的观点来看待社会现象包括文学现象，他认为人们可以根据变化的原理改变已然，从王充关于"气变物类，虾蟆为

① 王明：《抱朴子内篇校释》，中华书局1985年版，第253页。
② 杨明照：《抱朴子外篇校笺下》，中华书局1991年版，第692页。
③ 王明：《抱朴子内篇校释》，中华书局1985年版，第15页。
④ 王明：《抱朴子内篇校释》，中华书局1985年版，第177页。
⑤ 王明：《抱朴子内篇校释》，中华书局1985年版，第287页。

鹑，雀为蜄蛤"的理论出发，人类则可以利用这种变化规则向日月取火：

> 铅性白色，而赤之以为丹；丹性赤也，而白之以为铅。①

这是在宣誓人类可以通过人工改变某一已然现象，比如云雨霜雪是自然变化现象，人们可以通过掌握自然变化的规律制造出雨水来：

> 变化者，乃天地之自然，何为嫌金银之不可以作异物乎?②

人间的能工巧匠完全可以制造巧夺天工的东西，因此，从这种变化观出发，葛洪认为，人也完全可以改变生命死亡的现象，让其永恒常驻。同理，社会的发展，肯定是在变化中发展，因此，要用变化的观点去看待社会。文学亦然，当今文学不同于古往之文学，就是因为事物在变化，在发展，变化就是进步，而不是蜕化，所以当今的、眼见的往往比过去的、耳闻的进步，这就是葛洪今胜于古的文学观。

葛洪的仙由命定的思想是一种唯心主义的宿命论，成不成仙都是命中注定的，成仙之命又决定于人在降生的一霎时正值天上星宿之精气或仙气，亦或决定于受胎之时偶值列宿的自然之气，这又包含着气生万物的朴素的唯物主义元气论思想：

> 自天地至于万物，无不须气以生者也。③
> 人在气中，气在人中。④

气的清浊又决定人的才性气质的高低，人的才性气质如果运用到文学创作中，由其高低不同也就带来作品风貌、格调之不同，由此可见，这种仙气论、星气说的道教神仙理论和唯物主义的元气论又影响着他的文学思想。

葛洪的神仙道教理论还包括丰富的养生思想，发展和完善了古代医学上

---

① 王明：《抱朴子内篇校释》，中华书局1985年版，第284页。
② 王明：《抱朴子内篇校释》，中华书局1985年版，第284页。
③ 王明：《抱朴子内篇校释》，中华书局1985年版，第114页。
④ 王明：《抱朴子内篇校释》，中华书局1985年版，第114页。

的中医养生理论。其中养气、宝精、服丹药构成其养生学的三个主要方面。而养气尤为其中最重要的一环：

> 善行气者，内以养生，外以却恶。①
>
> 行气可以治百病，禁蛇虎，止苍血，居水中，行水上，辟饥渴，延年命。②

行气之法，主要有胎息、导引等等，都可以达到强身壮骨、血气调和、延年益寿的目的。从这种养生学说出发，葛洪强调属笔之家，文章气象必须像身体健康者一样骨骼强壮，切忌"皮肤鲜泽而骨髓迥弱"③，所谓"干直不强，枝叶不茂；骨髓不存，皮肤不充"④。

第二节　葛洪的文学本体观及进化论

葛洪的文学思想，是一个非常矛盾复杂的观念形态。葛洪少年时饱读儒家五经以期将来经营世事，为朝廷国家建功立业，死且不朽，但动乱的现实破灭了这个理想，使他"竟不成纯儒"，于是在道家追求的忘怀现实、遁世高蹈的隐居生活里努力著述子书，渴望"立一家之言"，亦死且不朽，这样，葛洪非常重视子书的写作。这种子书，其实就是当时普遍认为的杂文章范畴里的诸子论说之类文体，他的这种文章观念是把杂著论说类文章放在与正统儒家经典制作等同的地位上，一方面反映了他对儒家"立言"的另一种理解，兼采儒道之精从而表现出儒道既矛盾又融合的心态，另一方面表明了他的文学思想是立足于子书文章而兼及其他如诗赋之类的。

其次，葛洪的文学思想中诸如文学进化论、风格论等内容，从其思想渊

---

① 王明：《抱朴子内篇校释》，中华书局 1985 年版，第 114 页。
② 王明：《抱朴子内篇校释》，中华书局 1985 年版，第 149 页。
③ 杨明照：《抱朴子外篇校笺下》，中华书局 1991 年版，第 399 页。
④ 房玄龄等：《晋书·曹志传》，中华书局 1974 年版，第 1390 页。

源上来讲，是与他的神仙道教理论分不开的，体现了道教的文学观念，与正统的文学观念大异其趣。

第三，葛洪的文学思想，总的来说是与魏晋觉醒了的文学时代相适应的，比如他主张"文贵富赡"就与整个丽辞主义倾向一致，但是，有时在对同一个文学问题的认识上又往往表现出极为相反的态度，从而给文学理论的接受带来了许多不便甚至抹杀理论的标准。

此外，葛洪文学思想有许多地方既由来有自又影响深远。他一方面继承甚至超越了扬雄、桓谭、王充、曹丕、桓范等人的文论，又对刘勰、钟嵘乃至唐代司空图都有巨大的影响。

一、"文德钧等"的文学"本"论

汉代儒家经学占统治地位的局面确定以后，文学成了宣传儒家礼教的工具，创作主题基本上定位于政治教化和美刺讽谏的中心点上。在文学理论领域，以扬雄、班固为代表的儒学思想家极力倡导文学创作必须符合儒家道德礼仪，要以圣人为榜样，以儒家五经为楷模，无论在作品内容和作品形式上，都要效法圣人之言和经书之旨。"或曰：人各是其所是，而非其所非，将谁使正之？曰：万物纷错，则悬诸天，众言淆乱，则折诸圣。或曰：恶睹乎圣而折诸？曰：在则人，亡则书，其统一也。"① 圣人在则效其人，圣人死则效其书，不能离开圣人经典而空著文章。之所以要仿效五经，是因为五经包容一切，涵盖一切文章："或问五经有辩乎？曰：惟五经为辩：说天者莫辩乎《易》，说事者莫辩乎《书》，说体者莫辩乎《礼》，说志者莫辩乎《诗》，说理者莫辩乎《春秋》。舍斯，辩亦小矣。"② 扬雄晚年创作态度和创作路径的转变，更是他对唯儒经是尊的文学思想的躬亲实践。他和班固对待

---

① 扬雄：《法言·吾子》卷二，汉魏丛书本。
② 扬雄：《法言·寡见》卷五。

屈原作品的批评态度也是立足于屈作不符合儒家经典，"非法度之政，经义所载"① 这个基点的，并不是否定浪漫主义这种创作方法，其实扬雄自己对这个方法还有所借鉴。

汉代文学成为儒学的附庸而固守在儒家五经和儒家道德的范畴之内，固然与统治阶级独尊儒术以及扬、班之流的煽其风、助其波有关，但也是孔子重德轻文的儒家传统文学观念发展的结果，这两个方面的"和舟共济"自然会创造出这样的局面。孔子曾云"有德者必有言，有言者不必有德"（《论语·宪问》），"志于道，据于德，依于仁，游于艺"（《论语·述而》），"行有余力，则以学文"（《论语·学而》）。文学是被当作"余业"看待的，因而受到轻视。

魏晋文学的自觉正是要求文学从儒学附庸和传统儒家道德的束缚中解放出来，从创作主题、创作个性、创作技巧、创作规律诸方面来一次变化和飞跃。葛洪在魏晋文学觉醒的时代潮流中对文学之"本"进行了一番历史反思，大胆地提出了"文德钧等"的思想，这不啻于一个振聋发聩的呼喊。

针对儒家主张的德行高于文章、德本文末的观点，葛洪指出：

> 德行文学者，君子之本也。莫或无本而能立焉，是以欲致其高，必丰其基；欲茂其末，必深其根。②

德行或道德与文章同等重要，同样是君子立身、立言之本。

> 且文章之与德行，犹十尺之与一丈。③

这种大胆地对儒家重德行的文学观提出异议的思想，自然给魏晋时代觉醒起来的文学以鼓舞，他把文章写作提到如此重要的地位，无疑表现了他对文学自身发展要求和规律的把握，他在《外篇》里许多地方重视文章写作的

---

① 班固：《离骚序》，载严可均：《全后汉文》，第250页。
② 杨明照：《抱朴子外篇校笺下》，中华书局1991年版，第401页。
③ 杨明照：《抱朴子外篇校笺下》，中华书局1991年版，第113页。

技巧和方法，主张文章风格的多姿多彩，更是这种把握的具体化。虽然这里的文章概念主要是指的诸子论说等子书，但把子书与儒家五经对等，更体现了他这种文章观的弥足珍贵：

> 正经为道义之渊海，子书为增深之川流，仰而比之，则景星之
> 佐三辰也；俯而方之，则林薄之裨嵩岳也。①

葛洪极力在提高文章的地位和价值，虽然已有曹丕在前注意提升文章的品格和地位，但仍然把立言与立功放在一个层面上而不能踰越之达到与"立德"平起平坐，"盖文章经国之大业，不朽之盛事"，葛洪则从根本上打破孔子以来重德轻文的倾向，而且全面提高了曹丕的文章观到一个新高度。

不但如此，葛洪甚至还走得更远，这表现在一是对传统以来把文章看成"余事"表示强烈不满，一是把文章看得比德行更重。

> 且文章之与德行，犹十尺之与一丈，谓之余事，未之前
> 闻。……且夫本不必皆珍，末不必悉薄，譬若锦绣之因素地，珠玉
> 之居蚌石，云雨生于肤寸，江河始于咫尺，尔则文章虽为德行之
> 弟，未可呼为余事也。②
>
> 文章德行，犹如兄弟，兄弟则手足，岂可或缺？谓为余事，宁
> 无手足乎？

葛洪认为，人的德行好坏是容易评定的，也是容易感知发现的，但文章的优劣高低则不易评价，也难以感知，这固然有评定者爱好的差异，但难以定评的事实却是存在的，因此，他把这种易于评定的德行称为"粗"，难于评定的文章称为"精"，在"精"与"粗"的对比中，见出他把文章看得比德行更重要的思想：

> 或曰："著述虽繁，适可以骋辞耀藻，无补救于得失，未若德

---

① 杨明照：《抱朴子外篇校笺下》，中华书局 1991 年版，第 98 页。

② 杨明照：《抱朴子外篇校笺下》，中华书局 1991 年版，第 113 页。

行不言之训，故颜闵为上，而游夏乃次。四科之格，学本而行末，然则缀文固为余事？"

　　抱朴子答曰："德行为有事，优劣易见；文章微妙，其体难识。夫易见者，粗也；难识者，精也。夫唯粗也，故铨衡有定焉；夫唯精也，故品藻难一焉。吾故舍易见之粗，而论难识之精，不亦可乎？"①

葛洪之所以大胆地把儒家重视的德行（粗）置而不论，"而论难识之精"（文章），同样是因为如我们前面所论及的，葛洪发现了文章创作的内在规律：文章是讲究形式技巧、创作方法的，文章又是变化多端、差异巨大的，所以他接着又说：

　　若夫翰迹韵略之宏促，属辞比事之疏密，源流至到之修短，蕴籍汲引之深浅，其悬绝（差距——引者注）也，虽天外毫内不足以喻其辽邈；其相倾也，虽三光熠耀（荧火——引者注）不足以方其巨细。……清浊参差，所禀有主，朗昧不同科，强弱各殊气。而俗士唯见能染毫画纸者，便概之一例。②

这里，葛洪已经从艺术技巧的高度来论文章之精了，用辞属典、节韵长短、风格源流、博采兼纳、气质高低，骨气强弱……都是关于文章建构、措辞立意、文采风格各方面的问题，其中"清浊参差，所禀有主，朗昧不同科，强弱各殊气"等句，在造语用意上几与曹丕"文以气为主，气之清浊有体，不可力强而致。譬诸音乐，曲度虽均，节奏同检，至于引气不齐，巧拙有素，虽在父兄，不能以移子弟"相同，这些文学创作技巧，陆机在《文赋》里也是非常强调的，葛洪对陆机文学创作评价之高，也包含着把陆机对艺术技巧的重视引为同调的因素。可见，一个重视文章而尤以重视文章技巧的觉醒的时代已经到来，鲁迅说这是一个"为艺术而艺术"的时代，是比较

---

① 杨明照：《抱朴子外篇校笺下》，中华书局1991年版，第107页。
② 杨明照：《抱朴子外篇校笺下》，中华书局1991年版，第109页。

公允的。葛洪反对那种为教化而艺术、为道德而文章的汉儒文论，是适应历史发展要求和时代节奏的，因此，"文德钧等"、文德同"本"，文章甚至高于德行的思想，既是扬弃，又是进步。

当然，葛洪把文章德行等同，文章甚或高于德行，但并不否认德行、抛弃德行的作用，他认为德行必须坚持，必须宣化，但必须借文章来实行，两者相依为命，相辅相成：

> 筌可以弃，而鱼未获则不得无筌；文可以废，而道未行则不得无文。①

"道"应该或者需要流行传播，但必须靠"文"来完成，因此"文"不能废弃，这里又包含着对庄子主张的"得意忘言"的文学观念的批评，庄子说："世之所贵道者，书也。书不过语，语有贵也。语之所贵者，意也。意有所随，意之所随者，不可以言传也，而世因贵言传书。世虽贵之，我犹不足贵也，为其贵非其贵也。"（《庄子·天道》）又云："筌者所以在鱼，得鱼而忘筌。蹄者所以在兔，得兔而忘蹄。言者所以在意，得意而忘言。"（《庄子·外物》）庄子虽然强调一种对文学作品的言外之意的追求，为文学接受者驰骋丰富的想象和提高鉴赏的主观能动性指明了方向，也对作家进行文学创作在营造境界方面提出了更高的要求，但是，轻视乃至否定借以达到上述目标的语言中介，却是葛洪极力反对的。

由此观之，葛洪的文学"本"论、文德钧等论，一方面反对儒家过分强调德行的作用而把它凌驾于文章之上，另一方面也反对道家过于废弃言筌轻视文辞的偏颇，从而表现出浓厚的儒道调和的价值取向色彩，而这种调和本身则体现了其思想性格上的矛盾冲突企图以折中的方式加以抹平的愿望。

有意义的是，葛洪的这种文德钧等的文学思想对后来代表中国古代文学理论最高成就、最体现魏晋南北朝文学理论之觉醒的《文心雕龙》颇有启

---

① 杨明照：《抱朴子外篇校笺下》，中华书局1991年版，第109页。

发。刘勰在《文心·宗经》中云："夫文以行立，行以文传，四教所先，符采相济。励德树声，莫不师圣，而建言修辞，鲜克宗经。是以楚艳汉侈，流弊不还，正末归本，不其懿欤？"这里所强调的德行文章必须相濡以沫，实乃张扬葛洪文德并重的思想。此外，刘勰在《原道》篇说的"圣因文以明道"与上引葛洪"道未行则不得无文"也是相通的。我们在这里必须说明一个现象，由于刘勰一贯以来对道教持否定批判的态度，所以在他的文学理论著作里都只字不提在许多文学思想、文学观念上与他相契甚至对他有影响的道教典籍与道教人物比如葛洪。

二、"贵于助教" 的道教文学实用论

葛洪虽然强调文德并重、文德钧等，但并不是动摇和否定德行是根本的儒家文艺思想。儒家从德为根本出发，主张文章要有益于教化有助于讽谏，"正得失，动天地，感鬼神，莫近于诗。先王以是经夫妇，成孝敬，厚人伦，美教化，移风俗"（《毛诗序》），葛洪对此也是极为赞赏的，甚至比之更为努力地坚持文贵实用，具有典型的儒家倾向。在道教第一部典籍《太平经》里，我们也看到了其尚实用的文学观念，作为道教思想之集大成的葛洪，继承着自身教派各种有益的思想观点，在文学实用观上也是如此，体现了道家和道教的倾向。

葛洪在《应嘲》篇中极力号召为文立言者从有助于教化出发而为之：

> 夫制器者珍于周急，而不以采饰外形为善；立言者贵于助教，而不以偶俗集誉为高。若徒阿顺谄谀，虚美隐恶，岂所匡失弼违，醒迷补过者乎？虑寡和而废白雪之音，嫌难售而贱连城之价，余无取焉。非不能属华艳以取悦，非不知抗直言之多忤，然不忍违情曲笔，错滥真伪。欲令心口相契，顾不愧景，冀知音之在后也。[1]

①　杨明照：《抱朴子外篇校笺下》，中华书局 1991 年版，第 414 页。

　　葛洪在这里用一种严肃的职业道德，认真踏实、尊重客观的责任感要求为文者（当然也包括他自己）不"虚美隐恶"，不"违情曲笔"，要求立言者站在匡弼社会、拯救弊过的高度承担起文学赋予的历史使命，魏晋六朝文学理论的自觉，还很少有如葛稚川者如此语重心长地告诫文学作家们"铁肩担道义，妙手著文章"。"不忍违情曲笔"，是对那些矫情虚伪、做作卖弄之文人的严肃忠告，要抒发真情实感，抒写真正的文学个性和作家个性，"欲令心口相契"，我们完全可以视为"吾手写吾口"、"吾手写吾心"的肇始之论，这一点是非常值得我们重视的为文学而文学的思想，前此以往对葛洪此种思想的研究还没有论者。这种不"违情曲笔"、"心口相契"，我们认为又是对建安文学以来冲破儒家礼教的束缚而纵情抒写个性的文学实践的理论总结，从这个意义上讲，葛洪的文论既切合和顺应了文学的时代潮流，又表现出对儒家思想的矛盾态度。文学必须有助于教化，势必遵守传统以来儒家的礼仪道德，而这些礼仪规范又常常是桎梏人性解放的枷锁；不是"违情曲笔"而是"心口相契"，亦即抒写作家内心实在的感情以张扬个性宣泄个性，这又与儒家礼教的"发乎情，止乎礼义"背道而驰，由此可见，葛洪尚实用的文学思想就依违于这种矛盾境地之中。

　　与有助于教化的尚实用的文学观相对应的是，葛洪反对为文立言上的虚辞丽藻，反对作文崇尚虚构，《应嘲》篇云：

　　　　夫君子之开口动笔，必戒悟蔽，式整雷同之倾邪，磋砻流遁之闇秽。而著书者徒饰弄华藻，张碟于阔，属难验无益之辞，治靡丽虚言之美。①

　　"无益之辞"即指"饰弄华藻"，"靡丽虚言"，陆机曾称此为"丽辞"。从文学自身的内在规律来讲，"丽辞"是通过作者虚构、润色、雅饰而成的文学语言，它通过了作家在生活实践用语上的提炼，驰骋想象，把文学描写

――――――――――

①　杨明照：《抱朴子外篇校笺下》，中华书局 1991 年版，第 416 页。

对象进行夸饰，这是符合艺术发展规律的，从某种意义上来讲，没有虚构，没有夸饰，就没有文学和艺术。但是葛洪对此持一种反对否定的态度，虽然服从于文学有益教化的主题，但在一定程度上又违反了文学自身的规律，这又与上面我们分析的葛洪提倡为文立言不"违情曲笔"乃是遵守文学规律的表现相抵牾。然而，从道教文学思想自身的发展来看，这与《太平经》的"去浮华"论、《老子想尔注》的"邪文"观和《老子河上公章句》的质朴论又是一脉相承的。

那么怎样理解葛洪的这种既适应文学发展规律又违背艺术宗旨的矛盾现象呢？这要从葛洪区别对待不同文学体裁的思想入手。葛洪非常重视子书的写作，把诸子论说体作为他立一家之言的主要文体，认为这才是有益于教化的，与丽辞倾向的诗赋大异其趣。他说：

> 百家之言，虽不皆清翰锐藻，弘丽汪濊，然则才士所寄心，一夫之澄思也。

> 正经为道义之渊海，子书为增深之川流。仰而比之，则景星之佐三辰；俯而方之，则林薄之裨嵩岳……先民叹息于才难，故百世为随踵。不以璞不生板桐之岭，而捐耀夜之宝；不以书不出周孔之门，而废助教之言。①

"百家之言"，诸子之书，虽然不弘辞丽藻，但在助教化上，丝毫不逊色于儒家正经。从这种指导思想出发，葛洪反对诗赋琐碎之文无益于教化：

> 洪年二十余，乃计作细碎小文，妨弃功日，未若立一家之言，乃草创子书。②

> 古诗刺过失，故有益而贵；今诗纯虚誉，故有损而贱也。③

虽然扬雄是到了晚年才觉悟赋乃雕虫小技，壮夫不为，葛洪与之比，醒

① 杨明照：《抱朴子外篇校笺下》，中华书局1991年版，第441—443页。
② 杨明照：《抱朴子外篇校笺下》，中华书局1991年版，第697页。
③ 杨明照：《抱朴子外篇校笺下》，中华书局1991年版，第398—399页。

悟却较早，两人都对赋的淫辞丽句极为不满，而其初衷亦复相同。通过对文体的把握和表态，把出发点放到有益于教化上来讲，我们可以再次看到葛洪"复归于求实"的文学观，因此，"他的文学观念实际上是一种着眼于应用文的观念，而不是抒情文学的观念"①，是有一定见地的。

但是，从文体上立论，他反对浮丽虚华的诗赋而称道子书；从实用上立意，他又主张：

> 言少则至理不备，辞寡则庶事不畅，是以必须篇累卷积而纲领举也。②

只要文辞为世所用，则百篇亦无害；不为世用，则必须反对文饰之言：

> 物贵济世，而饰为其末；化俗以德，而言非其本。故绵布可以御寒，不必貂狐；淳素可以匠物，不在文辩。③

用双重标准来检讨辞句的靡丽繁富，当然也暴露了葛洪在文学尺度上的矛盾立场，这对文学自身的发展往往也起一种滞碍作用。

如果只从诗赋碎小之文的虚华无用出发主张文学应有助于教化倒也罢了，问题远不如此简单。葛洪甚至从其道教赖以存在的老庄文章那里寻找其反对的"靡丽虚言"的根源，魏晋玄谈的虚而无用甚至清谈误国激起了他对"无经国体致，真所谓无用之谈"的强烈不满。

先看他对待庄子的态度，其《应嘲》云：

> 常恨庄生言行自伐，桎梏世业，身居漆园而多诞谈；好画鬼魅，憎图狗马，狭细忠贞，贬毁仁义。可谓雕虎画龙，难以征风云；空板亿万，不能救无钱；孺子之竹马，不免于脚剥；土桩之盈案，无益于腹虚也。④

---

① 罗宗强：《魏晋南北朝文学思想史》，中华书局 2006 年版，第 160 页。
② 杨明照：《抱朴子外篇校笺下》，中华书局 1991 年版，第 433 页。
③ 杨明照：《抱朴子外篇校笺下》，中华书局 1991 年版，第 334 页。
④ 杨明照：《抱朴子外篇校笺下》，中华书局 1991 年版，第 411 页。

从实用于世的观点出发，猛烈抨击庄生"多诞谈"，"桎梏世业"，上不能经世，下不能治饥，空言玄理的清谈使神州陆沉，作为玄谈之源的庄生不得辞其咎。

再看他对魏晋玄谈的态度，其《崇教》云：

> 今圣明在上，稽古济物，坚堤防以杜决溢，明褒贬以彰劝沮，想宗室公族，及贵门富年，必当竞尚儒术，撙节艺文，释老庄之不急，精六经之正道也。①

摒弃老庄虚无之玄谈，恢复儒家经世致用之正道，才是当务之急。葛洪已经敏锐地感觉到了清谈玄风将带来灾难性后果，联系其外篇写作的时间为他三十五岁左右，正是西晋灭亡东晋建立之际来看，他的警示之言是非常具有预见性的，这种清谈的后果连过江诸人在检讨其责任时也伤心不已：

> 过江人士，每至暇日，相要出新亭饮宴，周顗中坐而叹曰："风景不殊，举目有江河之异。"皆相视流涕。惟导（王导——引者注）愀然变色曰："当共勠力王室，克复神州，何至作楚囚相对泣邪！"②

王羲之就曾坦率地承认"虚谈废务，浮文妨要，恐非当今所宜"③，桓温亦曾慨叹"使神州陆沉，百年丘墟，王夷甫（衍）诸人不得不任其责"④，虽然有点夸大其词，但虚无之谈已使整个社会世风衰败，士大夫之流皆鄙弃实务、欺世盗名确是不争的事实：

> 嘲戏之谈，或上及祖考，或下逮妇女。往者务其必深焉，报者恐其不重焉，唱之者不虑见答之后患，和之者耻于言轻之不塞……然敢为此者，非必笃玩也，率多冠盖之后，势援之门，素颇力行善

---

① 杨明照：《抱朴子外篇校笺上》，中华书局1991年版，第173页。
② 房玄龄等：《晋书·王导传》，第1747页。
③ 徐震堮：《世说新语校笺》，中华书局1984年版，第71页。
④ 房玄龄等：《晋书·桓温传》，第2572页。

事，以窃虚名，名既粗立，本情便放。……若问以坟索之微言，鬼
神之情状，万物之变化，殊方之奇怪，朝廷宗庙之大礼，郊祀禘祫
之仪品，三正四始之原本，阴阳律历之道度，军国社稷之典式，古
今因革之异同，则怳悸自失，喑呜俯仰。曰："杂碎故事，盖是穷
巷诸生章句之士，吟咏而向枯简，匍匐以守黄卷者所宜识，不足以
问吾徒也。"①

这种时代风尚，干宝亦曾指出："学者以庄老为宗，而黜《六经》；谈
者以虚薄为辩，而贱名俭。"② 由此可见，葛洪的关于文章应有益于助教化，
反对"靡丽虚言"的思想，是针对当时的社会风尚特别是老庄玄谈及其末
流——放旷之谈而发的，也可说是时代环境使然，不理解这一点，也就难以
把握葛洪在另一种场合下崇尚文辞之富赡弘丽的倾向。

葛洪的有助于教化的文学实用论，既是儒家正统思想影响的结果，亦是
道教典籍《太平经》之宗教实用观影响的结果，但从文学理论自身的发展来
看，也是水到渠成的事。葛洪有生以来在文论上经常称道的前人和同辈是王
充和陆机，在文章以实用为尚方面，继承和发展了他们的思想。王充论文以
实用为主，力主文章之用，"岂徒调墨弄笔，而为美丽之观哉？载人之行，
传人之名也。善人愿载，思勉为善；邪人恶载，力自禁裁。然则文人之笔，
劝善惩恶也"③，只要文章"为世用者，百篇无害；不为用者，一章无补。
如皆为用，则多者为上，少者为下"④，否则，"无益于国，无补于化"⑤，
则一篇为多。陆机对此亦云"伊兹文之为用，同众理之所因，恢万里而无
阂，通亿载而为津"⑥，葛洪在他们的基础上更进一步主张在实用的前提下
反对虚辞丽藻、雕绘华巧，这对宋代的王安石影响是很大的。王安石说：

① 杨明照：《抱朴子外篇校笺上》，中华书局 1991 年版，第 601—635 页。
② 干宝：《晋纪总论》，载严可均：《全晋文》，第 1309 页。
③ 王充：《论衡》，上海人民出版社 1974 年版，第 314 页。
④ 王充：《论衡》，上海人民出版社 1974 年版，第 453 页。
⑤ 王充：《论衡》，上海人民出版社 1974 年版，第 314 页。
⑥ 陆机：《文赋》，载严可均：《全晋文》，第 993 页。

"且所谓文者，务于有补于世而已矣。所谓辞者，犹器之有刻镂绘画也。诚使巧且华，不必适用；诚使适用，亦不必巧且华，要之以适用为本，以刻镂绘画为之容而已。"① 这段话与葛洪文章实用论在造语、用意上有惊人的相似。

三、"今胜于古" 的文学进化论

王明指出："坚持凡事今不如昔，是历史倒退的观念作祟。承认今胜于古，这是历史进化的思想。葛洪从多方面反复说明今胜于古，这样的观点是值得肯定。"② 是的，葛洪在文学方面，也提出了今胜于古的文学进化理论，反对贵古贱今，但往往也在对待个别具体的文学现象上，由于价值判断标准的不一致，又表现出自相矛盾的局面。

在《抱朴子外篇·钧世》里，葛洪用假设问答的形式来驳斥少数人古胜于今的文章观点，他们认为古人著书作文才大思深，文章深奥隐曲，今人作文浅露易见，对比之下，古胜于今。葛洪尖锐指出，古人并非神灵天才，与今人同属凡品，其思想、感情都是可以通过语言文辞发现得到的。至于古文多隐并非古人比今人天生的思维深奥所致，而是其他原因造成的：

夫论管穴者，不可问以九陔之无外；习拘阓者，不可督以拔萃之独见。盖往古之士，非鬼非神，其形器虽冶铄于畴昔，然其精神，布在方策，情见乎辞，指归可得。且古书之多隐，未必昔人故欲难晓，或世异语变，或方言不同，经荒历乱，埋藏积久，简编朽绝，亡失者多，或杂续残缺，或脱去章句，是以难知，似若至深耳③

从文学（或文章）有助于教化、有益于邦国的价值判断标准出发，葛洪

---

① 王安石：《临川先生文集》卷七十七，四部备要本。
② 王明：《道家和道教思想研究》，中国社会科学出版社 1984 年版，第 66 页。
③ 杨明照：《抱朴子外篇校笺下》，中华书局 1991 年版，第 66—67 页。

是赞赏儒家经文和诸子论说之体的，也反对淫诗丽赋的徒为观赏，但是，从另一种价值观念来取向，比如从文学语言辞汇的富赡丽彩、妍艳雄壮上建立标准，则古之《尚书》《诗经》远不如往后之辞赋诗文：

> 且夫《尚书》者，政事之集也，然未若近代之优文、诏策、军书、奏议之清富赡丽也；《毛诗》者，华彩之辞也，然不及《上林》《羽猎》《二京》《三都》之汪濊博富也。……然守株之徒，喽喽所玩，有耳无目，何肯谓尔？其于古人所作为神，今世所著为浅，贵远贱近，有自来矣。故新剑以诈刻加价，弊方以伪题见宝也。是以古书虽质朴，而俗儒谓之堕于天也；今文虽金玉，而常人同之于瓦砾也。①

> 今诗与古诗俱有义理，而盈于差美。方之于士，并有德行，而一人偏长艺文，不可谓一例也；比之于女，俱体国色，而一人独闲百伎，不可混为无异也。若夫俱论宫室，而奚斯路寝之颂，何如王生之赋《灵光》乎？同说游猎，而《叔田》《卢铃》之诗，何如相如之言《上林》乎？并美祭祀，而《清庙》《云汉》之辞，何如郭氏《南郊》之艳乎？等称征伐，而《出车》《六月》之作，何如陈琳《武军》之壮乎？则举条可以觉焉。近者夏侯湛、潘安仁并作《补亡诗》，《白华》《由庚》《南陔》《华黍》之属，诸硕儒高才之赏文者，咸以古《诗三百》，未有足以偶二贤之所作也。②

葛洪在对待古今诗文流变之差异上的核心标准就是辞藻的富赡艳丽与否。用这个标准来衡量儒家经典之诗文《诗三百》和《尚书》，把所谓儒家文艺思想所主张的厚人伦、美教化全置之脑后，表现了葛洪大胆变通儒家传统观念的勇气。同时，这也是葛洪在文学越来越向自我发展，摆脱儒家经典和传统思想束缚，向追求文学技巧特别是修辞主义倾向前进的历史潮流中做

---

① 杨明照：《抱朴子外篇校笺下》，中华书局1991年版，第69—71页。
② 杨明照：《抱朴子外篇校笺下》，中华书局1991年版，第74—75页。

出的明智选择。有趣的是，葛洪不但在主观上顺应了这种潮流，而且在客观上勾勒了从汉代到他所处的时代文学向丽辞主义倾向挺进的历史过程，从上引文字中的这些人名及其作品中可以捕得这条信息：相如的《上林》《羽猎》，王延寿的《灵光》，张衡的《二京》，陈琳的《武军》，潘岳、夏侯湛的《补亡诗》，左思的《三都》，郭璞的《南郊》。至于葛洪对二陆文章辞藻之富赡繁丽之赞美，更表现了他在一个丽辞主义的文学创作时代面前的欢欣鼓舞：

> 陆士龙、士衡旷世特秀，超古邈今。①

> 机（指陆机——引者注）文，犹玄圃之积玉，无非夜光焉；五河之吐流，泉源如一焉。其弘丽妍赡，英锐漂逸，亦一代之绝乎。②

后来钟嵘所定评的陆机"才高词赡，举体华美"以及"潘江陆海"之说，甚或滥觞于葛洪之评论。

葛洪不但称赞繁富艳丽的今文今诗比古《诗三百》《尚书》之质朴强胜，而且在同为一种繁富面前，他欣赏更为艳丽的那种，同为"华彩之辞"，《毛诗》就不比《上林》《羽猎》《二京》《三都》更富丽。西晋文学之"结藻清音，流韵绮靡"，与葛洪等人的理论提倡是分不开的，"遣言贵妍"，非只陆机一人而已。

从文学实用的观点出发，葛洪认为，诗歌辞赋只要有助于教化，哪怕它非常繁富艳丽，也不可非议；但若无补于世，即使华丽富赡，也一文不值。而在上引文字里又抛开实用的价值观，认为今诗的富博艳丽胜于古诗。之所以如此，诚如他自己所说：

> 古者事事醇素，今则莫不雕饰，时移世改，理自然也。③

整个时代都在"雕饰"，都在文学创作的技巧、语汇上刻苦用心，这是

---

① 李善注：《文选·辨命论》，引葛洪语，第 1003 页。
② 房玄龄等：《晋书·陆机传》，引葛洪语，第 1481 页。
③ 杨明照：《抱朴子外篇校笺下》，中华书局 1991 年版，第 77 页。

文学自身发展的必然趋势，自然之理，今之雕饰胜于古之醇素，是历史进化发展的表现，因此，人只能顺时而动，所以葛洪极力提倡和称赞诗赋文章辞藻的富丽修饰。

顺应时代潮流是一个方面，葛洪提倡今胜于古的文学进化论，还基于他对历史以来贵古贱今的文学倾向的深刻总结和反思：

> 然守株之徒，喽喽所玩，有耳无目。……其于古人所作为神，今世所著为浅，贵远贱近，有自来矣。①

> 又世俗率神贵古昔而黩贱同时。……虽有超群之人，犹谓之不及竹帛之所载也。虽有益世之书，犹谓之不及前代之遗文也。是以仲尼不见重于当时，《太玄》见嗤薄于比肩也。俗士多云今山不及古山之高，今海不及古海之广，今日不及古日之热，今月不及古月之朗，何肯许今之才士，不减古之枯骨？重所闻，轻所见，非一世之所患矣。②

"有自来矣"，"非一世之所患矣"，贵古贱今，由来已久，甚至已到积重难返的地步，如果还不从思想上清算这种偏爱，文学发展的路子只能越走越窄，最后通向死胡同。

葛洪反对贵古贱今，自然也是站在前辈文学思想家肩膀上做出的系统总结，他们已有零星的对文学领域厚古薄今现象之不满的言论，如桓谭《新论》有言"世咸尊古卑今，贵所闻，贱所见也"③，扬雄亦曾说"凡人贱近而贵远"④，曹丕亦说"常人贵远贱近，向声背实"⑤，稍早于葛洪的左思亦云"晋世咸贵远而贱今"⑥。而尤以反对贵古贱今的思想家王充对葛洪的影

---

① 杨明照：《抱朴子外篇校笺下》，中华书局 1991 年版，第 71 页。
② 杨明照：《抱朴子外篇校笺下》，中华书局 1991 年版，第 118—120 页。
③ 严可均：《全后汉文》，第 152 页。
④ 班固：《汉书·扬雄传赞》，第 3585 页。
⑤ 严可均：《全三国文》，第 91 页。
⑥ 房玄龄等：《晋书·左思传》，第 2376 页。

响最大，其《论衡·自纪》云："文士之务，各有所从。或调辞以巧文，或辩伪以实事。必谋虑有合，文辞相袭，是则五帝不异事，三王不殊业也。……谓文当与前合，是谓舜眉当复八采，禹目当复重瞳。"① 又《案书》篇云："夫俗好珍古不贵今，谓今之文不如古书。夫古今一也，才有高下，言有是非，不论善恶而徒贵古，是谓古人贤今人也。……善才有深浅，无有古今；文有伪真，无有故新。"② 不同的是，葛洪从具体的文学作家和文学作品上立论反对贵古贱今，主张今胜于古，从而表现其文学进化论。这里有必要关于葛洪的"王充情结"多说上几句，因为我们在后面还会涉及他与王充的关系。葛洪对古代先贤最崇拜的是王充，他的许多思想包括政治思想、哲学思想、文学思想都曾受到王充的影响。在著书上又极力推崇王充的《论衡》，其外篇有很多地方是模仿《论衡》的，如《自叙》就完全模仿王充《自纪》的行文语气和格式。他又专作《喻蔽》一篇表达对王充的向往之情："余雅谓王仲任作《论衡》八十余篇，为冠伦大才。"至于王充在文论上关于子书、辞采、今胜于昔、作品风格等方面的思想，对葛洪影响尤著。

上述顺应时代潮流也好，对历史的总结与反思也好，站在前人的理论高度之上也好，都只是形成葛洪今胜于古的文学进化论的外部因素，而根本的原因则是他主观上的物类变化论、生命进化论、社会进化论思想的指导，这一点在本章第一节里已有详论，这里稍作梳理。

葛洪受王充气变物类之变化思想的启发③，认为：

> 变化者，乃天地之自然，何为嫌金银之不可以异物作乎？譬诸阳燧所得之火，方诸所得之水，与常水火，岂有别哉？蛇之成龙，茅蓂为膏，亦与自生者无异也。然其根源之所缘由，皆自然之感

---

① 王充：《论衡》，上海人民出版社1974年版，第453页。
② 王充：《论衡》，上海人民出版社1974年版，第440页。
③ 王充：《论衡》，上海人民出版社1974年版，第22页："气变物类，虾蟆为鹑，雀为蜄蛤。"

致，非穷理尽性者，不能知其指归，非原始见终者，不能得其情状也。①

他从这种变化理论出发，推演出人服用以铅汞做成的金丹，就会像黄金一样身体坚固，即他所说的"假求于外物以自坚固"②的神仙道教思想，这无疑提升了古人对于生命无可奈何而听之任之的消极思想到一个自我把握生命的全新进化论层次，即人力可以夺天工。

用上述进化论思想做指导，葛洪认为社会也是在变化中前进的，是变化发展的，从而坚决反对盲目的贵古贱今的社会倒退理论：

> 世俗率贵古昔而贱当今，敬所闻而黩所见。同时虽有追风绝景之骏，犹谓不及伯乐之所御也；虽有宵朗兼城之璞，犹谓不及楚和之泣也；虽有断马指雕之剑，犹谓不及欧冶之所铸也；虽有生枯起朽之药，犹谓不及和鹊之所合也；虽有冠群独行之士，犹谓不及于古人也。③

在《尚博》篇里，葛洪极为不满那种复古主义者的"今山不及古山之高，今海不及古海之广，今日不及古日之热，今月不及古月之朗"的保守落后思想。又《诘鲍》篇云：

> 古者生无栋宇，死无殡葬，川无舟楫之器，陆无车马之用，吞啖毒烈，以至殒毙；疾无医术，枉死无限。后世圣人改而垂之，民到于今赖其厚惠，机巧之利，未易败矣。今使子居则反巢穴之陋，死则捐之中野，限水则泳之游之，山行则徒步负戴，弃鼎铉而为生臊之食，废针石而任自然之病，裸以为饰，不用衣裳，逢女为偶，不假行媒，吾子亦将曰不可也。④

---

① 王明：《抱朴子内篇校释》，中华书局 1985 年版，第 284 页。
② 王明：《抱朴子内篇校释》，中华书局 1985 年版，第 71 页。
③ 杨明照：《抱朴子外篇校笺下》，中华书局 1991 年版，第 447 页。
④ 杨明照：《抱朴子外篇校笺下》，中华书局 1991 年版，第 526—527 页。

由此可见，葛洪的用变化发展的观点来看待社会历史进程的社会进化理论，是极具进步意义的。明了于此，我们也就能够明了葛洪在如下诸方面的"与世事变通"的革新精神：在治政方面，攻讦儒家的德治而主张刑治；在用人方面，反对儒家的重德而重视才智（即"明先仁后，明居仁上"①）；……而在为文方面，反对古诗比今诗好，古代作家比当今作家才思深。

葛洪的今胜于古的进化论思想，从道教自身的发展来看，也是渊源有自的，我们不能只注意于道教外部因素的探讨而忽略道教自身的继承发展。比如《太平经》的"明古知今"论，就是道教内部较早的进化论，它强调明古可以知今，知今更能明古，今是古的继续，古是今的渊源。

> 精考合此，所以明古，复以知今也；所以知今，反复更明古也。②

这种辩证的认识论，从现实与历史的辩证关系中看待社会和历史的进程与变迁，无疑具有积极的意义。我们知道，汉代社会在政治、文化以及思想领域，都以复归先秦儒家礼制为尚，弥漫着一股恪守儒术的保守复古思想，《太平经》在这种贵古贱今的背景下倡导"明古知今"，提出了许多治理社会的措施，比如用人上的人尽其才、才称其职的思想，都是值得肯定的。葛洪作为道教思想之集大成者，无疑继承和发扬了诸如《太平经》之类的优秀思想成果，包括这种社会进化论。

葛洪的文学进化论，对后世文学理论和文学思想影响有加。刘勰《文心雕龙·通变》云："文律运周，日新其业，变则其久，通则不乏。趋时必果，乘机无怯，望今制奇，参古定法。"时代变化，万象纷呈，文章亦自然代易其新，苟守古法，一成不变，不得其久。刘勰有一段关于知音难觅、既觅又贱的话与葛洪关于俗世贵古贱今，贵远贱近的论述在选材用意上有惊人的相似，刘勰《文心雕龙·知音》云："夫古来知音，多贱同（即贱今——引者

① 杨明照：《抱朴子外篇校笺下》，中华书局1991年版，第220页。
② 王明：《太平经合校》，中华书局1960年版，第177页。

注）而思古，所谓'日进前而不御，遥闻声而相思'也。昔《储说》始出，《子虚》初成，秦皇汉武，恨不同时；既同时矣，则韩囚而马轻，岂不明鉴同时之贱哉？"葛洪云：

> 抱朴子曰：贵远而贱近者，常人之用情也。信耳而疑目者，古今之所患也。是以秦王叹息于韩非之书，而想其为人；汉武慷慨于相如之文，而恨不同世。及既得之，终不能拔，或纳谗而诛之，或放乎冗散，此盖叶公之好伪形，见真龙而失色也。①

两者都是反对贵古贱今、贵远贱近，这是葛洪影响刘勰最典型的例子，说严重一点，刘子实有抄袭之嫌。除影响刘勰外，萧统亦受葛洪这种文学进化论影响，他说："若夫椎轮为大辂之始，大辂宁有椎轮之质？增冰为积水所成，积水曾微增冰之凛，何哉？盖踵其事而增华，变其本而加厉。物既有之，文亦宜然。"② 这里有葛洪所谓后世之雕饰不逊于古昔之淳素的含义，文风既代有变易，人事亦趋于繁杂；文章乃日益富美，思想亦翻空出奇，实为必然之趋势，岂可薄今厚古耶？故子美云："不薄今人爱古人，清词丽句必为邻。窃攀屈宋宜方驾，恐与齐梁作后尘。"

第三节　葛洪的文学创作和鉴赏思想

一、关于文学创作

葛洪关于文学创作的思想是极其丰富的，无论从构思到形之于笔，从内容到形式，从选材到布局，从技巧到语言，从继承到创新，都有较精当的见解。在他的见解中，往往表现出从神仙道教理论来立论的特点。我们拟从其构思、选材、语言、创新四个主要方面作一探讨。

---

① 杨明照：《抱朴子外篇校笺下》，中华书局 1991 年版，第 348—349 页。
② 《昭明文选序》，载严可均：《全梁文》，第 215 页。

关于创作构思。

魏晋时期，是文学理论渐趋成熟、走向自觉的时期，其中对创作构思现象的认识开始由模糊片段变得清晰完整，尤以陆机对此认识深刻。他从文学创作前的心理感遇、创作中的凝神运思到最后形之于笔这一整个的过程进行了系统的论述。葛洪把陆机作为他在文章创作上称许的对象，也包括他对陆机这些文学创作构思理论的认同，只不过当他谈到构思本身必须"虚静"以待时，却把修炼养生、长生成仙的静默守一的神仙理论带进了文学创作之中，从而表现出浓厚的神仙道教色彩。

关于创作的心理感遇，葛洪认为文学创作之发生是由于外在的客观的物和事引起了主观的心和情的振动，从而不得不表现于文字、文章，物、事对创作主体的心和情具有触发、感召和制约作用：

> 情感物而外起，智接事而旁溢。①
>
> 往古之士，……其精神布在乎方策，情见乎辞，指归可得。②
>
> 怀逸藻于胸心，不寄意于翰素，则未知其别于庸猥。③
>
> 有诸中者，必形于表；发乎迩者，必著乎远。④

这些论述，已经开始接触文学创作的本质问题，外界事物一旦引起作家心灵深处的情感波动，创作的欲望就大大地激发出来，达到一定的程度就要发之于外，形之于文，故陆机说"遵四时以叹息，瞻万物而思纷。悲落叶于劲秋，喜柔条于芳春"，每当万物感召，斯人则浮想联翩，最后激动不已，只好"投篇而援笔，聊宣之乎斯文"。

有了上述因物（事）而起的创作准备，接着就进入构思过程（构思本身）。葛洪认为，构思是一种动静结合、虚实相生的心理活动，它要求"沉

---

① 王明：《抱朴子内篇校释》，中华书局 1985 年版，第 107—171 页。
② 杨明照：《抱朴子外篇校笺下》，中华书局 1991 年版，第 66 页。
③ 杨明照：《抱朴子外篇校笺下》，中华书局 1991 年版，第 261 页。
④ 杨明照：《抱朴子外篇校笺下》，中华书局 1991 年版，第 288 页。

静玄默"和"挹酌清虚"①,在一种极其幽静默闻的状态下进行思维活动,心灵处于虚无静谧之境;同时,作家的神思又与万物相纠相结,与往古圣贤游神共语,"游神典文"②。这样一种创作状态其实源自庄子关于艺术构思和体道过程中的"心斋"学说,它要求"无视无听,抱神以静"(《庄子·在宥》),"无听之以耳而听之以心,无听之以心而听之以气。耳止于听,心止于符。气也者,虚而待物者也。唯道集虚。虚者,心斋也"(《庄子·人间世》)。葛洪阐述的"虚静"的创作构思,当然也是他关于修道成仙必须无欲无望、清静体道的神仙道教思想的理论嫁接。

> 学仙之法,欲得恬愉澹泊,涤除嗜欲,内视反听,尸居无心。③
>
> 仙法欲静寂无为,忘其形骸。④
>
> 涤除玄览,守雌抱一,专气致柔,镇以恬素,遣欢戚之邪情,外得失之荣辱。⑤

文学构思或艺术构思正是一种排除任何杂念干扰的精神状态,正如陆机所说"其始也,皆收视反听,耽思旁讯,精骛八极,心游万仞"。后来刘勰《文心雕龙·神思》把这种状态概括为"寂然凝虑,思接千载;悄然动容,视通万里","神与物游"以及"疏瀹五脏,澡雪精神",可见"虚静"状态的艺术构思是必不可少的环节。葛洪关于创作构思的理论,既体现了他对艺术本质的感悟力,又反映了他以神仙道教理论作指导的文学思想特色。

创作构思一旦成熟,当万千物象纷至沓来"情曈昽而弥鲜,物昭晰而互进"的时候,就要借文学来表现了,也就是说,这个时候的"课题"就是文学怎样描写和反映客观物象的问题了。对此,葛洪提出了以传神为主和形神兼备的创作表现理论。他说:

---

① 王明:《抱朴子内篇校释》,中华书局 1985 年版,第 139 页。
② 杨明照:《抱朴子外篇校笺下》,中华书局 1991 年版,第 96 页。
③ 王明:《抱朴子内篇校释》,中华书局 1985 年版,第 17 页。
④ 王明:《抱朴子内篇校释》,中华书局 1985 年版,第 17 页。
⑤ 王明:《抱朴子内篇校释》,中华书局 1985 年版,第 111 页。

　　体粗者系形，知精者得神。①

　　高品位的文学作品唯在于体现物象的精神，使对象神情风采栩栩如生，他认为：

　　意得神至，则形器可忘。②

　　文学创作要传神，不能拘泥于外形。但是，外形与精神又不可偏废，文学作品如果失去了其物质外形，则其内在的精神亦无所寄托。

　　形者，神之宅。
　　形劳则神散。③

　　葛洪的这种形神关系的创作表现思想，是以他的朴素唯物主义的生命哲学为基础的，他认为：

　　夫有因无而生焉，形须神而立焉。有者，无之宫也。形者，神之宅也。故譬之于堤，堤坏则水不留矣。方之于烛，烛靡则火不居矣。形劳则神散，气竭则命终。④

　　从这种生命哲学出发，葛洪强调养形，更重视养神。但这里提出的"形须神而立"的思想，却过分夸大了精神和灵魂的作用，为他的灵魂不灭的宗教信仰提供理论依据，也是他神仙道教理论的诱人之处。可是，当他把这种形神关系移入创作的表现环节时，要求文学创作在刻划对象形貌上真切生动，在揭示对象内在精神上准确传神，以达到形神兼备的最高境界，却是符合艺术规律的。

　　关于选取素材。

　　文学创作除了因感物起兴、由客观现实事象、物象激发创作的冲动外，

---

① 杨明照：《抱朴子外篇校笺下》，中华书局 1991 年版，第 258 页。
② 杨明照：《抱朴子外篇校笺下》，中华书局 1991 年版，第 624 页。
③ 王明：《抱朴子内篇校释》，中华书局 1985 年版，第 110 页。
④ 王明：《抱朴子内篇校释》，中华书局 1985 年版，第 110 页。

历史沉淀的文化典籍是文学创作借以旁征博采的丰富素材，因此，葛洪主张在素材的选取上到古史书籍中广为涉猎，博观泛取。他非常赞赏《庄子》之文设喻广博：

> 寓言譬喻，犹有可采。①

这是符合先秦诸子文章的实际的。那时的思想家一个个涉猎广泛，知识渊博，后人称之为"博物君子"，他们的子书文章为后人提供了广博的文化知识，确实是后世取之不尽、用之不竭的知识宝藏，对比之下，葛洪深感当今贵族子弟：

> 口笔乏无典据，牵引错于事类。②

从而要求属笔之家到古代典籍中去旁征博引，引经据典。从我国文体发展的历史进程来看，葛洪所处之世正是骈文逐渐成熟的时期，文学作家纷纷造撰四六骈骊之体，而这种文体的一个突出要求和特点是广用事类和典故，葛洪对纨绔弟子们知识浅薄、不会事典深恶痛绝，要求他们增长知识，同时，这也体现了他对骈体文写作的一项内容要求。

虽然古书知识丰富，材料广博，但并不是尽善尽美，在引用时一定要有一番鉴别采择的功夫；同时，那些称得上完善的材料并不等于为文者文章本身的完美，还必须运用他的创作才能对之进行组织安排，所以葛洪说：

> 然古书者虽多，未必尽美，要当以为学者之山渊，使属笔者得
> 采伐渔猎其中。然而譬如东瓯之木、长洲之林，梓豫虽多而未可谓
> 之为大厦之壮观、华屋之弘丽也；云梦之泽、孟诸之薮、鱼肉之渊
> 虽饶而未可谓之为煎熬之盛膳、俞狄之嘉味也。③

只有通过作家自己对这些材料进行一番加工过滤，或服从主题的需要进

---

① 王明：《抱朴子内篇校释》，中华书局1985年版，第151页。
② 杨明照：《抱朴子外篇校笺上》，中华书局1991年版，第148页。
③ 杨明照：《抱朴子外篇校笺下》，中华书局1991年版，第73页。

行取舍，或服从结构的安排进行组织，或增加论辩的说服力，或润色语言的典雅优美，凡此种种"功夫"用到之后，一桌"美味佳肴"就可以让读者"品尝"了。当然，组织安排这些"材料"，不是一番轻易的活动，要有一定才力的人才能做得到，所以葛洪又说：

> 夫梓豫山积，非班匠不能成机巧；众书无限，非英才不能收膏腴。①

这就关系到文章家自身的素质、修养、才力等各种因素，这又体现了葛洪对一个作家条件的要求。

葛洪关于文学素材的广泛涉猎和善于吸取，也是与他的神仙道教理论要求为仙者贵博学的态度相一致的。他说：

> 凡养生者，欲令多闻而体要，博见而善择，偏修一事，不足必赖也。②

> 浅见之家，偶知一事，便言已足；而不识真者，虽得善方，犹更求无已，以消工弃日，而所施用，意无一定，此皆两有所失者也。③

可见，对于神仙方术既不能偏修一项，又不应浅尝辄止和不分真假去贪求。如果学道者或修仙者对道书不加选择地一味诵习，"徒诵之万遍，殊无可得也。虽欲博涉，然宜详择其善者，而后留意，至于不要之道书，不足寻绎也④"。

由此看来，多闻而体要，博见而善择，是葛洪关于学习神仙方术和阅读道教典籍的方法论原则，它也同样适用于文学创作关于选材之方法。

刘勰对于文学创作必从经典载籍中广纳博取、择善而从是极为赞赏的，

---

① 杨明照：《抱朴子外篇校笺下》，中华书局1991年版，第124页。
② 王明：《抱朴子内篇校释》，中华书局1985年版，第124页。
③ 王明：《抱朴子内篇校释》，中华书局1985年版，第124页。
④ 王明：《抱朴子内篇校释》，中华书局1985年版，第151页。

这也是对一个作家提出的学问文章上的要求："夫经典沉深，载籍浩瀚，实群言之奥区，而才思之神皋也。扬班以下，莫不取资，任力耕耨，纵意渔猎，操刀能割，必列膏腴；……是以综学在博，取事贵约，校练务精，捃理须核，众美辐辏，表里发挥。"（《文心雕龙·事类》）这些话的意思，仿佛又是葛洪的一次重复，而葛洪主张要靠作家才力才能驾御材料，刘勰《文心雕龙·事类》也有同样的看法："才为盟主，学为辅佐。……才学偏狭，虽美少功。"

关于文学语言。

在葛洪今胜于古的文学进化论中，尽管他是从文学的雕饰技巧等时代趋势方面认同今之诗文比古《诗三百》和《尚书》远甚，但他所说"清富赡丽"，"汪濊博富"，亦已涉及文学语言的丰赡繁富；尽管他又在选材上主张作家要博学广识以便征引事类、典故左右逢源甚至多多益善乃是关系作品内容的问题，但丰赡的内容如果不以富硕的语言词汇来表达的话，文学创作也只是空中楼阁，可见，葛洪关于文学语言的观点是力主语词富赡的，他说：

　　文贵丰赡，何必称善如一口乎？①

作品文辞以丰赡为贵，不能限于用一辞一口去嘉许美的、善的事物；只要是美的善的事物，哪怕千言万语都无能形容，因此，文辞越多越好，故葛洪又云：

　　言少则至理不备，辞寡即庶事不畅，是以必须篇累卷积而纲领举也。②

除了美的、善的事物可以不限其辞去描写和反映之外，葛洪还认为繁富、宏大、深邃的事、物、理也难以用短促之章、细小之篇、精悍之语来建构，必有洋洋之文、洒洒之篇、皇皇之构以揭橥，故他又说：

____

① 杨明照：《抱朴子外篇校笺下》，中华书局1991年版，第397页。
② 杨明照：《抱朴子外篇校笺下》，中华书局1991年版，第433页。

止波之修鳞，不出穷谷之隘；鸾栖之峻木，不秀培塿之卑；九
畴之格言，不吐庸猥之口；金版之高算，不出恒民之怀；睹百抱之
枝，则足以知其本之不细；观汪濊之文，则足以觉其人之渊邃。①

葛洪的这种"文贵丰赡"的文学语言观，当然是以为文有益于用为前提
的，对美的善的事物多多称许，是从"劝善惩恶"的目的论出发的，这无疑
又受王充的文学思想影响，王充云："以笔著文，……为世用者，百篇无害；
不为用者，一言无补。如皆为用，则多者为上，少者为下。累积千金，比如
一百，孰为富者？盖文多胜寡，财富愈贫。世无一卷，吾有百篇；人无一
字，吾有万言，孰者为贤？"②

语言的富赡特别是广引经籍之典事势必带来语言风格的典雅深奥，这无
疑会影响文学作品的流传，缩小它的"读者群体"，有鉴于此，葛洪又推尚
文学语言的易晓通俗，从而形成了他雅俗共赏的语言观。

葛洪说：

书犹言也，若入谈语，故为知音。胡越之接，终不相解。以此
教戒，人岂知之哉？若言以易晓为辩，则书何故以难知为好哉？③

著书为文，应以易晓明白如话为上，像拉家常，平淡通俗，人人皆懂，
又何必故弄玄虚，故作高深，使人难知？

胡越之接，终不相解。以此教戒，人岂知之哉？④

方言最好不要进入文学作品，它也影响文学的接受和流传。

且古书之多隐，未必昔人故欲难晓，……或方言不同。⑤

---

① 杨明照：《抱朴子外篇校笺下》，中华书局1991年版，第256页。
② 王充：《论衡》，上海人民出版社1974年版，第453页。
③ 杨明照：《抱朴子外篇校笺下》，中华书局1991年版，第78页。
④ 杨明照：《抱朴子外篇校笺下》，中华书局1991年版，第78页。
⑤ 杨明照：《抱朴子外篇校笺下》，中华书局1991年版，第67页。

因此必须力戒方言。葛洪在《讥惑》篇里，反对吴人学洛阳方言①：

> 况于乃有转易其声音以效北语，既不能便，良似可耻可笑，所谓不得邯郸之步，而有匍匐之嗤者。②

这里虽然可能含有葛洪眷恋吴国乡土之隐情，但联系其"胡越之接，终不相解"来看，当是主张不用方言来交流思想和感情的。由此观之，葛洪提倡的文学语言，一定是当时普遍流行的通用语。葛洪的"易晓为辩"，也受王充类似观点的影响，"夫笔著者，欲其易晓而难为，不贵难知而易造；口论务解分而可听，不务深迂而难睹"③，真正难为的文学作品，实乃平易晓畅之语言的作品，所以后人云："作诗无古今，唯造平淡难。"④

关于文贵创新。

汉代社会是一个儒学独占、思想僵化的社会，由于人们盲目追从孔子标榜的"述而不作，信而好古"，结果任何领域、任何思想和文章没有独创性可言，甚至谁敢独创反而被视为有罪⑤。王充顶着这股逆流大胆地宣称，只要对社会有益无害，虽独创亦无妨，故他提出文章应"造作"："言苟有益，虽作何害。仓颉之书，世以纪事；奚仲之车，世以自载；伯余之衣，以辟寒暑；桀之瓦屋，以辟风雨。夫不论其利害，而徒讥其造作（此指当时人讥讽王充作《论衡》为'以贤而作者，非也。'——引者注），是则苍颉之徒有非，世本⑥十五家皆受责也。故夫有益也，虽作无害也。"⑦ 这所谓"造作"或独创，当然也含有反对因袭模仿之意，故王充又说："饰貌以强类者失形，调辞以务似者失情。百夫之子，不同父母，殊类而生，不必相似；各以所

---

① 陈寅恪：《东晋南朝之吴语》，载《金明馆丛稿二编》，三联书店 2001 年版，第 304—309 页。
② 杨明照：《抱朴子外篇校笺下》，中华书局 1991 年版，第 12 页。
③ 王充：《论衡》，上海人民出版社 1974 年版，第 451 页。
④ 梅尧臣：《读邵不疑学士诗》，载于《宛陵先生集》，四部丛刊本。
⑤ 蔡仲翔：《中国文学理论史（一）》，北京出版社 1987 年版，第 142 页。
⑥ 这是一本收录古代诸侯大姓之世系、城邑等内容的书，今只传辑本。
⑦ 王充：《论衡》，上海人民出版社 1974 年版，第 445 页。

禀，自为佳好。"① 更有意思的是，王充即以汉人们所推崇的孔子为例，说明孔子作《春秋》乃以史为基础而独寄创意，予世俗以反唇相讥："孔子得史记以作《春秋》，及其立义创意，褒贬赏诛，不复因史记者，眇思自出于胸中也。"② 上述王充的思想，对后来的文学创作起到了摧陷廓清的作用。陆机继承王充理论，更系统地阐述文贵创新、反对因袭的重要性，其《文赋》云："收百世之阙文，采千载之遗韵。谢朝华于已披，启夕秀于未振。……虽杼轴于予怀，怵他人之我先。苟伤廉而愆义，亦虽爱而必捐。"文学创作只有推陈出新才能向前发展。

葛洪在他的社会是变化发展的、历史是前进的思想指导下，极力主张文章写作应有创新，从而发挥了上述两人的观点。他说：

> 乾坤方圆，非规矩之功；三辰摛景，非莹磨之力；春华粲焕，非渐染之采；苣蕙芬馥，非容气所假。……义以罕睹为异，辞以不常为美。③

文章的"义"和"辞"务必追求"异"和"不常"，如果人云亦云，拾人牙慧，陈词滥调，肯定不能吸引读者，收到审美愉悦的效果。"辞以不常为美"，仿佛有如韩愈所云"惟陈言之务去"。

葛洪赞赏那些在生活方式上、审美趣味上有主见、不随俗入流的人，比如对郢人的独赏下里之曲，对宋玉的舍弃延灵之声，都目之为具有独见的远谋之举。④ 其实葛洪自己亦不随便附和当时的社会风尚，这是他提出文贵独创的现实基础。他不参与迎合上流社会盛行的自然适意的玄谈之风，甚至著《疾谬》篇大加批评指责；当时社会饮酒成风，饮酒成了人们交往甚至捞取利益的重要方式，葛洪对此疾恶如仇；其时又延续汉末以来品评人物外貌的

① 王充：《论衡》，上海人民出版社 1974 年版，第 453 页。
② 王充：《论衡》，上海人民出版社 1974 年版，第 211 页。
③ 杨明照：《抱朴子外篇校笺下》，中华书局 1991 年版，第 392 页。
④ 杨明照：《抱朴子外篇校笺下》，中华书局 1991 年版，第 316 页。

审美风尚，往往把美貌作为衡量士人高下的标准，如对潘岳和夏侯湛的外貌之评，葛洪对此亦坚决反对以貌取人……总之，用他自己的话来讲，就是：

> 用不合时，行舛于世，发音则响与俗乖，抗足则迹与众违。①

罗宗强把他勾画为"一个与时俗异趣的人"②，这样的生活基础，无疑会给他的理论主张以极大的影响，因此，他在文学语言上倡导独创，不因袭前人和别人，"词必己出"，则完全是合情合理的。

二、神仙星气与作品风格的关系

老庄关于宇宙构成的哲学思考，把"气"看成是形成万物的基本元素，"万物负阴而抱阳，冲气以为和"、"通天下一气"为后来人们思考人的物质形态、精神形态的根源提供了理论依据。王充就认为，"气"既决定了人的躯体，也决定人的寿夭、贵贱，更决定了人之本性的善恶："俱禀元气，或独为人，或为禽兽"③；"凡人受命，在父母施气之时，已得吉凶矣"④，"夫禀受气渥则其体强，体强则其命长，气薄则其体弱，体弱则命短"⑤，"至于富贵所禀，犹性所禀之气，得众星之精。众星在天，天有其象，得富贵象则富贵，得贫贱相则贫贱"⑥，"禀气有厚薄，而性有善恶也，……人之善恶，共一元气，气有少多，故性有贤愚"⑦，这里所讲的"性"，既指人的本质属性，又指人的性情气质。葛洪继承老庄以来特别是王充的气论思想，一方面认为人由气形成：

---

① 杨明照：《抱朴子外篇校笺下》，中华书局 1991 年版，第 721 页。
② 罗宗强：《魏晋南北朝文学思想史》，中华书局 2006 年版，第 152 页。
③ 王充：《论衡》，上海人民出版社 1974 年版，第 16 页。
④ 王充：《论衡》，上海人民出版社 1974 年版，第 19 页。
⑤ 王充：《论衡》，上海人民出版社 1974 年版，第 11 页。
⑥ 王充：《论衡》，上海人民出版社 1974 年版，第 18 页。
⑦ 王充：《论衡》，上海人民出版社 1974 年版，第 28 页。

> 人在气中，气在人中，自天地至于万物，无不须气以生者也。①

这种气，既指天地阴阳之气，又指人体内的精气，它们赋予人以形体和生命，决定人的生命力的盛衰。

> 气竭则命终。②

同时它们也赋予人以气质、个性、禀赋等精神和心理上的特征。另一方面，葛洪又从其神仙道教信仰出发，认为人在结胎受气时，会偶值上天星宿的精气。

> 皆上得列宿之精。③

星宿之气又决定人的命和求仙的可能：

> 命之修短，实由所值，受气结胎，各有星宿。……命属生星，则其人必好仙道，好仙道者，求之亦必得也。④

而星气又有清浊之分，这种清浊之气，既决定人的寿命长短，又决定人的性情气质。就是在上述气的哲学意蕴和神仙道教信仰的逻辑思辨之中，葛洪推演出了他的气之清浊决定人的性情气质高低，气质高低不同又决定文学作品风格参差不等的文学风格理论。

他首先认为由于人先天禀气的不同从而造成了人与人之间性情、气质、个性的千差万别。他说：

> 清浊参差，所禀有主，朗昧不同科，强弱各殊气。⑤

而这种个性、气质的差距之大，因此他说：

---

① 王明：《抱朴子内篇校释》，中华书局 1985 年版，第 114 页。
② 王明：《抱朴子内篇校释》，中华书局 1985 年版，第 110 页。
③ 王明：《抱朴子内篇校释》，中华书局 1985 年版，第 226 页。
④ 王明：《抱朴子内篇校释》，中华书局 1985 年版，第 136 页。
⑤ 杨明照：《抱朴子外篇校笺下》，中华书局 1991 年版，第 109 页。

虽三光、熠耀不足以方其巨细，龙渊、铅锭未足譬其锐钝，鸿羽、积金，未足比其轻重。①

其次，葛洪认为人的禀性的不同、气质之高低、才性之大小反映到文学创作上则表现为作品风格的参差不等和多姿多彩、丰富多样。他说：

夫才有清浊，思有修短；虽并属文，参差万品。或浩瀁而不渊潭，或得事情而辞钝，违物理而文工。盖偏长之一致，非兼通之才也。闇于自料，强欲兼之，违才易务，故不免嗤也。②

人少有通才，大都擅长一隅，众多的平凡的才性气质创造出众多的风格不同的作品。在此，葛洪认识到作家个性和气质是形成作品风格的内在本质，而作品风格又是作家个性和气质的外在表现，两者是统一于作品中的，只不过是个性气质的不同也就形成作品风格的不同，"是则总章无常曲，大庖无定味"③，文学创作中没有某一种固定的风格要求，并不需要某一作家"强欲兼之"某种风格，由此看出葛洪的比较开明、开放和兼具包容性的文学风格理论。

葛洪的这种才性气质之高低不同决定作品风格多样的理论，是与汉末以来品评人物的风尚相关的，清鉴之流常以"气"品人，气的不同导致人的个性差异，刘劭著《人物志》就是总括人物才性、气质品评之大成。到魏晋时代，文艺理论家如曹丕、陆机等人把这种以"气"为核心标准的人物品评移植到文学理论之中以探讨作家的气质才性与作品风格的关系，如曹丕说"气之清浊有体，不可力强而致，……引气不齐，巧拙有素，虽在父兄，不能以移子弟"④，并个别举例定评诸如"徐干时有齐气"，"孔融体气高妙"，"应玚和而不壮"，"刘桢壮而不密"。陆机从作家主观性情的多样性出发把文学

---

① 杨明照：《抱朴子外篇校笺下》，中华书局1991年版，第109页。
② 杨明照：《抱朴子外篇校笺下》，中华书局1991年版，第394—395页。
③ 杨明照：《抱朴子外篇校笺下》，中华书局1991年版，第393页。
④ 曹丕：《典论·论文》，载《中国古典文学名著分类集成》文论卷一，第36页。

作品分为十种文体，并指出每种文体的风格特征。葛洪正是在这两个人关于作家个性气质与作品风格的关系的思想基础上，超越他们只就具体作家和作品个性、风格的区别与差异进行说明而提升到自觉地追求和主张文学风格的多样化、丰富化，从而形成一种带普遍概括意义的风格理论，这无疑是葛洪的一个理论发展。

葛洪的这种追求风格多样性的文学思想，固然与他在学问、思想上的兼容并收、旁征博引分不开，但也是他深刻丰富的美学思想的反映。他认为美是多样的，具有丰富多彩的表现形式：

> 单弦不能发韶夏之和音，孑色不能成衮龙之玮烨，一味不能合伊鼎之甘，独木不能致邓林之茂，玄圃极天，盖由众石之积；南溟浩瀁，实须群流之赴。①

大千世界异彩纷呈，皆由众美所集。然而，尽管美千姿百态，形式多样，但它们都能通过人的感觉和知觉的形式统一起来，即各种不同的美都能使人产生相对统一的审美感受，即同孟子所说"口之于味也，有同嗜焉；耳之于声也，有同听焉；目之于色也，有同美焉"（《孟子·告子上》）。人类感知器官的共同性也造成了人们审美感受上的共通，所以孟子又说："至于味，天下期于易牙，是天下之口相似也；惟耳亦然，至于声，天下期于师旷，是天下之耳相似也；惟目亦然，至于子都，天下莫不知其姣也，不知子都之姣者，无目者也。"（《孟子·告子上》）因此，葛洪亦指出：

> 妍姿媚貌，形色不齐，而悦情可均；丝竹金石，五声诡韵，而快耳不异。②

由上述审美感受推及文学风格亦复如此。绮靡浏亮，各有擅长；缠绵悽怆，皆能称美，虽然风格不同，但艺术价值无差，都能给读者美的艺术享

---

① 杨明照：《抱朴子外篇校笺上》，中华书局1991年版，第439页。
② 杨明照：《抱朴子外篇校笺下》，中华书局1991年版，第289页。

受，这些不同的艺术风格共同组成一个绚烂多姿、和谐生动的文学画廊，所以，文学创作不能囿于一种创作规范，作家应该尽展才力，创造出风格丰富多彩的文学作品。葛洪的这种风格理论，反映了以他为代表的魏晋文人开始注重作家个性与作品风格多样性之统一的文学主体意识。

虽然葛洪强调作家先天禀气、先天气质个性对不同风格的决定作用，但他也不否定作家后天的学习积累对风格形成的影响，而且要求作家认清自己在创作中不同于他人的个性因素，通过发挥个性因素的专长创作出独具个性和独特风格的作品。关于后天的学习积累，葛洪说：

> 夫研削刻画之薄技，射御骑乘之易事，犹须惯习，然后能善，况乎人理之旷，道德之远，阴阳之变，鬼神之情，缅邈玄奥，诚难生知。虽云色白，匪染弗丽；虽云味甘，匪和弗美，故瑶华不琢，则耀夜之景不发；丹青不治，则纯钩之劲不就。火则不钻不生，不扇不炽；水则不决不流，不积不深。故质虽在我，而成之由彼也。登阆风，扪晨极，然后知井谷之暗隘也；披七经，玩百氏，然后觉面墙之至困也……夫不学而求知，犹愿鱼而无网也。①

在学习积累上，葛洪又主张：

> 修学务早，及其精专，习与性成，不异自然也。②

趁着还未定型的时候根据自己的禀赋天性确定发展方向；其次强调学习上的积渐之劳，要日积月累：

> 学之广在于不倦，不倦在于固志。③
>
> 盈乎万钧，必起于锱铢；耸秀凌霄，必始于分毫。是以行潦集，而南溟就无涯之旷；寻常积，而玄圃致极天之高。④

---

① 杨明照：《抱朴子外篇校笺上》，中华书局1991年版，第114—117页。
② 杨明照：《抱朴子外篇校笺上》，中华书局1991年版，第132页。
③ 杨明照：《抱朴子外篇校笺上》，中华书局1991年版，第145页。
④ 杨明照：《抱朴子外篇校笺下》，中华书局1991年版，第237页。

由此可知，只有靠日积月累的学习，孜孜不倦的钻研，才能形成作家独自的风格。关于发挥特长，葛洪说：

> 物各有心，安其所长。①
>
> 暗于自料，强欲兼之，违才易务，故不免嗤也。②

如果不能意识到自己的专长，违背自己的才性强迫兼通百艺，肯定会遭人齿笑。但强调发挥特长，又可能会带来另一个问题，即由作家一己之长一己之好而走向极端，诚如葛洪所说：

> 属笔之家，亦各有病。其深者则患乎譬烦言冗，申诚广喻，欲弃而惜，不觉成烦也。其浅者则患乎妍而无据，证援不给，皮肤鲜泽而骨髓迥弱也。③

这就是说，那些才学丰富的作家往往在创作时卖弄才学，文章成为"掉书袋"；而那些才学肤浅的作家则徒摆花架子，没有充实的内容来支撑成硬朗有力的骨架。葛洪对后者的批评，似乎让我们感觉到他已在隐隐约约、闪烁其词地提出作品必须具有风力、骨气的标准问题，这对后来刘勰提出"沉吟铺辞，莫先于骨。故辞之待骨，如体之树骸；情之含风，犹形之包气。结言端直，则文骨成焉；意气骏爽，则文风清焉。若丰藻克赡，风骨不飞，则振采失鲜，负声无力"（《文心雕龙·风骨》）的"风骨"说无疑是有启发的，而且就字面看，刘勰的"风骨不飞，则振采失鲜，负声无力"与葛洪的"皮肤鲜泽而骨髓迥弱"非常相似；就意义看，都主张鲜泽的皮肤与强有力的骨骼的统一，即新鲜的辞藻形式与充实的内容的统一。④

葛洪提倡文学创作风格的多姿多彩，那么，在众多的风格中，有没有一

---

① 王明：《抱朴子内篇校释》，中华书局1985年版，第85页。
② 杨明照：《抱朴子外篇校笺下》，中华书局1991年版，第395页。
③ 杨明照：《抱朴子外篇校笺下》，中华书局1991年版，第399页。
④ 关于"风骨"的含义，学界争论不休，据统计有10组57种（参见陈耀南《文心同雕集》，成都出版社1990年版），笔者持内容与形式统一说。

种他最青睐最钟情的风格呢？回答是肯定的，这就是"自然"。他说：

> 乾坤方圆，非规矩之功；三辰摛景，非莹磨之力；春华粲焕，
> 非渐染之采；苣蕙芬馥，非容气所假。知夫至真，贵乎天然
> 也。……而历观古今属笔之家，少能挺逸丽于毫端，多斟酌于
> 前言。①

风格至真的作品，就是那种出自天然，平淡自然的作品，它毫无雕刻的刀迹，毫无斧凿的印痕。它不依傍于前代典籍的窠臼，完全是因理成文、自然而然的建构，唯其如此，故显耳目一新，卓逸凡品，出类拔萃，在这个时候，我们才懂得元好问对陶诗之评"一语天然万古新"的真正含义。葛洪的"贵乎天然"又回到了道家、道教追求的返璞归真的艺术最高之境，这才是不朽的、历久弥鲜的真正的艺术。

要之，葛洪的文学风格理论，首先强调作家的先天禀气和个性气质才情对作品风格"参差万品"的决定作用，体现了朴素的唯物主义特点和神仙道教色彩；其次重视作家后天的学习和积累对形成作品风格的重要性，反映了他对作家主观能动性的深刻认识，他的文学风格理论是一种由主客体统一的辩证思维构建的思想体系。这种思想为后来刘勰提出形成作家风格的四要素——才、气、学、习奠定了基础。《文心雕龙·体性》云："才有庸俊，气有刚柔，学有浅深，习有雅郑，并情性所铄，陶染所凝，是以笔区云谲，文苑波诡者矣。故辞理庸俊，莫能翻其才；风趣刚柔，宁或改其气；事义浅深，未闻乖其学；体式雅郑，鲜有反其习。各师成心，其异如面。"这是对葛洪文学风格理论全面、系统的更高层次上的概括和总结。

三、文学鉴赏原则

文学批评或鉴赏是一项非常艰巨而又难以公正持平的精神活动，但也是

---

① 杨明照：《抱朴子外篇校笺下》，中华书局1991年版，第392页。

整个文学活动中的重要一环，因此，许多文学理论家和思想家都很重视。葛洪虽然没能像刘勰那样从文学批评的标准、批评者与批评对象之间的关系、批评的方法诸方面系统全面地进行阐述，但还是涉及文学鉴赏的许多具体问题，甚至有些看法对刘勰的文学批评亦不无启发。

葛洪首先认识到文学鉴赏是一项极其困难的工作：

> 文章微妙，其体难识，……难识者，精也。……夫唯精也，故品藻难一焉。①

因为精微难识，故在品藻鉴赏中难有一个一致的标准和看法。刘勰对此也是深有同感的，他说："夫麟凤与麏雉悬绝，珠玉与砾石超殊。白日垂其照，青眸写其形；然鲁臣以麟为麏，楚人以雉为凤，魏氏以夜光为怪石，宋客以燕砾为宝珠。形器易征，谬乃若是；文情难鉴，谁曰易分？"（《文心雕龙·知音》）唯其如此，他才有"音实难知，知实难逢，逢其知音，千载其一乎"的感叹。

那么为什么文学作品"品藻难一"呢？葛洪把它归纳为两个方面的原因，一是鉴赏本身的不确定性，一是鉴赏者主观好恶的差异性。所谓不确定性，就鉴赏对象而言，主要是指作品本身具有的时代特征往往会随着时代的更替和变化而改变作品的价值，从而给鉴赏者带来标准把握上的难以确定和统一，故葛洪说：

> 时移俗易，物同价异。譬之夏后之璜，曩值连城，鬻之于今，贱于铜铁。②

就鉴赏主体而言，由于鉴赏者性格、才质、修养、阅历、学识诸方面的千差万别，必然带来鉴赏水平的高低不同，因此，对同一个鉴赏对象，就会出现不同的鉴赏结果，所以葛洪说：

---

① 杨明照：《抱朴子外篇校笺下》，中华书局1991年版，第107页。
② 杨明照：《抱朴子外篇校笺上》，中华书局1991年版，第456页。

　　华章藻蔚，非矇瞍所玩；英逸之才，非浅知所识。夫瞻视不能
接物，则衮龙与素褐同价矣；聪鉴不足相涉，则俊民与庸夫一
概矣。①

因此，只有提高鉴赏者的水平和才华，才能真正客观地品味出对象的价
值，否则会造成许多鉴赏对象的冤假错案。

所谓主观好恶的差异性，主要是指鉴赏者凭自己的主观爱好去鉴赏作
品，由于不同的人往往会有不同的主观臆测，所以在鉴赏过程中就会产生千
差万别的鉴赏现象。故葛洪说：

　　观听殊好，爱憎难同，飞鸟睹西施而惊逝，鱼鳖闻《九韶》而
深沉。②

对同一个鉴赏对象，由于爱好的不同，其批评话语也不同，甚至会出现
截然相反的现象，所谓"情人眼里出西施"正是指此。关于批评的差异性，
曹植亦曾说过："人各有好尚，兰茝荪蕙之芳，众人所好，而海畔有逐臭之
夫；《咸池》《六茎》之发，众人所共乐，而墨翟有非之之论，岂可同哉！"③
批评鉴赏的差异性往往会造成对现象之本质认识的强烈反差，正如刘勰《文
心雕龙·知音》所说："会己则嗟讽，异我则沮弃，各执一隅之解，欲拟万
端之变，所谓东向而望，不见西墙也。"

针对上述两个方面的原因所造成的鉴赏中的不良现象，葛洪提出了三个
方面的鉴赏要求。

第一，反对从个人主观爱好、主观偏见出发进行文学鉴赏。

　　五味舛而并甘，众色乖而皆丽。近人之情，爱同憎异，贵乎合
己，贱于殊途。夫文章之体，尤难详赏。苟以入耳为佳，适心为
快，鲜知忘味之九成，雅颂之风流也。所谓考盐梅之咸酸，不知大

---

① 杨明照：《抱朴子外篇校笺上》，中华书局1991年版，第456页。
② 杨明照：《抱朴子外篇校笺下》，中华书局1991年版，第388页。
③ 曹植：《与杨德祖书》，载严可均：《全三国文》，第170页。

羹之不致；明飘摇之细巧，蔽于沉深之弘邃也。①

如果只凭鉴赏者主观的好恶爱憎，"入耳为佳，适心为快"，作为品评的标准，则无法体会《九成》之乐与雅颂之诗，亦无法品味出大羹之真味。因此，必须反对这种偏于一端的鉴赏行为而另有客观的标准，否则无以探寻作品深远弘邃之意和飘逸细巧之美。

> 若夫驰骤于诗论之中，周旋于传记之间，而以常情览巨异，以偏量测无涯，以至粗求至精，以甚浅揣甚深，虽始自髫龀，讫于振素，犹不得也。②

偏于所好，从黄发垂髫到白发苍苍，终将不得作品之要，不拨乱反正，文学鉴赏不得其行。葛洪的这个批评观，后来刘勰《文心雕龙·知音》也有类似的表述，亦反对从个人主观偏爱出发进行文学批评，主张客观公正地评价："无私于轻重，不偏于憎爱，然后能平理若衡，照辞如镜矣。"

值得注意的是，葛洪提到"考盐梅于咸酸，不知大羹之不致"，他在《尚博》里亦云：

> 偏嗜酸咸者，莫能知其味，用思有限者，不能得其神。③

把咸酸之味与大羹之味进行对比，隐含着对咸酸之外的醇美之味的追求，亦即对文学作品言外之意、味外之味的追求，这对刘勰主张的"文外之重旨"的隐秀说和钟嵘的滋味说是很有启发的。特别是唐代司空图提出"咸酸之外有醇美者"的"韵外之致"和"味外之旨"的诗歌理论，可以说直接脱胎于葛洪的"咸酸"之说。表圣的《与李生论诗书》云：

> 文之难，而诗之难尤难。古今之喻多矣。而愚以为辨于味而后可以言诗也。江岭之南，凡足资于适口者，若醯，非酸也，止于酸

---

① 杨明照：《抱朴子外篇校笺下》，中华书局1991年版，第395页。
② 杨明照：《抱朴子外篇校笺下》，中华书局1991年版，第117页。
③ 杨明照：《抱朴子外篇校笺上》，中华书局1991年版，第116页。

而已；若醯，非不咸也，止于咸而已。华之人以充饥而遽辍者，知其咸酸之外，醇美者有所乏耳。彼江岭之人，习之而不辨也，宜哉。诗贯六义，则讽谕、抑扬、渟蓄、温雅，皆在其间矣。……近而不浮，远而不尽，然后可以言韵外之致耳。

盖绝句之作，本于诣极，此外千变万状，不知所以神而自神也，岂容易哉？今足下之诗，时辈固有难色，倘复以全美为工，即知味外之旨矣。①

二十四诗品中的"含蓄"、"冲淡"之品，就属于这种咸酸之外的醇美之味者。

第二，反对人云亦云，道听途说，应对文学作品进行实地考察，从实际出发进行文学批评。

世有雷同之誉，而未必贤也；俗有喧哗之毁，而未必恶也。是以迎而许之者，未若鉴其事而试其用；逆而距之者，未若听其言而课其实。②

处人之道是如此，文学鉴赏亦复如斯，不能全凭众说，怀有先入为主的成见，而应详考作品，务得其实，然后从所得实际出发，判断其孰妍孰媸，孰美孰丑。罗宗强指出刘勰在探讨文学批评过程中常常出现的三种错误现象（贵古贱今、文人相轻、谬欲论文）的原因是"批评者没有以一种求实的态度面对文学作品"③。罗宗强还指出文学批评"如若能以求实的态度对待作品，则无论其为古为今，一以视之；无论其为人为己，亦一以视之；而非己之所尚，非己之所能，则三缄其口，不谬托知己，妄加评论"④。我们认为，这才是公正、正确的文学批评。

---

① 董诰等：《全唐文》，中华书局 1983 年版，第 8485 页。
② 杨明照：《抱朴子外篇校笺下》，中华书局 1991 年版，第 346—347 页。
③ 罗宗强：《魏晋南北朝文学思想史》，中华书局 2006 年版，第 290 页。
④ 罗宗强：《魏晋南北朝文学思想史》，中华书局 2006 年版，第 290 页。

第三，文学鉴赏应重视整体，不以偏概全。

"金无足赤，人无完人"，文学作品也没有十全十美的"完璧"，因此，在进行文学鉴赏的活动中，不要因为作品白璧微瑕而全盘否定，应该看到它的整体布局、主要导向上的优点，反对以偏概全。

> 夏后之璜，虽有分毫之瑕，晖耀符彩，足相补也。数千万言，虽有不艳之辞，事义高远，足相掩也。①

显然，葛洪之意在于文学鉴赏应以整体为重，不可以一眚而掩盖作品之大美。

> 能言莫不褒尧，而尧政不必皆得也；举世莫不贬桀，而桀事不必尽失也。故一条之枯，不损繁林之蓊蔼；荞麦冬生，无解毕发之肃杀。西施有所恶而不能减其美者，美多也；嫫母有所善而不能救其丑者，丑笃也。②

此虽为肆意放言，从儒家伦理名教上来说，不无攻讦尧舜之嫌；但以客观求实的立场来看，却又十分符合历史真实。文学批评亦应着重全局，着重整体，不能斤斤计较于"一条之枯"。这样的批评原则对于戒除鉴赏活动中的主观臆断和个人爱憎是有很大作用的。有些人在文学批评中往往从主观好恶出发，抓住一点，不计其余，更有甚者，以微瑕之病，对作家进行人身攻击，远远超过文学批评本身的活动范围。葛洪提出这样的原则，足见他有丰富的鉴赏实践经验，同时也是他在耳濡目染了鉴赏过程中的种种现象之后做出的理论总结。正由于此，他在鉴赏王充所著文章和著作上，就根据这个原则做出了公正客观的评价：

> 世谓王充一代英伟（指东南书士谢尧卿之流所评——引者注），汉兴以来，未有充比。若所著文，时有小疵，犹邓林之枯枝，又若

---

① 杨明照：《抱朴子外篇校笺下》，中华书局 1991 年版，第 434 页。
② 杨明照：《抱朴子外篇校笺下》，中华书局 1991 年版，第 265—266 页。

沧海之流芥，未易贬者也。①

虽然葛洪对王充崇拜有加但不因此无视王充文章的白璧微瑕，而是实事求是地予以指出和揭示；但也不因此而夸大其缺点以致全盘否定，而是注重其整体上的"未易贬者"，这种既看到缺点、又肯定成绩的文学批评原则，既不全盘否定、又不盲目推崇的鉴赏态度和要求，肯定能正确指导文学活动中的批评方向，这是一种科学的批评方法。

四、葛洪道教文学思想的意义

上述研究表明，葛洪的文学思想是一个杂糅兼包、矛盾统一的理论构建。既恪守儒家有助于教化的传统文艺观念而强调文章、子书的实用功能，又顺应觉醒了的文学时代主潮突出文章与德行平等的地位从而又表现出冲破儒家传统观念束缚的进步倾向；既重视文章艺术形式的重要性从而提出了今胜于古的文章观，又从儒家文艺实用论出发反对文章、子书的追求形式技巧；既认为作家先天的个性气质决定了文学作品风格的千姿百态，又强调后天的学习和积累对形成作品风格的重要性……。这种种矛盾杂糅的现象是葛洪儒道结合为主、兼容诸子九流的思想体系在其文学思想中的反映，同时也说明他的文学思想不为当时主潮的文学思想所左右，以他独特的异乎时趣的价值判断表现出对文学是非的独立思考，罗宗强据此推断他以一个冷静的旁观者的身份发表其旁观者的文学观，是有一定道理的。②

上述研究还表明，葛洪的文学思想自始至终渗透着浓厚的道教神仙理论作指导的宗教文学意识，具体表现为生命进化理论下的文学进化论，神仙星气说下的风格参差论，道教养生说下的"皮肤骨髓"论，这些理论观念都说明，他已经把早期道教典籍对文学的自发的认识提升到既切合文学思想主流（即所谓正统的文学理论）又体现道教自身的宗教色彩的自觉认识阶段，这

---

① 李昉等：《太平御览》卷五百九十九，引《抱朴子》佚文。
② 罗宗强：《魏晋南北朝文学思想史》，中华书局 2006 年版，第 165 页。

是道教文学思想的一个质的飞跃和发展。

上述研究又表明，葛洪的文学思想是一个较全面系统的思想体系，它超越了前此许多文学理论家只就少数、个别问题进行阐述而扩大到文学本论、实用论、文体论、创作论、风格论、鉴赏论等一系列理论问题，无论在广度上也好，深度上也好，在继承扬雄、王充、曹丕、陆机诸人的优秀成果的基础上都有所突破。这个系统而又全面的建构虽然不能与刘勰文学理论庞大宏伟而严密的体系相媲美，但至少应该肯定他在体系上的构架之功。

上述研究也表明，魏晋南北朝时期最成熟、最完整、最系统的文学理论著作——《文心雕龙》的出笼，在许多个别的理论认识上或直接或间接地受葛洪文学思想的影响，因此，从这个意义上来讲，葛洪对中古文学理论的贡献是很大的，他许多文学思想火花开启着刘勰的文学理论睿智。总之，从正统儒家文艺思想特别是中古时期的文艺思想发展史来看，似乎可以把葛洪定位在上承和纳笼王充、曹丕、陆机之文论，下启和影响刘勰的文学思想之中继点上；从道教文学思想发展史来看，葛洪集其大成，在中古时期前无往哲，后少来贤。

第四节 葛洪等的养生理论对中古文学思想的影响

在中古文学思想的发展过程中，有一种由抒情转向娱乐的倾向。① 这种思想倾向的产生，是与以葛洪为代表的道教养生理论的影响分不开的。

一、中古道教养生理论概述

中古道教，无论是早期的太平道、五斗米道、符箓派、丹鼎派，或者是

---

① 罗宗强说："魏晋南北朝三百八十余年间，文学思想的发展是在一步步离开政教中心说，摆脱它的工具的身份，而走向自我。"这种走向自我的一个显著表现是"它的消闲的性质突出了……由抒情而逐渐转向娱乐。"（罗宗强：《魏晋南北朝文学思想史》，中华书局 2006 年版，第 454—456 页）

稍后的上清派、灵宝派等，都追求长生久视和羽化成仙。这些道派的经典，如《太平经》《老子想尔注》《周易参同契》《抱朴子内篇》《黄庭经》《养性延命录》等，都视养生为要务。其养生思想主要表现为养身、养神两个方面，最后发展为性命双修，经历了一个从贵生到养性的过程。

　　道教的养生思想建立在《老子》《庄子》的养生理论之上。在《庄子》关于"气聚则生，气散则死"的生命构成说的基础上，《太平经》综合《淮南子》"形"、"神"、"气"三者之关系，提出了"爱气养神"、"自爱、自好、自亲、自养"的养生思想，以为人有"三气"：

> 一为精，一为神，一为气。此三者，共一位也，本天地人之气。神者受之于天，精者受之于地，气者受之于中和，相与共为一道。故神者乘气而行，精者居其中也。三者相助为治，故人欲寿者，乃当爱气尊神重精也。①

　　由此看来，早期道教的养生思想着重于对作为物质客体的生命的关爱，我们可以称之为养身或养命，其目的是为了长寿延年。

　　五斗米道的重要经典《老子想尔注》，其养生思想主要表现为对"生"的重视，以及对长命成仙的追求。如把《老子》第十六章中的"公乃王，王乃天"直接改为"公能生，生能天"，并注曰：

> 能行道公正，故常生也。
> 能致长生，则副天也。②

　　把第二十五章"故道大，天大，地大，王亦大，域中有四大，而王居其一焉"中的两个"王"字改为"生"，并注曰：

> 生，道之别体也。③

①　王明：《太平经合校》，中华书局 1960 年版，第 728 页。
②　饶宗颐：《老子想尔注校证》，上海古籍出版社 1991 年版，第 3 页。
③　饶宗颐：《老子想尔注校证》，上海古籍出版社 1991 年版，第 10 页。

此外，还表现了一些长生久视思想，如在注第七章时云：

> 求长生者，不劳精思求财以养身……不与俗争，而自此得
> 仙寿。①

注第二十一章时云：

> 古仙士实精以生，今人失精以死。②

早期道教丹鼎派的经典，被称为千古"丹经王"的《周易参同契》把道教养生思想发展为外丹内丹理论，开始把养性提高到养生的议事日程，《卷中》有云：

> 将欲养性，延年却期，审思始末，当虑其先。人所禀躯，体本
> 一无，元精云布，因气托物。③

到了葛洪，他全面系统地总结了道教产生以来的养生理论，论证了人类养生成仙的可能性，提出了修身致仙的种种途径和方法，第一次把修炼成仙从理论上肯定了下来。他的养生修仙的理论体系包括：

首先，人类必须加强养生理论的修养。

养生是一项系统工程，缺一不可，因此，必须有这种理论高度的认识：

> 盖藉众术之共成长生也。大而谕之，犹世主之治国焉，文武礼
> 律，无一不可也。小而谕之，犹工匠之为车焉，辕辐轴辖，莫或应
> 亏也。④

加强理论修养，还务必博览各种养生理论书籍，然后择要择善去体悟：

> 凡养生者，欲令多闻而体要，博见而善择，偏修一事，不必足

---

① 饶宗颐：《老子想尔注校证》，上海古籍出版社1991年版，第32页。
② 饶宗颐：《老子想尔注校证》，上海古籍出版社1991年版，第33页。
③ 《道藏》第20册，第126页。
④ 王明：《抱朴子内篇校释》，中华书局1985年版，第124页。

赖也。①

虽欲博涉，然宜详择其善者，而后留意，至于不要之道书，不足寻绎也。②

在众多书籍中，尤其要掌握传统医学理论书籍：

古之初为道者，莫不兼修医术，以救近祸焉。凡庸道士，不识此理，恃其所闻者，大至不关治病之方，……更不如凡人之专汤药者。③

其次，养生之至要是养生实践，而实践之关键是要得法，因此，葛洪提出了三个方面的养生之法。

一是善服金丹大药。

先服草木以救亏损，后服金丹以定无穷，长生之理尽于此矣。④

一是加强气功修炼。

善行气者，内以养生，外以却恶。⑤

大要者，胎息而已。得胎息者，能不以鼻口嘘吸，如在胞胎之中，则道成矣。⑥

一是房中宝精。

上述三条养生之法，葛洪视其为修仙养生之至要：

欲求神仙，唯当得其至要，至要者在于宝精行气，服一大药便足，亦不用多也。⑦

① 王明：《抱朴子内篇校释》，中华书局 1985 年版，第 124 页。
② 王明：《抱朴子内篇校释》，中华书局 1985 年版，第 151 页。
③ 王明：《抱朴子内篇校释》，中华书局 1985 年版，第 271—272 页。
④ 王明：《抱朴子内篇校释》，中华书局 1985 年版，第 153 页。
⑤ 王明：《抱朴子内篇校释》，中华书局 1985 年版，第 114 页。
⑥ 王明：《抱朴子内篇校释》，中华书局 1985 年版，第 149 页。
⑦ 王明：《抱朴子内篇校释》，中华书局 1985 年版，第 149 页。

第三，养生还要十分注意精神和道德两方面的修养。如果上述两项是关于养生养身的理论，则此一项是关于养性养神的理论。

关于精神修养，葛洪说：

> 人能淡默恬愉，不染不移，养其心以无欲，颐其神以粹素，扫涤诱慕，收之以正，除难求之思，遣害真之累，薄喜怒之邪，灭爱恶之端，则不请福而福来，不攘祸而祸去矣。①

做到自然恬淡，清静虚明，无思无虑，则神清气爽，健康长寿。

关于道德修养，葛洪说：

> 为道者以救人危难，使免灾祸，护人疾病，令不枉死，为上功也。欲求仙者，当以忠孝、和顺、仁信为本。若德行不修，而但务方术，皆不得长生也。②

这就是道德人格的自我完善，以此达到人体生理和心理的平衡自慰，故孔子云："内省不疚，何忧何惧。"（《论语·颜渊》）

道教养生思想发展到南朝陆修静、陶弘景时期，一方面继承早期道教修身养命的思想成分，另一方面从人的性情气质上提出更高的修炼要求，完成了性命双修的理论建构。陆修静是南朝灵宝派道教理论的集大成者，他在整顿早期天师道教义教理和组织的工作中，提出了"斋戒是求道之本"的根本思想，认为只有斋戒才能把人的身、口、心引入到体道的"仪轨"之中，在他制订的一整套斋戒科律中，特别强调修斋要"调和气性"，"静心闲意"，"神气清爽，含养元泉"，③ 这是"延年久视"的有效途径。陶弘景在道教史上的贡献是巨大的，作为上清派的弘扬者，在修身养性思想上，能大胆地提出人的主观能动作用的重要性，高呼"我命在我不在天"④，"洋溢着积极进

---

① 王明：《抱朴子内篇校释》，中华书局 1985 年版，第 170 页。
② 王明：《抱朴子内篇校释》，中华书局 1985 年版，第 53 页。
③ 《洞玄灵宝斋说光烛戒罚灯祝愿仪》，《道藏》第 9 册，第 821 页。
④ 《养性延命录》，《道藏》第 18 册，第 477 页。

取、人定胜天的乐观主义精神，这与儒家的天命观，佛家的人生为苦思想迥然不同"①。而在具体修持上，他提出形神双修，性命双养：

> 游心、虚静、无虑、无心……则百年耆寿。②
> 能动能静，所以长生，精气清静，乃与道合。③
> 正体端形，心意专一，固守中外。④

上述道教养生思想的发展历程说明，在整个魏晋南北朝长期动荡的特殊社会环境里，人们是多么渴望人生平安、寿命久延，这是生命意识的一次觉醒。从这个意义上讲，道教养生思想是积极的。这种积极性，必然会对作为人学的文学产生深刻的影响。在当时，文学创作自觉成为文人娱情养性的重要工具，成为他们关爱生命的重要载体。在这个特殊的社会历史进程中，当文人一旦挣脱了儒家政教、伦理、功利的枷锁，他们的思想深处就会流露出"由抒情而逐渐转向娱乐"的倾向，以达到养生的目的。

二、养生理论对中古文学思想之影响

考察重娱乐倾向在中古文学思想中的表现形态大致有五种情况，一是"娱心自乐"说，二是"忘忧解愁"说，三是"治病愈疾"说，四是"保身养气"说，五是"怡神养性"说。当然，这五种形态并非完全泾渭分明，有时也错综复杂，但以前二种为主导。下面我们从文人与道教或直接或间接的关系入手来考察其娱乐倾向所接受的道教养生思想的影响。

（一）道教养生与文学"娱心自乐"

在与吴质的二封信中，曹丕谈到他与建安文人"高谈娱心"，"酒酣耳

---

① 卿希泰：《中国道教史》第一卷，四川人民出版社1988年版，第508页。
② 《养性延命录》，《道藏》第18册，第474页。
③ 《道藏》第18册，第483页。
④ 《道藏》第18册，第481页。

热，仰面赋诗"，"当此之时，忽然不自知乐也"。① 曹操在统一北方之前，曾经召集了两个集团在他的门下，一个是建安文人集团（以建安七子为代表，"七子"之名出自《典论》）。其使命之一是辅助他统一天下，建功立业，另一使命是繁荣文学创作。除此之外，紧张倥偬的戎马之余，文人谋士欢歌燕饮，酒酣耳热，吟诗作赋，一洗战争的紧张气氛，松弛身体的筋节骨骼，也是自然之事。另一个集团就是道士方术集团，其使命之一是出于曹操对神仙方术的热衷从而为其提供养生、长生之术。据张华《博物志》卷五引曹丕《典论》云：

陈思王曹植《辩道论》云，世有方士，吾王悉招至之。甘陵有甘始，庐江有左慈，阳城有郗俭，始能行气。俭善辟谷，悉号三百岁人。自王与太子及余之兄弟咸以为调笑，全不信之。然尝试郗俭辟谷百日，犹与寝处行步，起居自若也。夫人不食七日则死，而俭乃能如是。左慈修房中之术，可以终命。然非有至情莫能行也。甘始老而少容。自诸术士，咸共归之。王使郗孟节主领诸人。②

同书又云：

王仲统云：甘始、左元放、东郭延年，行容成御妇人法，并为丞相所录。间行其术，亦得其验。③

曹操对道教养生术的信仰，《三国志·魏志·武帝纪》裴注引张华《博物志》亦云：

（武帝）好养性法，亦解方药，招引方术之士，庐江左慈，谯郡华佗，甘陵甘始，阳城郗俭，无不毕至。④

《广弘明集》著录曹植《辩道论》记载曹操广招天下方术之士，与前引

---

① 萧统：《文选》，中华书局1977年版，第591页。
② 张华著，祝鸿杰译注：《博物志全译》，贵州人民出版社1992年版，第124—125页。
③ 张华著，祝鸿杰译注：《博物志全译》，第135页。
④ 陈寿：《三国志·武帝纪》，第54页。

曹丕《典论》所云一致。我们把这两个集团的活动联系起来考察，认为曹丕把他们放到同一个平面上来记述其行事，至少说明他们相互之间有影响。如果由主客因果关系来推论的话，恐怕道教养生思想对赋诗自乐的娱乐倾向影响更大。曹植对曹丕的赋诗娱乐的思想倾向也有同感。其《与丁敬礼书》云：

> 故乘兴为书，含欣而秉笔，大笑而吐辞，亦欢欣之极也。①

与乃兄不同的是，曹植认为在欢欣愉快的心境下创作的文学才更令人"欢欣之极"，更给人带来欢乐愉悦之感。他在《辩道论》中称与有奇特的养生绝谷之术的郗俭同榻而眠，以检验其养生术之效应。特别是曹丕称帝后，曹植处境愈来愈险恶，那种对死亡的恐惧，对长生的渴望也就越来越明显。据《释愁文》所述，当道士向他介绍长生之术和神仙之名时，他已完全做好了"皈依"道门的打算，最后表示"愿纳至言，仰察玄度"。

娱心自乐的文学思想倾向在阮籍那里则表现得尤为突出。他说，乐能"成万物之性"，"开群生万物之情气"，"各歌其所好，各詠其所为"，"怀永日之娱，抱长夜之忻"，"入于心，沦于气，心气和洽，则风俗齐一"；乐能"扶其夭，助其寿"。

> 人安其生，情意无哀，谓之乐。
>
> 至于乐声，平和自若。
>
> 心澄气清，以闻音律，出纳五言也。
>
> 至乐使人无欲，心平气定。
>
> 圣人之乐和而已矣。
>
> 乐者，使人精神平和，哀气不入，天地交泰，远物来集，故谓之乐也。②

---

① 严可均：《全三国文》，第1141页。
② 李志钧等校点：《阮籍集》，上海古籍出版社1978年版，第45页。

音乐完全成为一种娱心快乐，使人心平气和、延年益寿、修身养命之具。在《达庄论》里，他认为庄子写作，完全是从娱心逍遥的目的来进行的：

> 夫别言者，怀道之谈也；折辩者，毁德之端也；气分者，一身之疾也；二心者，万物之患也。……庄周见其若此，故述道德之妙，叙无为之本，寓言以广之，假物以延之，聊以娱无为之心，而逍遥于一世。岂将以希咸阳之门而与稷下争辩也哉。①

之所以出现这种娱心自乐的思想倾向，可以从他与道教养生思想的关系上找原因。这表现在两个方面。一是他主动相信道教养生思想，渴望做个神仙。他在《达庄论》里阐述的养生思想比如人的外形与内神的关系，和早期道教经典《太平经》《周易参同契》有相似之处。他在《咏怀诗》里表达了对做神仙的愿望，其六有云：

> 朝为美少年，夕暮成丑老。自非王子晋，谁能常美好。②

其十二有云：

> 焉见王子乔，乘云翔邓林。独有延年术，可以慰我心。③

其三十云：

> 谁云君子贤，明达安可能？乘云招松乔，呼嚧永矣哉。④

一是他主动与道教人士来往，如与道士孙登的关系，曾多次拜访孙登并寻问神仙导气之术，如《晋书》本传说："籍尝于苏门山遇孙登，与商略终古栖神导气之术，登皆不应，籍因长啸而退。至半岭，闻有声若鸾凤之音，响乎岩谷，乃登之啸也。"

---

① 李志钧等校点：《阮籍集》，第 35 页。
② 李志钧等校点：《阮籍集》，第 89 页。
③ 李志钧等校点：《阮籍集》，第 89 页。
④ 李志钧等校点：《阮籍集》，第 101 页。

像曹氏兄弟和阮籍一样，陶渊明是属于"娱心自乐"说的，他在《五柳先生传》中说：

> 常著文章自娱，颇示己志，忘怀得失，以此自终。……酣觞赋诗，以乐其志。①

《饮酒·序》有云：

> 余闲居寡欢，兼秋夜已长。偶有名酒，无夕不倾。顾影独尽，忽焉复醉。既醉之后，辄题数句自娱。纸墨遂多，辞无诠次，辄命故人书之，以为欢笑尔。②

除了赋诗作文以自娱外，其他文艺活动如琴棋书画也是以资自乐的。陶渊明与道教也有千丝万缕的联系。他在《祭从弟敬远文》叙及他的从弟陶敬远"绝粒委务，考盘山阴"，"晨采上药，夕闲素琴"③，可见是一个辟谷采药的道教信徒，陶渊明对此"窃独信之"，从中看出他受其弟道教长生之术的影响。这种影响又通过作诗表达对长生成仙的向往以反馈出来，如《癸卯岁十二月中作与从弟敬远一首》，其中有云：

> 平津苟不由，栖迟讵为拙？④

《读山海经》十三首中的长生成仙愿望就更加迫切了：

> 恨不及周穆，托乘一来游。⑤

诗人想像周穆王一样，神游西王母之昆仑做个神仙永世。

> 黄花复朱实，食之寿命长。⑥

---

① 逯钦立校：《陶渊明集》，中华书局 1979 年版，第 175 页。
② 逯钦立校：《陶渊明集》，中华书局 1979 年版，第 86—87 页。
③ 逯钦立校：《陶渊明集》，中华书局 1979 年版，第 194 页。
④ 逯钦立校：《陶渊明集》，中华书局 1979 年版，第 78 页。
⑤ 逯钦立校：《陶渊明集》，中华书局 1979 年版，第 134 页。
⑥ 逯钦立校：《陶渊明集》，中华书局 1979 年版，第 135 页。

做个饮药长生的"地仙"也未尝不可。而在《联句》诗中，则更想做神仙王子乔了：

> 远招王子乔，云驾庶可饬。①

考《晋书·隐逸传》和他写的外祖父传记，我们发现陶渊明竟生活在一个信仰道教的家族之中。《隐逸传》载其叔父陶淡"幼孤，好导养之术，谓仙道可祈，年十五六便服食绝谷，不婚娶"②。他的《晋故征西大将军长史孟府君传》记载他的外祖父孟嘉与东晋著名道士许询来往甚密。陈寅恪在《陶渊明之思想与清谈之关系》中认为陶渊明信奉道教，"依道教之自然说而创新自然说，外儒而内道，舍释迦而宗天师"③是持之有据的。由此看来，陶渊明把文学创作看成是有益于身心健康的举措，也是事出有因的。

（二）道教养生与文学"忘忧""愈疾"

中古文学思想之娱乐倾向的另一种主要表现形态为"忘忧解愁"。陆云《与兄平原书》云：

> 云再拜，诲二赋佳，久不复作文，又不复视文章，都自无次第。文章既自可羡，且解愁忘忧。但作之不工，烦劳而弃力，故久绝意耳。④

> 极不苦作文，但无新奇，而体力甚困瘁耳。⑤

> 云久绝意于文章，由前日见敦之后，而作文解愁，聊复作数篇，为复欲有所为以忘忧。⑥

> 文章诚不多用，苟卷必佳，便谓此为足。今见已向四卷，比五

---

① 逯钦立校：《陶渊明集》，中华书局 1979 年版，第 142 页。
② 房玄龄等：《晋书·隐逸传》，第 2460 页。
③ 陈寅恪：《金明馆丛稿初编》，上海古籍出版社 1980 年版，第 228—229 页。
④ 黄葵点校：《陆云集》，中华书局 1988 年版，第 139 页。
⑤ 黄葵点校：《陆云集》，中华书局 1988 年版，第 140 页。
⑥ 黄葵点校：《陆云集》，中华书局 1988 年版，第 143 页。

十可得成，但恐胸中成痰尔。恐兄胸疾必述作人，故计兄凡著此之
自损，胸中无缘不病。①

陆云反复致意作文能解忧忘愁，特别是那些"精工"的作品，更能令人
忘却烦闷与愁苦，所以车永在《答陆士龙书》中谈到他读陆云寄来的文学著
作《新书》十卷时说：

披省未竟，欢喜踊跃，辄于母前伏读三周，举家大小豁然忘
愁也。②

可见文学创作对于人的身心健康是非常需要的。这种用文学消愁解忧以
养生的思想，从根本上来说与道教的养生理论是相通的。在《登遐颂》里，
陆云为二十一位神仙作赞辞，有些赞辞对神仙生活、居住环境、仙人体态风
度，都表现出敬仰羡慕之情。如《王子乔赞辞》云：

王乔渊嘿，遂志潜辉。遗形灵岳，顾景亡归。变彼有传，与尔
翻飞。承云儵忽，飘摇紫微。③

这里长生不死入紫微宫阙享受神仙生活的愿望是很明显的。《李少君赞
辞》对道教的饮食内容也有描写：

少君善祠，怡尔丰颜。俯觐刘汉，仰接姜桓。式宴安期，巨枣
为餐。神光攸往，后来其叹。④

枣类正是道士们的修炼之食，陶弘景在《养性延命录》为道士开列的养
生食谱中就有大枣，但在患病初愈时不能生食。⑤ 另外，对道士张招变化多
端的变形术，陆云也表饮羡之情：

---

① 黄葵点校：《陆云集》，中华书局 1988 年版，第 144 页。
② 黄葵点校：《陆云集》，中华书局 1988 年版，第 176 页。
③ 黄葵点校：《陆云集》，中华书局 1988 年版，第 106 页。
④ 黄葵点校：《陆云集》，中华书局 1988 年版，第 108 页。
⑤ 《养性延命录》，见《道藏》第 18 册，第 479 页。

张招澄精，妙思玄芒。则是神物，错综徽章。乃幽乃显，若存若亡。因形则变，倏忽无方。①

如果说文学创作能使人忘忧、解愁、消闷是给人以心理治疗从而达到养生长寿之目的的话，那么，人的生理疾病是否也可以用文学创作来痊愈呢？六朝文人对此也进行了探讨（较早地涉及这个问题的是汉代枚乘并作《七发》），从而出现了文学娱乐倾向中的第三种表现形态——"治病愈疾"说。好的作品能治病愈疾，最被传为佳话的是陈琳作书檄治好了曹操的头痛病，《三国志·魏志·陈琳传》注引《典略》云：

琳作诸书及檄，草成呈太祖。太祖先苦头疯，是日疾发，卧读琳所作，翕然而起曰："此愈我病。"数加厚赐。②

沈约《报博士刘杳书》亦云：

君爱素情多，惠以二赞，辞采妍富，事义毕举。句韵之间，光影相照，便觉此地，自然十倍。故知丽辞之益，其事弘多，辄当置之阁上，坐卧嗟览。别卷诸篇，并为名制。又《山寺》既为警策，诸贤从时复高奇，解颐愈疾，义兼乎此。迟比叙会，更共申析。③

萧统《答晋安王书》云：

得五月二十八日疏并诗一首，省览周环，慰问促膝。……吟咏反复，欲罢不能。相如奏赋，孔璋呈檄，曹刘异代，并号知音。发叹凌云，兴言愈病，尝谓过差，未以信然。一见来章，而树谖忘痗，方证昔谈非为妄作。④

萧统用自己的亲身经历来证明文能治病"非为妄作"。他的《文选序》

---

① 黄葵点校：《陆云集》，中华书局1988年版，第108页。
② 陈寿：《三国志·陈琳传》，第601页。
③ 姚思廉：《梁书》，中华书局1973年版，第715—716页。
④ 萧统：《梁昭明太子集》，四部丛刊本。

亦云：

> 余监抚余闲，居多暇日。历观文囿，泛览辞林，未尝不心游目
> 想，移晷忘倦。①

"忘倦"即治愈了人体生理上的疲劳。又《答玄圃园讲颂启令》云：

> 得书并所制讲颂，首尾可观，殊成佳作；辞典文艳，既温且
> 雅。岂直斐然有意？可谓卓尔不群。览以回环，良同愈疾。②

文学创作能治病愈疾，在很大程度上带有夸张的色彩，大概也是基于人类本能的心理因素或出于精神的安慰吧，这与宗教的灵魂慰藉是一致的。早期道教的太平道、五斗米道、符箓派利用道符或吞食治病，或兑水治病，同样是基于人类的心理作用和精神安慰，从这个意义上讲，六朝文学思想中娱乐倾向之"治病愈疾"说与宗教特别是与早期道教是相通的，这两者之间与其说是一种互动的关系，毋宁说符箓治病影响文学愈疾的可能性更大一些。因为从根本上说，符箓治病也是道教养生理论中的一个组成部分，只有认识到了养生爱生的前提，才去运用文学娱乐以养生的方式。

诚如陆云在《与兄平原书》中所说，作文（文学创作）是一项非常艰苦费神的工作，所以他"极不苦作文"，使"体力甚困瘁"，但这与他主张的作文能解愁并不矛盾，因为其中还涉及前提条件问题已如前述。那么怎样解决作文时的"苦"呢？是不是就因噎废食？刘勰一方面如陆云一样也发现了这个问题，一方面提出了解决的办法——"养气"。《文心雕龙·养气》云：

> 昔王充著述，制养气之篇，验己而作，岂虚造哉！夫耳目鼻
> 口，生之役也；心虑言辞，神之用也。率志委和，则理融而情畅；
> 钻砺过分，则神疲而气衰，此性情之数也。

---

① 萧统：《文选序》，载严可均《全梁文》，第215页。
② 释道宣：《广弘明集》卷二十，上海古籍出版社1991年。

刘勰认为，著述作文"钻励过分"，就会使人精神疲劳，血气衰竭，此为常理。接着他又进一步指出：

> 气衰者虑密以伤神。

> 若夫器分有限，智用无涯，或惭凫企鹤，沥辞镌思；于是精气内销，有似尾闾之波，神志外伤，同乎牛山之木；怛惕之成疾，亦可推矣。

殚精竭虑的结果是积劳成疾，此类例证如"仲任置砚以综述，叔通怀笔以专业"，"曹公惧为文之伤命，陆云叹用思之困神"，都为前车之鉴。对此，刘勰提出解决之法：故宜从容率情，优游适会：

> 是以吐纳文艺，务在节宣，清和其心，调畅其气，烦而即舍，勿使壅滞；意得则舒怀以命笔，理伏则投笔以卷怀，逍遥以针劳，谈笑以药倦。常弄闲于才锋，贾余于文勇，使刃发如新，凑理勿滞，虽非胎息之万术，斯亦卫气之一方也。

一方面把作文呈艺作为一种从容闲雅，优游舒卷的养气保身活动来对待，如赞辞所云"玄神宜宝，素气资养"，另一方面，在进行文艺创作时清心调气，理滞化瘀，胎息吸引，两者相得益彰，定当文质兼美。

刘勰的这种"保身养气"说，无疑受道教养生理论的影响。毋庸说其保身养气的内涵与本节开篇所陈述的道教养生理论如《太平经》的"爱气自养"实属相同，单就其用词术语和概念看，完全是神仙、方术养生之用语如"吐纳"、"清和"、"调畅"、"逍遥"、"胎息"、"卫气"、"素气"、"玄神"。现略举数例以明。

"吐纳"。《庄子·刻意》：

> 吹呴呼吸，吐故纳新，熊经鸟申，为寿而已矣。此导引之士，养形之人，彭祖寿考者之所好也。[1]

---

[1] 郭庆藩辑：《庄子集释》，中华书局1961年版，第535页。

"胎息"。《后汉书·方术列传》：

> （王真）自云："周流登五岳名山，悉能行胎息胎食之方。"

《抱朴子内篇·释滞》：

> 故行气或可以治百病，……其大要者，胎息而已。得胎息者，
> 能不以鼻口嘘吸，如在胎胞之中，则道成矣。①

"卫气"。指水谷化生的悍气，属阳，主气，行于脉外，有通里固表护卫形体之功。

"玄神"。或谓人体内的作祟之神，为肾神之名称，又叫"玄冥"，《黄庭内景经》：

> 肾神玄冥字育婴。

又指人身的下丹田，《周易参同契》注云：

> 玄冥即北方水府，为坤、坎之乡，在身则下部也，乃至玄至冥
> 之地。②

此外，《养气》篇借用王充的养气说来为自己的养气主题张本，也颇耐人寻味。王充的"养气之篇"今已不传，也许刘勰看到过，后来失传了。王充在《论衡·自纪》中说：

> 章和二年，罢州家居，年渐七十，时可悬舆。……乃作《养
> 性》之书凡十六篇。养气自守，适食则酒。闭目塞聪，爱精自保，
> 适辅服药引导，庶冀性命可延，斯须不老。③

王充这里的养生思想，其实就是光武时代神仙方士纖纬养生说的反映，是后来道教产生的一个渊源。葛洪的外丹术也是以王充关于人的精神依附于

---

① 王明：《抱朴子内篇校释》，中华书局1985年版，第149页。
② 《道藏》第20册，第76页。
③ 王充：《论衡》，上海人民出版社1974年版，第455页。

形体的思想为理论基础的。所以，从根本上来说，刘勰的养气思想，或者说他文学思想中的娱乐倾向，还是没有脱离道教养生理论这个母题，只是他在借用的时候躲躲闪闪、遮遮掩掩罢了。之所以如此，又与他在刘宋末年（公元 480 年左右）参与佛道斗争时的态度有关。当时佛道斗争如火如荼，他著《灭惑论》猛烈抨击道教，直骂"张陵米贼"、"葛玄野竖"，"愚斯惑矣"，并断言当时道士"效陵鲁醮事章符设教五斗欲拯三界（按：指陆修静整顿南天师道）"，无异于"以蚊负山，庸讵胜乎"①。因此，他不到道教中去找养生的理论根据，只好求助于王充的"养气之篇"，结果还是跳不过如来的手掌。具有讽刺意味的是，据罗宗强推断，刘勰于梁武帝天监二年（公元 503年）手捧峻稿的《文心雕龙》欲取定于沈约，于是干沈约于路，状若鬻货者，② 而他所面对的却是一个于齐明帝永泰元年（公元 498 年）在桐柏山金庭馆中再次受过天师道弟子礼的道士!③

（三）道教养生与文学"怡神养性"

如前所述，文学可以娱心自乐，可以忘忧解愁，可以治病愈疾，可以保身养气，这几种娱乐倾向融合在一起，就形成怡神养性的综合形态，以达到性命双修的境地，嵇康、谢灵运等就是如此。

嵇康在《琴赋并序》中说：

> 少好音声，长而玩之，……可以导养神气，宣和情志，处穷独而不闷，莫近于音声也（序）。④

于是"器泠弦调，心闲手敏。触批如志，唯意所拟"，这时，"齐万物兮超自得，委性命兮任去留"，"盘桓毓养，从容秘玩"，以致"流连忘返"。

---

① 僧祐：《弘明集》，上海古籍出版社 1991 年。
② 罗宗强：《魏晋南北朝文学思想史》，中华书局 2006 年版，第 255 页。
③ 陈庆元：《沈约集校证》，浙江古籍出版社 1995 年版。
④ 戴明扬：《嵇康集校注》，人民文学出版社 1962 年版，第 83 页。

> 若夫三春之初，丽服以时。乃携友生，以遨以嬉。涉兰圃，登
> 重基，背长林，翳华芝。临清流，赋新诗。嘉鱼龙之逸豫，乐百卉
> 之荣滋。理重华之遗操，慨远慕而长思。①

完全达到了心旷神怡的境地。而每当琴声响起，"和平者听之，则怡养悦愉"，"体清心远，邈难极兮"。在《声无哀乐论》里，嵇康认为：

> 和心足于内，和气见于外，故歌以叙志，舞以宣情。然后文之
> 以采章，昭之以风雅，播之以八音，感之以太和；导其神气，养而
> 就之；迎其情性，致以明之；使心与理相顺，气与声相应；合乎会
> 通，以济其美。②

此时的人生，才完美无缺，才生得其所。这里虽然谈的是音乐艺术，但文学创作也是如此，故《赠兄秀才入军诗》中其十六有云：

> 乘风高逝，远登灵丘。托好松乔，携手俱游。朝发太华，夕宿
> 神州。弹琴咏诗，聊以忘忧。③

其十七云：

> 琴诗自乐，远游可珍。含道独入，弃智遗形。寂乎无累，何求
> 于人？长寄灵岳，怡志养神。④

据《晋书·向秀传》载，嵇康坚决反对向秀注《庄子》，原因很简单，因为它妨碍怡神养性。

嵇康是非常相信道教的养生之道的，对长生成仙、久寿延年，抱有强烈的愿望和坚定的信念，且亲服寒石散。我们来看他的《养生论》就能豁然明了他文学娱乐的初衷：

---

① 戴明扬：《嵇康集校注》，第101—102页。
② 戴明扬：《嵇康集校注》，第222页。
③ 戴明扬：《嵇康集校注》，第18页。
④ 戴明扬：《嵇康集校注》，第19页。

夫神仙虽不目见，然记籍所载，前史所传，较而论之，其有必矣。似特受异气，禀之自然，非积学所能致也；至于导养得理，以尽性命，上获千余岁，下可数百年，可有之耳。而世皆不精，故莫能得之。①

这简直就是道教的神仙长生论。

是以君子知形恃神以立，神须形以存；悟生理之易失，知一过之害生；故修性以保神，安心以全身，爱憎不栖于情，忧喜不留于意，泊然无感而体气和平。又呼吸吐纳，服食养身，使形神相亲，表里俱济也。②

——这是谈怎样养生养性。

神农曰"上药养命，中药养生"者，诚知性命之理，因辅养以通也。③

——这是谈性命双修。

善养生者，……清虚静泰，少私寡欲。……外物以累心不存，神气以醇白独著，旷然无忧患，寂然无思虑，又守之以一，养之以和，和理日济，同乎大顺，……无为自得，体妙心玄，忘观而后乐足，遗身而后身存，若此以往，恕可与羡门比寿，王乔争年。④

——嵇康认为养生则长生。

至于嵇康与道士的关系以及他自身的行事，则更足以说明其文学娱乐倾向受道教养生理论的影响。《晋书》本传说他与道士孙登、王烈来往并进山采药。《世说新语·栖逸》注引王隐《晋书》云："孙登即阮籍所见者，嵇

---

① 戴明扬：《嵇康集校注》，第144页。
② 戴明扬：《嵇康集校注》，第146页。
③ 戴明扬：《嵇康集校注》，第150页。
④ 戴明扬：《嵇康集校注》，第156页。

康执弟子礼而师焉。"嵇康之所以拜师学道，完全是受了孙登养生之道的启发，"嵇康游于汲郡山中，遇道士孙登，遂与之游。康临去，登曰：'君才则高矣，保身之道不足'"①。在《与山巨源绝交书》里，他非常相信服食药饮："又闻道士遗言，饵术黄精，令人久寿。意甚信之。"② 嵇康的许多诗歌，也表达了成仙长寿的企望如上引《赠兄秀才入军》第十六首。在《秋胡行》其六中两次说到"思与王乔"，其成仙之愿非常迫切，而整个八首《秋胡行》基本上在服药饵精、神游太和的神仙道教之主旋律中蘸笔挥成。

谢灵运在文学的娱乐倾向上也主张怡神养性。他在《山居赋序》中阐述自己创作《山居赋》的缘由时说："抱疾就闲，顺从性情，敢率所乐，而以作赋。"③ 并且在同篇中对自己从少年以来整个文学创作特别是山水诗创作的目的进行了总结，其中有云：

> 伊昔龆龀，实爱斯文。援纸握管，会性通神。……研精静虑，贞观厥美。怀秋成章，含笑奏理。（自注：谓少好文章，及山栖以来，别缘既阑，寻虑文詠以尽暇日之适，便可得通神会性，以永终朝）④

在这里，谢灵运认为进行文学创作就是为了"通神会性"，为了"尽暇日之适"，会稽、永嘉一带的优美山水，触发了他这种理念，因此，我们今天看他的山水诗，可以说是怡神养性的结果。

谢灵运的这种文学娱乐倾向是否也和道教养生理论有内在的联系呢？我们的答案是肯定的。就在《山居赋》里，他表达了长生久视的愿望：

> 贱物重己，弃世希灵。骇彼促年，爱是长生。冀浮丘之诱接，望安期之招迎。甘松桂之苦味，夷皮褐以颓形。羡蝉蜕之匪日，抚

---

① 余嘉锡：《世说新语笺疏》，中华书局1983年版，第649—651页。
② 戴明扬：《嵇康集校注》，第123页。
③ 李运富编著：《谢灵运集》，岳麓书社1999年版，第226页。
④ 李运富编著：《谢灵运集》，第277页。

云霓其若惊。①

"弃世希灵"离开现实社会，想做天仙，《抱朴子内篇·论仙》中云"上士举形升虚，谓之天仙"，"爱是长生"，长寿不死，想做地仙，《抱朴子内篇·论仙》又云"中士游于名山，谓之地仙"，万不得已，还有最后的选择，那就是脱胎换骨，蝉蜕而出，"羡蝉蜕之匪日"，想做尸解仙，《抱朴子内篇·论仙》亦云："下士先死后蜕，谓之尸解仙"②。至于"浮丘"、"安期"，皆为神仙；松桂，道教养生成仙之食。在《山居赋》里，他甚至堂而皇之地说"好生"是万物的本性：

物皆好生，但以我而观，便可知彼之情。各景惧命，是好生事也。③

生命如此重要，因此，谢灵运认为赋诗作文，怡神养性，是爱生宝生的最佳选择，于是，他把道教的养生理论移植到文学中来，"通神会性，以永终朝"。在《山居赋》里，他还提到饮食起居必须"顺性靡违"，而生活中的文学创作正是"顺从性情"的，因此，人生少不了赋诗作文。这就完全把道教的养生与文学的怡神养性关合起来了，所以作为表现谢灵运怡神养性理想的山水诗就应运而生了，这恰恰是以老庄作为归依的道教养生理论影响的结果。因此，刘勰《文心雕龙·明诗》所说的"老庄告退，山水方滋"，必须引起我们的重新思考。

此外，谢灵运的出生和家境也有非常浓厚的道教色彩。据钟嵘《诗品》说，谢灵运出生的那天，有道士梦见东南有人降临其馆，谢家就把灵运送给道士抚养，到十五岁才归家，并取名客儿。又谢氏家庭颇为信道，谢安、谢玄都对道教情有独钟④，这些说明道教对谢灵运的影响是多方面的。

---

① 李运富编著：《谢灵运集》，第 260 页。
② 王明：《抱朴子内篇校释》，中华书局 1985 年版，第 20 页。
③ 李运富编著：《谢灵运集》，第 260 页。
④ 严可均：《全晋文》卷八十三。

　　上面论述的六朝文学思想之娱乐倾向的五种表现形态说明文学的娱乐性越来越被文学作家们普遍认同；形成这种娱乐倾向的重要因素是道教养生理论的影响。而当道教发展到了南朝经过陆修静、陶弘景等人的整顿改造后开始走向官方化，那么它的影响力就愈加巨大了，特别是梁陈二代，道教之风尤为炽烈。《隋书·经籍志》云："（梁）武帝弱年好事，先受道法，及即位犹自上章，朝士受道者众，三吴及边海之际，信之愈甚。陈武世居吴兴，故亦奉焉。"① 特别是梁武帝萧衍，更与陶弘景往来频繁，无论在政治、养生、日用伦常诸方面都或者遣使咨询，或者寄书相问②。至于简文帝萧纲与陶弘景的关系也不逊于乃父，据《全梁文》卷十四（又见《太平御览》卷666引《道学传·张裕传》）载，萧纲从陶弘景受道法，写有《老子私记》十卷，《庄子讲疏》二十卷，并为张陵第十二代孙张道裕的招真馆撰写碑记。③ 又据《梁书·陶弘景传》载："后太宗（按：简文帝纲，临南徐州，钦其风素，召至后堂，与谈论数日而去，太宗甚敬异之。"④ 梁元帝萧绎也笃信道教，并且亲自讲经受课，《梁书》卷五《元帝纪》载："承圣三年九月辛卯，世祖于龙光殿讲述《老子》义，尚书左仆射王褒为执经。"⑤ 同卷又载他亲自撰写《陶先生朱阳馆碑》《南岳衡山九真馆碑》《青谿山馆碑》（碑文均见严可均《全梁文》卷二十二）。《上清道类事相》卷一之《仙观品》引《道学传》云："梁世祖于天目山太清馆招诸道众同来憩止也。"⑥ 梁朝三代帝王都信奉道教，足见道教对当时的影响。既然道教在他们心目中有如此地位，对生命的关爱自然是他们不可忽视的，因此，文学作为他们娱心养性的工具也就顺理成章了，难怪萧纲在《诫当阳公大心书》中直言不讳："文章且须

① 魏征：《隋书·经籍志》，中华书局1973年版，第1093页。
② 参见《南史·陶弘景传》及《华阳陶隐居内传》（《道藏》本）。
③ 严可均：《全梁文》，第3029页。
④ 姚思廉：《梁书·陶弘景传》，第743页。
⑤ 姚思廉：《梁书·元帝纪》，第134页。
⑥ 《道藏》第24册，第875页。

放荡。"① 陈朝后主陈叔宝在强调文学特别是诗歌的娱情作用上与萧纲一脉相承，他说：

> 吾监抚之暇，事隙之辰，颇用谭笑娱情，琴樽间作，雅篇艳什，迭互锋起。每清风朗月，美景之辰，对群山之参差，望巨波之混漾，或玩新花，时观落叶，既听春鸟，又聆秋雁，未尝不促膝举觞，连情发藻，且代琢磨，间以嘲谑，俱怡耳目，并留情致。②

在这种思想指导下，用娱乐身心、养性怡神的态度和目的来描写女性、风月、歌舞、妆饰、情爱的宫体诗就产生了，所以，罗宗强深刻指出，齐梁以后，文学思想发展的一个方面就是"由抒情逐步转向娱乐"，由此带来了"消闲的文学，发展到它的顶峰，当然就是'宫体诗'"③，这实在是深中肯綮。

附：王充、陆机——葛洪——刘勰相关文学理论问题对照表

理论	王充/陆机	葛洪	刘勰
文德关系论		文章之与德行，犹十尺之与一丈。（《抱朴子·尚博》）道未行则不得无文。（《尚博》）	文以行立，行以文传。（《文心雕龙·宗经》）圣因文以明道。（《原道》）
实用论	为文岂徒调墨弄笔，为美丽之观哉？载人之行，传人之名也。……文人之笔，劝善惩恶也。（《论衡·佚文》）为世用者，百篇无害；不为用者，一章无补；如皆为用，则多者为上，少者为下。（《佚文》）	立言者，贵于助教，而不以偶俗集誉为高。（《应嘲》）篇章可以寄姓字。（《逸民》）言少则至理不备，辞寡则庶事不畅，是以必须篇累卷积而纲领举也。（《喻蔽》）	

---

① 《艺文类聚》卷五十八，中华书局 1965 年。
② 姚思廉：《陈书·陆瑜传》，中华书局 1972 年版，第 464 页。
③ 罗宗强：《魏晋南北朝文学思想史》，中华书局 2006 年版，第 456 页。

续表

理论	王充/陆机	葛洪	刘勰
经子关系论		正经为道义之渊海，子书为增深之川流。……百家之言，悉才士所寄心，一夫之澄思也。（《百家》）子书……旁通不沦于违正之邪径。（《百家》）	诸子者，入道见志之书。（《诸子》）然繁辞虽积，而本体易总，述道言治，枝条五经。（《诸子》）所以百家腾跃，终入环内者也。（《宗经》）
创作论	遵四时以叹息，瞻万物而思纷；悲落叶于劲秋，喜柔条于芳春。（《文赋》）其始也，皆收视反听，耽思旁讯，精骛八极，心游万仞。（《文赋》）	情感物而外起，智接事而旁溢。（《道意》）沉静玄默，挹酌清虚。（《塞难》）游神典文。（《逸民》）	寂然凝虑，思接千载；悄然动容，视通万里。思理为妙，神与物游。疏瀹五脏，澡雪精神。（《神思》）
进化(新变）论	才有深浅，无有古今；文有真伪，无有故新。（《案书》）	今之诗赋胜古之《诗三百》《尚书》。（《钧世》）	文律运周，日新其业，变则其久，通则不乏。趋时必果，乘机无怯，望今制奇，参古定法。（《通变》）附：踵其事而增华，变其本而加厉。物既有之，文亦宜然。（萧统《文选序》）
取材论		然古书者虽多，未必尽美，要当以为学者之山渊，使属笔者得采伐渔猎其中。（《钧世》）	夫经典沉深，载籍浩瀚，实群言之奥区，而才思之深皋也。……纵意渔猎，操刀能割，必列膏腴。（《事类》）
语言论	夫笔著者，欲其易晓而难为，不贵难知而易造；口论务解纷而可听，不务深迂而难睹。（《自纪》）	书犹言也，若入谈语，故为知音……。若言以易晓为辩，则书何故以难知为好哉？（《钧世》）	
风骨论		皮肤鲜泽而骨髓迥弱。（《辞义》）	风骨不飞，而振采失鲜，负声无力。（《风骨》）
风格论		才有清浊，思有修短；虽并属文，参差万品。（《钧世》）夫不学而求知，犹愿鱼而无网也。（《勖学》）修学务早，及其精专，习与性成，不异自然也。（《勖学》）	才有庸俊，气有刚柔，学有浅深，习有雅郑。（《体性》）

理论	王充/陆机	葛洪	刘勰
鉴赏论		文章微妙,其体难识。(《尚博》)爱同憎异,贵乎合己,贱于殊途。(《辞义》)	文情难鉴,谁曰易分?(《知音》)音实难知,知实难逢,逢其知音,千载其一乎?(《知音》)会己则嗟讽,异我则沮弃,各执一隅之解,欲拟万端之变,所谓东向而望,不见西墙也。(《知音》)

第三章　南朝陆修静灵宝派道教的文学思想

　　葛洪在《抱朴子》中提出的神仙可学而致的仙道理论，完整系统地充实了道教自产生以来的思想和内容，赢得了较为广泛的信仰阶层和力量。特别是他的学仙修道可以不废世事（包括仕举）和俗务的思想，调和了儒道两教的关系，从而使道教更易于为统治阶级所接纳，为南北朝时期陆修静、陶弘景、寇谦之的道教官方化打下了基础。葛洪把魏晋玄学的时代思潮与道教嫁接起来，从而为士人由道家转入道教信仰架好了桥梁。这也是葛洪的神仙道教思想在东晋上流社会中风行的一个重要原因。但这只是他的道教理论产生的正面效果。就宗教的品格而言，更重要更为直接地产生信仰效应的还是它的修持仪式以及各种组织形式、戒规戒律，这在葛洪的宗教思想体系中是比较缺乏和淡薄的。当时东晋江南的天师道，组织涣散，科仪简单，基本上仍然处于早期五斗米道的状态；此外，孙恩、卢循借道教的信仰形式发动反对封建统治阶级的斗争，已经说明宗教和政治统治还处于紧张的对峙中。葛洪"尸解得仙"后不久，南岳魏夫人（魏华存）向许氏兄弟（谧、翙）传授上清派的经典，从此，上清派的道经开始流传于世；晋隆安（公元397—401）末，葛巢甫开始传授灵宝派的经典。但是，这两个道派及其典籍却存在着许多问题，特别是灵宝经典，据修陆静说："或删破上清，或采搏余经，或造立序说，或回换篇目，裨益句章，作其符图，或以充旧典，或别置盟戒。文字僻左，音韵不属。辞趣烦猥，义味浅鄙。颠倒舛错，事无次序。"① 种种情况表明，道教在葛洪将它引上神仙道教的轨道后，仍面临许多严重的问题，仍需要加以整顿改造，充实提高。而整顿改造和提高完善的重心则转到道教经典的分类编目和斋醮仪式的实施与科律规范的制订上来，率先担当起这些任务的则是南朝刘宋时代的陆修静。与此相适应，这个时期的道教文学思想，也借道教斋醮的道法、道器、道符、表演以及部分道经的创作倾向表现出来，从而使中古的道教文学思想在表现形态上发生了新的变化。

第一节　陆修静的道教文学思想

南朝刘宋王朝（420—479）前后仅六十年，在宋武帝、文帝统治的三、四十年里，社会相对稳定，经济比较繁荣，出现了史称"元嘉之治"的小康局面。特别是刘宋主要统治地区——以建康为中心的江浙沿海一带，庄园经济繁荣，无论是南徙江左的豪门士族或者是南方的土著地主，都举全族之力经营和发展经济，著名的有谢灵运家族所建造的始宁庄园，孔灵符家族的永兴庄园。陆修静在《灵宝经目序》中说："按经言：承唐之后四十六丁亥，其间先后庚子之年，妖子续党于禹口，乱群填尸于越川；强臣称霸，弱主西播。龙精之后，续祚之君，罢除伪主，退蔹逆民。"② 这里所谓"妖子"、"乱群"暗指东晋谋反的王敦和作乱的苏峻，而"罢除伪主，退蔹逆民"则是赞美刘宋的开国之君刘裕除灭桓玄和镇压孙恩建立统一江南的刘宋王朝。道教信仰在刘宋一代已经涉染于皇室，甚至帝王都崇信有加。宋文帝两子刘劭、刘濬，信奉女道的巫蛊之术诅咒宋文帝，宋文帝意欲废杀他们，最后两人弑父篡位。宋文帝死后，孝武帝亦信道，曾召道士为其死去的宠妃召唤

---

① 张君房辑：《云笈七签》卷四，书目文献出版社1992年版，第19页。
② 张君房辑：《云笈七签》卷四，书目文献出版社1992年版，第20页。

灵魂。

陆修静生活在刘宋这种社会相对稳定、经济较为富裕、信道气氛浓厚的社会环境里，他一方面有较优裕的经济条件从事道教改革事业，另一方面乘着社会上层信道的大气候，大刀阔斧地向统治阶级宣传道教思想，整顿道教组织，制订道教仪范、科律，这也为道教文学思想的新变带来了契机。

陆修静，字元德，吴兴东迁（今浙江吴兴县）人，为三国吴丞相陆凯后裔，"少宗儒氏，坟索谶讳，靡不总该"①。然性喜道氏，"研精玉书，稽仙圣奥旨。……勤而习之，不舍寤寐"②。及长，入云梦山隐居修道，后又隐仙都山，广搜道书，遍访仙踪，历游名胜，南至"衡、熊、湘，暨九嶷、罗浮，西至巫峡、峨眉"③。元嘉末，"因市药京邑，文帝味其风而邀之"④。后刘劭、刘濬构逆弑篡，"人心骇疑"，于是南移栖止于庐山，并于宋孝武帝大明五年（461年）建道观于庐山东南瀑布岩下，名曰简寂观。宋明帝即位，"欲稽古化俗，乃虚诚致礼，至于再三"⑤，陆修静不得已，于泰始三年（467年）再赴京师，明帝礼遇有加，并为他专筑崇虚馆以起居讲道，于是"大敞法门，深弘典奥，朝野注意，道俗归心。道教之兴，于斯为盛也"⑥。废帝元徽五年（477年）卒，年七十二。

陆修静著作丰富，"凡撰记、论、议，百有余篇，并行于代"⑦，然今存者不多，收入明正统《道藏》者有《陆先生道门科略》一卷，《太上洞玄灵宝众简文》一卷，《洞玄灵宝五感文》一卷，《太上洞玄灵宝授度仪》一卷，《洞玄灵宝斋说光烛戒罚灯祝愿仪》一卷，《升玄步虚章》一卷，《灵宝步虚词》一卷，《步虚洞章》一卷，此外还有多卷斋仪科教之属。这些是我们研

---

① 张君房辑：《云笈七签》卷五，书目文献出版社1992年版，第28页。
② 董诰：《全唐文》卷九二六，中华书局1983年版，第9659页。
③ 张君房辑：《云笈七签》卷五，书目文献出版社1992年版，第28页。
④ 张君房辑：《云笈七签》卷五，书目文献出版社1992年版，第28页。
⑤ 张君房辑：《云笈七签》卷五，书目文献出版社1992年版，第28页。
⑥ 《道藏》第42册，第817页。
⑦ 《道藏》第42册，第817页。

究其道教思想和文学思想的重要材料。

　　唐释道宣曾说："昔金陵道士陆修静者，道门之望，在宋齐两代，祖述三张，弘衍二葛。郗张之士，封门受箓。……广制斋仪，糜费极繁，意在王者遵奉。"① 虽然佛道之间存在着各种矛盾和斗争，但这里还是比较公正客观地评价了陆修静在道教史上的意义，即他弘扬了三张天师道和二葛神仙道教的传统，通过"广制斋仪"创立了"意在王者遵奉"的官方化的道教。陆修静主要从三个方面对道教进行改造：整顿道教组织；建立和完善斋醮仪式；分类整理道教典籍。他对道教组织的整顿使道教由民间组织趋向官方化，也使道教走向成熟；他制订的一系列道教斋醮科仪使道教向可操作性的道法实践和道法表演之方向发展，一方面提高了人们对道教信仰的吸引力，另一方面也提升了道教的观赏品位和审美价值；他对道教典籍的分类整理奠定了以后《道藏》编辑的原则和方法。

一、陆修静道经分类所隐含的文学思想

　　分类整理道教经典是陆修静改造和充实道教所从事的一项重要工作。

　　东晋后期，道教典籍纷纷面世，上清、灵宝两个经系的道典更是篇卷杂乱，其中伪作现象严重，真伪混淆，而且教派之间的道典互无统属，源流不明，这些情况，都不利于道教的发展，因此，有必要对道经加以分类整理，考镜源流，澄清真伪。于是，陆修静于刘宋元嘉中期开始着手整理道教典籍。先是广收道经，曾"南诣衡湘、九嶷，访南真（魏夫人）之遗迹；西至峨眉、西城，寻清虚之高躅"②。然后按照灵宝、上清、三皇三个系统"总括三洞"，分类整理出《三洞经书目录》于刘宋太始七年献上，共著录道家经书、药方、符图1228卷。

　　陆修静在广泛收集、大量阅读自道教产生以来的道经的基础上，把它们

① 释道宣：《广弘明集》卷四。
② 《道藏》第18册，第118页。

分为"三洞四辅十二类"。这种道经分类法暗含着为刘勰建构《文心雕龙》的部分体系所取法的文学思想，只要把"三洞四辅十二类"和《文心雕龙》的"文之枢纽"及文体论进行比较，就会发现这个现象。虽然刘勰憎恶道教，曾撰《灭惑论》驳斥和批判道教，但这种驳斥和批判是必须建立在对道经之阅读的基础上的，因此，只要他阅读过道经，则陆修静分类整理道经的方法一定对他有所影响。况且刘勰在《灭惑论》中讽刺道教的"醮事章符"，无疑是影射陆修静所完善的灵宝斋醮科仪，由此可见，他对于陆修静的行事是有所了解的。

我们先来考察陆修静的"三洞"概念和"三洞"分类所隐含的文学观念。

陆修静在《灵宝经目序》中自称"三洞弟子"，他所称的"三洞"概念是指全部道经中的三个最主要、最经典的部分：洞真之经、洞玄之经、洞神之经。这"三洞"经典，是"道之纲纪，太虚之玄宗，上圣之首经"，是道教信徒必须遵循崇奉的，无论修道、信教，或者是从事道经创作，都必须以此为准。这三部分主经，是道教的根本所在。陆修静的三洞概念，隐含了道经分类和道经著作的宗经崇圣思想。刘勰在《文心雕龙》的总论中提倡"为文之枢纽"乃在于"原道"、"征圣"、"宗经"与陆修静的这种观念是相通的，虽然所宗经典之主旨、内容不一样，但指导思想、思维路径是一致的。有趣的是，从陆修静道经分类的结构安排与刘勰《文心雕龙》的体例安排上来看，两者亦有相似之处，即陆修静把"三洞"作为全部道经的三纲，相当于刘勰把《原道》《征圣》《宗经》三篇作为其全部文学思想和《文心》一书的三个"枢纽"，而且在数量上也是那么巧合，这不能不让我们认为他们之间存在着某种影响、渗透的因素。

陆修静的"三洞"分类观，也是建立在此前关于"三洞"经书的起源基础上的，这就包含了他关于著作、文章之本源的思想。按照道教流行的说法，洞真类的《上清经》，据说为玉清境之洞真教主天宝君所出；洞玄类的《灵宝经》，相传为上清境之洞玄教主灵宝君所出；洞神类的《三皇经》，据传为太清境之洞神教主神宝君所出。这三清（玉清、上清、太清）就是道教所说的三重天，高居于三十二天之上，而三清天之形成，又是道教"一气化三清"的生成说的理论成果，那么，追本溯源，则"三洞"经书又是"气"的作用使然，这又与早期道教或者说原始道教典籍《太平经》所主张的气与文的关系论相一致，当然也与古代特别是汉代流行的天地人三皇的古史传说有一定的关系。

陆修静总结的这种三洞经书起源的思想产生之后，对后世道教产生了巨大的影响。北周时期出现的《无上秘要》卷六引《三皇经》就说：

> 三皇者，则三洞之尊神，大有之祖气也。天宝君者，是大洞太无玉虚之首元；灵宝君者，是洞玄太素混成之始元；神宝君者，是洞神浩灵之妙气（元）。故三元凝变，号曰三洞，气洞高虚，在于大罗之分。①

言外之意是说，三洞经书乃三洞尊神之所化出。至北宋张君房纂辑《云笈七签》，则把三宝君出示和传播"三洞"固定下来：

> 天宝君说十二部经为洞真教主；灵宝君说十二部经为洞玄教主；神宝君说十二部经为洞神教主。故三洞合成为三十六部尊经。第一洞真为大乘；第二洞玄为中乘；第三洞神为小乘。②

而且借用佛教衡量佛经品质高下的概念来评估道经级别之优劣，为明清时期大规模地编辑道藏、区分品位打下了基础。

陆修静总结的道经起源于三清之气的思想，不但形成了道教内部关于经籍源起的传统，而且使正史的编撰者在对待道经之产生的问题上亦援引和相信道教之说，《隋书·经籍志》认为："道经者，云有元始天尊，生于太元之先，禀自然之气，冲虚凝远，莫知其极，所以说天地沦坏，劫数终尽，略

---

① 《道藏》第 25 册，第 19 页。
② 《道教三洞宗元》，见张君房辑：《云笈七签》卷三，书目文献出版社 1992 年版，第 13 页。

与佛经同……亦禀元一之气，自然而有，非所造为。"① 从陆修静道经分类以及与此相关的道经起源的思维之中，一个较为简单的结构展示在我们面前：一气化三清尊神，三清尊神出三洞道经，即气——神——书（经）的结构。这个直线结构被刘勰接受后（我们前面推导的刘勰与陆修静的关系就是为这里的"接受"提供依据的），就重新组合成两个并行的结构，但每一结构又是呈直线型的：自然之声、形——自然文；太极——神明——人文，故《原道》云："夫玄黄色杂，方圆体分；日月叠璧，以垂丽天之象；山川焕绮，以铺理地之形……龙凤以藻绘呈瑞，虎豹以炳蔚凝姿；云霞雕色，有逾画工之妙；草木贲华，无待锦匠之奇。夫岂外饰，盖自然耳……故形立则章成矣，声发则文生矣。"同篇又云："人文之元，肇自太极，幽赞神明，《易》象惟先。……玄圣创典，素王述训，莫不原道心以敷章，研神理而设教，取象乎《河》《洛》，问数乎蓍龟，观天文以极变，察人文以成化；然后能经纬区宇，弥纶彝宪，发挥事业，彪炳辞义。"以为文既来自"自然"之气，又从先验的神和神理而来，陆修静与刘勰在文源问题上的观点是基本一致的。

再来看陆修静的四辅。

南宋金允中《上清灵宝大法序》云："宋简寂先生陆修静分三洞之源，立四辅之目，述科定制，渐见端绪。"② 后来梁初孟法师把陆修静设立的四辅加以详细的阐述，其撰《玉纬七部经书目》所增益的四辅条目为"太清"、"太平"、"太玄"、"正一"四部，是对三洞经书的解说和补充说明，含有对道教主经进行阐释和辅助之意，具体来说，即太玄部为洞真之辅，挂靠"洞真经"，对洞真经进行阐述与发展；太平部为洞玄之辅，挂靠"洞玄经"，是对洞玄经的阐述与发展；太清部为洞神之辅，挂靠"洞神经"，是对洞神经进行阐释与发展，正一部为通贯三洞之辅，又与太清、太平、太玄

① 魏征等：《隋书·经籍志》，中华书局 1973 年版，第 1091—1092 页。
② 《道藏》第 31 册，第 345 页。

三部都有联系，通贯三洞，遍陈六部，对各类道经都有解说和补充作用。这种情况，到唐代孟安排进行了总结概括，其《道教义枢》卷二引《正一法文经图科戒品》说："《太清经》辅洞神部，金丹以下仙业；《太平经》辅洞玄部，甲乙十部以下真业；《太玄经》辅洞真部，五千文以下圣业；《正一法文》宗道德、崇三洞、遍陈三乘。"① 简单地说，"四辅"之义，在陆修静的初创意识里，就是对三洞主经的发挥和补说。

陆修静关于"四辅"的义界，是否受了汉代人把纬书作为对经书的配合和解释而得以产生的谶纬创作论的影响？我们目前还找不到直接的和确凿的证据，但从既成的事实来看，两者之间是有明显的相通之处。在汉代儒术独尊的学术气氛和思想环境里，儒家经纬占据着统治和权威的位置。尽管儒家思想的传统地位在魏晋时期受到严重冲击，但到刘宋时期，儒家经学开始受到重视。陆修静改造和充实发展道教，企图使道教官方化，最起码和最紧迫的一点，就是要让道经争得与儒经同等的地位，因此，在他的隐衷里，或许就有通过三洞之主经，配以四辅之补充的道经模式抗衡儒家经书为正，纬书为辅之格局的意念。陆修静晚年在宋明帝专为他辟建的崇虚馆宣道讲教十年之久，"标阐玄门，敷释流统，并诣希微，莫非妙范，帝心悦焉"②，如此让明帝倾心愉悦，恐怕与他挽手儒道、调和孔老不无关系。有趣的是，陆修静把"四辅"作为对道经之本的"三洞"的补充，在结构安排上，与后来刘勰把《正纬》和《辨骚》作为对《文心雕龙》之本的《原道》《征圣》《宗经》的辅翼，有很大的相似性。

二、陆修静的道经文体论

陆修静把道经文体分为"十二类"，这是在魏晋时代形成的对文体细致全面分类的背景下出现的现象，如曹丕把文体分成八体四类，陆机把文体分

---

① 《道藏》第24册，第815页。
② 《三洞珠囊》卷二，《道藏》第25册，第306页。

成十类，以及挚虞和李充对各种文体的详细划分；又为刘勰对文体的全面划分和界定提供了可资借鉴的东西，以至刘勰的某些文体定义与陆修静的道经文体定义完全相同。所谓十二类，就是陆修静关于道经文体的十二个种类。我们认为这十二个种类全面反映了陆修静对于文体认识的文学思想，虽然他只把这些种类局限于道教经典体系之中，但对某些文体的内容和形式的把握与体认，与通常意义上的文学之文体概念完全一致。

陆修静关于道经文体分类的话语，现保存于敦煌道经 P2256 号抄本中，为研究的方便起见，我们将之摘录如下：

第一，经之本源自然天书，八会之文。凡一千一百九字。……

第二，神符自然云篆书之文，凡有（十六五）条神真符信，召会群灵，制勒百方，摄气御运，保命留年。

第三，玉诀，玄圣所述解释天书八会之文。

第四，灵图，玄圣所述神化灵变之象。

第五，谱录，玄圣所述名讳神宫位第。

第六，戒律，玄圣所述罪福科目。

第七，威仪，玄圣所述法宪仪序，斋谢品格。凡六条：第一金箓斋……第二黄箓斋……第三明真斋……第四三元斋……第五八节斋……第六自然斋……感天帝，致群神，通仙道，洞至真，释积罪，赦现过，解脱忧苦，消灾治病，莫尚于此诸斋矣。

第八，方诀，玄圣所述神药灵芝，柔金水玉之法。

第九，众术，玄圣所述思神存真，心斋坐忘，步虚飞空，餐吸五方元，道引三光之法。

第十，记传，玄圣所述学业，得道成真之法。

第十一，玄章，赞诵众圣之辞。

第十二，表奏，玄圣所述传授经文，登坛告盟之仪。

陆修静的这十二类文体，我们参照唐代孟安排的《道教义枢》和北宋张君房辑《云笈七签》关于道经文体的解释，又可把它们通俗地理解为如下一些类属概念：

本文类：为道教各大经系经典和原本真文。

神符类：为龙章凤篆之文，灵迹符书之字，包括我们通常见到的道符。

玉诀类：为各家道经之注解和阐述。

灵图类：为道经原文的图解或以图像为主的经书。

谱录类：为记载高真上圣事迹和功德名位的典籍。

戒律类：为功过格套、戒规、科律之书。

威仪类：为斋法、醮仪、制度之经书。

方法类：为阐述修心养性、设坛祭炼等各种方法的著作。

众术类：为介绍炼丹之术、变化之术的方术之作。

记传类：为众仙传记、碑铭以及山渎道观之类的志书。

赞颂类：为歌颂赞扬之属的著作如灵章、宝诰、步虚词等。

章表类：为建斋设醮时上呈天帝的章奏、青词、启禀等。

这十二类文体中，有许多是与魏晋南北朝文学理论意义上的文体义界相一致的。如对道家经典进行注解和阐述的玉诀类，就与《文心雕龙》界定的"论说"之体的内涵相同，《论说第十八》云："圣哲彝训曰经，述经叙理曰论。……详观论体，条流多品：陈政则与议说合契，释经则与传注参体，辨史则与赞评齐行，诠文则与叙引共纪。故议者宜言，说者说语，传者转师，注者主解，赞者明意，评者平理，序者次事，引者胤辞：八名区分，一揆宗论。论也者，弥纶群言，而研精一理者也。"受陆修静玉诀体文体观或分类观的影响，或者说我们用刘勰的论说体标准去衡量，发现明代编辑的《正统道藏》之洞神部玉诀类关于注解和阐释《道德经》的文体就达 48 种 348 卷。

谱录之体在东晋南朝极其盛行，谱学成为当时的新兴学术，据颜之推《观我生赋》自注云，中原士族随晋元帝渡江的有百家，因此江东流行《百家谱》。又据载，晋孝武帝时，贾弼之广集百家谱记，在朝廷的帮助下，他撰定《十八州士族谱》共一百帙，七百余卷，可见谱录体的被重视。陆修静为道教内高真上圣和德高望重者系谱，从而专创谱录一体，意在传扬道教盛德，也是与世风的影响分不开的。《文心雕龙·书记》云："谱者，普也，注序世统，事资周普；郑氏谱《诗》，盖取乎此。……录者，领也。古史《世本》，编以简策，领其名数，故曰录也。"以此来看道教谱系，居于领先地位的高真上圣当属三清尊神。

方法、众术之体，用《文心雕龙·书记》关于"方"、"术"的标准去衡量，陆修静的文体界定或者说分类标准也非常恰当。

至于十二类中的记传之体、玄章赞颂之体、章表启奏之体，则完全与《文心雕龙》阐述的相关文体的义界相吻合。以玄章为例，陆修静把这种文体界定为"赞颂众圣之辞"，刘勰的义界为"颂者，容也，所以美盛德而述形容也"，"赞者，明也，助也。……其颂家之细条"。歌颂、赞扬人物的美德形容，特别是对先圣先哲进行褒扬，更是玄章赞颂体之所载。至于表奏之体，是下进于上，卑进于尊的启禀之言，道教严格执行"天地君亲师"的等级规定，所以在登坛祭天、禀受师训时，运用表奏表达诚意和心曲，与刘勰所说"言敷于下，情进于上"是一致的。从抒发启奏者内心真实的思想情感的角度上看，表奏之体的文学意蕴更为鲜明确切。不但如此，陆修静还很不满"入靖（室）启奏，不辩文句"① 的粗俗草率行为，这已说明他开始从文句上，奏章的语言韵律上加以注意。因此，从表奏演变出来的始见于唐代的青词，已经发展成诗体（一般是七言）的形式，就是必然的了，它要求语言简而不华，实而不芜，切忌辞藻靡丽，以质朴之风表达启奏者之诚意，如李贺的诗体青词《绿章封事》，造语平淡，声韵流利，叙事简洁：

> 青霓扣额呼宫神，鸿龙玉狗开天门。
>
> 石榴花发满溪津，溪女洗花染白云。
>
> 绿章封事谘元父，六街马蹄浩无主。
>
> 虚空风气不清冷，短衣小冠作尘土。

---

① 《陆先生道门科略》，《道藏》第 24 册，第 782 页。

金家香巷千轮鸣，扬雄秋室无俗声。

原携汉载招书鬼，休令恨骨填蒿里。①

但由于骈骊文体在古代文坛上的无孔不入的影响，唐末以后的青词开始走向文辞的赡丽，如五代道士杜光庭是青词之作最丰富的人物，四库提要说他的青词"骈偶之文，词颇赡丽"②，这种追求华辞丽藻的风尚发展到明代，加上统治者崇信道教之风的愈益炽热，便把这种媚词主义的青词推向了高峰，一些高官要臣专以填写媚艳的青词向皇帝邀幸求宠，越来越讲究语词的艳丽华润。据《明史》载："帝好长生术，内殿设斋醮。鼎臣进《步虚词》七章，且列上坛中应行事。……词臣以青词结主知，由鼎臣倡也。"③ 他的青词赢得了明世宗的青睐，在嘉靖十七年被召入阁参机要。而最以写青词邀得皇帝宠爱的便是奸相严嵩，他的青词有一种非他所作不能使皇帝惬意的态势，据《明史》载："醮祀青词，非嵩无当帝意者。"④ 因此，严氏也博得了"青词宰相"的"美誉"。当然，龚自珍的名作《已亥杂诗》中的青词"九州生气恃风雷，万马齐暗究可哀。我劝天公重抖擞，不拘一格降人才"只是借青词之名，抒发其忧国之心从而成为文学史中的绝响，这又另当别论，但他在自注中说是观看了道教的斋醮仪式后才作成此一振聋发聩的名篇，则道教仪式给予他的灵感是不能抹杀的。

陆修静关于道经十二类文体的认识，其中的绝大部分同于刘勰从文学理论的高度对文体所作的定义。这一方面说明陆修静既从汉代班志的目录说角度来分类道经，又从文学体裁的角度来义界道教经籍，关于后一点，我们虽然目前还找不到陆修静的相关材料来证明这个命题，但从南朝梁朝的另一位道士法师宋文明所撰《通门论》⑤ 中提到陆修静的《文统略》来推测，陆修

---

① 彭定求：《全唐诗》卷390，中华书局1960年版，第4396页。

② 永瑢等：《四库全书总目》卷一五一，中华书局1965年版，第1305页。

③ 张廷玉等：《明史·顾鼎臣传》，中华书局2000年版，第3408页。

④ 张廷玉等：《明史·严嵩传》，第5299页。

⑤ 亦存于敦煌道经P2256号。

静在《文统略》中应该谈到文体的定义问题，如果能谈到，则可推论他已有意识地从文学思想的角度来认识各类文体。另一方面，如果不从陆修静与刘勰的不期而遇的巧合角度来看待他们对文体问题的同一义界与看法，那么，这个现象至少说明，对种种文体的概念的把握经过较长时间的争辩和磨合，由先秦而汉，而魏晋（曹、陆、挚、李），而南朝（宋、齐、梁）已越来越趋近统一的认识与界定，最后由刘勰总其成，揆于一。

在没有直接的材料证明陆修静从文学体裁的角度来义界道教经籍的情况下，可以从宋文明的《通门论》对陆修静的十二类的阐发和深化，间接得知陆修静是有从文学角度来作文体分类的观念的，以验证我们对陆修静的《文统略》的推测之不误。

下面是宋文明对陆修静十二类的阐发和深化：

本文：一者叙变文，二者论应用。

神符：一者叙功用，二者异同。神者以变通不测以为言。符者扶也，合也。文以分理，符以合契。天文合契以扶救于物也。

玉诀：一者序理更明理，二者事中复有事。诀者决也。解决玉书八会之文，故曰玉诀。

灵图：一者论体例，二者行藏。图者度也，虑也。量其分度也。虑域经略，故曰虑也。图书之作，俱出形声，至于玄圣著述，各有功用。图以传有，书以传无。无者言之有理，无有形迹，定志局等例是也。有者形之与迹，八景及人鸟之例是也。

谱录：一者序谱录之体，二者述谱录之用。谱，绪也；录，记也。谓绪记圣人，以为教法。亦是绪其元起，使物录持也……。

戒律：一者论戒名体，二者事用论戒。戒，界也，外也。善恶之心，于此为断，为其界域，故言界也。能修诸法，解除众结，故曰外也。

威仪：一者序名数，二者论功德。威者，畏也。仪者，宜也。

戒威德严，故可畏也。随事制宜，故曰宜也。

方法：一者序名数，二者重述变易。方者，随方所处也，法者有节也。采服神药灵芝，及柔金化水之法，各有方处节度也。

众术：一者论冥通，二者论变化。术者道也，通也。无所不通也。……

记传：一者论其根源，二者述其阶次。记者，纪也。纪绳其事，令不绝也。此记则有追求过去之事，亦有豫记未来之事也。传者，传也，转相继续也。

赞颂：一者序名状，二者论变通。赞以表事，颂以歌德也。亦得偈，偈者解也。

表奏：一者论事，二者述心。申明心事，上奏大道。

上引宋文明对于陆修静十二类的引申发挥，只有"本文"类由于内容繁多故不详引，但基本主旨也是阐述"本文"的文体意义。从中发现，宋文明的引申发挥虽侧重于道教义理的阐释，但从文体角度比较宋、陆两人的义界，则宋尤注重文学意义上的文体定义，比陆对文体的文学意趣的追求走得更快。以"灵图"体为例，此在陆修静的文体观念中看不出文学的意蕴，故而我们在上面的分析中也无从谈起。但在宋文明的义界中，把形声俱出，图文并茂作为对灵图体的要求，那种有声有色、情文并享的文艺境界之追求已不言而喻。至于"图以传有，书以传无"，"无者言之与理，……有者形之与迹"，则完全是在追求一种形神兼备，以形传有，以神会意融理的审美境界，当然这又与东晋南北朝兴起的山水画论和山水文学风格的时代追求相协调相配合的。宗炳《画山水序》云："圣人含道映物，贤者澄怀味像。至于山水，质有而趣灵。……夫圣人以神法道，而贤者通；山水以形媚道，而仁者乐。……夫理绝于中古之上者，可意示于千载之下。旨微于言象之外者，可以取于书策之内。况乎身所盘桓，目所绸缪，以形写形，以色貌色。……是以观画图者，徒患类之不巧，不以制小而累其似，此自然之势。如是则嵩、华之秀，玄牝之灵，皆可得之于一图矣。夫以应目会心为理者，类之成巧，则目亦同应，心亦俱会，应会感神，神超理得，虽复虚求幽岩，何以加焉。又神本亡端，栖形感类，理入影迹，诚能妙写，亦诚尽矣。"① 目应心会的画图艺术，以物观物与以我观物的高度结合，产生不朽的艺术价值和魅力，不单单是文学艺术所追求的目标了，道教在吸收和融合民族文化的进程中，兼容并包已成了它不容忽视的历史和现实。而以谢灵运为代表的山水诗的兴起，以及刘勰、钟嵘所倡导的言外之意、忘形得神的隐秀说、滋味说，都以轰轰烈烈的态势造成一种有无相生、虚实相间的文学追求，同样强烈地震撼着陆修静、宋文明信仰道教的心灵，这就是我们对宋文明发挥了陆修静的"十二类"之后的道教典籍之文体的解读。

宋文明在关于"神符"类文体的阐发上提出"文以分理"，明确地界定了"文"的职责和功能是"明理"或"明道"，这与刘勰提出的"道沿圣以垂文，圣因文而明道，旁通而无滞，日用而不匮"的"文以明道"思想相契合，我们不去区别他们所谓"理"或"道"的差异性，单就他们关于文的职能所达成的共识来说，文学理论或文学思想发展到齐梁时期，对"文"的概念的把握已越来越呈现融合与会流的趋势，不管陆修静、宋文明是代表道教，也不管刘勰是代表佛教或者儒教，他们都殊路而同归。

宋文明对陆修静的十二类之文体发挥呈现出更浓厚的文学思想意味，我们还可以将他们进行一一对比来说明，但限于篇幅，我们只好举上面两例证之。除宋文明外，我们还可以从《太上洞玄灵宝十号功德因缘妙经》② 和唐代道士孟安排的《道教义枢》卷二对陆修静的"十二类"的补充发挥中看出陆修静文学体裁意义上的文体论对这两部经卷的影响。如前者在发挥"威仪"类时说："威仪者，具视斋戒，进退楷模，俯仰节度，轨式容止。"很明显地阐述了斋醮仪式所潜藏的戏剧表演思想，那种"俯仰节度"的一招一

① 严可均：《全宋文》，中华书局 1958 年版，第 204 页。
② 《道藏》第 6 册，第 129—131 页。

式无不暗示舞台演出的动态效果。后者在阐发"赞颂"类文体时竟引用《毛诗序》来为之作义界："赞颂者，如五真新颂，九天旧章之例是也。赞以表事，颂以歌德。故诗云：颂者，美盛德之形容。"① 嫁接诗歌批评理论来鉴定道经之文体，亦可谓别开一面。

十二类文体中的神符（道符）、威仪（斋醮仪式与表演）两类，更富有文学的意蕴和趣味，我们将立专节，作为灵宝系的道教文艺思想论述。

三、陆修静的文章鉴赏论和批评观

陆修静对道教的发展所做出的贡献，主要表现在对灵宝派道教的改造和推进上。而这方面的主要工作则是既大量撰写灵宝经书，又系统制订斋醮仪式科戒，同时对东晋以来混乱、真假参杂的灵宝经文进行分类整理和敷衍阐释。在分类整理灵宝经文的过程中，他大量阅读原著，把玩文意，研核字句，进行了一番深入细致的鉴别欣赏活动，归纳出了有自己的亲身体验或感受的理性认识，可以说，这些理性认识就是他的文章鉴赏论和批评观。

陆修静在《太上洞玄灵宝授度仪》中说：

> 臣修静依棲至道，翘靖灵文，造次弗忘。……自从叨窃以来，一十七年，竭诚尽思，遵奉修研，玩习神文，耽味玄趣，心存目想，期以必通，秉操励情，夙夜匪懈，考览所受，粗得周遍，自觉神开意解，渐悟期归，婉义妙致，本自仰绝其尘迹近旨，谓可仿佛。伏寻灵宝大法下世度人玄科旧目三十六卷，符图则自然空生，赞说皆上真注笔，仙圣之所由，历劫之筌范，文则奇丽尊贵，事则真要秘妙，辞则清虚玄雅，理则幽微濬远。②

这是从内容到形式，从语言到风格对灵宝经文做出的全面鉴赏和评价。灵宝经文是以《元始无量度人经》（简称《度人经》）为主经的一组灵宝派

---

① 《道藏》第 24 册，第 817 页。
② 《道藏》第 9 册，第 839 页。

经典，陆修静把这部主经称为"《元始》旧经"，共三十五卷，由《道君前序》《灵宝本章》《元洞玉历》《道君中序》《灵书》《道君后序》《太极真人颂》等章节构成。今存明《正统道藏》第一册的《太上洞玄灵宝无量度人上品妙经》六十一卷本和第四册的《元始无量度人上品妙经》四注本为后人增补推演的两个传本。该经的主要内容，叙述"元始天尊"在始清天中碧落空歌大浮黎土向十方天尊大神演说《灵宝度人经》教，宣扬"仙道贵生，无量度人"之旨。其中《灵宝本章》第二章正经主要铺述"元始祖劫，化生诸天。开明三景，是为天根。上无复祖，唯道是身。五文开廓，普殖神灵"，意在把"元始天尊"推崇为至高无上的神灵，为奠定"元始天尊"在道教中的地位张本，同时把元始天尊的化劫之功敷衍得奇诡怪诞，但又让人觉得确凿可信，故陆修静说"文则奇丽尊贵，事则真要秘妙"。就元始天尊作为中心"人物"和"典型形象"来说他是"尊贵"的，必须赢得道教徒的崇拜和景仰；怎样显示"元始天尊"的尊贵？无疑靠他建立的"化生诸天，开明三景"和"普殖神灵"的赫赫功勋，卓越的功勋又必须诉诸奇文丽藻盛加颂赞。陆修静的这种文章感受经验从某种意义上来讲，也是他对文章写作的要求。

该怎样理解"辞则清虚玄雅，理则幽微潜远"的含义呢？还得回到该经的主要内容上来。《元始》旧经还敷述了十方有度人不死的神灵，以及三界、五帝、三十二天帝、地府丰都等神鬼系统，宣称"天地运度亦有否终，日月五星亦有亏盈，至圣神人亦有休否，末学之夫，亦有疾伤"，诸飞天大神皆在监视人们的行为，因此，人们应当齐心修斋，六时行香，诵念道经，以求降福消灾，这样就能登天升仙，寿命无期。由此看来，该经把修道成仙当作人类的终极目标，修仙的要诀是清静虚省，洗涮杂念，心存玄虚神渺之道，内以斋心，外以约身，达到虚无寂静之境，无患无欲，空灵透彻。这种状态，就是陆修静在建立和完善灵宝斋醮体系过程中所主张的"绝群离偶"和

"孤影夷豁"①，即追求个体的恭肃诚敬，宁静致远，使主观心灵调整到澄碧虚落、空远素雅的最佳状态，这就叫作"辞则清虚玄雅，理则幽微潜远"。简单地说，在修道成仙上，保持虚旷安然的心境；借用到文学艺术创作上，追求虚静空灵的美学价值和艺术境界，使作品体现出清空疏朗的艺术风格和淡雅恬静的神韵。

对于经过陆修静亲手整理出来的灵宝经文，无论是其主经（《元始》旧经），或者是其附经，在传授它们的时候，陆修静的态度是非常谨慎认真的，"臣受法禁重，不敢轻宣，备加核实，辞诚愈坚，察其丹心，谓可成就"②，因为这些道经"道高理妙"，以无为为宗，以自然为常，如果传非其人，则自然之道，天地之常不但遭人误解，而且会有遗落之患，湮灭之灾。基于对灵宝经文的这种理性认识，陆修静对它们的宣传、传授反复落在经文的"自然"道德的根本点上，在《太上洞玄灵宝授度仪》中，多次借太上玄一第三真人的颂辞盛赞"妙哉灵宝经，太上自然文"③，"自然"的意旨，不但在于"道"的质性品格，即道家、道教关于"道"的体认和把握得的内涵，而且也是一种修仙道法的上乘境界，但更多的意味，是建立在上述两者基础上的灵宝本经的自然妙法，一种熟读多诵即可领会的文章况味和风度，从这个意义上讲，陆修静所激赏的"太上自然文"既是一种文章鉴赏品位，也是一种文章创作追求。归根结底，落到道家、道教对于质朴淡泊之执着的理想愿望之上，故陆修静又说："天书简不烦，道德自备足。修之必神仙，当复何所欲。"④"道德"就是自然之性的本质和内核的外显以及人们从概念、推理上的指称。

---

① 《洞玄灵宝五感文》，《道藏》第32册，第618页。
② 《太上洞玄灵宝授度仪》，《道藏》第9册，第846页。
③ 《道藏》第9册，第848页。
④ 《道藏》第9册，第852页。

第二节 灵宝派斋醮仪式的文艺象征与表演

陆修静对道教的发展做出的最突出的贡献在于制订和完善了道教灵宝派的斋醮仪式和科律,这方面的工作可以说倾注了他毕生的精力。这些斋仪科律,把道徒从对原始道教信仰和神仙道教理论的抽象感悟中解放出来,诉诸仪式活动、动态表演以领会道教真谛的直观、形象的把握形式,从而提升了宗教活动和宗教信仰的品位,为以后道教以斋法、高功作为核心标志的仪式型道教的发展铺垫了坚实的基础,同时,这种重视斋醮和仪式的道教理论与实践,也酝酿了早期戏曲特别是宋元戏曲的某些胚胎和因素,反映了陆修静对戏曲表演的朦胧认识和理论准备。而斋醮表演中的道器、道具、道法等蕴含的象征意义,又与文学象征有相通的原理。因此,无论从对道教的发展评价做出的贡献,或是对文学思想的丰富,这种斋醮仪式都是极其重要的,所以,我们必须对之有一个较为深入的研究。

一、灵宝派斋醮仪式的象征意义

在前述陆修静建立和健全的道教斋醮系统特别是灵宝斋醮仪式中,我们发现,他根据道家体道动静相需的原则把道教斋醮确定为注重心性修养的"内斋"和注重程式表演的"外斋"。内斋仪式包括念经、礼忏等项目,外斋仪式包括设坛摆供、焚香化符、宣戒上章、步虚穿花、召请散花、灯仪烛愿、斋醮音乐等程式。无论内斋或外斋,或者要借助道教的法器、道具、神物作为通神的象征"符号",或者通过动作表演、音乐舞蹈表达情愫,向天尊神灵宣示心意,因此,带有隐喻性的文学象征、表演性的戏剧意识成为陆修静斋醮仪式独特的文学观念,标志着中古道教文学思想发生了新的变化。

象征,就是指用某个具体事物来表现某种意义,它不直接说出本意,而是用含蓄的客观存在物来暗示所要表达的意义。韦勒克认为,宗教术语里的象征与文学理论中的象征是相通的，即都含有转喻、隐喻的意义，喻或者说比喻就是两者相通的契合点，"在宗教里，这一术语的基本含义是'符号'及其'代表的'事物间某种固有的关系，因而是转喻式的、隐喻式的，如十字架、羔羊、善良的牧者等。在文学理论上，这一术语较为确当的含义应该是，甲事物暗示了乙事物"①，用一种事物来暗示另一种事物，这就是文学象征和宗教象征的共同性或者说共同使命，也可以说成是它们的共通性。找到了宗教和文学艺术在象征上的契合点（相通性），我们始可讨论陆修静建立和健全的灵宝醮仪式的象征意义，或者说，其通过斋醮仪式象征所内含的文学思想。

在修陆静之前，道教内部已有少数的原始简单的斋醮仪式如张陵创制的旨教斋、张鲁创制的涂炭斋，但这些斋法带有原始巫术杀牲血食、疯狂自虐的落后习俗，在佛教传入中土企图扎稳自己的脚根因而攻讦道教的斗争中，曾招致佛教的猛烈批评与嘲讽。有鉴于此，陆修静觉得应从斋法上来完善道教以期道教能长足发展，于是，在晋宋之交当灵宝派道教和上清派道教也开始制订自己的一些斋法的时候，陆修静一方面融合灵宝、上清和张陵五斗米道的斋法，一方面重新制订许多斋醮仪式，从而发展成一套完整系统的灵宝斋醮仪轨，即"九等斋十二法"的斋醮体系。据陆修静所撰《洞玄灵宝五感文》载：

> 至道清虚，法典简素，恬寂无为，此其本也。……
>
> 洞真上清之斋，以无为为宗，有二法。其一法，绝群离偶，眠神静气，遗形忘体，合于道无；其二法，心斋，孤影夷豁，疏瀹其心，躁（澡）雪精神。
>
> 洞玄灵宝之斋，以有为为宗，有九法。其一法，金箓斋，调和阴阳，消灾伏异，为帝王国主请福延祚；其二法，黄箓斋，为人拔

①　[美]雷·韦勒克等著，刘象愚等译：《文学理论》，上海三联书店1984年版，第203—204页。

度九祖罪根；其三法，明真斋，学士自拔亿万曾祖九幽之魂；其四法，三元斋，学士自谢涉学犯戒之罪；其五法，八节斋，学士忏谢七玄及己身宿世今生之罪；其六法，自然斋，普济之法，内以修身，外以救过，祈福消灾，适意所宜；其七法，洞神三皇之斋，以精简为止；其八法，太一之斋，以恭肃为首；其九法，指教之斋，以清素为贵。

涂炭之斋，以苦节为功，上解亿曾万祖、宗亲门族及己身家门无鞅数罪，拯拔忧苦，济人危厄。①

　　陆修静建立和完善的道教斋醮体系涵盖了上清、灵宝、洞神三大部类，与他对道教经典目录的三洞分类在形式设计上是相一致的，其中又以灵宝斋仪为主体，反映了陆修静的斋醮思想主要是灵宝斋的倾向和特色。上述三大斋仪又可根据道家体道和道教修仙动静分工合作的原则简称为"内斋"和"外斋"，"内斋"注重心性修养，"外斋"注重身体和仪式表演，表演的程式主要有设坛摆供，焚香，化符，宣戒，上章，诵经，赞颂，烛灯，禹步，奏乐等等，以期祭告神灵，求福免灾。这样，道教斋醮仪式形成了一个完整有序的系统。

　　根据象征手法产生的原理——"古者包牺氏之王天下也，仰则观象于天，俯则观法于地，观鸟兽之文与地之宜，近取诸身，远取诸物，于是始作八卦，以通神明之德，以类万物之情"（《周易·系辞下》），我们得知"通神明"是"象征"的本质特征。中国的传统祭祀，是人类与鬼神沟通的重要手段，或者说是"通神明"的重要手段，孔子所说的"祭如在，祭神如神在"，就肯定了祭祀作为人类与鬼神进行思想交流、情感传递的鲜活生动的沟通方式。就道教而言，沿用和借助祭祀的这层含义通过各种法器、神物和法术（包括占卜、符箓、外丹、内丹、内观、守静、存思、守一、服气、导引、黄白、祈禳、表奏、章告、步虚、掐诀、招魂、驱鬼、幻化、安神等

---

① 《道藏》第32册，第618—620页。

等）来与神进行沟通和交流，表达人们企图对鬼神世界——超自然力量的了解的愿望，同时，亦通过这些"道具"和法术了解神的旨意——"通神明"；神的旨意显示在物象上，这就叫作"天垂象"，人类要想揣摩神的意旨，只有通过这些"道具"和法术的物象显示才能完成，因此，文学理论所艳称的"神与物游"的创作原则和方法以及灵感产生的物质条件，在道教特别是陆修静灵宝醮仪式中所强调的道器、法术（表演）里，有了同质同源的含义。

那么，那些与神进行沟通和显示神的旨意的物象有哪些？这些物象、表演法术的仪式有哪些象征意义？下面我们择其要者进行论述。

符箓：这是道教最主要的一种法器，这种"道具"是灵宝派特别是符箓派的标志性象征物，它既是权力、威严的象征，又具有遣神役鬼、镇魔压邪、治病求福的神奇作用。陆修静云："凡一切符文，……可以录召万灵，役使百鬼，无所不通也。"① 许慎的解释是："符，信也，汉制以竹长六寸，分而相合，刻符号于竹上。"箓者，图箓，秘籍也，谓天神所予之册命。特别是箓，作为道士晋级的凭证，往往被看成天神天帝赋予的荣誉，因此，极为道士所重视。箓的阶级的高下无疑是尊神赋予的权力的大小，在镇鬼劾神的作用上亦表现出优劣强弱，这种权力大小与作用强弱之比，往往维系着道士的生命安全，所以，道士一生的精力，通常在为箓的晋升而消耗。符箓的种类繁多，不下二百余种，葛洪在《抱朴子内篇·登涉》里有较详细的论述。

笏：这是用来通神的器具。道士举行庄严的谒见最高的三清尊神和玉皇大帝的仪式时，手持用红布裹着的笏，表情端庄，恭听尊神的宣谕。在规格上，笏一般长约 50 厘米，宽约 5 厘米，厚约 5 毫米，呈狭长弯曲状，材质或为玉，或为象牙，源于人间大臣进宫朝见时，持板上奏皇帝，多称为手板，亦称朝板或奏板。

七星剑：这是杀鬼斩魔的象征物，代表力量和正义，亦称宝剑、法剑，

---

① 《太上洞玄灵宝素灵真符》卷上，《道藏》第 6 册，第 344 页。

长约 60 厘米，两面镶有北斗七星图案，故名。相传这是天师道的传家之宝，陆修静整顿和改造天师道后，宝剑和法印成了天师道的两件法宝。一般为钢制，但也有以桃木削制的，上面刻有符图，源于桃树驱鬼的传说。

令牌：这是一种上圆下方的木制牌子，象征天地，具有召集神灵、役神避邪的作用，是天师道最得意的法器之一。在许多张天师的画像中都要配上令牌。其制作规格一般高约 18 厘米，宽约 7 厘米，厚约 3 厘米，大多正面刻有"五雷号令"、背面刻有"总召万灵"字样，具有发号施令之功能，故名。

水盂：这是道教盛水的器皿。由于道教举行仪式时特别注重环境、仪坛的清洁，故需经常洒扫，以此器盛水，或摆于仪坛周边，或不离道士左右，或置于洁净的处所以备迎天神尊真的降临，因此水盂富有圣洁的象征意义。由于圣洁，因此其所盛水又为圣水，可以治病去邪。相传三国吴地于吉常左手端水盂，右手持树枝浸水后挥洒于人头，可为人治病求福。这也是天师道徒常备的法器，一般为竹制，高约 4 厘米，直径约 6 厘米，呈壶形。张天师的画像中亦多配此物。

奉旨：这是传达道教至高神——三清尊神旨意和威吓恶灵的道具。"奉旨"的原义是奉三清敕旨的意思，由于发音相近，故运用谐音的修辞格有时写成封旨、封止或方子。它是一种小而硬的长方形木板，长约 10 厘米，高约 4 厘米，宽约 3 厘米，向上的一面稍微隆起，底面则平坦。这种木块与法官的惊堂木或讲评书者使用的醒木相似。在道教举行仪式时，奉旨置于桌上作为道具随时恭候三清尊神宣旨，传达出尊神威吓恶灵的信息，用此板把桌子一拍，象征着尊神震慑鬼神的信息已经发出。

法印：道士使用的印玺，是权力、灵验的象征。一般用于举行仪式时向天神启奏或天尊宣示下民的文书以及符箓上，一旦加盖了印玺，就意味着附着了神灵，可以驱鬼镇魔，替天行道。印面有正方形，也有长方形，边长从 15 厘米到 4 厘米不等。质料多以木头为多，青铜次之。刻字多为神仙称号，但亦有"×××××印"字样，如"北极驱邪院印"，许多印玺刻有"太上老君敕令"，是最高权力神的象征。在道教中，尤以天师道对印玺极为重视，与法剑一同视为传家之宝，亦被配于张天师的画像之中。

除此之外，道教法器和神物还有法绳、法尺、钟磬、木鱼等等，限于篇幅，不复详述。

下面我们谈谈几种主要灵宝斋醮仪式的象征意义。

陆修静是灵宝斋醮仪法的主要制订者，集刘宋前道教斋醮之大成。他的斋仪著作据《茅山志》载有百余卷，如《金箓斋仪》《玉箓斋仪》《九幽斋仪》《升玄步虚章》《步虚洞章》等，但大多已亡佚。陆修静认为：

> 夫斋者，正以清虚为体，恬静为业，谦卑为本，恭敬为事，战战兢兢，如履冰谷；肃肃慄慄，如对严君。①

足见其对斋法的重视。斋醮本来是与祭祀活动相关的事宜，是一种祭祀神灵的仪式。《说文》云："斋，戒洁也，从示。"《礼·祭统》云："斋之为言齐也，齐不齐以致齐者也。""及其将斋也，防其邪物，讫其嗜欲，耳不听乐……心不苟虑……手足不苟动。"《孟子·离娄》曰："虽有恶人，斋戒沐浴，则可以祀上帝。"可见斋是一种非常讲究诚意和纯洁的恭肃礼祀行为。至于醮，《说文》亦云："醮，祭也，或从示。"《正一威仪经》云："醮者，祈天地神灵之享也。"② 斋醮连称，始见于《太上洞渊神咒经》，其卷十五《步虚解考品》云：

> 修斋设醮，不依科仪之考。
>
> 请高行三洞法师洁置灵坛，转经诵咒，奏表呈章，建斋设醮，祠谢五帝神仙步虚赞咏。③

斋醮作为仪式受到重视，当是在道教内部，自张陵开创五斗米道，于是有斋醮之法，至南朝刘宋陆修静，北朝北魏寇谦之，才使该仪式得以完备，

---

① 《洞玄灵宝斋说光烛戒罚灯祝愿仪》，《道藏》第9册，第826页。
② 《道藏》第18册，第257页。
③ 《道藏》第6册，第55页。

而尤以陆修静总其大成,使之脱离了原始祭祀风俗和巫祝色彩的影响,形成完整独特的仪注和程式。在陆修静现存的关于斋醮仪式的文献中,流行和实践于道教内部的主要仪式及其象征内涵可以归纳如下:

(1)灯仪的象征意义:灯仪是道教使用"灯"的仪式的统称,包括"分灯仪"、"金箓灯仪"、"黄箓灯仪"、"三官灯仪"、"破狱灯仪"等。据《灵宝玉鉴》认为,灯仪并非借"焰焰荧煌,为观美也",而是包含着"清光破幽"的意义,"死魂一堕重阴,漫漫长夜,非有阳光照烛,超出良难,故必法天象地,燃灯告符"[1],这里说的"为观美"和"破幽",指出了举行灯仪的价值取向,既有观赏审美的价值,又有指明前途、带去光明的深长意蕴,因此,灯仪的象征意义丰富而深邃。而所谓"法天象地",从具体行事上讲,是指灯坛的铺设,上法日月星辰之悬象,下布八卦九宫之方隅,以交接阳光,开明幽暗,使亡魂乘光得度,完成宗教济度的终极目标;但从抽象事理的高度讲,"法天象地"则是指灯仪的创作以天地自然之理为依托,创造出五彩斑斓、华灯炫煌的瑰丽美境,既让亡灵得到精神上的愉悦以慰藉其灵魂,又能让现实人生感受热烈绚烂的景观,在无可置疑的现身说法中面对死亡,消除对死亡的害怕和恐惧,因此,灯仪所包含的创作意象和境界的功能,无疑又与文学创作追求的让读者身临其境、身处其中的目标相契合、相关通,所以,从宗教的意义和文学美学的角度上看,都成为陆修静等人重视的原因。陆修静在《无上黄箓大斋立成仪》卷 35 里,盛赞灯仪的作用:

> 太上散十方,华灯通精诚。
>
> 诸天亦皆燃,诸地悉玄明。
>
> 我身亦光彻,五脏生华荣。
>
> 炎景昭太元,遐想繁玉清。[2]

天地我(人)融彻在灿烂华光之中,炫目的色彩构成诗歌绮丽的风格,

---

① 《道藏》第 10 册,第 129—438 页。

② 《道藏》第 9 册,第 584 页。

道教玉清丽景的诱人之想与晋宋诗歌的饰辞华丽之风交相辉映，着实让地府亡灵和现实凡人如痴如醉。而陆修静的另一首礼赞灯仪的诗则更把道家追求的精神超脱和道教的至高丽天景象关合起来，创造出了犹如《庄子·逍遥游》中横贯天宇、腾飞南北、御驶六气而一任自然的壮丽自由的艺术境界：

> 夜光表丹阳，迢迢照灵室。
>
> 诸天谱光显，诸阴即日灭。
>
> 我神亦聪明，常玩智与慧。
>
> 逍遥适道运，迁谢任天势。
>
> 举形蹑空洞，夜烛焕流萃。①

自陆修静在斋醮仪式中强调灯仪的作用和创作了灯仪题材的诗歌后，灯仪成为许多文人骚客吟咏的对象，如江淹、庾信、（唐）冯真素均撰有《灯赋》。江淹的《灯赋》以淮南王刘安爱好神仙引起，转到对王公大臣热闹璀璨的灯仪灯会描写，其中有云：

> 大王之灯，铜华金檠，错质镂形。碧为云气，玉为仙灵，双椀百枝，艳帐充庭。昭锦地之文席，映绣柱之鸿筝。恣灵修之浩荡，释心疑而未平。②

至于这类题材的诗歌作品则更多，如五代钱惟演有《致斋太乙宫》，杜光庭有《明灯颂》等等。此外，文人创作中还有碑铭、笔记等体裁亦有咏灯仪者。

陆修静对灯仪非常重视，以致认为应该以法的形式固定下来，他说：

> 烛者，有光之物，佐月辅日，开昏朗暗，用其明得有所见也。
>
> 邪曲无法则无以自正，用法无明则莫见得失，欲正不可无法，用法

---

① 《道藏》第 9 册，第 584 页。

② 胡之骥：《江文通集汇注》，中华书局 1984 年版，第 86 页。

不可无明。①

从此，道教弘衍和阐扬陆修静的灯仪理论，大大丰富和扩展了灯仪的许多种类，如前述的五个类别。其中尤以唐宋的分灯仪成为最具道教思想特色的灯烛仪式。分灯仪是一种举行斋醮仪式前的燃点醮坛灯烛的仪式，其程式包括请光，即在建坛日正午，书请光符两道，从阳燧（即今凸透镜）中取火，点燃元始天尊神位前烛灯；次点三清灯，即用传光烛点燃玉清灯、上清灯、太清灯；次念分灯赞文或咒语如：

　　一生二，二生三，三生万物；地法天，天法道，道法自然；降三天无量之慧光，拯十极有情之昏暗。②

这种灯仪的象征意义是：用阳燧点燃的慧光，用以和合阴阳，衍生万化，散一为万，灯灯相续，焕映万天，照明九地。

　　建斋之所，内外人物，一切皆在宝光之内，所谓十方世界悉皆洞明，朔狱幽牢无不俱耀。③

（2）进表仪的象征意义：进表仪是道教斋醮仪式中的一种，道士将书写信众祈愿的表文，通过步罡踏斗等表演形式，飞送天庭，祈告上苍，众神光临醮坛，赐福延年，先灵受度，因此，其象征意义在于平安享福，寿禄永存。

这种仪式在道教发展史上起源于早期道教之五斗米道的"三官手书"，五斗米道要求把服罪者姓名和服罪之意写在手书上，用上天、埋地、沉水的方法通达于天帝地祇水神三官以期请福免灾治病去疾。《三国志·张鲁传》注引《典略》云："熹平中，妖贼大起。……汉中有张修……修为五斗米道。……（修）施静室，使病者处其中思过。又使人为奸令祭酒，祭酒主以

---

① 《道藏》第9册，第822页。
② 《道藏》第7册，第161页。
③ 《上清灵宝大法》，《道藏》第31册，第237页。

《老子》五千文，使都习，号为奸令。为鬼吏，主为病者请祷。请祷之法，书病人姓名，说服罪之意。作三通，其一上为天，著山上；其一埋之地，其一沉之水，谓之三官手书。"

至刘宋陆修静时代，上述"三官手书"发展演变成投龙简的仪式，陆修静《太上洞玄灵宝授度仪》云：

> 用金龙、金钮各三枚，投山、水、土，为学仙之信。不投此三官，拘人命籍，求乞不达。有违，考属九都曹。①

后杜光庭把投龙简仪式加以完善，在所用材料质地上有所改进。他的《太上黄箓斋仪》说：

> 大道以一气生化三才，陶钧万有，故分三元之曹，以主张罪福，即天地水三官，实司于三元也。人之生死寿夭，罪善吉凶，莫不系焉。三箓简文，亦三元之典格也。②

这种仪式是将写有消罪愿望的文简连同玉璧、金龙、金钮用青丝捆绑在一起，在斋醮仪式结束后，投入名山大川、岳渎水寨，作为升度之信，以奏告三元，祈求信众平安无祸，生命久长。这种仪式不但可为普通信众举行，也可为国家命运、帝王皇室祈请，在今存最早的描写投龙简仪式的文人诗——沈约的《华山馆为国家营功德》中，就描写了一次以国家身份举行的投龙简仪式。其诗云：

> 沐芳祷灵岳，稽首恭上玄。
>
> 帝昔祈万寿，臣今请亿年。
>
> 丹方缄洞府，河清时一传。
>
> 锦书飞云字，玉简黄金编。③

---

① 《道藏》第9册，第840页。
② 《道藏》第9册，第366页。
③ 逯钦立辑校：《先秦汉魏晋南北朝诗》，第1660页。

　　类似的描写这种祈请福祉表奏神仙的诗歌还有南朝陈朝周弘让的《春夜醮五岳图文诗》①，可见，道教的进表仪式在南北朝时期举行之多。

　　至唐宋时代，进表仪又发展成专门的拜章仪式（当然，投龙简仪式在唐宋仍然兴旺不衰，而且这个题材的诗文作品更是不可胜数）主要使用在祈禳、消灾、祈嗣、延生等各种目的的醮仪之中，在进程层第上包括启坛、请神、拜表三部分，而尤其重视拜表的上告和写作，因此，唐宋时代的祈禳之文和盛赞上圣仙真的青词绿章极其兴盛。我们粗略统计，文人创作青词的，在宋代就有陆游，作品有《江西祈雨青词》②；李昭玘，作品有《祈水退青词》③，该文以棒喝的口吻痛诉水祸之患，祈请圣真怜悯生民，使其风调雨顺、五谷丰登。真德秀，作品有《祈晴设醮青词》④；洪适，作品有《谢土青词》⑤；周紫芝，作品有《为太守禳火设醮青词》⑥；秦观，作品有《登第后醮谢青词》⑦；黄公度，作品有《赴官设醮青词》⑧；张纲，作品有《醮新宅青词》⑨；胡宿，作品有《集英殿催生道场青词》⑩；此外，宋代青词作家还有王珪、宋祁等，从上引青词之标题中可以看出宋代祈请已涉及人类生活的几乎每个领域。这种祈禳拜表仪式在元明清时代，尽管道教的发展处于低潮，但仍然在斋醮活动中为道士们所运用，并依然对文学创作产生影响，《三国演义》第一百〇三回所描写的诸葛亮祈禳北斗以添寿的仪式，《金瓶梅》中，当李瓶儿病重时道士为其祭灯祈禳，都是这种影响的表现。

---

①　逯钦立辑校：《先秦汉魏晋南北朝诗》，第 2465 页。

②　陆游：《渭南文集》卷二十三，载《陆游集》第 5 册，中华书局 1976 年版，第 2191 页。

③　李昭玘：《乐静集》卷二十三，四库全书本。

④　真德秀：《西山真文忠公文集》卷二十三，四部丛刊本。

⑤　洪适：《盘洲文集》卷六十九，四部丛刊本。

⑥　周紫芝：《太仓稊米集》卷六十二，载《金文最》下册，中华书局 1990 年版，第 1667 页。

⑦　秦观：《淮海集》卷三十二，四库全书本。

⑧　黄公度：《知稼翁集》下卷，四库全书本。

⑨　张纲：《华阳集》卷三十，四部丛刊本。

⑩　曾枣庄、刘琳主编：《全宋文》第 11 册，巴蜀书社 1990 年版，第 618 页。

（3）五供仪的象征意义：五供仪是指道教举行斋醮仪式时，陈列五种物品以供奉神灵的活动形式，这五种物品是香、花、灯、水、果，分别用香炉、花瓶、蜡台、净盂、香筒盛装，这五种供养物以配金、木、水、火、土五行，象征天地造化、万物相生相克之理，以合神明之德。五种供品又有其各自的象征意义或功能。

香：通感神灵，隔氛去秽。香的通神，早在西周时代的祭祀中就以香气降神，《诗经·大雅·生民》："卬盛于豆，于豆于登，其香始升。上帝居歆，胡臭亶时，后稷肇祀，庶无罪悔。"香气弥漫空中，神灵闻香而降，享受祭礼。到汉代始通行香炉装香，据载汉武帝祀太一，已用香灯祭祀。这种祭祀习俗，自道教创立以来，遂沿用和继承。

花：花的功能与香类似，它可舞动阳气，薰沐金容，也是瑞珍的预兆，是故举行斋醮供以香花，兆示吉祥，请福祈祉，香花为本。

灯：灯透幽明，照开泉路。《广成仪制》云："法坛之灯烛，明宗离德，焰禀阳精。色绚红黄之彩，灿烂成章；光分日月之华，炜煌著象。祝文曰：太上降慧光，华烛通精诚。神威皆朗耀，地府悉开明。"[①]

水：洒扫冤魂，恢复真形。斋醮时，所供之水禀阳明之正气，凝太阴之真精，故能吸浊扬清，除污解秽。

果：结以象蒂，早升仙果。斋醮所供之果，时新精洁，感格神明，仙灵食之，心解神彻，步登云霄。

道教斋醮仪式还有许多，其象征意蕴丰富而深刻。文学象征的手法，不但在灵宝斋仪中和道士们施用法器时广为运用，而且还运用于道教的绘画艺术和建筑塑造之中，我们举葛洪笔下的老子形象和道教绘画中的老子骑牛图，说明象征手法在道教其他行事中运用之一斑。《抱朴子内篇·杂应》云：

老君真形者，……姓李名聃，字伯阳，身长九尺，黄色，鸟喙，隆鼻，秀眉长五寸、耳长七寸，额有三理上下彻，足有八卦，

---

① 《藏外道书》第13—15册，巴蜀书社1994年影印本。

以神龟为床……。①

这段形象描写的关键字眼是几个数字，我们通过理解和把握这些数字来体味老子形象的象征意蕴。老子形身隐伏着变的因素，变的总会在于"足有八卦"。据《周易》云，八卦出于太极，太极涵混阴阳，阴阳相感而生八卦，八卦会于中而成九宫，九宫之数以一、三、五、七、九分之，老子形象视为一个整体，则相当于混沌一体的"太极"，在数为"一"；又据道家宇宙生成之理，一生二，二生三，所以老子形象"额有三理上下彻"；又三生万物，万物皆具五行，故老子形象"秀眉长五寸"；又五行（金、木、水、火、土）各有阴阳，阴阳运化，天生地成，阴阳清浊，清上为天，浊沉为地，故《易》数变，一变而为七，故老子形象"耳长七寸"；又七变而为九，故老子形象"身长九尺"。② 由此发现，葛洪笔下的老子形象用一、三、五、七、九依次变化的数码组合而成，其象征意义在于：宇宙天地万物遵循一个带普遍规律性的原则（八卦）发生着系统有序的演化。

再看道教绘画或建筑塑造中的老子骑牛图。图画显示：老子骑着青牛，牛有一头两角，合而为三。一牛涵三则代表天、地、人；牛是宇宙整体的象征；老子骑牛象征道家或道教对宇宙整体的把握。

总之，以陆修静为代表的灵宝系道教在广制斋仪、广施道法、广备道器的道教活动中，广泛运用文学象征手法，把宗教遐想与文学意象紧密结合，很好地体现和实践了"神与物游"的理论原则，创造了许多值得借鉴的道教文化。

二、灵宝派斋醮仪式的戏剧意蕴

道教仪式既是道教宣教的重要手段，同时也是富有戏剧表演色彩的仪式

---

① 王明：《抱朴子内篇校释》，中华书局1985年版，第273页。
② 《列子·天瑞》："《易》变而为一，一变而为七，七为而为九。九变者，究也。乃复变而为一。一者，形变之始也。清轻者上为天，浊重者下为地，冲和气者为人，故天地含精，万物化生。"见《道藏》第11册，第525页。

类型。道教仪式一个最显著的特点是重表演，它继承了古代巫觋娱神的传统，把歌、舞、乐有机地融合在时空的转换之中，隐含了对戏剧表演艺术的一些粗略朦胧的认识，特别是南朝刘宋陆修静倡导的灵宝斋醮仪式，无论从题材、技巧诸方面对南北朝百戏（戏曲）都有很大的影响。如在斋醮仪式中，讲究道坛的布置，法师在祈请祷告或忏拜过程中施展道法，动作的发出伴随着道教音乐和吟咏，类似于戏剧表演中的舞台布景、角色动作和歌乐伴奏，反映了道教仪式内隐的戏剧观念。这里我们选择以灵宝斋醮仪式为代表的几种道教仪式来考察其戏剧表演色彩。

（1）内斋和外斋：在灵宝斋醮仪式中，凡念经、礼忏之类没有动作和音乐伴奏的个体内修活动，都被目之为"内斋"。这种斋仪的修持要求据陆修静《洞玄灵宝五感文》云：

> 绝群离偶，眠神静气，遗形忘体，合于道元……孤影夷豁，疏瀹其心，澡雪精神。①

很明显，内斋强调个体心灵的恭肃诚敬，宁静致远，用以清静为追求境界的心理调整取代以往以娱神为目标获得个体安定的身体平衡，因此这是一项极其艰难、要求富有坚定的忍耐能力和意志力的修持形式，所以，陆修静为此制订了一系列戒律规定，其中包括：

> 废弃世务，断俗因缘，屏隔内外，萧然无为，形心闲静，注念专精；谨身正服，斋整严肃，舍离骄慢，无有怠替，礼拜叩搏，每事尽节；闭口息语，不得妄言，调声正气，诵咏经文，开悟人鬼，会感仙圣；忏谢罪愆，请乞求愿，心丹至诚，谦苦垦恻。②

从上述"内斋"的特点和对"内斋"的检束来看，它的修持过程是一种静的"文仪"活动，相当于戏剧表演中的"文场"，因此，《金箓大斋启

---

① 《道藏》第 32 册，第 619 页。
② 《道藏》第 9 册，第 821 页。

盟仪》精确地定义为：

> 内斋者，恬淡寂寞，与道翱翔。昔孔子以心斋之法告颜渊，盖此类也。①

如果从表演的类型上把戏剧表演区分为静态表演和动态表演两大类型的话，则其静态表演可于道教灵宝斋醮仪式中的"内斋"找到其早期形态。

自然，戏剧表演中的动态表演也可在灵宝斋仪中发现其痕迹，这就是"外斋"。所谓"外斋"，是对灵宝斋醮仪式中之登坛拜表、步罡踏斗、祈请祷告、召劾散邪等一系列道法演示活动的总称，这些仪式活动必须借助一系列强弱不等的动作科范并伴随着音乐、舞蹈得以完成，最后实现仪式的主题目标——宗教信仰。由此看来，这些仪式可以总括为一种动的"武"仪，相当于戏剧的"武场"，例如"禹步"的表演，就包括移步、掐诀、念咒等一系列的动作科范。"外斋"仪式一定依靠"法坛"或"坛场"这个"表演"舞台，比起"内斋"，更需要"环境"的配合。完成一种表演即道士法师实施某种道法，对表演者来说，要求也是非常严格的；而"环境"因素也必须严格考核和规范，这两者，陆修静也制订了许多戒规戒律，而尤以罚规为主。我们稍为摘引几条对坛场言行不合规范者的罚条以示一斑：

> 到斋堂屣履不整，罚油二升；
>
> 不正坐，罚香二斤；
>
> 翻覆香火，罚香半斤；
>
> 临烧香突行，罚油一升；
>
> 斋主供具不办，触物有缺，罚香一斤；
>
> 受关不启上，罚油三升；
>
> 妄言绮语，论及私鄙，罚香一斤，油五升，硃三两。②

---

① 《道藏》第9册，第72页。

② 《道藏》第9册，第825—826页。

从上述内容看，仪式举行中对法师及其他道士的要求相当严格。他们从一上场就受到各种戒律的约束，不敢怠慢，才能使全场法事和道术得以庄严、整肃地完成。

灵宝仪式虽有内、外之分，但一般"外斋"中又含有"内"的内容，陆修静说：

> 修斋礼请以精思为先，奉经威仪以静念为本。①

这就明确指出在奉经威仪类仪式中，有"静念"之类的"内斋"仪式，比如，在许多大型仪式如金箓斋、玉箓斋、黄箓斋中都有"存思"一科，法师在存思中默念，使阴神飞天，上达奏命，这就是外斋中的内斋，这种内外斋法的构成和结合使用，使仪式在进行中动静相间，跌宕有致，抑扬婉转，富有戏剧性，既丰富了仪式的表演外观，又对道教信徒产生强烈的吸引力和感染力。后来戏剧表演中的文武错杂，相需为用，恐怕深受这种道教内外斋交相融合的表演形式之影响。

（2）卷帘仪：这是一种虚拟天帝降临醮坛，坐于"天庭"，卷起珠帘，坐听道士或法师启禀的宗教表演活动，它直接脱胎于中国古代皇朝群臣百官朝见君主的仪式。这种卷帘仪式多用化符、唱赞、存想等程式来完成，故《上清灵宝大法》云：

> 九清上帝乃虚无百千、万重道气之上，凡升御座，不可以目瞻仰，谓如阳间，帝王登殿以扇八柄遮之，升御座毕，方可开扇引班，故先垂帘行持想上帝升殿，次宣文仪方许卷帘。②

这里叙述的卷帘仪式犹如传统戏曲的表现手法，象戏剧中的虚拟表演，步步展示，层层深入，让旁观信众领会和看懂其内涵。我们不妨再举《藏外道书》所载《金箓分灯卷帘科仪》为例，来细细体会卷帘的全过程，即表

---

① 《道门通教必用集》，《道藏》第 9 册，第 846 页。
② 《道藏》第 31 册，第 347 页。

演的全景。先由掌坛师（一般称高功）捻香，都讲（辅助高功的副手）口宣："志向初拈上香"。副手（此指都讲的辅助者）接宣，并云："大罗元始天尊，珠帘卷起一分。"知引（坛场执事）上前作卷帘状。都讲随唱："珠帘卷起一分已完"。道众随即颂经句，即"元始开图"之经。都讲接着宣《玉清乐》，众唱："《玉清乐》，玉清圣境异诸天，玉清乐。帝君天上接虚空，玉清乐。万象森罗遍八区，玉清乐。"唱毕，称玉清灵宝天尊，珠帘卷起二分；次称大圣道德天尊，珠帘卷起三分。① 至此，全部演示完毕，珠帘尽卷，天帝临座听启禀。在这个完整的卷帘过程中，动作、歌唱、音乐交替运用，完全是一种虚拟假作，与戏剧的虚拟表演毫无二致。

　　祈禳仪：在灵宝系的九斋十二法中，祈福禳灾是其重要的斋法仪式，涉及内容广泛，祈禳的项目丰富繁多，凡举祈雨祈晴（即调和阴阳）、禳祸、消灾、祈嗣、祈禄、祈寿、延生、保命、普福、安宅、传度、七曜、璇玑、兆帝……都可以祈禳仪式来表情达愿。举行这些仪式，都要完成复杂的程序，这些程序伴合着动作、音乐、吟唱，需要长短不等的时间得以完成，短者只需一两个时辰，长者达七七四十九天。就时间段来讲，也象后来戏剧的表演时段一样有长有短，当然这分别取决于祈禳事愿的大小和戏剧故事情节的长短。如在《道门科范大全集》中有关于祈雨仪的详细的程序安排，共分六个大程序目：启坛、清旦、临午、晚朝、拜章、散坛，又以前四项为主项。每一大程序项又由十数个小项（即表演的小节目）构成。即以大项"启坛"为例，其小节目依次有：法事升坛、都讲举各礼师存念、高功宣咒、举鸣法鼓二十四通、高功发炉（执炉燃香）、请称法位、唱礼、吟三启、宣真文、三礼、重称法位、宣词、发愿、存神烧香、高功复炉、出户、知磬引至六幕堂。从"启坛"一项发现，上述关目念、唱、作、打一应俱全，与戏剧的关目呈报、插科打诨完全相似。

　　除上述仪式外，灵宝斋醮仪式中的炼度仪、授箓仪、传戒仪等也具备较

---

① 《藏外道书》第 17 册，第 628—635 页。

浓厚的戏剧特色，即歌、舞、乐的三位一体，限于篇幅，我们就不一一分析了。

在上述仪式表演中，我们发现歌、舞、乐三者结合得非常紧密。歌是指吟唱一些道教辞章，如前述卷帘仪中所唱《玉清乐》，在最早的陆修静金箓斋、黄箓斋等斋醮仪式中一般吟唱《空洞步虚章》即步虚词。舞主要是指道士、法师的动作，以手、脚的运作为主，也包括身体的转动，最具有舞蹈特征的是"步罡踏斗"。乐就是配合吟唱和舞蹈的道教音乐，乐器一般为鼓，如上述祈雨仪式云："鸣法鼓"，此外还有钟、磬、木鱼、龙角、铛、铙钹、单音（俗称鸟锣）等等。

举行仪式为什么要歌舞乐并用呢？王国维在《宋元戏曲史》中说："歌舞之兴，其始于古之巫乎。巫之兴也，盖在上古之世。"① 巫是先民鬼神祭祀观念和风俗的产物，她（他）们必须通过某种形式来侍奉鬼神，蛊惑众生，于是选择了最具感染力的"舞"，故《说文》曰："巫，祝也。女能事无形（神），以舞降神者也。"又云："觋，能斋肃事神明也。在男曰觋，在女曰巫。"因此，巫舞就是一种以人体动态为中介来沟通神明、施展法术的活动。据扬雄《法言》云，巫在作法时的舞步是夏禹所编，"巫步多禹"②，六朝道教于是依托这种巫步，创造了"步罡踏斗"这种带有原始巫舞特色的道教舞蹈。罡，指魁星；斗，指北斗，道士或法师在一丈见方的地盘上铺设罡单，虚拟九重天穹，脚套云鞋，伴随道教曲调和音乐，沉思九天，按北斗之象，九宫八卦之图步行，以为即可神飞九天，送奉章表，禁制鬼神。这种步伐，实际是向神展示心中之愿望和企盼，同时通过婉转的音乐衬托着旋转优美的舞容达到娱神和审美愉悦的目的。它基于相传为夏禹的"禹步"，即所谓"三步九迹"，葛洪说：

　　禹步法：前举左，右过左，左就右；次举右，左过右，右就

---

① 王国维著，杨扬校订：《宋元戏曲史》，华东师范大学出版社1995年版，第1页。
② 扬雄：《法言》卷七《重黎》，汉魏丛书本。

左；次举右，右过左，左就右，如此三步，当满曰二丈一尺，后有九迹。①

故《洞神八帝元变经》亦云：

> 禹步者，盖是夏禹所为术，召役神灵之神步……此为万术之根源，玄机之要旨。②

从巫之舞到道教的步罡踏斗或者说从巫舞到道教舞蹈，可以发现，舞者通过失掉自我去连接天地，沟通人神；又通过强烈的意念去驱鬼除邪，扬善抑恶。正如有学者所指出："为了应付无法用理性把握的自然和无法以肉体逃避的环境，原始人发明了舞蹈，并希望通过重复那有强烈节奏和难忍长度的单调动作，进入某种真正的狂喜状态，从而达到身与神通，继而达到对客体与主体的最终控制。"③ 道教仪式中的舞蹈也就是为了最终达到对客体与主体的控制——身体与灵魂的归一。

当然，从技艺上讲，这种有严格标准（如禹步的三步九迹）的道教舞蹈对道士或法师的要求也是很高严的，没有精湛的技巧和大胆的举动就不能胜任，也就达不到与神沟通的目标。据载安徽道士超度亡灵役使鬼神升天的《铙舞》，技艺十分高超，让观众叹为观止，表现出卓越的审美价值，其意义已远远超出度拨死者的象征意蕴。④

巫舞也好，道教的步罡踏斗也好，总伴随着歌唱、吟咏，古代葛天氏已开始"投足以歌八阕"。道教舞蹈时的吟唱，一是吟唱通用的由陆修静收录的步虚词十首⑤，这十首歌词是流传最久的，至今如北京白云观举行仪式时还在使用；一是念唱一些咒语，这些咒语也是用以通神的诗意化的文学语言，如法师

---

① 王明：《抱朴子内篇校释》，中华书局 1985 年版，第 209 页。
② 《道藏》第 28 册，第 38 页。
③ 刘建：《宗教与舞蹈》，民族出版社 1985 年版，第 135 页。
④ 参阅张华：《中国民间舞与农耕信仰》，吉林教育出版社 1992 年版，第 199 页。
⑤ 收入《道藏》第 34 册。

步二十八宿罡的罡咒，其中有"应感元皇，上衣下裳"，"为我者谁，昊穹旻苍"① 等语，境界开阔，较有气势。这些歌唱必然配以道教音乐，因为像普通音乐一样，道教音乐也具有宣泄情绪、表现情绪变化的功能，何况在举行宗教仪式的时候，参与者比常人更具强烈的情感活动，诸如畏惧、恐怖、敬仰、感恩之情，都会随着音乐的播放而被唤起。此外，如陆修静收录的《空洞步虚章》，据云为仙人在空中玉京山所咏唱的曲调，道士或法师举行仪式时用乐器来播放这步虚曲调，很容易把信众带入美妙的仙境，或者说，从幻想的角度看，凡境也就变成了仙境，因此，从这个意义上来讲，道教音乐又富有转换时空，表现事件进展即推进情节的功能，这又与戏剧表演中借助道具和音乐等手段来推动故事情节有本质的一致。当然，道教音乐还能渲染气氛，营造环境，这也是举行仪式时不能忽视的因素，所以很受道士青睐。据刘仲宇考察，上海地区举行道教仪式，在表现进表仪的程式时，常用吹打乐《献花偈》来伴奏，就是为了营造热情诚挚的热烈气氛。②

通过上述灵宝道派的仪式表演，可知道教仪式表演与戏剧表演之间的一致性。但是，仪式表演毕竟不是戏剧表演，因此，它们之间肯定存在许多差异，这些差异主要表现在：

（1）两种表演的功能和目的的迥异。戏剧表演的目的或者说戏剧的表演作用，主要是通常演示故事和塑造形象来揭示社会生活，必须体现作为文学艺术的教化功能，特别是我国的传统戏剧。此外，戏剧表演非常重视观赏，可以说审美是戏剧表演的核心目标，因此，戏剧表演的审美作用、审美功能是决定戏剧表演成功与否的关键。而道教仪式表演虽如前述亦有较强的观赏性，特别像道教的法术表演，但是，仪式表演的目的在于它的宗教信仰，即企图通过控制外物、役使鬼神和表现自身的变化来诠释宗教的教理和教义，因此，宗教功能是仪式表演的核心和宗旨。

---

① 《道藏》第 10 册，第 191 页。

② 刘仲宇：《道教法术》，上海文化出版社 2002 年版，第 347 页。

（2）两种表演者形象的差异。戏剧表演者所塑造的形象有两层身份：一是故事中的人物身份，从这个身份的角度看，表演者必须惟妙惟肖，喜怒哀乐必须与剧中人逼真一致，特别是当扮演剧中的"主脑"人物时，更应如此。一是演员自己的身份，即他（她）只是一个演员，他的角色，自己知道不是剧中的"真人"，旁人（观众）也知道他（她）不是剧中的"真人"。但是，道教仪式表演者的形象身份却没有这种"两重"性，只具备戏剧表演者的后一身份，尽管如前所述他（指法师或道士）必须进入角色，情绪变化必须对应鬼神的情感波动，但这不是他追求的中心目标，这只是他达到宗教目的的一种权宜手段。

（3）两者在使用语词上的差异。仪式表演和戏剧表演的肢体语言是一致的，但在口头语词上却有很大的差异。戏剧表演要么是普通话，要么是地方语言。而仪式表演中的口头用语却很独特，常用符、咒语、口诀以及其他法器来表达。

第四章　南朝上清派道教文学思想

中古道教及道教文学思想的发展，是在一代又一代道教人士和改革者的不断完善中发展的。葛洪把早期道教从民间引向官方，给道教的发展指出了一条向上的路径，他的神仙道教理论的出笼，为道教的官方化和吸引统治阶级中的士大夫知识分子提供了思想保证。陆修静的贡献，在于纠正了葛洪神仙道教在实际操持上的偏颇，也填补了葛洪修行仪式上的缺陷，从而使灵宝派道教成就辉煌而又独树一帜，天师道至此形成了以斋醮仪式为主导的南天师道。与葛、陆等道教人物的道教思想、道教改革相适应，中古道教文学思想也表现出相应的发展变化即不同道教特色下的不同文学思想特色。那么，道教发展到齐梁时期，它的路径和方向是什么？这个时期的道教文学思想又是怎样的发展趋势？从具文人气质的陶弘景的道教文学思想，和经过他改造完善的上清派道教的文学观以及以上清派为主的大量仙歌和道教文学作品的创作中，是不难找到答案的。

第一节　陶弘景的道教文学思想

陶弘景（456—536）是齐梁时期最卓越的道教领袖，又是一个具有丰富的学术文化素养的士族知识分子，对于儒学、佛学、天文历算、地理学、药物学、医学、兵学、文学、书法、绘画、工艺等都很精通。他继承和发展了东晋以来道教上清派的教义和方术，系统总结了上清派的思想成就，在此基础上，开创了对后世道教发展有深远影响的茅山宗。他还把葛洪的流行于齐梁间的金丹理论付之于实践，反复试炼了具有药物学意义的金石神丹。同时，又补充完善了陆修静南天师道中的某些斋醮理论，是一个名副其实的道教集大成者，在道教史上占有重要的位置。探讨他的道教文学思想及其文化意蕴，对于研究齐梁文人和知识分子的精神风貌以及齐梁文学的创作情况都有重大意义。

一、陶弘景的道教文学创作观

陶弘景一生，年寿高享（八十一岁），行事卓著，撰述丰富，在众多的关于他生平事迹的传记中[1]，溢美之高，罕与伦比。

陶弘景字通明，丹阳秣陵（今江苏南京）人，十岁左右，读"葛稚川《神仙传》，见淮南八公事，……宵然有方外之志"[2]。二十九岁，"东阳孙游岳始授先生道家符图"[3]，三十六岁（齐永明十年，公元 492 年）辞官归隐茅山，开始了长期华阳隐居的生活，隐居茅山四十五年。所撰道教著作主要有：《登真隐诀》二十四卷，《真诰》十卷，《本草经注》七卷，《肘后百一方》三卷，《梦书》一卷等共计十三种五十七卷。[4] 此外，又撰《养性延命录》《真灵位业图》《周氏冥通记》等，这几部著作的具体写作时间不可详考，但都是极其重要的道教典籍。[5]

---

① 这些传记主要有：《梁书》《南史》本传，梁萧纲《华阳先生墓志铭》，梁萧纶《陶隐居碑铭》、梁陶翊《华阳隐居先生本起录》、唐李渤《梁茅山贞白先生传》、宋张君房《陶贞白传》、宋贾嵩《华阳陶隐居内传》以及其他神仙传记。

② 《道藏》第 5 册，第 501 页。

③ 《道藏》第 5 册，第 502 页。

④ 《道藏》第 5 册，第 509 页。

⑤ 关于陶弘景的具体著述目录，可参考刘汝霖：《东晋南北朝学术编年》，上海书店 1992 年版。

陶弘景是上清派的嫡传弟子，接受了上清派的真传之后，开始系统总结上清经法，遍访和搜罗上清经典，最后撰成了一部反映上清派产生和发展历史的具有重大史料价值的著作——《真诰》。道教是一种多神教的宗教，天师道、太平道、上清派、灵宝派都有各自崇信的神灵，这些神灵各有来源，又互不统属，呈现出纷乱无绪、群龙无首的状况。为了清除这种混乱现象以有利于道教的传播，陶弘景撰写了《真灵位业图》，把道教信仰的天神、地祇、人鬼、仙真等庞大的神仙群体用七个等级来排列，建立了统一有序的道教神仙谱系，对道教的发展做出了重大贡献。由于陶弘景一直在隐居地茅山传授和弘扬上清经法，因此，后来道教就直接把上清道派称为茅山宗。陶弘景纠正了陆修静关于道教的修炼理论只注重精神修养即"心斋"为主的偏颇，而主张养神与炼形并重，即主张道教徒的修持锻炼应从神养和形炼两方面入手，他说：

> 夫学道唯欲默然养神，闭气使极，吐气使微，又不得言语大呼唤，令人神气劳损。①
>
> 今且谈真正体，凡质象所结，不过形神。形神合时，则是人是物；形神若离，则是灵是鬼。其非离非合，佛法所摄；亦离亦合，仙道所依。②

其《登真隐诀》一书，既继承和总结了晋代以来上清派神思、内视、导引等方术思想，也保存和完善了陆修静改革后的天师道关于请神上章和符咒驱鬼的道法方术，是对陆修静以来道教神学思想的发展，也丰富了人类养生学上的方法和具体途径。其《养性延命录》③非常强调人的主观能动作用对于人类生命延长的重要意义，是对葛洪神仙道教理论的积极方面特别是他的进化论思想的一个重要继承和发扬。由陶弘景开创的上清派或茅山宗，奉元

---

① 陶弘景：《真诰》卷十，《道藏》第20册，第551页。
② 陶弘景：《华阳、陶隐居集》卷上，《道藏》第23册，第646页。
③ 《道藏》第18册，第474—484页。

始天尊为主神，以存神作为修持成仙的主要方术，同时辅以诵经和修功德。它的修炼成仙的方法——存思（或存神）几乎成了与陆修静以斋醮为主导的灵宝派区别开来的"分水岭"。这种方法对陶弘景乃至整个上清派的文学观念产生了极大的影响，而尤以对道教的仙歌创作影响巨大。

陶弘景对文学的认识，既不像葛洪那样形成系统的文学理论，也没有如陆修静一样通过独特的象征、仪式来表达，但是，陶弘景是所有汉魏六朝道教人物中唯一有文学作品集流传于今的，在《正统道藏》所收录的《华阳陶隐居集》里，举凡诗、赋、书、表、序、论、碑、铭等各体精工，表现出很高的文学成就。① 因此可以说，陶弘景对于文学的看法，更多的是通过自己的诗文创作表现出来。

在关于道教修持理论中，陶弘景说：

> 仙者心学。②

修道是一种养神养性养气的功夫，无疑必须做到"神归精感，丹心待真"③，从修炼逻辑和运作程序上讲，可以描述为这样一个结构模式：真——精——神——仙（道），这是陶弘景倡导的体道路径，是一种严格而又完备的心性功夫；从原理和过程上看，与"神与物游"，处心积虑、冥思苦想的文学艺术创作是相通的。因此，陶弘景很自然地将体道的品格移植到诗歌创作上，其《真诰》云：

> 兴宁三年四月九日夜，杨君（羲）梦见自登高山，见空中龙腾而过，有女逆向入口，不久又有四人乘龙而来，左有一老翁节杖而立，公求四人各作诗一篇以见府君老子，四人者，石庆安、张诱世、许玉斧、丁玮宁。依次作诗毕，老翁评诗笑曰："此诗各表其

---

① 遗憾的是，在目前出版的几种道教文学史的专著中，几乎只字不提陶弘景文集的文学成就，包括詹石窗的《道教文学史》。
② 陶弘景：《真诰》卷十八，《道藏》第20册，第596页。
③ 《道藏》第20册，第598页。

才性也。石生有逸才而轻迈，张生体和而难解，许生广慎而多疑，丁生率隐而发迟。夫轻迈则真气薄，难解则道不悟，多疑则思无神，发迟则得灵稽，所谓殊途者也。若能各返其迷，悟其所悟不当速也，府君弟子所谓管辂请论有疑，疑则无神者矣。"①

曹丕曾经在品评建安七子的才性气质和诗歌特色时有过类似的语言表达，如云"应玚和而不壮，刘桢壮而不密，孔融体气高妙……然不能持论"② 等等，特别是"应玚和而不壮"一语与此处"张生体和而难解"均造语相似。这些我们都可置而不论。问题的关键是，陶弘景借老翁之口表达了他的诗歌鉴赏理论和对文学作家、文学作品才性气质、风格特色的要求。

陶弘景认同诗人才性气质的丰富多样，石生的"逸才"也好，张生的"体和"也好，许生的"广慎"也好，丁生的"率隐"也好，都是他们各自独特的个性之表现，没有诗人作家独特的个性，就不能创作出如其人的诗歌和文章。这种对个性气质的重视，可以视之为六朝文学之觉醒的表现。但是，在追求作家个性气质之表现的同时，也带来了问题的另一个方面——负面的效果，即有些作家或诗人专恃其才性在某一方面的特长据而用之，就极易造成某种缺陷，如石生恃其"逸才"则走向"轻迈"。因此，既主张作家个性气质的努力张扬，又力戒偏于一隅而走向极端，这就是陶弘景文学鉴赏之后的深刻体会。为了更好地说明问题起见，不妨引录石生的"逸才"之作以见一斑：

> 灵山造太霞，竖崖绝霄峰。
>
> 紫烟散神州，乘飙驾白龙。
>
> 相携四宾人，东朝叶林公。
>
> 广休年虽前，所气何蒙蒙。

---

① 陶弘景：《真诰》卷十七，《道藏》第20册，第591页。
② 严可均：《全三国文》，第91页。

实未下路让，惟年以相崇。①

同是希企登霞成仙，却于轻慢放达之中摇想仙翁接引，故而得到丁生的严厉批评：

弱冠石庆安，未肯崇尊贤。
嘲笑蓬莱公，呼此广休前。②

我们试着可以推测，"逸才"的个性气质恐怕最容易形成"飘逸"、"冲淡"的诗歌风格，这种风格的诗歌我们可以视之为"正产品"，因为只要再向前滑行相当的距离，就几于"轻迈"了，"轻迈"之作无疑就是"附属品"或"负产品"。

怎样克服由作家的个性气质造成的缺陷和毛病，或者说，怎样防止出现创作风格上的偏颇，从"老翁"对四生所作诗歌的品鉴中，提出了要吐发"真气"和专一凝神的创作要求，所谓"轻迈则真气薄"、"多疑则思无神"中的"真气薄"和"思无神"正是文学创作之大忌。立诚修辞，耽思精骛，凝虑集神，这是作为精神活动的文学创作最基本也是最高严的要求和规范。陶弘景这种出真入神的诗歌创作设想，是他重视炼神的道教修持理念在文学活动中的自然圆通和主观嫁接，反映了宗教和文学之间可以对接的历史真实。

关于文学作品的言意关系，陶弘景一方面认为：

固非言象所传，文迹可记，然则后之人奚闻乎？③

文以抒情，辞以达意。如果文不记事，言不摹象，则后世无从得知历史，文字语言的功能就是述今传古。另一方面，陶弘景认为：

凡书疏之兴，所以运达意旨，既蒙眷逮亲奉觐对司命君二仙灵

---

① 陶弘景：《真诰》卷十七，《道藏》第20册，第590页。
② 陶弘景：《真诰》卷十七，《道藏》第20册，第591页。
③ 陶弘景：《华阳陶隐居集》卷下，《道藏》第23册，第648页。

颜，则天启其愿，沐浴圣恩，岂复烦书疏耶？所谓得鱼而志筌也。①

文字语言所表达的意旨一旦明了清晰，则文章著作可以置而不顾，有如鱼既已获，谁又念念不忘捕鱼之筌呢？由于语言符号在表情达意，特别是表达文学创作思维中的情和意时有很大的局限性，因此不能全数依靠语言，有时甚至完全可以忘却语言做到心领神会就行了。道教中"道"与"法"的授传尤其注重这种"意会"，所以陶弘景强调"得鱼忘筌"是以其道法传授作实践基础的，当然也是老庄道家侧重想象和玄想的哲学思维与文学思维影响的结果，老子云"知者不言，言者不知"（第五十六章）；庄子说"筌者所以在鱼，得鱼而忘筌；蹄者所以在兔，得兔而忘蹄；言者所以在意，得意而忘言"（《庄子·外物》），陶弘景就是强调这种神会，强调文学创作要达到超越了语言约束的"神而不形"之境，他的诗文作品就是这种追求的体现。

陶弘景的文学创作据《道藏》所收《华阳陶隐居集》上下卷②载共三十一种四十五篇，其中诗赋计二十二篇，余皆文，包括表、启、书、序、志、铭、碑、论诸体。逯钦立辑本《先秦汉魏晋南北朝诗》所辑陶弘景诗共六篇，其中《和约法师临友人诗》为本集所缺。又严可均《全梁文》云陶弘景《集》三十卷，《内集》十五卷"，检《全梁文》所辑陶弘景诗文恰好三十篇，则所谓"《集》三十卷"是否一篇谓为一卷耶？然其所辑又有本集中所无者如《请雨词》等，综逯、严所辑，则《华阳陶隐居集》所收并非陶弘景创作的全部，甚或有散佚而为其他辑本所不收者如《青溪宫赋》，此乃研究陶弘景文学创作之大憾。据梁萧纶《解真碑铭》云"先生（弘景——引者注）……六岁便解书，能属文"③。又陶翊撰《华阳隐居先生本起录》云"先生……九岁十岁读《礼记》《尚书》《周易》《春秋》杂书等，颇以

---

① 陶弘景：《真诰》卷十一，《道藏》第20册，第560页。
② 即刘师培所云《弘景集》二卷，参见《中国中古文学史》。
③ 《道藏》第5册，第510页。

属文为意"①。十五岁作《寻山志》，二十三岁作《水仙赋》，深得文坛盟主沈约、任昉赞赏，二十九岁为齐朝新落成的青溪宫作颂，所诏五人的献赋中，陶弘景所作最佳，萧纶盛赞"辞事兼美"②。如此文学早熟和素养甚高的道教人士在道教界中实属罕见。

陶弘景的道教生命哲学，主张把生命的形体修炼和精神涵养统一起来，即达到形神兼修。表现在他的文学创作里，就是把主观的自我意识、精神追求与客观的自然景物有机地结合，而一旦主客体融合之后，又表现出超越客观追求"神似"的得意忘形之态。《寻山志》就是上述过程的真实记录，作品一开头就开宗明义，宣称游山的动机和心情，并把遗形存神作为游山的终极目标，以为：

> 倦世情之易挠，乃杖策而寻山。既沿幽以达峻，实穷阻而备艰。眇游心其未已，方际夕乎云根。欣夫得志者忘形，遗形者神存。于是散发解带，盘旋岩上。心容旷朗，气宇调畅。玄虽远其必存，累无大而必忘。害马之弊既去，解牛之刀乃王。物我之情虽均，因以济吾之所尚也。③

像所有寻山水之乐以隐居的人一样，世情的"易挠"，老庄的顺物之情、道法自然的人生哲学，是作者寻幽达峻以"心容旷朗"的根本缘起。此节的夹叙夹议仿佛把我们带入《归去来兮辞》的开头语境。

接下来描写游山的经过、感受。先是"我"（主体）去感知自然（客体），然后是物我统一（主客体融合），最后是遗形入神（进入神仙世界）：

> 历近垄，寻远峦（一作"峯"），坐盘石，望平原。日负嶂以共隐，月披云而出山；风下松而含曲，泉萦石而生文；……日斜云而色黛，风过水而安流。石孤耸而独绝，岸悬天而似浮。……凌岩

---

① 张君房辑：《云笈七签》卷一百七，书目文献出版社 1992 年版，第 767 页。
② 陶弘景：《华阳陶隐居内传》卷下，《道藏》第 5 册，第 510 页。
③ 陶弘景：《华阳陶隐居集》卷上，《道藏》第 23 册，第 640—641 页。

峭，至松门，背通林，面长源，右联山而无际，左凭海而齐天。竹
法法以垂露，柳依依而迎蝉；鸥双双以赴水，鹭轩轩而归田。①

愿敷衽以远诉，思松乔而陈辞。至赤城兮一憩，遇王子而宿
之。仰彭猗兮弗远，必长年兮可期。……问渔人以前路，指示余以
蓬莱。日果尔以寻山之志，馆尔以招仙之台。谓万感其已会，亦千
念而必谐。反无形于寂寞，长超忽乎尘埃。②

穷山历峦，披草凌渊，日斜月上，林风松下，蝉柳依依，鸥鹭闲归，游
山之乐，心与物感，神与景通，陶渊明笔下的此情此景，也不过尔尔。虽然
像宋代谢灵运之流的山水诗还免不了拖着一个玄理的尾巴一样，此处也以仙
道之理结终，但已没有了玄言的晦涩和深奥，而超逸的心境，放旷的神志，
已然没有了形迹的拘束，是通通脱脱的逍遥和自在，与陶渊明的《归去来兮
辞》相比，只不过是一个在想象的仙界和天国，一个在现实的庐山之脚下；
一个是帝乡可期，一个是帝乡不得。

陶弘景的文学作品往往通过托意自然山水中的某一物象来婉转抒情表
意，表达一种以形传神的创作倾向。这自然也是和魏晋南北朝山水诗、山水
画、山水建筑、园林设计等寓神于形、追求神似的时代艺术气氛相合拍的。
其《诏问山中何所有赋诗以答》就是表达"以形传神"的创作倾向的杰作：

山中何所有？岭上多白云。只可自怡悦，不堪持寄君。③

这首短诗撷取自然界中的"白云"物象，以其飘忽自由，无意无心的性
状暗寓诗人遗世高蹈、追求自由的落拓适旷胸臆，同时又委婉地拒斥了梁武
帝用尘世间的荣华富贵对诗人的诱引。一个寄意白云，能解个中滋味；一个
留恋荣华，炫耀权位，对比之中，见出优劣。陶渊明也曾经在"云无心以出

① 陶弘景：《华阳陶隐居集》卷上，《道藏》第 23 册，第 641 页。
② 《道藏》第 23 册，第 641 页。
③ 《道藏》第 23 册，第 643 页。

岫"① 的时候寄托幽怀，而且通过"遥遥望白云"表达其"怀古一何深"②
的恋古（老庄的小国寡民、至德之世）情结，两人表现了相同的艺术兴趣和
追求。

陶弘景的另一篇简短的书信《答谢中书书》更是以自然山水中的多个物
象组合成系统的形象，通过这些形象来描绘自然山水的优美迷人，从而暗中
奉劝谢中书忘怀尘世，寄情山水，因为：

> 山川之美，古来共谈，高峰入云，清流见底。两岸石壁，五色
> 交辉；青林翠竹，四时俱备。晓雾将歇，猿鸟乱鸣；夕日欲颓，沉
> 鳞竞跃。实是欲界之仙都，自康乐以来，未复有能与其奇者。③

谢中书，当指谢览，据《华阳陶隐居内传》载，谢览因多病，自疑寿命
不长，陶弘景很关心他的身体，并曾想过许多办法保护他的健康，且云：
"我在此，不使君子如此也。"因此，这篇给谢中书的书信才有这样的劝告。
类似的情况还出现在陶弘景与沈约的交往上，由于沈约羁恋官宦，不肯归
山，以致弘景有"此公乃尔蹇薄"之叹。从艺术上来讲，《答谢中书书》风
格简淡清新，犹如山中水气，清丽透彻，所以历来为山水小品中的名篇，脍
炙人口。

陶弘景的文学创作，无论是长篇的构建，或是短小的诗篇，均善于营造
文势，让读者或渐入佳境，亲身感受；或跌宕起伏，反差悬殊，因此，富有
极大的艺术感染力。

据《华阳陶隐居内传》载，陶弘景二十四岁那年为齐宜都王侍读，会
"桂阳王登双霞台，置酒召宗室侯王兼其客，先生从宜都预焉。桂阳采名颁
号，各令为赋，置十题器中，先生探获水仙，大惬意"④，于是作《水仙

---

① 逯钦立校：《陶渊明集》，中华书局 1979 年版，第 161 页。
② 逯钦立校：《陶渊明集》，中华书局 1979 年版，第 60 页。
③ 《道藏》第 23 册，第 652 页。
④ 《道藏》第 5 册，第 502 页。

赋》。该赋想象神仙世界群仙盛会的欢乐无极之景，切合此次酒会主题，分三个层面依次展示宴会的盛况，由小及大，由简入繁，好像为读者演示一场由单音到合音到集体大演奏的歌咏会，逐渐把读者带进高潮。比如赋中描写群仙宴乐的情况：

> 至于碧岩无雾，绿水不风。飞轩引凤，游軿驾鸿。上朝紫殿，还觐青宫。进麾八老，顾拂四童。抚洞阴之磬，张玄圃之璈。酌丹穴之酌，荐麟洲之肴。安期奉枣，王母送桃。锦旌丽日，羽衣拂霄。①

此时的情景犹如风平浪静，在稳当有序之中进食奏乐，羽衣伴舞；接下来的则是一幅杯觥交错、流光溢彩的祝愿场面，而音乐的声光、节奏也如汹涌的海潮回转激荡，渐次进入深美、瑰艳之境。沈约、任昉读了该赋之后叹曰："如清秋观海，第凡澶漫，宁测其深。"②

如果说《水仙赋》是一种犹如积小溪成深潭最后拉开大闸水流喷涌而出势如破竹的正面蓄势的话，那么短诗《和约法师临友人》则从反面蓄势造成先抑后扬、跌宕有致的艺术效果，从而强烈的吸引读者：

> 我有数行泪，不落十余年。
> 今日为君尽，并洒秋风前。③

前两句从道教那种主张清静无为、摒弃人世间的情欲等修炼理论出发申明自己十余年不流泪的原因，同时也暗含了自己矜夸自持的气节，但这一切都是为后面两句蓄积一种等待至交挚友临终才为之掉泪的深厚情感态势，以形成时间上、情理上的强烈反差，从而更加表现出彼此之间的友谊之深和抒发者的伤痛之剧。陶弘景写咏风题材的《云上之仙风赋》，通过对比手法抒发其人生观、生命观，把老庄的无为哲学、逍遥自由观念予以艺术再现，极

---

① 《道藏》第 23 册，第 641 页。
② 《道藏》第 5 册，第 502 页。
③ 逯钦立校：《先秦汉魏晋南北朝诗》，中华书局 1983 年版，第 1815 页。

富感染力和哲理性：

> 缥缈遥裔，亘碧海而飏朝霞，凌青烟而溥天际，出龙门而激
> 水，度葱关以飞雪。于是汉区动御，月轨惊文，浮虚入景，登空泛
> 云，一举万里，曾不浃辰，此列子有待之风也。

> 若乃绵括宇宙，包络天维，周流八极，回环四时，气值节而动
> 律，位涉巽而离箕，徒见去来之绪，莫测终始之期，此太虚无为之
> 风也。①

由于具有道家和道教率任自然、顺乎个性的思想素养，加上淡泊名利、
遁隐自然的隐居意识起着决定作用，陶弘景的文学创作多率性之作，其作品
也像陶渊明田园隐居题材的诗文作品一样，表现自然见性，平淡隽永、清新
朴素的创作特色。

综观陶弘景的整个文学创作，绝大部分作品，都有意无意地围绕道教义
理和神仙思想这个中心来谋篇布局、遣词造句，在这个意义上讲，他的创
作，才是真正意义上的道教文学，对此我们可以用他的话来高度概括为：
"参差经术，跌宕辞藻。"② 这是道教与文学的珠联璧合。

二、陶弘景不拘一格的文艺杂论和志怪小说

陶弘景不但是一个文章诗赋皆精的文学家，而且也是一个书画琴棋兼擅
的艺术家。《梁书》《南史》本传均谓陶弘景"善琴棋，工草隶"。张君房辑
《云笈七签》引南齐谢瀹《陶先生小传》云弘景"善书，得古今法"，又引
陶翊《华阳隐居先生本起录》云："善隶书，不类常式，别作一家，骨体劲
媚。"③ 张彦远《历代名画记》亦云："（陶弘景）喜琴棋，工草隶，……好

---

① 陶弘景：《华阳陶隐居集》卷下，《道藏》第23册，第651页。
② 陶弘景：《华阳陶隐居集》卷下，《道藏》第23册，第652页。
③ 张君房辑：《云笈七签》卷一百〇七，书目文献出版社1992年版，第768页，第766
页。

著述，明众艺，善书画。"① 由此可见陶弘景书法成绩之高，影响之大。他的书法作品，据宋宣和内府所藏，有《杨琼瑶密辞》《华阳洞天贴》《茅山贴》《带名贴》《茅山仙迹》。梁代最负盛名的焦山《瘗鹤铭》即为陶弘景所书，用笔撑挺劲健，圆笔藏锋，从篆隶中来，结体由中宫向外作辐射状，宽博舒展，有如仙鹤低舞，仪态大方而安详。

在书法传承关系上，陶弘景书法主要学法钟繇和王羲之。张怀瓘《书断》云："弘景书师钟王，采其气骨，时称与萧子云、阮研等各得右军一体。其真书劲利，欧虞往往不如。"② 从整体风格上看，陶弘景书法骨气挺拔、遒劲矫健，这自然得力于王羲之"矫若惊龙"的书法技巧。正因为渊自右军，熟谙王体故能辨别真伪。他在与梁武帝关于书论的往返信件中，述及自己能对当时流行的王羲之书体进行鉴别，一一指出哪为王羲之真迹，哪为后人之摹仿。并对王羲之书法创作从时段上进行优劣评估，认为"逸少自吴兴以前诸书犹未称，凡厥好迹，皆是向在会稽时永和十许年中者"③。其实从道教内部亦重视书法来讲，陶弘景也有承继上清派道教书法传统的一面。据他所撰的《真诰·叙录》所云，曾得"杨（羲），许（谧、翙）手书真迹，欣然感激"④，"三君手迹，一字一画，便望影悬了"⑤，此见三君书法追求超逸之态，而联系上述《瘗鹤铭》来看，那种自由洒脱、意趣淡远之态，恐怕与三君风格不无联系，特别是道教追求的那种仙风道骨气质借仙鹤的轻轻飘舞来寓意，足见陶弘景融书法艺术与道教追求于一体，可谓收一箭双雕之效应，故黄伯思在《东观余论》中云："陶隐居书，故自入流，其在华阳，得杨许三真君真迹最多而学之，故萧远澹雅，若其为人。"⑥ 一个仙人加一个书法家，这就是陶弘景的"为人"。

---

① 张彦远：《历代名画记》，人民美术出版社 1963 年版，第 147 页。
② 张彦远：《书法要录》卷七，人民美术出版社 1963 年。
③ 陶弘景：《华阳陶隐居集》卷下，《道藏》第 23 册，第 646 页。
④ 陶弘景：《真诰》卷十九，《道藏》第 20 册，第 601 页。
⑤ 陶弘景：《真诰》卷十九，《道藏》第 20 册，第 602 页。
⑥ 崔尔平：《历代书法论文选续编》，人民美术出版社 1983 年版，第 85 页。

从书法理论上看，陶弘景非常强调临墨时的专心用意，只有心随意念（神）圆转，才能写出劲密巧势的字体，并以此作为标准来衡量王羲之书法的得与失。陶弘景在与梁武帝的第四启中说："所奉三纸，伏循字迹，大觉劲密。窃恐既以言发意，意则应言，而心随意运，手与笔会，故益得谐称。"① 书法创作就如文学创作，寂然凝虑，聚精会神，才有神来之笔。王羲之的著名作品《乐毅论》《太师箴》《大雅吟》《东方朔画赞》都曾享誉后世，孙过庭云："写《乐毅》则情多怫郁，书《画赞》则意涉瑰奇，……《太师箴》又纵横争折。"② 褒美之情，溢于言表。但陶弘景却从用意上来批评上述字作，云："（右军）《乐毅论》书，乃极劲利，而非甚用意，故颇有坏字。《太师箴》《大雅吟》用意甚至，而更成小拘束，乃是书扇头屏风好体。"③ 可见王羲之书法并非十全十美，这当然是大胆的文艺评论。

作为道教领袖人物的陶弘景有如此高的书法成就，而且在理论上也有独到的胆识，表现了他对书法艺术的极其重视，这都是有因可寻的。东晋以来，我国古代的书法艺术进入了自觉意识时期，文人士大夫十分热衷于书法，书法不但成为社会交流的重要方式，而且也造成了一种品评书法、鉴别珍藏作品的社会风尚，因此，书法艺术在士大夫中广受欢迎。从史料记载来看，南下的王氏家族、谢氏家族、郗氏家族都以翰墨笔迹相标榜，或题赠，或品鉴，陶醉其中，浸成风气，到南朝，随着山水画的兴盛，于画中题签更为书法艺术的繁荣推波助澜。在这样的社会风气下，道教人物自然会耳濡目染，受其熏陶。事实上，许多道教领袖在其所交往的士大夫中，几乎都是书法水平和素养甚高的人。如善于书法的上清派创始人南岳魏夫人（华存），其父魏舒就与当时名流卫瓘、山涛往来甚密，而卫、山均为时人瞩目的书法

---

① 陶弘景：《华阳陶隐居集》卷上，《道藏》第 23 册，第 645 页。
② 《书谱》（墨迹），文物出版社影印本。
③ 陶弘景：《华阳陶隐居集》卷上，《道藏》第 23 册，第 645 页。

高手①。又著名道士许迈与卓越的书法家王羲之、郗愔的关系更是亲密无间②，这其中，自然会使这些道教人物水平大增。在与陶弘景交往的达官贵人中，上自皇帝萧衍，下自大臣沈约、范云、谢举等，皆工于书法，特别是梁武帝萧衍，不但是一个书法家，而且是书法理论家、鉴赏家，他在与陶弘景的四封诏答中与陶讨论书法，卓见独具。

　　当然，由于书法艺术又是一门很好的修身养性的艺术，有助于调和人的个性和情志，对养生延年大有裨益，这对于追求长生成仙的道教人物来说，可谓一拍即合，因此，陶弘景之流重视书法也是情理之中的事。更为重要的原因，是从道教本身的修持来看，由于抄写道经是一项从事道教活动的重要事业，书写道经的好坏，对于道教领袖、师长来说尤其重要，因为这关系到师长的威信和能否吸纳教徒等许多重大问题，所以作为道教首领必须有较高水平的写经技巧。陶弘景在《真诰》中对杨、许等领袖人物的写经水平的差异进行评论，足见其对书法的重视。由于对道经的极其推崇，加之道经来源、造作的神秘③，因此在抄写它们时更讲究笔墨的运用，如果道士书法水平不高，就得雇请书法水平高的人去抄写，史载王羲之为山阴道士书写《黄庭经》就缘于此，当然王羲之嗜爱鹅，为道士写完《黄庭经》后"笼鹅而归"，也是各取所需。④ 陶弘景亦曾云许长史（谧）在抄写道经时不敢轻易动笔，有时一经要抄写两三遍。⑤ 此外，道教又把道经的抄写作为一种积功积德的行为，因此，更加强了道教人士对书法的重视。"劝助治写经书，令人世世聪明，博闻妙赜"，"书写精妙，纸墨鲜明，装潢缥轴，……德福无量，不可思议"⑥。不但要书写精工，而且装裱也很讲究。至于对道符的书写，就更讲究书法技巧了。

---

① 房玄龄等：《晋书·魏舒传》，第1185页。
② 房玄龄等：《晋书·王羲之传》，《郗愔传》。
③ 参见第一章第一节。
④ 参见房玄龄等：《晋书·王羲之传》。
⑤ 参见陶弘景：《真诰》卷十九，《道藏》第20册。
⑥ 张君房辑：《云笈七签》卷三十八，书目文献出版社1992年版，第279页。

陶弘景又是一个在绘画艺术上很有造诣的道教首领。虽然他没有关于绘画理论的论述流传于世，但在他创作的绘画作品里，却鲜明地表现了他的绘画倾向。据《历代名画记》载："（弘景）善书画。……武帝尝欲征用，隐居画二牛，一以金笼头牵之，一则逶迤就水草，梁武知其意，不以官爵逼之。"①《南史》本传、（唐）李渤《梁茅山贞白先生传》、（宋）张君房辑：《云笈七签》卷五《梁茅山贞白陶先生传》均记有此事。陶弘景画二牛作为对梁武帝诏征的答复，托意于物象，表达了自己不愿受之于人、受之于名位富贵而"宁曳尾于涂中"以逍遥自由的愿望，梁武帝通过二牛之物象得知陶弘景的意愿，终不逼迫他出山为官。这种托意于象的绘画思想倾向，与前面我们分析的陶弘景托意于物象的文学创作倾向是一致的。这种艺术追求也是南朝文艺创作的大势所趋，是一种时代艺术的表征。宗炳在谈到山水画的创作精神和艺术取向时，尤其重视以物传神，以象寓意，神因物感，意以象传。他说："夫圣人以神法道，而贤者通；山水以形媚道，而仁者乐，不亦几乎！……观图画者，徒患类之不巧，不以制小而累其似，此自然之势。如是则嵩华之秀，玄牝之灵，皆可得之于一图矣。夫以应目会心于理者，类之成巧，则目亦同应，心亦俱会，应会感神，神超理得，虽复虚求幽岩，何以加焉。又神本无端，栖神感类，理入影迹，诚能妙写，亦诚尽矣。"② 南朝绘画艺术较之东晋的一个重大发展就是从追求形似而飞越到追求神似。

陶弘景还有近于志怪小说的创作。除了借助于理论著作进行阐释和宣传外，人物传记以及神仙志怪也是道教思想家们进行道教宣传的重要方式，葛洪的《神仙传》就是通过人物形象来阐扬其神仙可致思想的文学传记作品。随着神仙道教思想在上层统治阶级的官僚、贵族和文人士大夫中的广为流传，特别是随着东晋南朝志怪小说的发展，道教思想家开始借用志怪小说来塑造一些笃信神仙道教、朝思暮想长生成仙的知识分子形象，陶弘景创作的

---

① 张彦远：《历代名画记》卷七，人民美术出版社1963年版，第147页。
② 宗炳：《画山水序》，载《宋书·隐逸传》及《炳别传》。

《周氏冥通记》就是其中的代表作。① 从作品的署题以及作品事件情节的描述中，可知作者主要运用梦幻、通感、想象等文学手法叙述了周子良从梁天监十四年乙未岁五月到十五年丙申岁七月冥思苦想做成神仙的历程，最后由于身体孱弱，愚痴着迷而命丧弱冠之年。

据作品所叙，周子良出身于官僚贵族家庭，只是到他出生时，家境衰落，是一个典型的落魄士族弟子，"世为胄族，江左有闻，晚叶凋流，沦胥以瘁"②，七岁丧父，后寄居姨母家。十二岁，为陶弘景弟子，授以多种道教书籍如《老子五千文》和神仙道术，从此开始信仰道教。至梁天监十四年乙未岁五月着迷于成仙，并于本月二十三日夏至日梦见一人告以神仙之事。此后，周子良常常垂帘掩扉，烧香礼上，独处不出，日饮蜜餐，老是梦见仙人与语，后来求仙更切，以致白天也成梦幻。周子良对做神仙如此痴迷向往，一个重要的原因当然是道家淡泊功名富贵、鄙夷世俗的隐居思想对他的影响。作品借一次周子良梦幻中的一位仙童的告白予以表现："尔勿区区于世间，流连于亲识，眷盼富贵，希求味欲。此并积罪之山川，煮身之鼎镬，善思此辞，勿足为乐。若必写此，则仙道谐矣。"③ 仙童希望他把忘怀富贵作为座右铭牢记在心，则可修道成仙，这无疑体现了神仙乃是自由自在，无复羁绊的精神向往，所谓快乐神仙就是这种无拘无束。

如果周子良是痛痛快快地追求自由，干干净净的忘了现世，倒也体现他的神仙追求的令人钦佩，即使寿命早殒，也令人同情。但是，当他在另一次梦幻中，有桐柏仙人告诉他神仙世界里有一个官职暂缺，主神想遴选他以补，此时，周子良表现出极大的兴趣，马上询问这个官职有多大权威，是何等威风："不审此位若为羽仪？"这位桐柏仙人回答说："亦不可为定，更由功业之高下。理有丹龙录车，玄羽之盖，素毛之节，青衣玉女五人，朱衣玉

---

① 李剑国把《周氏冥通记》作为南朝志怪小说的重要作品，参见《唐前志怪小说史》，南开大学出版社 1984 年。
② 《道藏》第 5 册，第 520 页。
③ 《道藏》第 5 册，第 524 页。

童七人，执鸿翮之扇，建抉灵之冠，服紫羽之帔，绛霄之衣，带宝玉之铃，六丁为使，万神受宝。"① 这个官职，可谓前途无量，能通过功业之高下来提拔升迁，更吸引人的是，该官车盖相望，侍人相从，威风凛凛，珠光宝气。周子良听说之后，如痴如醉，迷恋不已。而当是年六月十九日仙女赵夫人向他描述仙界的情景时，周子良更是迫不及待。赵夫人说：

> 夫为真仙之位者，偃息玄官，游行紫汉，动则二景舒明，静则风云息气，服则翠羽飞裳，乘则飚轮灵轸，浮海历岳，游盼八方，进无水火之患，退无木石之忧，岂不足称高贵乎？②

最后周子良再三请求诸仙真玉女向主神周旋举荐，主神又考其诚心，于是在天监十五年七月十一日夜，梦徐、邓二真人告以周氏名上仙簿入仙级之中等，并授以保晨司之职，"周氏欣然"③。梦醒之后，周子良精神失常，迷离恍惚，最后抵不住神仙世界和官禄的诱惑与压力忧郁而死。这个求仙求官的过程，清楚地揭示了以周子良为代表的知识分子，在热恋神仙道教的过程中，始终没有忘怀封建儒家思想关于升官立功的仕途意识，为官入仕，功名显著，光宗耀祖，享受荣华富贵，一直成为他们的目标，只是每当理想与现实发生冲突时，才到神仙世界中寻求慰藉。而对神仙世界的官职的向往和实现，则又说明这些人把现实中得不到的只好到梦幻的仙境里去满足，因此，神仙道教就成了士大夫得以自慰的"港湾"。统治阶级从稳定人心、巩固其统治着想，也希望这些受到挫折的知识分子的人生之船驶向和停泊到这个"港湾"之中，所以，在这个意义上来说，神仙道教是很受统治阶级青睐的。

陶弘景塑造的这个悲剧人物形象，无疑代表了统治阶级的意旨，反映了现实社会中的知识分子对人生价值、儒家伦理道德规范的执着追求，即使以死相殉也符合儒家正统的愿望，正如王明所说，周子良的追求，他潜在的心

---

① 《道藏》第5册，第534页。
② 《道藏》第5册，第528页。
③ 《道藏》第5册，第534页。

理，下意识的愿望，"正是符合封建官僚社会士族子弟学而优则仕的传统思想"①。因此，陶弘景塑造的这个既立足于现实又通过了艺术的虚构的典型形象，既能吸引士大夫对神仙道教的信仰，又为封建统治阶级进行卫道说教，梁武帝为首的一大批达官贵人、高官显爵频繁地往来于都邑与茅山之间，这是其中一个重要原因。"山中宰相"的一个重要含义，就包括了陶弘景的这种苦心经营。

其实，让陶弘景万万没有想到的，周子良形象还具有另一层事实上的意义，那就是，热衷于神仙长生，对神仙、神灵那样虔诚的信徒，却如此的短命而去，这又是对神仙道教的一个莫大讽刺。陶弘景本想通过周子良那种以死殉儒家正统之道、殉道教神仙之道的执着和痴迷来吸引文人士大夫，却不知不觉之中以周子良的早逝告诫那些清醒的人们：道教特别是神仙道教只不过是一剂麻药。

三、陶弘景道教文学思想的文化意义

文学创作思想是现实的反映。陶弘景的家庭出身也像周子良一样，本为士族地主家庭，先祖为显赫官僚，祖父陶隆曾封晋安侯。至父亲陶贞宝时，家境始衰落，"家贫，（父）以写经为业，一纸直价四十"②，父亲靠为别人抄写道经来维持家计，这样的家庭环境显然难以为陶弘景跻身仕途提供条件。后来陶弘景虽作了南齐诸王的侍读乃至奉朝请之职，但这等小官终不能让他施展怀抱和才华，也离高官显位相差太远，因此陶弘景郁郁不乐，大有平生不遂、怀才不遇之叹，据《华阳隐居先生本起录》载：

（陶弘景）方除奉朝请，拜竟，怏怏，与从兄书曰："昔仕宦
应以体中打断，必期四十年左右作尚书郎，出为浙东一好名县，

① 卿希泰：《中国道教史序》，四川人民出版社1988年版，第7页。
② 张君房辑：《云笈七签》第一百七，书目文献出版社1992年版，第761页。

……今年三十六矣，方除奉朝请。不如早去，无自劳辱。①

做大官并有所成就是他光宗耀祖、振兴家业的最大愿望，而事与愿违是他挂冠朝廷、隐居茅山的最关键最重要的原因。这种人生选择反映了中国古代知识分子所普遍具有的价值趋向和文化意蕴。但是，陶弘景不同于一般士大夫的文化意义的是，现实社会中无法得到满足的东西比如官衔却可以到神仙世界中去得到，从而找回了那颗在现实中失落的心灵，因此，身居人世也心安理得，而且可以通过"身在江湖心存魏阙"的方式念念不忘梁代统治阶级的现实政治，为统治者出谋划策。陶弘景有"山中宰相"之称，史载从梁武帝建国号到登位后许多军国大务，都要征询他的意见和建议，而他也有求必应，甚至主动充当智囊。

> 齐末为歌曰水丑木为梁字。及梁武兵至新林，遣弟子戴猛之假道奉表。及闻议禅代，弘景援引图谶，数处皆成梁字，令弟子进之。武帝既早与之游，及即位后，恩礼愈笃，书问不绝，冠盖相望。②

陶弘景的这种隐居当神仙的生活路径以及他与政治的关系，构成了他被称为"山中宰相"的特定的文化内涵，也是他人生价值观的独特体现，这种"陶弘景现象"可以说在中国文化史上也是非常独特的。陶弘景的上述人生设计和文化内涵，无疑是我们解读齐、梁时代上至最高统治者，下至百官群臣、王公贵族、文人士大夫成群结队地与他交往的一个重要原因。

陶弘景是魏晋以来博闻广识、多才多艺、各种学科门类兼通的士族文化最集中、最典型的代表。汉代儒学独尊的思想专制造就的是独守一经、穷章摘句的薄狭士人，随着汉末文化王纲的解体，魏晋时代思想的解放，知识分子大多是博闻广见的通才，这种现象当然首先要归因于汉魏之际时局的动荡

---

① 张君房辑：《云笈七签》卷一百七，书目文献出版社1992年版，第767页。
② 李延寿：《南史·陶弘景传》，中华书局1975年版，第1898页。

对众学兼综的人才的呼唤，但许多士族知识分子主动去广泛涉猎、旁征博引也是重要原因，陶弘景就曾"读书万余卷①，一事不知，深以为耻"，"虽在朱门，闭影不交外物，以披阅为务"②，这样，他不但精通经史，而且"尤明阴阳五行，风角星算，山川地理，方圆产物，医术本草"③，如此学问渊博，自然会招致齐梁时代"数百人"的推戴。陶弘景在道教学、文学、艺术上的学问和才能自不必说已如前述。他在经学上的才识和成就也是很大的。对于经学的研究，他不拘泥于汉儒的独守章句，而喜欢自立新义，如对孝经的研究，一方面汇集各家的注解，另一方面自立新义即加上自己新的解释，最后撰成《集注孝经》一卷，故《华阳隐居先生本起录》云："（弘景）善稽古，训诂七经，大义备解，异于先儒。"④ 陶弘景的经学著作共五种十四卷。

陶弘景在医学、药物学上的造诣尤其高远。最突出的成果是撰写了《本草集注》七卷，该书总结了梁以前多种本草学研究的成果和配药治病的丰富经验，详细阐述了各种药物的性能，对疾病的治理起到了很好的药理指导作用。此外，陶弘景的医药学著作还有四种二十卷。陶弘景又精通天文、地理、历算，曾作浑天象、漏刻仪。这几个学科的著述也非常丰富。至于陶弘景在炼丹学、化学上的成就，对于原始化学的发展也做出了较大的贡献，这方面的著述共四种七卷。

陶弘景还对军事学、兵学颇有研究，据《隋志》和两《唐志》载陶弘景有兵书二种十一卷，另据《华阳陶隐居先生本起录》云有《太公孙吴书略注》二卷。史称陶弘景还妙解术数，并预知梁朝的灭亡，曾作诗云：

---

① 葛洪"年十六……但贪广览，于众书乃无不谙诵精持，曾所披涉，自正经、诸史、百家之言，下至短杂文章，近万卷。"（杨明照：《抱朴子外篇校笺下》，中华书局1991年版，第653页）

② 李延寿：《南史·陶弘景传》，第1897页。

③ 姚思廉：《梁书·处士传》，中华书局1973年版，第743页。

④ 张君房辑：《云笈七签》卷一百七，书目文献出版社1992年版，第768页。

夷甫任散诞，平叔坐论空；岂悟昭阳殿，遂作单于宫。①

诗秘在箧里，化后，门人方稍出之。大同末，人士竞谈玄理，

不习武事，后侯景篡，果在昭阳殿。②

其预测之灵验如此。

陶弘景的文化意义还在于，他是积极融合和调和不同民族文化内容，尤以调和儒、佛、道三教文化而著称的文化多元论者。

南北朝时期，民族分裂所造成的民族矛盾日益尖锐、突出，反映在思想领域，则是儒、佛、道三教争夺正统地位和主导地位的斗争日益激烈，甚至出现了北魏太武、周武灭佛的冲突。三教争论之中，而尤以佛道之争为剧，双方互相攻击，沸沸扬扬。自顾欢著《夷夏论》攻诋佛教，遭到大批佛学人物的群起攻击，在这种情况下，陶弘景采取三教调和、兼容并包的思想文化立场，对于缓和社会矛盾、民族矛盾、思想斗争是有积极作用的。从思想方法论上讲，吸收外来民族文化的优秀成果，对于繁荣本民族的学术文化无疑具有促进作用，这也体现了陶弘景高远的文化眼光和宽广的士人胸怀，因此，这恐怕也是他隐居茅山而有那么多士大夫乐于与他交往的另一个原因。

陶弘景主张儒、佛、道三教调和，兼容并包，在其所撰《茅山长沙馆碑》中曾说：

万物森罗，不离两仪所有；百法纷凑，无越三教之境。③

从宇宙万物共源于两仪类推儒、佛、道三教的同根同源，为包容和融合三教指出了理论方向，从而也为当时候的三教之争找到了磨合的切入点，无疑带有总揽全局的意义。因此，他在授弟子陆敬游的《十赉文》中说：

崇教惟善，法无偏执。④

---

① 李延寿：《南史·陶弘景传》，第 1899 页。
② 李延寿：《南史·陶弘景传》，第 1899 页。
③ 陶弘景：《华阳陶隐居集》卷下，《道藏》第 23 册，第 651 页。
④ 陶弘景：《华阳陶隐居集》卷下，《道藏》第 23 册，第 643 页。

告诫他广收并蓄，无厚此薄彼。由于齐梁时期佛道的斗争比起儒、佛、道的争论更为激烈，因此，陶弘景也就把更多的精力投放到佛道的调和上，主张佛道双修，或者援佛入道，或者引道入佛。

据唐释法琳《辩正论》卷六之《内异方同制旨》云，有茅山道士名冲和子者，与陶隐居甚笃，两人"常以敬重佛法为业，但逢众僧，莫不礼拜；岩穴之内，悉安佛像。自率门徒受学之士，朝夕忏悔，恒读佛经"，该书又引《陶隐居内传》①云，"（陶弘景）在茅山中立佛道二堂，隔日朝礼。佛堂有像，道堂无像"②，此系佛教人士之语，或许有"佛法无边"、"因佛成道"以贬损道教之嫌，但正史却说陶弘景相信佛教浮屠则不得不令人信服，《梁书》本传云：

> （陶弘景）曾梦佛授其菩提记，名为胜力菩萨，乃诣鄮县阿育王塔自誓，受五大戒。③

又据《茅山志》卷八载陶弘景曾在茅山旧馆坛碑之东建青坛，之西建素塔，明确表示"两教双修"④，这种佛道调和的态度直到临终之时还念念不忘，立遗嘱告诫弟子不要再去浪费时间喧嚷争吵，到最后都想以人之将死的善言力诫弟子们为现实政治做出点功力：

> 大同二年卒……遗令：既没，不须沐浴，不须施床，止两重席于地，因所著旧衣，上加生械裙及臂衣鞋冠巾法服，左肘录铃，右肘药铃，佩符络左腋下。绕腰穿环结于前，钗符于髻上。通以大袈裟覆衾蒙首足。明器有车马，道人道士，并在门中，道人左，道士右。⑤

---

① 此《内传》非贾嵩所撰《华阳陶隐居内传》。
② 《大藏经》卷五十二，中华书局 2016 年版，第 535 页。
③ 姚思廉：《梁书·陶弘景传》，第 743 页。
④ 《道藏》第 5 册，第 590 页。
⑤ 李延寿：《南史·陶弘景传》。

也许担心他死后佛道之争重燃战火，故才有如此临终之劝。

或许因为受陶弘景三教调和观念的影响，齐梁时期还有其他亦主张三教兼容的人物。张融临终时亦遗令："左手执《孝经》《老子》，右手执《小品法华经》"①，这三经就是他的殉葬品，那种告诫后人三教调和的思想寓意深远。在统治阶级的最高领袖那里，主张三教调和的代表人物是梁武帝，考察他与陶弘景非同寻常的关系，其三教调和的思想受陶弘景影响的可能性更大，他的《述三教诗》云：

> 少时学周孔，弱冠穷六经。……
> 中复观道书，有名与无名。……
> 晚年开释卷，犹月映众星。……
> 示教惟平等，至理归无生。②

三个不同的学儒经、习道教、信佛法的生平经历，最后让他悟出一个道理：原来教无先后彼此，皆归于平等齐一。除上述人物外，主张三教调和的还有萧子良、沈约、刘勰。刘勰云："至道宗极；理归乎一；妙法真境，本固无二。"③可见刘勰对道教也是有一定的容忍度的。

第二节　上清派存神守静的文学观

上清派是问世于晋代、至齐梁由陶弘景集其大成的重大道教派别，这个经派在道教修持上主张存思（又称存神）和玄想为主，杂以其他修炼方式，它不同于陆修静阐扬的以斋醮修炼为主的灵宝经派。就这个经派及其修炼方式之形成的历史渊源来讲，经历了从汉末《太平经》到晋代杨羲、许谧、葛洪，再到刘宋陆修静，最后由齐梁陶弘景总其大成的发展阶段。由于上清经

---

① 萧子显：《南齐书·张融传》，中华书局1972年版，第729页。
② 释道宣：《广弘明集》卷三十。
③ 《灭惑论》，载释道宣：《广弘明集》卷八。

系存想思神的修炼方式着重强调凝神（精神）守一，内观虚静，以及玄想通神（灵、仙），类似于文学艺术创作中的凝神构思和抒心写性，因此，这种存思、守静又反映了上清经派对文学构思的深刻认同。

一、上清派的存思与玄想

道教尤其是神仙道教之所以形成，是从老庄学思想关于天人合一的生命观、人生观中吸取营养，特别从汉代黄老方术道、方仙学的生命观念中吸取其合理优秀的成分，要用人力的神奇巧妙来夺取天地造化之功，用方术仙技达到长生不死的目的。葛洪的神仙道教理论，陶弘景的炼丹实践，就体现了道教所追求的天人合一，企求人与天的永恒。从理论上讲，天人合一当然是指如上所述的顺物之性、消灭物我界限，主客体的高度融合。但道教是一门重视实践品格、讲究实验效应的宗教，在追求长生成仙的目标上，上清派道教更重视实际的修炼和操持。那么要达到天人合一的目的，又将采取怎样的具体操持的措施和方法呢？

就神仙道教而言，老庄讲的"抱一"或"守一"就是成为神仙的手段和方法。守一，就是守道，是把人的朴素自然的本性和宇宙自然之道融合，将人自身的有限生命融入永恒的宇宙造化之中，从有限中体味无限，使人的身心和宇宙自然合二为一，达到绝对自由的境界，这就是神仙的境界。

但是，到东晋晚期开始出现的上清经典如《上清大洞真经》① 等，用"存想"、"思神"（统称"存思"）或"玄想"来取代"守一"、"抱一"，以之作为道教修持致仙的措施和方法。

所谓"存思"，就是人通过其意志活动想像人的身外之神，集中意念，把神收纳身中，同时又接引外界五行诸神返回人的体内，达到修身长生、驱邪去病的宗教修炼目的。这是一种瞑目的幻想活动，信道者用幻想在脑海中

---

① 上清经的出现，学界一般以东晋晚期为限，胡适、王明均持此说，参见王明：《道家和道教思想研究》，中国社会科学出版社 1984 年版，第 336 页。

描绘出种种幻像、幻景，让人的意念、神志产生某种幻觉和感受，从而沉迷在幻像和玄想之中，达到精神的超脱和自由。《上清大洞真经》云：

　　盖修炼之道必本于养气存神，逐物去虑，然后气凝神化，物绝虑融，无毫毛之间碍，而后复乎溟涬混沌之始，故不饥渴，不生灭，与云行空蹑者，游于或往或来而莫知其极也。①

《黄庭经》是上清派的主经之一，非常强调存想思神对于修炼的重大意义，其《外景经》说：

　　内息思存神明来，出于天门入无闲。②

闭目存思，则外界神灵纷至沓来，足见精神活动的神奇作用。又其《内景经》云：

　　兼行形中八景神，二十四真出自然；清静神见与我言，安在紫房帏幕间。③

　　内视密盼尽睹真，真人在己莫问怜。④

这是存思己身之神，身神与自我共语、对话。无论身外之神或身内之神，只要自己与神通感（即所谓会神），则自由逍遥，精神奔逸。

从宗教理想来说，上清派的"存思"，就是为了让在现实中饱受痛苦和煎熬的个体生命进入精神自由、虚无缥缈、空旷怡神的境界，以摆脱现实的苦难，这个境界中的主体——摇身一变而成的神仙或仙人，只不过是宗教追求的理想人格，而这境界（或称为仙境）当然也只不过是带有艺术化和审美化的真善美的融和之境。在这个超越了现实的美妙绝伦的身与神游的仙境里，肉体与精神的自由自在是通过与神的对视和冥通，通过幻想的形式得以

---

① 《道藏》第 1 册，第 555 页。
② 《道藏》第 5 册，第 914 页。
③ 《道藏》第 5 册，第 911 页。
④ 《道藏》第 5 册，第 911 页。

实现的。周子良的神仙冥幻就是典型的例子。道教存思、玄想、想象的"艺术"创造过程，其实就是六朝文学理论家们艳称的"精骛八极，心游万仞"，"寂然凝虑、思接千载；悄然动容，视通万里"，"神与物游"。尤其是上清派所认为的存思时外界神灵纷纷涌进己身，与文学艺术创作中灵感一旦爆发于是物象鱼贯而入作家的脑际是毫无区别的，所谓"情瞳胧而弥鲜，物昭晰而互进"。

其实在道教自己的典籍里，他们也在运用这种具有艺术特质的存思之法来虚构许多仙居仙境，这些境界主要有三种，即天上仙境、地上洞天福地和阴间仙界三重景象，这些景象瑰丽奇诡，色彩焕烂，云缭雾绕，山清水秀，奇花异草，芳馨浓郁，琼楼玉宇，金碧辉煌，它们无疑是艺术化、审美化、想象化、理想化的结果。就拿道教的三大尊神所居住的三清境来说：

> 夫三清上境，……或结气为楼阁堂殿，或聚云成台榭宫房，或处星辰日月之门，或居烟云霞霄之内。①

神仙们住的天上玉京山"山有七宝城，城有七宝宫，宫有七宝玄台，其山自然生七宝之树"②，这当然是现实世界在仙界的虚幻反映。那里也像地上人间一样莺歌燕舞，鼓乐喧天：

> 钧天妙乐，随光旋转，自然振声，又复见鸾啸凤唱，飞舞应节，龙戏麟盘，翔舞天端。诸天宝花零乱散落，偏满道路。③

> 十方来众并乘五色琼轮，琅舆碧辇，九色玄龙，十绝羽盖，麟舞凤唱，啸歌邕邕。灵妃散花，金童扬烟，赞谣洞章，浮空而来。④

而地上洞天福地尤以西王母住的昆仑山为著，那里"金台玉楼相鲜，如

____

① 《道藏》第24册，第744—745页。
② 胡道静：《道藏要辑选刊》第1册，上海古籍出版社1989年版，第161页。
③ 胡道静：《道藏要辑选刊》第1册，第161页。
④ 胡道静：《道藏要辑选刊》第1册，第161页。

流精之阙，光碧之堂，琼华之室，紫翠丹房。锦云烛日，朱霞九天"①，你不用说这里的主人西王母"天姿掩蔼，容颜绝世"，就是她的侍女亦"年可十六七，容眸流盼，神姿清发"，上元夫人也"天姿清辉，灵眸绝朗"②。自从我国古代神话、道教仙话开创了关于昆仑山的话语系统之后，历史上不知产生了多少关于昆仑山的文献和文学艺术作品。

常人看来，地狱可怕。但在道教徒那里，鬼界也有美景，掌管鬼魅的丰都北阴大帝所居住的罗丰山"在北方癸地，山高二千六百里，周回三万里，其山下有洞天。……洞中有六宫……树木水泽如世间……稻米如石榴，子粒异大，色味如菱"③，只要是能让人感到幸福的，这里都一应俱全，许多凡间死去的人甚至包括一些帝王将相也来到这丰都胜境享受幸福如李广利之妇、贾谊、纪瞻、殷浩、何晏、魏武帝、公孙度、郭嘉、刘备等等。

作为一种与文学艺术创作相通的富有艺术特质的上清派存思之法，对两晋南北朝的文学创作产生了很大的影响。这个时期文人游仙诗的兴盛以及志怪小说的形成和发展，从某种意义上说，是与运用这种存想思神的方法分不开的，文人们直接借用这种神仙方术来为创作文学作品服务，或为了突出主题，或为了塑造形象，或为了渲染环境，等等，我们试举《搜神记》中的"弦超"条为例说明"存思"在文学作品中的运用：

> 魏济北郡从事掾弦超，字义起。以嘉平中夜独宿，梦中有神女来从之。自称天上玉女，东郡人，姓成公，字知琼。早失父母，天地哀其孤苦，遣令下嫁从夫。超当其梦也，精爽感悟，嘉其美异，非常人之容，觉寐钦想，若存若亡，如此三四夕。一旦，显然来游，驾辎軿车，从八婢，服绫罗绮绣之衣，姿颜容体，状若飞仙。自言年七十，视之如十五六女。车上有壶、杯、青白琉璃五具。饮

---

① 《十洲记》，《道藏》第 11 册，第 54 页。
② 《汉武帝内传》，《道藏》第 5 册，第 47—57 页。
③ 《道藏》第 20 册，第 579—580 页。

啖奇异，馔具醴酒，与超共饮食。谓超曰："我，天上玉女，见遣下嫁，故来从君。不谓君德，宿时感运，宜为夫妇。不能有益，亦不能为损。然往来常可得驾轻车，乘肥马，饮食常可得远味异膳，缯素常可得充用不乏。然我神人，不为君生子，亦无妒忌之性，不害君婚姻之义。"遂为夫妇。

弦超的"觉寐钦想"，就是对梦境的反复回想，而更主要的是对梦中仙女的反复存思和玄想。弦超之所以梦见仙女降临，就是因为道教所宣传和虚构的美妙的神仙境界及其美人仙女应有尽有的宗教诱惑对他造成了巨大的震撼，经过一定时间的积累，便成为一种思维习惯和定势，在一定条件和场景下，他意识深处的仙女形象便会浮现和凸兀出来，活动起来，这时，他就认为有神女降临与之对话，或者他认为自己已进入了神仙美女群集的仙国仙境，而不管是何种形式，总之他已与神对接和沟通了。

作者意识到道教"存思"具有如此的感通人神的作用，因此就借用它来建构离奇诡谲而又富有浪漫色彩的故事情节和塑造人物形象，从而也成就了此类志怪小说的艺术技巧。上清派道教的"存思"也就这样与文学艺术的幻想、想象融为一体。宗教的形象性思维与文学艺术的想象"接轨"，自然会促进文学的发展，尤其是对神采飞扬的浪漫主义文学的发展，正如葛兆光所说："道教的存思，使得文学家的思维精鹜八极，心游万仞，幻化着万万千千的奇异景象。"[1] 弦超的存想仙女降临就是这万千景象中的一个。[2]

二、内观守静与抒心写性

道教上清派的修真致仙之术除了具有艺术特质的存思、玄想之外，还有建立在老庄虚静无为的哲学思维和艺术思维基础之上的"内观"、"守静"。这种道法与文学艺术创作构思中的"收视反听"、"伫中区以玄览"、"陶钧

---

[1] 葛兆光：《想象力的世界》，现代出版社1990年版，第147页。
[2] 又可参见《太平广记》卷六——女道王妙想存思致仙的故事。

文思，贵在虚静，疏瀹五藏，澡雪精神"是相通的。

内观，也叫内视，《洞玄灵宝定观经注》云："慧心内照，名曰内观。"①
这是一种舍弃人间事务，消除邪心杂念，心灵寂静专一，"涤除玄览"的精
神状态和修仙方法。故《内观经》云：

> 人之难伏，惟在于心。心若清净，则万祸不生。所以流乱生
> 死，沉沦恶道，皆由心也。妄想憎爱，取舍去来，染著聚结，渐自
> 缠绕，转转系缚，不能解脱，便至死亡。……故圣人慈念，设法教
> 化，使内观己身，澄其心也。②

> 内观之道，静神定心，乱想不起，邪妄不侵。周身及物，闭目
> 思寻。表里虚寂，神道微深。我观万境，内察一心。了然明静，静
> 乱俱息。念念相系，根深宁极。湛然常住，窈冥难测。忧患永消，
> 是非莫识。③

修道能做到"静神定心"，则无忧无虑，生命安稳而长存。这种修炼长
生之术对于道教徒来说是极为重要的，托名为务成子的在注解上清派代表经
典《上清黄庭内景经》时把此种道法称之为"不死之道"，并云：

> 临目外观，则鬼神藏形；接手内视，则脏腑洞别，乃得表里无
> 隔，栖真降临，然后禀受玄教，施行妙诀也。既曰不死，则天地长
> 存，复何索乎？④

守静即恪守清静，守住人体内的身神不出游，达到遣除物欲、空寂忘我
的境地，是一种类似于"心斋"的明心见性的修真方法。与内观相比，本质
上两者是一致的，但在形式上有一定的差异，守静并不需要内视体中诸神的
形象服色，只要守住身神就行；另外守静不需要进行叩齿念祝的仪式，完全

---

① 《道藏》第 6 册，第 497 页。
② 《道藏》第 11 册，第 396 页。
③ 《道藏》第 11 册，第 397 页。
④ 张君房辑：《云笈七签》卷十一，书目文献出版社 1992 年版，第 65—66 页。

是一种心理净化的渐修过程。《太平经》云：

> 静身存神，即病不加也，年寿长矣，神明佑之。故天地立身以
> 靖，守以神，兴以道。……其真神在内，使人常喜，欣欣不贪财
> 宝、辩讼争、竞功名，久久自能见神。①

葛洪亦云"学仙之法，欲得恬愉澹泊，涤除嗜欲，内视反听，尸居无
心"②，修仙之道，只要"能恬能静，便可得之"③。摒弃邪念欲望，寂然淡
泊，明心见性，方能得道成仙，所以陶弘景总结说"宗道者贵无邪，栖真者
安恬愉"，"道柔真虚，守淡交物，安静任栖，神乃启焕"④。以上清经为代
表的道教"守静"之法，到唐代成为道教修真的首要之法，故《老君清净
心经》云：

> 人能遣其欲而心自静，澄其心而神自清。……能遣之者，内观
> 于心，心无其心；外观于形，形无其形；远观于物，物无其物。三
> 者莫得，唯见于空。观空亦空，空无所空；既无其无，无无亦无。
> 湛然常寂，寂无其寂。无寂寂无，俱了无矣，欲安能生？欲既不
> 生，心自静矣。心既自静，神即无扰。神既无扰，常清静矣。既常
> 清静，及会其道，与真道会，名为得道。⑤

无欲乃静，静乃得道，得道乃仙，道教修炼的基本原则和过程全本于
此，这就是至诀要道。

上清派的内观守静反映了道教以老庄道家思想为其宗教理论基础和哲学
依据的修炼特色。老子提出的"涤除玄览"、"致虚极"、"守静笃"，庄子提
出的"虚者，心斋也"（《庄子·人间世》），都是一种通过主体的特殊精神

---

① 王明：《太平经合校》，中华书局 1960 年版，第 722 页。
② 王明：《抱朴子内篇校释》，中华书局 1985 年版，第 17 页。
③ 王明：《抱朴子内篇校释》，中华书局 1985 年版，第 224 页。
④ 陶弘景：《真诰》卷二，《道藏》第 20 册，第 500 页。
⑤ 《道藏》第 11 册，第 344 页。

状态和心理活动来感受、把握和体验客体的认知原则和哲学方法，其特点是排除主观成见，消弭杂念欲望以保持内心的平静、清灵、空明，聚精会神，心意专一。道教一旦把它引进和嫁接到修身养性的神仙方术上来，便要求主体静观默想，守神专一，排除干扰，反视躬亲，荡涤杂念。这又与文学艺术创作中的构思要求完全一致。陆机非常强调作家构思时必须具备一个基本条件，那就是"伫中区以玄览"和"收视反听"，其实就是要求作家构思时进入老庄所主张的虚静状态，即思维不受各种杂念的干扰，于默默之中统观全局，全神贯注。对此，刘勰亦主张"陶钧文思，贵在虚静。疏瀹五藏，澡雪精神"，其目的就是为了进行文学艺术的想象时，专心致志，不受外物干扰，保持一种朗彻、澄碧、明净的心态，正好像"水停以鉴，火静而朗"（《文心雕龙·养气》），此时，作家就洞彻万物，通明宇宙，就能真实生动形象地抒心写性，描景状物。孙昌武认为道教的存想、守一、内观、虚静等修真手法这类心性理论对文学的抒心写性、抒发性灵有极大的影响①，从文学思想的角度来讲，我们认为这也包含了对文学的抒心写性的理性思考。

　　下面我们来简单检讨一下这种"内观"、"守静"的心性理论是怎样影响陶渊明、谢灵运的田园山水诗与宗炳的山水画的。他们的创作正值上清派之内观守静的心性理论流行之时，他们的作品也是抒心写性之作的代表。

　　陶渊明的田园诗，为我们营造了一幅幅静谧、幽寂、物我泯一的艺术画面，"静"成了这些画面的主格调。这种艺术境界无疑是在诗人淡泊名利、无求无欲、平静安详的心态作用下形成的，"户庭无尘杂，虚室有余闲"②，"结庐在人境，而无车马喧。问君何能尔，心远地自偏"③，在一种不受外界干扰、静处一隅、从容有致的心境和环境下，"悠然"的心境和"无车马喧"的环境共同促成了对对象的美的鉴赏，也促成了该诗的创作。诗人一方面是在"静"的状态下构思和创作作品、欣赏美的对象；但另一方面，也必

---

① 参见孙昌武：《道教与唐代文学》第五章。
② 逯钦立校：《陶渊明集》，中华书局1979年版，第40页。
③ 逯钦立校：《陶渊明集》，中华书局1979年版，第40页。

须营造"静"的境界把主体带进其中，两者相得益彰，互为推进才能完成整个过程。那么怎样营造这"静"的境界？陶渊明采用的是以动衬静的艺术手法。"方宅十余亩，草屋八九间。榆柳荫后檐，桃李罗堂前。暧暧远人村，依依墟里烟"① 的幽远、偏静的居住环境通过"狗吠深巷中，鸡鸣桑树巅"② 的几声狗吠鸡鸣的动景来衬托，更体现田园生活的清静、安闲，与浮躁、喧嚣、追名逐利的闹市形成反差。

主体在静谧、清爽的环境下进入宁静、凝神的心理状态之后，接下来就是通过对客体的描写以抒发主体的情志和愿望——抒心写性。"余闲居，爱重九之名。秋菊盈园，而持醪靡由。空服九华，寄怀于言"③。诗人就是在闲居静处的心境下感物兴思，"寄怀于言"；"敛襟独闲谣，缅焉起深情"④，"深情"之起，起自"独闲"，而该诗（《九日闲居》）所抒发的情感和言说的志趣就是渴望生命的久长，饮酒餐菊，为却老之方："酒能祛百虑，菊为制颓龄"⑤。陶渊明在他的诗歌里多次写到品菊、采菊、餐菊，就是深受菊能延命的养生思想的影响，而菊在陶弘景的《养性延命录》中被视为养生的上药⑥，可见陶渊明在这里既受道教虚静以写性的文学观念之影响，又深信道教的养生理论。

谢灵运是我国古代山水诗的开拓者，对山水诗的发展所做出的贡献主要在于"奠定了中国山水诗写实倾向的雏形"⑦。谢灵运写山水，并不是为山水而写山水，而是要在写山水之中寄托着自己的情怀和志向。当优美的山水触动了他的情怀和兴感，于是通过心灵和意念的全神贯注，在平和静谧的心理状态下挥写成章，情感和性灵呈于言表，所以他在《山居赋》中说："幸

---

① 逯钦立校：《陶渊明集》，中华书局 1979 年版，第 40 页。
② 逯钦立校：《陶渊明集》，中华书局 1979 年版，第 40 页。
③ 逯钦立校：《陶渊明集》，中华书局 1979 年版，第 39 页。
④ 逯钦立校：《陶渊明集》，中华书局 1979 年版，第 39 页。
⑤ 逯钦立校：《陶渊明集》，中华书局 1979 年版，第 39 页。
⑥ 《道藏》第 18 册，第 479 页。
⑦ 罗宗强：《魏晋南北朝文学思想史》，中华书局 2006 年版，第 194—195 页。

多暇日，自求诸己。研精静虑，贞观厥美。怀秋成章，含笑奏理。"① "研精静虑"，说明写诗吟赋，是在一种排除了一切干扰和杂念的虚静状态下进行的，首先具备心灵空静、虚寂的条件，然后以心观物，面对自然山水的美，感物兴发，形之笔端。谢灵运对自己一生的文学创作做出了清醒的反思，曾经把青年时期与他栖息于永嘉山水时期进行对比，发现文学创作要在一种抛开一切俗杂之想的心理状态下进行，"少好文章，及山栖以来，别缘既阑，寻虑文咏，以尽暇日之适。便可得通神会性，以永终朝"②。只有"别缘既阑"，心得静虑，才能写出如沈约指出的"兴会标举"之作——山水诗。

《游南亭诗》就是诗人摇荡性灵，通神会性之作的代表：

> 时竟夕澄霁，云归日西驰。
> 密林含余清，远峰隐半规。
> 久痗昏垫苦，旅馆眺郊歧。
> 泽兰渐被径，芙蓉始发池。
> 未厌青春好，已睹朱明移。
> 戚戚感物叹，星星白发垂。
> 药饵情所止，衰疾忽在斯。
> 逝将候秋水，息景偃旧崖。
> 我志谁与亮，赏心惟良知。③

该诗的前四句，诗人在一种非常沉着冷静而又客观平实的心态下观照景物，描绘出一幅澄碧、清幽、宁静、冲淡的落日余晖景象，已经暗含和铺垫了下文要抒发的时光易逝之叹。而"泽兰渐被径，芙蓉始发池"又以一种轻缓慢怠的笔调写出初夏不知不觉爬满路径池塘的渐进过程，这一切都为抒发白发垂边的"戚戚"之叹蓄积形势，最后以道教的养生"药饵"和道家的

---

① 顾绍柏校：《谢灵运集》，岳麓书社1987年版，第277页。
② 《山居赋》，顾绍柏校：《谢灵运集》，岳麓书社1987年版，第277页。
③ 顾绍柏校：《谢灵运集》，岳麓书社1987年版，第56页。

"秋水"隐居之意推演出"我志"在"赏心"的愿望，解开其抒心写性的谜底。类似的山水诗的结构模式在他的《登江中孤屿》的下半部分中历历可见：

> 云日相辉映，空水共澄鲜。
>
> 表灵物莫赏，蕴真谁为传？
>
> 想象昆山姿，缅邈区中缘。
>
> 始信安期术，得尽养生年。①

"空"与"澄"的境界中，寓意一颗明澈、干净、清宁的心灵，飞腾着对道教仙境（昆山）、仙人（安期）的向往，此见道教的心性理论、神仙思想、养生方术对谢灵运彻头彻尾的洗礼。或者说谢灵运把对道教内观守静的艺术特质的理解通融到文学创作特别是山水诗的创作之中。

南朝山水画盛极，佛道双修的山水画家宗炳非常强调绘画时要使心灵保持虚静的神态，捕捉客观对象、山水自然的内在神韵，达到与万物融通、神感的审美境界，最后享受"畅神"之美，他说："于是（指绘画时——引者注）闲居理气，拂筋鸣琴，披图幽对，坐究四荒，不违天励之丛，独应无人之野。峰帕晓疑，云林森杪，圣贤映于绝代，万趣融其神思，余复何为哉？畅神而已。神之所畅，孰有先焉。"②"畅神"必须以"闲居理气"为前提，为先决，这是文学艺术创作的通例和规律。有趣的是，宗炳又把这条道教修持与艺术创作相通的规律与原则借用到"明佛"之中，也强调以虚静超脱的心理去感受大自然所包含的佛性，体现了他援道入佛、调和佛道的思想倾向："若使回身中荒，升岳遐览，妙观天宇澄肃之旷，日月照洞之奇，宁无列圣威灵，尊严乎其中，而唯唯人群，匆匆世务而已哉？固将怀远以开神道之想，感寂以照灵明之应矣。"③ 只有"怀远"、"感寂"，"应会感神、神超

---

① 顾绍柏校：《谢灵运集》，岳麓书社 1987 年版，第 57 页。
② 陈传席辑：《六朝画家史料》，文物出版社 1990 年版，第 173 页。
③ 陈传席辑：《六朝画家史料》，第 168 页。

理得"①，即所谓内观守静，"思接千载"、"视通万里"，才能明佛见性，达到物我一体的审美境界。

第三节　追求曼妙幻美的上清仙歌

仙歌是道教文学的主要体裁之一，有学者将其界定为广义与狭义两种。②真正狭义上的仙歌，应该以道教中人物或者是道教中人假托的某某仙人、真圣为创作主体；其内容、主旨以"仙"为中心，或表达对神仙美妙境界之向往，或渴望成为自由幸福、生命长存的仙人。广义地讲，凡吟咏仙人、仙境和神仙思想的诗作，即可视为仙歌。确定了"仙歌"的界限，才可讨论汉魏六朝仙歌创作倾向。由于此时的仙歌作品又以上清派道典和道教人物的居多，因此，应作为讨论的主要对象。

一、仙歌的由来

道教仙歌的出现是随着我国古代神仙观念的产生、成熟而出现的。据闻一多考证，古代神仙观念源于春秋时代齐地人灵魂不死观念；而灵魂不死的思想又来源于当时秦国西部仪渠人死后火葬的习俗。"所谓神仙者，实即因灵魂不死观念逐渐具体化而产生出来的想象的或半想象的人物"③，"所谓神仙不过是升天了的灵魂而已"④。"神仙"，除了这里所谓的升天的灵魂观念外，古人由于对自然山川、灵岳的崇拜信仰，又产生了神仙乃为居住在高山

---

① 陈传席辑：《六朝画家史料》，第173页。
② 参见桑宝靖博士论文《仙歌考·绪论》，南开大学文学院藏本。该文把狭义的仙歌分为女仙诗、游仙诗和步虚词三类，这是值得商榷的，事实上这三类也没有截然分明的界限，而是互通和包容的。
③ 所引均见闻一多：《神话与诗》，《二十世纪国学丛书》，华东师范大学出版社1995年版，第165—175页。
④ 所引均见闻一多：《神话与诗》，载《二十世纪国学丛书》，第165—175页。

秀岭中的"想象或半想象的人物"的思想，这在《山海经》《庄子》《楚辞》《穆天子传》《淮南子》等文献典籍中记述较多。

神仙，如果只是灵魂升天或迁入山中，恐怕对人也只有那么大的吸引力。但由于加进了"想象或半想象"的东西，则其吸引人的内涵就大不一样了，六朝仙歌里那些极具诱惑力的仙人仙境，就是"想象或半想象"的产物，这是六朝仙歌创作繁盛的历史背景。

较早的带有想象的性质来描写神仙的，是《山海经》。但其中的神仙还兼有半人半兽的身份，想象的粗糙，神仙并不诱人甚至让人略感恐惧和害怕。真正以诗歌的形式来描写上述内容从而成为六朝仙歌的肇始之基的，则是战国时代的《楚辞》、汉代的辞赋以及少数两汉时代志怪小说中的"玄歌"。《楚辞·远游》以奇特的想象描写了诗人与仙人共游仙境的离奇经历，表达了对神仙的强烈向往，标志着我国古代仙歌的萌芽。故朱熹说："《远游》者，屈原之所作也。屈原既放，悲叹之余，眇观宇宙，陋世俗之卑狭，悼年寿之不长，于是作为此篇，思欲制炼形魂，排空御气，浮游八极，后天而终，以尽反复无穷之世变，虽曰寓言，然其所设王子之词，苟能充之，实长生久视之要诀也。"[1] 诗人幻想轻举远游，上浮天界，羽化登仙："悲时俗之迫厄兮，愿轻举而远游。质菲薄而无因兮，焉托乘而上浮。……闻赤松之清尘兮，愿承风乎遗则。贵真人之休德兮，羡（一作美）往世之登仙。"[2] 诗人把一种既肉体长存又精神永驻的双重人格意识浓缩在赤松之类神人身上，可见诗人的仙人情结之坚定。不但如此，诗人还幻想通过多种致仙成仙的法术实现其登仙目标："餐六气而饮沆瀣兮，漱正阳而含朝霞。保神明之清澄兮，精气入而粗秽除。"[3] "餐六气"、"饮沆瀣"就是后来神仙道法中服气、辟谷之术。葛洪云："仙人服六气，此之谓也。"[4] 六气是指阴阳风雨明

---

① 朱熹：《楚辞集注》，上海古籍出版社 1979 年版，第 105 页。
② 洪兴祖：《楚辞补注》，中华书局 1983 年版，第 163—164 页。
③ 洪兴祖：《楚辞补注》，第 166 页。
④ 王明：《抱朴子内篇校释》，中华书局 1985 年版，第 150 页。

晦之气。"沆瀣"乃夜半之气,生气。《远游》又云:"顺凯风以从游兮,至南巢而壹息。见王子而宿之兮,审壹气之和德。……壹气孔神兮,于中夜存。"① 这里反复说到的"壹息"、"壹气",就是后来神仙道教的"守一"、"存神"等致仙之术。

神仙观念发展到秦汉时代,由于方术之士的推波助澜,似乎神仙确有其人,以致秦皇汉武信而不疑,趋之若鹜。司马相如"以为列仙之传居山泽间,形容甚臞,此非帝王之仙意也",② 于是作《大人赋》规讽汉武帝。该赋以凌云矫健的笔触,丰富的想象描绘了神仙境界的美妙无比,神仙玉女的绰约多姿,没想到适得其反,"(武)帝反飘飘有凌云之志",这种用楚辞形式写成的《大人赋》,无论在题材、内容手法诸方面,都是六朝仙歌的直接源头。

两汉志怪小说中,关于神仙题材的志怪比较突出,无论是博物体志怪或杂史杂传体志怪,都有反映汉武帝好爱神仙追求神仙的作品,代表作有《洞冥记》《汉武故事》《汉武帝内传》以及《汉武帝外传》。此外,关于神仙题材的志怪还包括可能成书于汉代的《穆天子传》。在这些志怪小说中,保留了一些假托仙人制作的玄幻之歌,是后世仙歌的早期形态。如《汉武帝内传》中有两首玄歌,其一为西王母宴待汉武帝时为女仙上元夫人所作歌:

> 昔涉玄真道,腾步登太霞。负笈造天关,借问太上家。忽过紫微垣,真人列如麻。渌景清飚起,云盖映朱葩。蘭宫敞珠扇,碧空启琼纱。丹台结空构,炜晔生光华。飞凤立菴峙,烛龙倚逶蛇。玉胎来降芝,九色纷相拿。把景练仙骸,万劫方童牙。谁有寿前终,扶桑不为查。③

天上仙界琳琅满目,绚烂辉煌;仙人群集,龙凤游翔,赛过人间无数。

---

① 洪兴祖:《楚辞补注》,第 166—167 页。
② 司马迁:《史记·司马相如列传》,第 3056 页。
③ 《道藏》第 5 册,第 55—56 页。

李白游仙诗中的诗句"以额叩关阍者怒"①,"仙之人兮列如麻"② 分别从这首玄歌之"负笈造天关"和"真人列如麻"中化出。另一首玄歌则是西王母命侍女田四妃所作的答歌,主旨与前一首大体相类。而《穆天子传》中西王母为周穆王所作《天子谣》,表达了希望天子长寿、常来欣赏昆仑美景的诚挚祝愿:

> 白云在天,丘陵自出。道里悠悠,山川间之。将子无死,尚复能来。③

随着道教思想家葛洪炮制出系统完整的神仙道教理论,后来又有陆修静、陶弘景对神仙思想进行补充、完善,加上自《山海经》以来各种文献典笈以及文学创作中"想象或半想象的人物"的诱人作用,六朝仙歌作为神仙道教宣教的形象载体,开始大量为道教中人所使用。

六朝仙歌的创作情况大体分为两种,一是有名有姓的道教人物所创作的仙歌;一是道教典籍中的仙歌。这些典籍多不署作者姓氏,且不乏拟托和设想仙圣真人创作的作品。这两类仙歌作品,又以上清派人物和上清经系所作居多。

道教中人物创作仙歌,是从东汉末期开始的。桓灵时代战乱和灾难造成的生灵涂炭,使神仙观念更为流传,关于仙人的传说也在民间愈来愈多。马鸣生、阴长生不但以神仙身份在民间隐显,而且以仙歌的形式在民间宣传神仙思想,作品表现了漫游仙界的朦胧意识,把仙界的长生与现实生命的短暂对照起来。马鸣生有仙歌三首,均为五言句式。阴长生有歌三章,皆为四言句式。逯钦立认为此三章为唐人伪作。④ 但葛洪《神仙传·阴长生传》录有

---

① 李白:《梁甫吟》,载王琦注:《李太白全集》,中华书局1977年版,第171页。
② 李白:《梦游天姥吟留别》,载王琦注:《李太白全集》,第705页。
③ 《道藏》第5册,第40页。
④ 逯钦立辑校:《先秦汉魏晋南北朝诗》,第2782页。

此三章①，又《历世真仙体道通鉴》亦认为阴长生作此三篇②，则阴长生作的可能性较大。

三国时代道教仙歌的代表作者是葛玄，共有仙歌三首，收入《历世真仙体道通鉴》。这是一个对魏晋神仙道教特别是葛洪的神仙道教理论有重大影响的人物。其诗把游仙和宣道结合起来，因此，有学者指出他是首先创作游仙诗的道教人物。③ 又据《搜神记》云，魏时有仙女托梦济北郡弦超并赠诗二百余言，言及神仙降临凡间非虚妄也。④

两晋是神仙道教理论的形成和发展时期，又是上清派、灵宝派开始出现并大量制作道经的黄金季节，因此，道教仙歌作者之众，作品数量之多，堪称六朝仙歌创作的繁荣阶段。

葛洪既是神仙道教理论之集大成者，又亲自创作仙歌，作为他宣传神仙道教理论的辅教之工具，其仙歌今存五首。杨羲、许谧、许翙是上清派经典的主要造作者和传授者，据陶弘景《真诰》云他们创作了大量的仙歌，现保存在《真诰》中的作品，杨羲共计八十五首，居三人之最，正好体现了他授上清经法于二许的身份，许谧一首，许翙五首，另有羊权一首。吴猛也是晋代重要的道教人物，曾预言王敦之死，并与庾亮有交往，《水经注》曾收录其仙歌二首。⑤ 麻衣道士史宗作诗一首。⑥ 此外，当时云集庐山的诸多道士曾集体作《游石门诗》，该诗纯为幻想登上天界太清成为羽人的仙游之歌。另据《搜神记》所载杜兰香与张硕的仙凡之恋故事中，杜兰香所赠诗于缠绵羁恋之情中夹有炫仙之意，"阿母处灵岳，时游云霄际。众女侍羽仪，不出埔宫外"⑦，作为对仙境的夸耀，大有打动吸引张硕之企图。

---

① 四库本子部十四道家类。
② 《道藏》第5册，第99页。
③ 参见詹石窗：《道教文学史》第四章。
④ 干宝：《搜神记》卷六，唐释道世《法苑珠林》卷八只收其大略之句。
⑤ 逯钦立辑校：《先秦汉魏晋南北朝诗》，第2321页。
⑥ 逯钦立辑校：《先秦汉魏晋南北朝诗》，第1087页。
⑦ 《杜兰香》，《搜神记》，第15页。

刘宋陆修静所撰《太上洞玄灵宝授度仪》是灵宝派的重要经典，其中收有步虚词《洞玄步虚吟》（又称《空洞步虚章》）十首①，是典型的道教仙歌。由于陆修静云该十首步虚词为他已见之作，他将其收录《太上洞玄灵宝授度仪》之中，从而成为最早的为署名文献所录的仙歌作品，因此，我们将其著作版权暂时寄存于陆修静门下。② 其实在道教界中，自陆之后，均把此十首步虚词视为他所作，而且一旦作道法，都云歌詠陆修静的步虚词十首。

梁代道教大放异彩，陶弘景对道教大为发扬光大，其所作仙歌从《华阳陶隐居集》来看，如果把《华阳颂》所拟十五个标题分别视为单独的篇章，则他共作仙歌十七首。其实收录在《真诰》中的十一种一百〇一首仙歌虽然大多为上述"一杨二许"之作，但《真诰》是保存他们诗作的最早文献，因此，也应有陶弘景参与其中之创作活动的功劳。周子良仙歌五首③，桓法闿仙歌一首④。

中古道教典籍中的仙歌情况相当复杂，由于明正统《道藏》所收道经驳杂、混乱，加以六朝道经大多不署姓氏、时代，更增加辨伪、考订的难度，唐宋开始又出现伪作六朝道经的现象，这样一来，真假莫识。因此，下面我们认定的六朝道典中的仙歌，恐怕也只能是一些大体可靠的作品。

中古上清经系的主经是《上清大洞真经》，其卷一《大洞灭魔神慧玉清隐书》收仙歌九十四句⑤。《真诰》是上清派的代表经典，共有仙歌十一种一百〇一首。《道藏》洞真部主要辑录上清经典，赞颂类有《三洞赞颂灵章》三卷收仙歌九十八篇⑥，大多为六朝时作，其中有些七言句式显得拙

---

① 《道藏》第 34 册，第 626 页，又见第 9 册，第 839 页。
② 敦煌道经残卷 P2681 号卷子载陆修静《元始旧经紫微金格目》云："《升玄步虚章》一卷，已出。卷目云：《太上说太上玄都玉京山经》。"
③ 《周氏冥通记》，《道藏》第 5 册，第 518 页。
④ 《茅山志》二十一，《道藏》第 5 册，第 548 页。
⑤ 《道藏》第 1 册，第 516 页。
⑥ 《道藏》第 5 册，第 779—795 页。

重、艰涩，反映了七言诗尚处于初始阶段，如《玉清惠命颂》①。洞玄部收本该置于洞真部中的《上清诸真章颂》一卷，共有仙歌五种三十六首②。洞神部赞颂类之《诸真歌颂》一卷收仙歌三十二首，均辑自《真诰》，应该置于上清经系之洞真部。此外，《洞玄灵宝玉京山步虚经》收录了《太上智慧经赞》以及其他上清派人物的仙歌共计十九首③。

中古灵宝经系的仙歌状况，在其主经《灵宝无量度人上品妙经》卷二十七《第三紫光丹灵真王歌》中有仙歌二十八句④，上述陆修静收录的《洞玄步虚吟》十首无疑是灵宝经系的仙歌。洞玄部赞颂类之《众仙赞颂灵章》一卷共有仙歌四种三十七首⑤，也是早期灵宝经系之仙歌。另有陆修静《太上洞玄灵宝授度仪》所收《礼经咒》三首⑥。

三皇经系在洞神部威仪类中，其《正一指教斋清旦行道仪》一卷收有仙歌三首⑦。

除上述三大经系外，六朝其他道派的仙歌创作情况还有：大约为符箓派经典（亦有认为是上清经典）的《太上九真明科》⑧，《上清太上玉清隐书灭魔神慧高玄真经》⑨，《洞真太上素灵洞元大有妙经》⑩，分别收有仙歌四首、二首和四首。此外，还有三部难分道派（从内容来讲，民间符水派的可能性较大）的典籍《洞真太上神虎隐文》⑪，《洞真上清龙飞九道尺素隐诀》⑫，

① 《道藏》第 5 册，第 779 页。
② 《道藏》第 11 册，第 146—150 页。
③ 《道藏》第 34 册，第 626—628 页。
④ 《道藏》第 1 册，第 180 页。
⑤ 《道藏》第 11 册，第 164—168 页。
⑥ 《道藏》第 9 册，第 839 页。
⑦ 《道藏》第 18 册，第 293 页。
⑧ 《道藏》第 34 册，第 367—369 页。
⑨ 《道藏》第 33 册，第 749 页。
⑩ 《道藏》第 33 册，第 410—422 页。
⑪ 《道藏》第 33 册，第 566 页。
⑫ 《道藏》第 33 册，第 495 页。

《洞真太上说智能消魔真经》①，分别收有仙歌二首、三首和二首。我国最早的道教类书《无上秘要》约成书于北周武帝时，该书专列《仙歌品》和《赞颂品》作为仙歌的专品，分别收有仙歌四十首和三十首②。由于它大量引用此前道经中的仙歌，因此有与上述经典所收仙歌相重复的现象，比如上清派仙歌是它收录最多的对象。此外，由日本学者吉冈义丰等三人考定的成书于隋唐之前的《洞玄灵宝三洞奉道科戒营始》③，收有仙歌四首④。

综上所述，中古仙歌创作配合着道教的宣传，辅助着道经的制作，成为道教人物宣道布教的重要工具。在不乏遗漏的梳理和统计中，我们发现中古道教人物和道教典籍共有仙歌近五百篇（含句）之多，而尤以上清派所作仙歌居上，有三百八十篇（含句）左右。

二、仙歌的主要创作倾向

作为道教宣道布教的辅助手段，仙歌创作必须服从道教的教义、教理和宗教目标，要体现神仙可致的根本主旨和"终极关怀"。由于神仙道教理想与现实的差距极大，神仙的有无，仙界是否美丽诱人，毕竟只是一些幻想，所以在可信性上自然会引起人们的怀疑。为了宣传神仙的实有，仙界的真切，仙歌作者必须调动尽可能调动的艺术技巧以吸引人们注意，解除他们的心理疑虑，使他们相信仙人仙境的可望又可及，因此，仙歌又表现出浓厚的艺术倾向。

早期形态的仙人形象，无论庄子笔下的神人、真人、仙人也好，《远游》中的羽人也好，都是肉体健康、轻举，精神自由逍遥，或飞升上天，或隐处仙山仙岛的异人。这为葛洪全面系统地阐述神仙道教的主体信仰对象——仙的内涵做出了启示。《抱朴子内篇·论仙》在对"仙"的全面阐述中，就有

---

① 《道藏》第 33 册，第 602—603 页。
② 《道藏》第 25 册，第 1—295 页。
③ 参见卿希泰：《中国道教史》第一卷，四川人民出版社 1988 年版，第 528 页。
④ 《道藏》第 24 册，第 741—765 页。

早期形态下的仙的基本要素：

> 蹑玄波而轻步，鼓翩清尘，风驱云轩，仰凌紫极，俯栖昆仑。①

"仙"就是轻举飞腾。又《对俗》云：

> 古之得仙者，或身生羽翼，变化飞行，失人之本，更受异形。②

葛洪是在认同和继承古之关于"仙"的理念基础上来全面阐扬"仙"的思想的。作为对神仙道教起辅助之作用的仙歌，其使命之一就是对"仙"的这个内涵予以形象阐释。因此，当我们来阅读陶弘景《真诰》中诸仙降临，亲口告授上清经法时，看到的是仙歌描写的仙真仙圣排云御空而来的飞仙形象，这些形象的意义在于其不同凡众、远离现实、忽隐忽闪的自由与超脱。云林夫人飞腾而降的形态是：

> 驾埃遨八虚，回宴东华房。阿母延轩观，朗啸蹑灵风。我为有
> 待来，故乃越沧浪。③

她是在飞游八虚之后乘风越浪而来，其间自由自在可以想见。而女仙萼绿华飞游的景象是：

> 神岳排霄起，飞峰郁千寻。寥笼灵谷虚，琼林蔚萧森。羊生标
> 秀美，弱冠流清音。栖情庄慧津，超形象魏林。扬彩朱门中，内有
> 迈俗心。④

飞仙萼绿华的飘举自由之内涵，加上了一层超尘脱俗的意蕴。

无论是作为上清经系的创始人之一的杨羲，或者是对上清经进行整理、弘扬的陶弘景，他们在宣传神仙道教思想时，首先必须考虑"仙"的诱人之处是什么，因此，在《真诰》类似于上引描写云林夫人和萼绿华的许多仙歌

---

① 王明：《抱朴子内篇校释》，中华书局1985年版，第15页。
② 王明：《抱朴子内篇校释》，中华书局1985年版，第52页。
③ 陶弘景：《真诰·运象篇三》，《道藏》第20册，第504页。
④ 陶弘景：《真诰·运象篇一》，《道藏》第20册，第491页。

中，"飞"成为她们区别于凡众的显著标志，这是《真诰》以生动的"飞"仙形象来辅助宣传葛洪以来神仙道教理论的有力明证。

如果说上述单个的飞仙形象不足以阐扬道教在接受佛教普度众生思想之后提出的超度万灵理论，那么作为上清经系之主经的《上清大洞真经》就弥补了这个缺陷。其卷一的《大洞灭魔神慧玉清隐书》中的仙歌就描写了众多乃至数以万计的"飞步"仙真仙众形象，这些形象组成气势壮观、浩浩荡荡的神仙队伍，这样写一方面为了夸扬和炫耀道教神仙的非凡（飞），另一方面体现人人可以为仙、积一成众的普度思想。

我们先来观赏众仙飞动的生动形态：

> 体矫玄津上，飞步绝岭梯。披锦入神丘，璨璨振羽衣。冥摅交云会，飞景承神通。清峰无毫荟，绮合生绝空。金华带灵轩，翼翼高仙翁。万辔秉虚散，蓊蔼玄上愡。①

诗歌运用夸饰富艳的语言词汇，描绘出神仙的轻举飞动的姿态，"体矫"、"飞步"等词，既切合灵魂飘忽的性状，又把神仙具有凌空绝岭、飞高走峭的特异本能展示出来，无疑要造成一种令人幻想渴望的宗教效果和艺术效应。另外，该诗对仙人华丽的穿着打扮、清丽辉煌、虚廓神秀的居住环境等的铺饰夸陈，在极尽想象和玄想之中，引人向往。接着是描写真人仙圣之多，暗含人人可以致仙，神仙大有人在的宗教主题：

> 纷纷三洞府，真人互参差。上有千景精，冥德高巍巍。太一务猷收，执命握神麾。正一履昌灵，摄召万神归。公子翼寂辕，洞阳卫玄机。……七景协神王，飚轮万杪阶。②

诗中"参差"、"万神"、"万杪"等夸饰之语，说明仙境中神仙之众多，队伍之庞大浩荡，其言外之意，发人深思。

---

① 《上清大洞真经》卷一，《道藏》第1册，第516页。
② 《上清大洞真经》卷一，《道藏》第1册，第516页。

神仙道教的仙界仙境也像仙人一样是属于宗教理想的产物，它们既超越现实、高于现实，又带有现实的原型和痕迹，这是作为与其他宗教不同即以关心现实为出发点的道教最显著的特征。

如何把仙界仙境描绘和幻化得最具吸引力，这也是作为辅教之用的仙歌必须面对和考虑的问题；从文学体裁怎样发挥其作用来讲，则是仙歌所要解决的艺术吸引力的问题。纵观整个六朝仙歌，它们着实施展了许多艺术手法诸如驰骋丰富的想象、借用修道持炼上的存思、玄想和思神、采用大胆的夸张、不惜华丽丰赡、色彩斑斓的语词，凡是传统的浪漫主义创作方法，都体现在这些仙歌创作中。

《上清大洞真经》是上清派的主经和首经，自它产生以后，对道教尤其是唐宋道教产生了深远的影响。而以清修炼养为宗旨的全真道派亦可远追上清派的存想和内观之法。由于上清经派注重存思、思神等修炼之术，因此，《上清大洞真经》中许多仙歌所描写的具有强烈诱惑力的仙居、仙境，就是这种具有艺术特质的存想、思神之法的产物。其卷一的《玉清隐虚》有一首仙歌云：

> 玄景散天湄，清汉薄云回。妙气焕三辰，丹霞耀紫微。诸天舒
> 灵彩，流霄何霏霏。神灯朗长庚，离罗吐明辉。回岭带高云，悬精
> 荫八垂。三素启高虚，兰阙披重扉。金塘映玉清，灵秀表天畿。风
> 生八会宫，猛兽骋云驰。①

这仙界洞府的美妙，是通过萦绕的流云，妙气的丹霞，朗丽的光彩，灵秀的屋宇，高耸的宫殿，奔驰的神兽……一组组绚烂绮丽的画面构成，让你想象生活于其中的仙人仙圣是何等的自由愉快。不仅如此，这首仙歌中还有一个值得注意的地方，就是作者一下把笔触投向九重天宫，一下又注目于高山峭岭，忽而天上，忽而人间，思维极具跳跃性。究其原因，从艺术效果上

---

① 《道藏》第 1 册，第 516 页。

讲，正是宗教的想象与艺术的想象可以跨越时空、天马行空、腾挪跌宕、高低起伏、穿山越岭所应有的表征；从宗教追求来看，正是基于神仙飘忽不定，时而出现于天界，时而显形于凡间的那种出无定时的考虑，这也是仙歌作者冥思苦想、苦心经营的所在，是要靠信道者深刻领会的，这就是我们常说的宗教体验。

当然，通过艺术的幻想，宗教的玄想营造迷人的仙界仙境，首要之务在于纳徒吸信，《真诰》中的云林右英王夫人所作仙歌就是如此：

> 蜷景落沧浪，腾跃青海津。绛烟乱太阳，羽盖倾九天。云舆浮空洞，倏忽风波间。来寻冥中友，相携侍帝晨。王子协明德，齐首招玉贤。下眄八阿宫，上寝希林颠。漱此紫霞腴，方知秽涂辛。佳人将安在，勤心乃得亲。①

先铺垫仙界的诱人，这是"寻友"、"招贤"的物质基础和精神前提，一旦友至贤来，就可享受幸福，漱霞除秽，肉体的享乐与灵魂的洗礼在这个仙界天境两全其美。在六朝仙歌中，属于表达这种招徒纳信的宗教主题的作品，在结构的安排上基本采用上引仙歌的三段式结构：铺陈仙界的美妙——出招——享受仙界的快乐。这在《无上秘要》卷二十九所收《赞颂品》仙歌中更为普遍，如《清明何童天颂》就宣称普度幽魂来太清享受福禄，② 宗教的济世、超度主题以诗歌辅教的形式予以体现，文与质相得益彰。

上述关于仙境的美妙，只是流于外观的、视觉的引人注意，建立在人类现实欲望基础上的神仙道教，也追求天界中味觉的、听觉的、精神的美好和拥有，对此，仙歌也予以极可能的再现，从而把仙界构成全面完整的极乐世界。我们再来看《真诰》中灵妃所唱仙歌：

> 紫桂植瑶园，朱华声棲棲。月宫生蕊渊，日中有琼池。左拔员灵耀，右掣丹霞晖。流金焕绛庭，八景绝烟回。绿盖浮明朗，控节

---

① 陶弘景：《真诰》卷二，《道藏》第 20 册，第 502 页。
② 《道藏》第 25 册，第 91 页。

命太微。凤精童华颜，琳腴充长饥。控晨揖太素，乘飚翔玉墀。吐纳六虚气，玉嫔把巾随。弹璈南云扇，香风鼓锦披。叩商百兽舞，六天摄神威。倏焰亿万春，龄纪郁巍巍。小鲜未烹鼎，言我岩下悲。①

在这个神仙世界里，凡离不开生命需求的一应俱全，物质的享受不必说，就是那歌、舞、乐组合成的声光交织、五彩斑斓的场景，亦让人流连忘返，如痴如醉，而这一切美妙的东西所包裹和缠绕的，则是虽历亿万之春却依然童颜鹤发的生命，——长生久视的愿望寓含在优裕而愉快的物质生活与精神生活之中。

或许灵妃所唱有些过于铺饰和夸张，因而也过于理想和奢望，那么紫微所歌则纯属另一种气象，她在坦露与直陈之中把生命之所以长存揭示得淋漓尽致，直截了当：

龟阙郁巍巍，墉台落月珠。列坐九灵房，叩璈吟太无。玉箫和我神，金醴释我忧。②

一切归之于无，无名无利，无欲无望，无忧无虑，无我无他，这是神仙长寿的奥妙，由此带出了道教家们对生命怎样才能延伸和长驻的哲学思考。道教关于神仙概念的另一个含义由这首仙歌油然让人联想到葛洪的解释："仙人殊趣异路，以富贵为不幸，以荣华为秽污，以厚玩为尘壤，以声誉为朝露"③，"学仙之法，欲得恬愉澹泊，涤除嗜欲，内视反听，尸居无心"④，这里的仙法，就是长生之法。可见神仙并不是什么怪异现象和神秘不测之人，他只不过是掌握了命运的规律和生命的奥妙的适性之人。

---

① 陶弘景：《真诰·运象篇》，《道藏》第 20 册，第 508 页。
② 陶弘景：《真诰》卷三，《道藏》第 20 册，第 505—506 页。
③ 葛洪：《抱朴子·论仙》，王明：《抱朴子内篇校释》，中华书局 1985 年版，第 15 页。
④ 葛洪：《抱朴子·论仙》，王明：《抱朴子内篇校释》，中华书局 1985 年版，第 17 页。

陶弘景深刻地认识到"生之在我"①，"学生之道必夷心养神"②，其《真诰》中的仙歌，把对仙界圣境诱人之处的夸张描写与冷静思考后的理性表述结合起来，文学的热烈、宗教的狂放与哲理的沉着融合在真妃所授杨羲的赠诗之中：

> 云阙竖空上，琼台耸郁罗。紫宫乘绿景，灵观蔼嵯峨。琅轩朱房内，上德焕绛霞。俯漱云瓶津，仰拔碧杏花。濯足玉天池，鼓枻牵牛河。遂策景云驾，落龙辔玄阿。振衣尘滓际，褰裳步浊波。愿为山泽结，刚柔顺以和。相携双清内，上真道不邪。紫微会良谋，唱纳享福多。③

成仙和长生的不邪真道就是"刚柔顺以和"，故老子云："专气致柔，能婴儿乎？""万物负阴而抱阳，冲气以为和"。能柔能顺能和，才可长久享有琼台美景、紫宫幸福。

《庄子》曾经指出，所谓神仙般的快乐是指一种无所待的精神逍遥，这既是一种哲学境界，又是一种生命境界。陶弘景在弘扬神仙道教的生命精神中，也始终把无所待的生命境界作为最高的目标来体现所谓神仙的精髓。《真诰》通过紫微夫人所咏仙歌以无待作为逍遥之境来否定右英夫人鼓吹的有待为至极之乐的思想，从而把无待至上的哲理包容在美妙迷人的仙境描写之中。

神仙道教宣传神仙是拥有和掌握养生之术、特异之功的异人观念，所以，六朝道教仙歌对仙术也有一定程度的描写和吟咏。《真诰》中紫微所作《养生歌》就是陶弘景《养性延命录》中养生思想的形象注脚：

> 超举步绛霄，飞飚北垄庭。神华映仙台，圆耀随风倾。启晖挹丹元，扇景餐月精。交袂云林宇，浩轸还童婴。萧萧寄无宅，是非

---

① 陶弘景：《真诰》卷六，《道藏》第 20 册，第 525 页。
② 陶弘景：《真诰》卷六，《道藏》第 20 册，第 551 页。
③ 陶弘景：《真诰》卷一，《道藏》第 20 册，第 495 页。

岂能营。世纲自扰竞，安可语养生。①

那个居住在仙台上的神仙为什么成为神仙？谜底在于善于养生。养生是一门学问，一种技艺，不精于此术者，是不能长生成仙的。诗歌没有给出养生的全部内容，全凭读者去想象，它只在作品前面的大部分文字里营造令人迷恋的仙界气氛，最后以画龙点睛之笔和凝练之语告诫不营是非乃为养生之道，如若具体而知，则需细读《养性延命录》，这就是作为文学作品的仙歌的含蓄和留有余地让人想象的风格，从而成为其与道教说教不同的标志，当然也配合着宗教的说教。

对于具体个例的修仙之术的吟咏，在六朝的仙歌作品里并不罕见。例如收录在早期上清派经典《上清高上灭魔玉帝神慧玉清隐书》中的《玉帝吟歌》就描写了道教神仙的分身变形之术：

　　上景发晨晖，金霄郁紫清。三素曜琼扉，玄上昭虚灵。手摅青林华，回盖太元庭。寝冥顾绿房，飞步秀玉京。提携朱景玉，长烟乱虚营。玄归自可宝，何以怨无生。四王宅谁身，变分岂一形。②

分身变形之术，据葛洪云是"可以备兵乱危急，不得已而用之，可以免难也"③的护身保命之术，这种法术是通过思神守一之法演化而来的通神术，意念专一到一定程度，便可与神灵对接，驱鬼唤神，使勿加害于人，故郑隐说："形分则自见其身中之三魂七魄，而天灵地祇，皆可接见，山川之神，皆可使役也"。④左慈就是使用分身变形之术免遭曹操的屡次加害。

为了提高教外人士对仙界美境的可信度以便将其吸纳进来，六朝仙歌还以对仙境深深留恋和回味的形式，以作者自己的亲身体验来描写仙境，葛玄的《一讽而一咏》就是此类仙歌的代表作：

---

① 陶弘景：《真诰·运象三》，《道藏》第20册，第506页。
② 《道藏》第33册，第770页。
③ 葛洪：《抱朴子·杂应》，王明：《抱朴子内篇校释》，中华书局1985年版，第270页。
④ 葛洪：《抱朴子·地真》，王明：《抱朴子内篇校释》，中华书局1985年版，第326页。

> 一讽而一咏，玄音彻太清。太上辉金容，众仙齐应声。十方散
> 香花，燔烟栴檀香。皇娥奉九韶，鸾凤谐和鸣。龙驾骤空迎，华盖
> 耀杳冥。……八王奉丹液，挹漱身腾轻。逍遥有无间，流朗绝形
> 名。神童侠侍侧，自然朝万灵。飘飘八景舆，游冥白玉京。①

据《历世真仙体道通鉴·葛仙公传》载，葛玄自云已修道成真，于是想象自己轻举漫游天界仙境，历览仙界的美好景致。幻觉结束后，咏诵《洞真经》，借助伴奏的鼓乐之声，又开始沉浸在刚才虚无缥缈的仙境里，回味曾经领略过的景象，于是写了这首歌。诗歌为了证实仙境实有的神圣、华丽和快乐，不惜夸张、铺饰之笔，组合起音乐（声）、香花（味）、华殿（色）、神物（形）等物象和意象，把局外者吸进这个极乐世界，在艺术效果的感召之下达到宗教目的和效果。辅助宗教宣传，"诱骗"别人相信神仙实有、仙境实美，铺饰夸张的文学手段，瑰丽绮艳的文学语言，都拿来为我所用，成了仙歌扮演道教配角的惯用"伎俩"，我们再来看一首《真诰》中的仙歌：

> 飞轮高晨台，控辔玄垄隅。手携紫皇袂，倏忽八风驱。玉华翼
> 绿帱，青裙扇翠裾。冠轩焕崔嵬，珮玲带月珠。薄入风尘中，塞鼻
> 逃当涂。臭腥凋我气，百痾令心沮。何不飚然起，萧萧步太虚。②

这里是一个色彩缤纷的世界，一切能够用来形容这个色彩世界的形容词玄、紫、玉（白）、绿、青、翠（合色）、珠（黄）几乎都囊括进来装饰"太虚"仙境，如此琼楼玉宇，清风朗气，你还在腥臭的人间犹豫什么呢？"何不飚然起，萧萧步太虚"，它正在张开欢迎的臂膀，随时恭候你的光临。

总之，仙人，仙境，仙理，仙术，是六朝仙歌创作的宗教内容；存思，玄想，夸饰，瑰丽，是六朝仙歌创作的艺术追求。

---

① 《道藏》第 5 册，第 235—236 页。
② 陶弘景：《真诰·运象第三》，《道藏》第 20 册，第 508 页。

三、仙歌对六朝文人游仙诗的影响

仙歌比抽象的道教说教更容易起到吸引信徒的作用，因此，它对于人们的影响来得比经典的宣传更快，特别在神仙道教发展迅猛的魏晋南北朝时期，对于以士族阶层、文人士大夫为神仙道教信仰主体的人来说，仙歌的影响更为强烈。仙歌描写的仙人、仙境更能形象、直观地激发文人士大夫们心灵深处的生存欲望和享乐思想，从而唤起他们去强烈地求仙访道以求长生不死；也因为仙歌表现的绚丽神奇的境界美、艺术美更能催生文人士大夫们丰富奇特的想象力，从而激励他们对更高更美的理想世界的追求，这样，两种追求更直接最显著的结果便是带来了魏晋六朝文人游仙诗的繁荣。

曹操是魏晋时期较早地与神仙方术之士和道教人物进行交往的文学家，他创作的游仙诗以丰富的想象和幻想描写了仙境的奇丽，景色的优美，并设想和仙人逍遥飞举，诗歌充满浪漫的气息，如《气出倡》中有云：

> 驾六龙乘风而行，行四海外路。下之八邦，历登高山，临溪谷。乘云而行，行四海外，东到泰山，仙人玉女，下来遨游。……乃到昆仑之山西王母侧，神仙金止玉亭，来者为谁？赤松王乔……乐共饮食到黄昏。①

海外仙境，有高山流水，仙人玉女偕游，乘云御风，饮酒为乐。《秋胡行》第二首之"愿登泰华山，神人共远游"② 反复两次，一开始就把那种与仙人共游的愿望表露得既强烈又迫切。

阮籍是正始时期文人游仙诗作的代表人物之一，在他的八十二首《咏怀诗》里，据我们初步统计，凡是"涉仙"的作品即达二十七首，虽然借"仙"表意的内涵不一，主旨各异，但渴望与神仙共游、但愿人生长久的情

---

① 逯钦立辑校：《先秦汉魏晋南北朝诗》，第 345—346 页。
② 逯钦立辑校：《先秦汉魏晋南北朝诗》，第 350 页。

感却是显而易见的，如其三十三云：

> 东南有射山，汾水出其阳。六龙服气舆，云盖覆天纲。仙者四
> 五人，逍遥晏兰房。寝息一纯和，呼噏成露霜。沐浴丹渊中，炤耀
> 日月光。岂安通灵台，游养去高翔。①

作品以丰富的想象，把自己置身于逍遥自在的四五个神仙行列之中，在庄子曾经奇想的有绰约风姿的神人居住的藐姑射之山徜徉容与，沐浴着太阳的光辉，而有时又与仙人们一起乘风远游，因为"远游可长生"②。

在六朝仙歌中，人间仙境主要是指昆仑、泰华、蓬莱三岛等高山名胜，文人们的游仙诗当写到他们幻想与仙人偕游时，也主要在这些名山峻岭中翱翔。在两晋游仙诗成就最高的诗人郭璞那里，人间仙境有蓬莱、青溪、昆仑。无论哪一位诗人，当他们描写这些仙境时，总要通过想象夸张的手法，把仙境描写得引人入胜，或者幻想仙境的美丽辉煌，或者设想仙人众神的热闹欢乐，或者铺陈饮食住处的奢华壮观，如果是写海上仙岛，则把开阔雄浑、汹涌澎湃的大海气势与虚无缥缈、似真却幻的仙山景致融为一体……目的都是为了寄托文人们的理想，表达对现实社会的超越。例如郭璞《游仙诗》第六首《杂县寓鲁门》：

> 杂县寓鲁门，风暖将为灾。吞舟涌海底，高浪驾蓬莱。神仙排
> 云出，但见金银台。陵阳挹丹溜，容成挥玉杯。嫦娥扬妙音，洪崖
> 颔其颐。升降随长烟，飘摇戏九垓。奇龄迈五龙，千岁方婴孩。燕
> 昭无灵气，汉武非仙才。③

据《国语·鲁语》载，杂县（一种海鸟，即爰居）现世，会引起海风，诗歌以此为引子，设想海上仙山在汹涌澎湃的大海中出现，海风起来，海浪翻滚，一派雄伟壮阔的景象，这时众多神仙排空而来，他们金樽频举，歌喉

---

① 李志钧等校点：《阮籍集》，第 103 页。
② 《咏怀诗》其三十五，李志钧等校点：《阮籍集》，第 104 页。
③ 逯钦立辑校：《先秦汉魏晋南北朝诗》，第 866 页。

高展，妙音婉转，一片热闹欢乐气氛，让人感到神仙是多么快乐和逍遥。而"升降"两句更以仙境的美妙推翻所谓帝王生活的富贵，特别是这两句之后补上的长寿仙人的形象描写，更诱发人们对长生的渴望。这样，全诗紧紧围绕海上仙境这个中心，设想新奇，境界挺拔高大，笔力刚劲雄健，刘勰说"景纯仙篇，挺拔而为俊"似应指这类游仙诗。

　　服金丹妙药成仙是神仙道教特别是葛洪的金丹理论之重要内容，六朝仙歌对此歌咏尤多，如《黄庭内外景经》与《周易参同契》中大量的炼丹诗，歌咏炼丹以及服丹的神用。受此影响，六朝文人游仙诗幻想神人仙圣以仙丹灵药相赠，自己因而也成为神仙。沈约是一个与陶弘景交往频繁、信仰神仙道教的文人，陶弘景曾几次捎信给他，劝其摆脱俗务，仙隐茅山，但沈约终究没有赴约。① 其《赤松涧诗》幻想仙人以丹相赠，立马成仙云游天界：

> 松子排烟去，英灵眇难测。唯有清涧流，潺湲终不息。神丹在兹化，云軿于此陟。愿受金液方，片言生羽翼。渴就华池饮，饥向朝霞食。何时当来还，延伫青崖侧。②

　　"延伫青崖侧"，对服丹成仙是多么热切地渴望，而其中又不乏理性的思考，此次的希企，只是一种梦想，那么就寄望于下一次神仙再来吧，然而，下一次恐怕也是这一次的结果⋯⋯

　　神仙赠丹只是一种幻想和奢望，与其不切实际的玄想，不如亲身实践采集长生之药，或者学会炼丹之法亲自炼丹。因此，一些文人游仙诗描写他们采药深山，有些甚至幻想在采药之中偶遇神仙，经其点化而成仙；有些则幻想炼丹而成，服之为仙。这方面的作品有嵇康的《游仙诗》（遥望山上松）、郭璞的《游仙诗》（晦朔如循环）、江淹的《采石上菖蒲》《赠炼丹法和殷长史》、吴均的《采药大步山诗》。其中尤以嵇康的《游仙诗》幻想奇特，亲身的采药行动与遐远的渴望、想象交织在一起，而那种侥幸一遇的心态跃然

---

① 参见《华阳陶隐居传》，《道藏》第 5 册，第 512 页。
② 逯钦立辑校：《先秦汉魏晋南北朝诗》，第 1639 页。

纸上：

> 遥望山上松，隆冬郁青葱。自遇一何高，独立迥无双。愿想游
> 其下，蹊路绝不通。王乔弃我去，乘云驾六龙。飘摇戏玄圃，黄老
> 路相逢。授我自然道，旷若发童蒙。采药钟山隅，服食改姿容。蝉
> 蜕弃秽累，结友家板桐。临觞奏九韶，雅歌何邕邕。长与俗人别，
> 谁能睹其踪。①

诗人遥望山松，不由得漫游玄圃，幻想路逢黄老两神仙，授以自然之
道。诗人又想象采药深山，服食长生，结友桐荫，临觞奏韶，其乐融融。一
种超尘脱俗的理想愿望伴随着神思在仙界的遨游而愈来愈热切。

如果说嵇康的游仙诗还只是在幻想之中采药服食成仙，那么江淹就把自
己曾经亲自采药炼丹的经验赠送给自己的好友，也希望挚友得到长生成仙之
法，从而拓展了游仙诗的题材领域，即把游仙意识包容在赠别之中，如《赠
炼丹法和殷长史》：

> 琴高游会稽，灵变竟不还。不还有长意，长意希童颜。身识本
> 烂漫，光耀不可攀。方验参同契，金灶炼神丹。顿舍心知爱，永却
> 平生欢。玉牒才可卷，蕊珠不盈箪。譬如明月色，流采映岁寒。一
> 等黄冶就，清芬迟孤鸾。②

诗人深谙《周易参同契》的炼丹之法，对于炼丹的火候、原料配制、丹
色、亮度都了如指掌，奉劝友人努力实行，一旦练就，服之，将有西王母派
来的青鸾接引而仙去。结尾部分把诗歌的写实又推向想象的世界，总离不开
神仙浪漫的渲染。

像江淹一样在赠和送别之中掺和神仙寿考的祝愿，把游仙题材与送别题
材叠合起来，似乎成了南北朝文人游仙诗的一个基本趋势，或者是因为没有

---

① 逯钦立辑校：《先秦汉魏晋南北朝诗》，第488页。
② 胡之骥：《江文通集汇注》，第111页。

什么比以身体健康长寿作为对朋友的祝愿更好的了，特别是当友人远离家乡甚或一去将成为永诀的时候，如王筠在《赠殷钧别诗》中云：

> 玉铉布交文，金丹焕仙骨。九沸翻成缓，七转良为切。执以代疏麻，长贻故人别。①

把炼丹之法赠送故人，祝他长寿成仙，以表拳拳之心。

钟嵘曾经在评论郭璞的游仙诗时，将游仙诗之体区分为"列仙之趣"和"坎壈之怀"两类，并认为郭璞的游仙诗大多是关怀现实、抒发忧生之叹的坎壈之作。这种作品后来被何焯称之为由"列仙之趣"的"正体"转化而来的"变体"。因此，我们可以这样认为，许多六朝文人游仙诗受仙歌"列仙之趣"的影响，创造性地借用神仙观念和神仙现象，把对于社会现实的批判，对于残暴的邪恶势力的愤恨，对于自由境界的向往和对于理想社会的追求，融化在登仙游仙的想象之中。

郭璞生当两晋之交，正值八王之乱和东晋统治阶级内部矛盾尖锐之际。王敦的擅权和异心，使郭璞深感仕途险恶，"适闻吴兴复有欲构妄者，咎征渐成，臣其恶之。顷者以来，役赋转重，狱奸日结，百姓困扰，甘乱者多，小人愚崄，共相扇动，虽势无所至，然不可不虞"②。这么纷乱黑暗的现实，自然会使他一方面思考保身自晦的办法，另一方面又只能引起他对此现实愤愤不满，所以他的游仙诗多半是心曲感慨之叹。

归隐求仙，高蹈风尘之外是他全身自晦的最佳处世生存之法，故《游仙诗》第一首云：

> 京华游侠窟，山林隐遁栖，朱门何足荣，未若托蓬莱。临源挹清波，陵冈掇丹黄。灵溪可潜盘，安事登云梯。漆园有傲吏，莱氏有逸妻。进则保龙见，退为触藩羝。高蹈风尘外，长揖谢夷齐。③

---

① 逯钦立辑校：《先秦汉魏晋南北朝诗》，第 2022 页。
② 房玄龄等：《晋书·郭璞传》，第 1907 页。
③ 逯钦立辑校：《先秦汉魏晋南北朝诗》，第 865 页。

在进退两难、江湖险恶的环境里，游仙蓬莱，盘桓丹溪，或许能摆脱黑暗，求得生命的长存。

尽管环境险恶，理想不能实现，但是诗人不是那么容易彻底干净地忘怀世情和现实，那种功业未成而时光易逝之感有时也在一种厌倦了寻仙访道的意识中流露，如第四首云：

> 六龙安可顿，运流有代谢。时变感人思，已秋复愿夏。淮海变微禽，吾生独不化。虽欲腾丹溪，云螭非吾驾。愧无鲁阳德，回日向三舍。临川哀年迈，抚心独悲咤。①

出世与入世，鄙薄富贵与建功立业，就是这么强烈地缠绕和困惑着他的心灵，反映了魏晋以来一些号称"狂放"和"隐逸"的知识分子所普遍具有的矛盾情绪。

郭璞向往仙境，思作仙人的原因是怀抱伟器和才华不愿意明珠投暗，"珪璋虽特达，明月难暗投"②，但他又不心甘情愿做长生人轻举飞升到天国昆仑仙岛蓬莱，因为"遐邈冥寂中，俯视令人哀"③，疾苦的人民、动乱的社会还需要他的关心和同情，这就是郭璞游仙诗的矛盾逻辑，但也是异于大多数文人游仙诗只流于追求列仙之趣以自娱、自适、自得的地方，从而提升了游仙诗的品位，丰富了游仙诗的内涵，这种取向对后来李白的游仙诗影响很大。这就是郭璞游仙诗的意义。

六朝仙歌所詠唱的仙人，其实是一种谙熟和精通老庄玄道、葛洪"仙道"（老庄之道的神秘化）的识道之士，因此，诗歌具有仙人的神秘性与得仙的合理性之统一的蕴含。受此影响，六朝文人游仙诗也没有忘记把仙人之趣和得仙之理糅合起来作为游仙诗的一个重要品性。嵇康自不必说，他的养生可以长生，神仙可养而得的养生思想就是滋生他的游仙观念和游仙诗的理

---

① 逯钦立辑校：《先秦汉魏晋南北朝诗》，第865—866页。
② 逯钦立辑校：《先秦汉魏晋南北朝诗》，第865页。
③ 逯钦立辑校：《先秦汉魏晋南北朝诗》，第866页。

论基础。郭璞则把对老庄"无为"、"坐忘"论的理解转化成致仙的必要前提，换句话说，仙就是一种无为无欲状态下的心灵展示和肉体呈现，他的第二首中的"鬼谷子"就是这样的神仙：

> 青溪千余仞，中有一道士。云生梁栋间，风出窗户里。借问此何谁，云是鬼谷子。翘迹企颖阳，临河思洗耳。阊阖西南来，潜波涣鳞起。灵妃顾我笑，粲然启玉齿。蹇修时不存，要之将谁使？①

千仞青溪之上，端坐一人，清风吹起，白云悠游，仙境一般美妙。此时他闭目养神，寂然无虑，收视反听，淡然无欲，当斋炼到一定程度有仙下临，把他接引而去。该诗的意蕴在于形象地展现庄子"心斋"、"坐忘"的修炼理论，把理与趣和谐地统一在仙人的形象上。老庄的无为玄理，体现在生命境界上就是追求清静寡欲，不为外物名利所染，鬼谷子的临河洗耳就是这种洁身自好的自我内省。

就艺术手法而言，六朝文人游仙诗驰骋丰富的想象、运用大胆的夸张和绚丽的语汇，描绘仙境，阐述仙理，抒发情志。视角居高临下，好像从九天苍穹俯视下界，造成一种阔大的境界。登高的感慨，想象的遥远，交织在诗歌创作之中，为我们展示虚实相生的艺术画面。

第四节　步虚词妙觉通神的艺术特征

道教仙歌是道教徒用来为其宣道布教服务的辅助工具，多采用朗诵、直读的方式进行。但是，当道士们在举行斋醮仪式时，常常吟咏和歌唱一系列的曲调以作为与神沟通的方式，从而帮助其收到宗教信仰的效果，这些曲调就是许多六朝道教典籍反复指称的步虚词。步虚词是一种在内容、功能、体式上与仙歌相类的道教辅助工具，只是它实施的方式与仙歌不同，多半是配

---

① 逯钦立辑校：《先秦汉魏晋南北朝诗》，第 865 页。

乐的吟唱的方式。

一、步虚词的宗教艺术价值

步虚词，是一种运用于道教斋醮场合以吟唱的方式进行的曲辞或歌曲，唐吴兢在《乐府古题要解》对之进行了内容与形式上的精辟概括："步虚词，道家曲也，备言众仙缥缈轻举之美。"① 为什么称为步虚？《洞玄灵宝升玄步虚章序疏》云：

> 升玄是妙觉之通名，步虚是神造之员极；升则证实不差，玄则冥同至德。步是通涉之名，虚是纵绝之称。又云章者，焕辉敞露，赞法体之滂流，乃有玄音才吐，而八表咸和；神韵再敷，则十华竞集。旋玄都以掷灵；蹑云纲而携契信。是怡神涤志之法场，解形颐心之妙处也。故言升玄步虚章。②

步虚（或升玄），就是对道家之道——空、无的一种体认，也可称为"行空"，实际上是一种在歌咏和吟唱中进行的养性颐神的修炼方法，它强调心斋宁静，心静空灵，内无杂念，意志专一，存思通神，如此则身强体健，长生可望，神仙可致。故詹石窗解释为"步虚词是通感神明，获取妙觉的一种音符"③。上引文字对"章"的解释，是指根据一定音符配上的歌词，和以管弦，用来歌唱，使歌者与听者（神）沟通，收到"协合神韵"、"怡神涤志"的音乐效果和宗教效果，故同书又云：

> 玉京洞玄步虚咏，此题下即咮七宝华叶法也。心通玄道，神咏步虚，游履经法。学者神悟曰经也。观随声游，故曰咏也。④

吟咏步虚之曲的这种"通神"作用把对"道"的哲学体认与宗教体验

---

① 郭茂倩：《乐府诗集》卷78，中华书局1979年版，第1099页。
② 《道藏》第11册，第168页。
③ 詹石窗：《道教与文学史》，第104页。
④ 《道藏》第11册，第168页。

融为一体，恐怕也是寇谦之改道经的直诵为"云中音诵"即吟咏步虚的一个重要原因。①

那么作为歌咏曲调的步虚词（习惯上简称步虚）是怎样产生的？

据南朝宋刘敬《异苑》载："陈思王曹植字子建，尝登鱼山，临东阿。忽闻岩岫里有诵经声，清通深亮，远古流响，肃然有灵气，不觉敛襟祗敬，便有终焉之志，即效而则之。今之梵唱皆植依拟所造。一云，陈思王游山，忽闻空里诵经声，清远遒亮。解音者则而写之，为神仙声。道士效之，作步虚声也。"② 尽管陈国符考证这种传说不可靠，并认为步虚词始于寇谦之，③但这里把步虚词作为一种通感原理下的艺术模仿甚至创作则是合乎情理的，而且也具有一定的根据性。

晁公武认为步虚词产生于道教人士内部，他的《郡斋读书志》曾著录《洞玄灵宝玉京山步虚经》一卷，并注云："太极真人传左仙公，其章皆高仙上圣朝玄都、玉京，飞巡虚空之所讽咏，故曰'虚步'。"④ 意谓这种曲调是在朝拜上天神灵时吟唱的通神之曲，由太极真人徐来勒传给左仙公葛玄，从产生时间上看，则大致与上引《异苑》所云相当，即魏晋时期。

《玉音法事》所云步虚词的起源与晁公武所说基本一致，在传承上则说得更远，即葛玄传郑隐，郑隐传葛洪，亦用于斋醮法式之中，"持斋奉法，宗太上虚皇号，烧香，散花，旋绕七宝玄台三周匝，诵披空洞大歌章。太上称善。则歌咏步虚，其功德深妙不可得而殚说也"⑤，这种歌咏之词，能令神灵"称善"，而且是一种积功积德的宗教行为，一旦得到神灵的称许，信众、教徒就会得到保佑，生命平安，灾难消除，厄运解脱。

---

① 陈国符认为寇谦之主张的"音诵"即吟咏步虚词，参见《道藏源流考》，中华书局1963年版，第101页。

② 王根林、黄益元、曹光甫校点：《汉魏六朝笔记小说大观》，上海古籍出版社1999年版，第641页。

③ 参见陈国符：《道藏源流考》，第101页。

④ 孙猛校：《郡斋读书志》卷十六，上海古籍出版社1990年版，第746页。

⑤ 《道藏》第11册，第141页。

六朝步虚词的创作详情已很难窥其全貌，据云葛巢甫于晋安帝年间（397—418）撰写的最早记录步虚词的吟咏情况的灵宝系道经《太极真人敷灵宝斋戒威仪诸经要诀》①，提到有题名为《无披空洞章》的步虚词，但没有篇数和具体歌词。寇谦之《老君音诵戒经》虽云音诵步虚词，但亦不载其详情。今见六朝道典中最早收录有关步虚词的篇数、具体歌词内容的，是《洞玄灵宝玉京山步虚经》②，该经将这些步虚词统称为《洞玄步虚吟》十首，又称《空洞步虚章》十首，或简称《步虚词》。陆修静把这十首步虚词收入其《太上洞玄灵宝授度仪》中，从而使这十首歌词有了正式的署名之"作者"。③ 成书时间很长、到南朝刘宋中期才基本定型的《太上洞渊神咒经》④，所收步虚词共二十七首，这些词的中心内容为歌颂神灵、企盼神灵降临、为凡人祈福解难。此外，《上清无上金元玉清金真飞元步虚玉章》收步虚词一十四首⑤，《太上大道玉清经》收三首⑥。

上述五十余首六朝步虚词，在思想内容的主格调上基本保持对神仙世界憧憬向往的情绪倾向，在以娱神为目标的创作原则指导下，包含了带有强烈指向性的创作意图，把羡仙意识和实际的宗教目的结合起来。这些步虚词深深烙有标准游仙诗的印痕，⑦ 它们表现的羡仙意识和宗教艺术的特性有以下几个方面：

1. 通过描写仙人生活的自由自在、仙境居住的优美宜人、仙法仙术的万能来宣传神仙思想，表达渴望进入仙境享受自由幸福的羡仙意识。这种倾向在《空洞步虚章》十首中最为突出。如第二首云：

---

① 收入《道藏》第9册。
② 收入《道藏》第34册。
③ 参见本章第三节。
④ 詹石窗认为该经成书于两晋之际，参见《道教文学史》，第105页，该经载《道藏》第6册。
⑤ 收入《道藏》第34册。
⑥ 收入《道藏》第33册。
⑦ 关于步虚词是标准、真正意义上的游仙诗，请参阅孙昌武：《道教与唐代文学》第二章第十二节。

旋行蹑云纲，乘虚步玄纪。吟咏帝一尊，百关自调理。俯命八海童，仰携高仙子。诸天散香花，箫然灵风起。宿愿定命根，故致标高拟。欢乐太上前，万劫犹未始。①

众仙欢乐，永恒无已，强烈地吸引着步虚者的欲望。第三首则以一种独特的构思，不惜浓笔重彩来铺陈仙境的美妙，以激发人们赶紧实践和运用成仙之术，登上仙界享受快乐。所谓"嵯峨玄都山，十方宗皇一。迢迢天宝台，光明焰流日。炜炜玉林华，倩灿耀朱实。常念餐玄精，炼液固形质。金光散紫微，窈窕大乘逸"②。其他篇目则云"飞行凌太虚，提携高上仙"③，"永享无期寿，万春奚足多"④ ……成仙的渴望可想而知。

2. 由于步虚本身是一种在道家空无观念指导下的体"道"过程和表现程序，借助于体认者的动作表演的层递性来悟出个中奥秘，因此，步虚词必须把这个体认过程予以全面反映，詹石窗把这个过程分为四个步骤，我们认为是比较切合实际的。⑤ 这四个步骤在《空洞步虚章》十首中就是：

第一步骤：步虚者排除杂念，涤除玄览，收视反听，以静笃的状态准备与神灵沟通："稽首礼太上，烧香归虚无。流明随我回，法轮亦三周"，⑥ 达到了虚无之境，太上之神就进入人体，能守住此神，则可望成仙。

第二步骤：开始脚踩法云，旋虚而行，通过交叉对称的步伐即我们前面讲到过的"步罡踏斗"（禹步），把意念贯注于足下，即所谓"旋行蹑云纲，乘虚步玄纪"。⑦

第三步骤：进入存想思神阶段，即存思太上老君，守一不离，身形就会

---

① 《道藏》第 34 册，第 625 页。
② 《道藏》第 34 册，第 625 页。
③ 《道藏》第 34 册，第 625 页。
④ 《道藏》第 34 册，第 625 页。
⑤ 参见詹石窗：《道教文学史》第四章第三节。
⑥ 《道藏》第 34 册，第 625 页。
⑦ 《道藏》第 34 册，第 625 页。

听之于神（仙），即所谓"俯仰存太上，华景秀丹田"①。

第四步骤：身随心转，即所谓随心所欲，此时已进入得道之境，达到了仙境，"控辔适十方，旋憩玄景阿"②。

上述四个步骤，如果不从仪式进程的角度来解释，而把它们看成一种妙觉通神的修炼养生以期成仙的方法，则更体现了步虚词创作的宗教艺术价值观。

3. 六朝步虚词还表现了驱邪除魔、劾神灭鬼、消灾解厄的强烈愿望，反映了作者对邪恶势力的斗争、反抗的决心，扬善惩恶的宗教目的非常明显。这个内容在二十余首《太上洞渊神咒经》的步虚词中最为典型，下面所引就是与邪恶作斗争的坚决态度的鲜明体现：

> 太上威严切，凶魔死不生。敢有违逆者，收之付天丁。千千皆截首，万万悉诛形。阎罗剪邪魅，北帝灭鬼精。神风扫不祥，万恶不得行。上圣惠泽流，是物普咸荣。若有违敕者，神兵寸斩形。③

幸福美好的神仙生活就是建立在剪除凶暴、排除灾难的斗争之后的，这也是步虚词揭示的深刻事理。

六朝步虚词还涉及其他一些思想内容，如关于早期道教的传授情况，但都不成为步虚词的题材主体，暂且置而不论。

二、步虚词韵律曼妙的艺术特征

"步虚"作为一种对"道"的体认方式和运作程序，它要求歌、舞、乐的和谐统一。也就是说，作为宗教仪式的步虚词，是一种伴随着舞蹈和音乐的诗歌，是一种综合性很强的音乐文学体裁。

制作于东晋末年的《太极真人敷灵宝斋戒威仪诸经要诀》云："灵宝斋

---

① 《道藏》第 34 册，第 626 页。
② 《道藏》第 34 册，第 626 页。
③ 《道藏》第 6 册，第 56 页。

法，启事，烧香，祝愿，礼十方，毕，斋人依次左行，旋绕香炉三匝，毕。口咏《步虚蹑无披空洞章》。"① 可知歌咏步虚词是灵宝斋法的一个环节。晋末宋初出现的《洞玄灵宝玉京山步虚经》云："生香，飞仙散花，旋绕七宝玄台三周匝，诵咏《空洞歌章》。是时诸天奏乐，百千万妓云璈朗彻，真妃齐唱而击节，仙童凛言而清歌，玉女徐进而輧跹，放窈窕而流舞，翩翩诜诜而容裔也。……太上震响法鼓，延宾琼堂，安坐莲花，讲道静真，清咏洞经，敷释玄文。"② 步虚词的演出是边舞边唱，清歌曼舞。陆修静更以法则的形式规范了步虚词的施行要求：今道士斋时所以巡绕高座，吟咏《步虚词》者，正是上法玄根众圣真人朝宴玉京时也。行道礼拜皆当安徐雅步，审整庠序，俯仰齐同，不得参差。巡行《步虚词》皆执板当心，冬日不得拱心，夏月不得把扇，唯正身前向，临目内视，存见太上在高座上，注念玄真，使心形同丹，合于天典。③

从陆修静的观点来看，表演步虚仪式和吟咏步虚词时，必须"存想"太上老君（神），"注念玄真"，即展开丰富的想象和联想，精神专注，意念真诚，这就意味着步虚者（其实就是作品的接受者，当然也是鉴赏者）需要进行一番再创作的过程，这个过程必须运用想象的方法，以一种设身处地的状态进入原创者的意境之中，最后达到与神沟通的目的。这样，步虚词的创作者与吟咏者之间就形成一种作者与读者，创作家与批评家的关系，而批评家（步虚者）的批评活动实际就是创作家的创作活动的延伸。

就步虚词本身来说，它们也像仙歌和游仙诗一样，具有丰富的艺术表征。

通过繁复的想象和幻想，运用夸张铺饰的修辞手段，以华丽丰赡的语词把神仙境界描绘得色彩斑斓、奇异瑰美，从而使作品具有浓厚的浪漫主义气息，是步虚词最显著的艺术特征。如《空洞步虚章》第七首云：

① 《道藏》第 9 册，第 868 页。
② 《道藏》第 34 册，第 625 页。
③ 《道藏》第 9 册，第 824 页。

骞树圆景园，焕烂七宝林。天兽三百名，狮子巨万寻。飞龙蹲
躅鸣，神凤应节吟。灵凤扇奇花，清香散人襟。自无高仙才，焉能
耽此心。①

仙界气势壮观，百灵群动，应节起舞，奇妙非凡。第十首中有云："十
华诸仙集，紫烟结成宫。宝盖罗太上，真人把芙蓉。……法鼓会群仙，灵唱
靡不同。"② 这是一幅仙乐图。至于《太上洞渊神咒经》中二十余首描写祈
福禳灾、驱鬼斗魔的步虚之作，更通过紧张激烈的战斗、斩杀场面和气氛表
现出作者丰富的想象力，如第十一首：

东方九霞天，震宫清冷府。玉女扣金钟，魔王击法鼓。帝君敕
令下，九龙走云雨。幡节来平空，十真呈妙舞。超拔长夜魂，能治
生灵苦。天丁拽宝刀，力士开烟雾。搜括邪魔鬼，飞天静道路。③

又该经第二首中有云：

若有干试者，力士斩其头。诸天帝王子，杀鬼岂敢留。故有强
梁者，镬汤煮其躯。千千悉斩首，万万不能留。④

由于步虚词主要用于斋醮时的吟唱，因此，为了便于记忆，它们必须讲
究音节的朗朗上口和流畅，这就要求作品协律押韵，甚至用词上都应该追求
对称和偶骊。步虚词讲究用字造句上的对偶，与魏晋南北朝骈文的兴盛相一
致、相协调，故六朝时代的步虚词，基本上具有讲究格律和对偶的倾向。即
以上引《太上洞渊神咒经》中第十一首为例，其韵字为"府"、"鼓"、
"雨"、"舞"、"苦"、"雾"、"路"，而全部二十七首步虚词均押偶句韵，这
对于道士法师的记忆来说是很方便的。流传最久应用最广、吟唱最多的十首
《空洞步虚章》（有时也称玉京山步虚词）也全押偶句韵，如第二首的韵字

---

① 《道藏》第 34 册，第 626 页。
② 《道藏》第 34 册，第 626 页。
③ 《道藏》第 6 册，第 57 页。
④ 《道藏》第 6 册，第 57 页。

为"纪"、"理"、"子"、"起"、"拟"、"始"。这种现象说明，从艺术效果上考虑，是为了协合音乐节奏和舞蹈动作；从宗教效果（中心目的）上考虑，是便于宣教和传播。

总之，这种步虚词由道士按照八卦、九宫之方位绕香案徐步旋转，伴随着音乐节奏而歌唱，象征众仙在玄都玉京山朝会情景，其文学意蕴深刻，艺术特色鲜明，是不容忽视的道教音乐文学体裁。

三、六朝文人拟作的步虚词

六朝文人拟作步虚词的并不多，主要有庾信的步虚词十首。步虚词与庾信的关系，其实就代表着庾信与道教文学的关系。庾信的祖父庾易信奉道教，父亲庾肩吾信道更笃，他与陶弘景交往甚密，在与陶弘景的书信中反复申述丹芝长生，并渴望"追涓子之尘，驰鹜霍山，共陈生为侣"①。颜之推曾云"庾肩吾常服槐实，年七十余，目看细字，须发犹黑"②。这种信道的家庭环境无疑会对庾信产生影响，从他的以道教事宜为题材的作品中就可看出他对道教的信仰。《奉报赵王出师在道赐诗》表达了自己对芝草、金丹的笃信："小人乖摄养，歧路阻逢迎。几月芝田熟，何年金灶成？"③造灶炼丹，丹成服而致仙，就是他的渴望与追求，而且曾一度亲自实验，只是失败不成。他还曾拜道士为师，阔别之后，再去造访，这时故师身边已仙朋满聚："金灶新和药，银台旧聚神。相看俱莫怯，先师应识人。"④类似的道教信仰题材的作品还有《奉和阐弘二教应诏》《奉和赵王游仙》《至老子庙应诏》《入道士馆》《游仙二首》《仙山》《黄帝见广成子赞》等等。

在这种背景下来解读庾信的步虚词，我们就会发现，庾信步虚词十首，描述了他如下的心路历程：从信仰神仙、认为神仙实有从而恣意渲染仙人仙

---

① 严可均：《全梁文》卷六十六，第 3342 页。
② 颜之推：《颜氏家训》卷二，上海古籍出版社 1992 年版，第 28 页。
③ 倪璠注：《庾子山集注》，中华书局 1980 年版，第 205 页。
④ 倪璠注：《庾子山集注》，第 373 页。

境故实到理性认识仙难致为以致怀疑，再到批判历代以来帝王信仙之无知，最后把个人忧愤、渴望归隐的愿望寓意其中。从这个历程来判断，步虚词十首可能作于羁留北方的后期，即他真正归隐的生命晚期，约北周末至隋初。

道教步虚词的三个中心内容是：渴望成仙；歌唱合道通神的仙术；祈福禳灾。作为对步虚词的拟作的庾信步虚词，也紧扣这些内容进行摹写。

首先，作者通过援引道教史上大批成仙故事以阐述神仙实有的思想，庾信步虚词引用的凡是与成仙有关的人物、史实竟达三十五条之多，其涉及文字在全部十首五百三十字（五言十二句者四首，十句者五首，八句者一首）中，高达二百七十字，占总字数的一半还强。作品所歌咏的神仙人物主要采自《汉武帝内传》《列仙传》《神仙传》《淮南子》《史记》等史料和杂传，这些神仙主要有：西王母、上元夫人、秦青、王烈、王乔、苏仙、宁封子、王远、黄帝、王遥、卢敖、若士、葛由、沈文泰、白石（以上均以在十首作品中出现的先后为序）。神仙之成，药食是致仙的一个重要途径，十首步虚词涉及的药食有：丹气、石髓、灵芝、梨、杏、玉溜、仙桃、枣、珠实、玉荣、丹药、李等等（序列同上）。

其次，为了证明仙术致仙之不诬，诗人还高度赞扬人类巧夺天工之伟大以坚定其信道之心，如第二首云：

> 无名万物始，有道百灵初。寂绝乘丹气，玄明上玉虚。三元随建节，八景逐回舆。赤凤来衔玺，青鸟入献书。坏机仍成机，枯鱼还作鱼。栖心浴日馆，行乐止云墟。①

该诗引用《十洲记》仙家断胶续胶以及《神仙传》葛玄使鱼死复生的高超本事，表达诗人冲破生死界限、寿命永享的长生愿望。庾信不但传示他人的技艺而且又把自己亲身的炼丹之法启发别人："成丹须竹节，刻髓用芦

---

① 倪璠注：《庾子山集注》，第393页。

刀。"① 用竹根汁煮丹，虽有书籍之载，② 恐怕也是他在我们上引诗歌中开灶炼丹的经验之谈。与道教步虚词相比，庾信几乎不涉及仙界仙境的幻化描写，而立足于以写实的态度着重实在的"仙人"、仙事、仙物（主要是药食）、仙术的叙录，这也许出乎对生命可否长存的理性思考，因为所谓美妙的仙境毕竟是一种虚妄，与其自欺欺人，不如寻找一点实在的延生之术，也许这更能吸引人们对道教的理性上的热爱。

再者，庾信步虚词除了把"仙"作为中心来抒写外，又把步虚仪式的过程与步虚的消灾禳祸的宗教功能的描写统一起来，表现了他对步虚内容的综合把握和融会贯通，如果没有较好的道教修养，是很难达到如此地步的，这也是他道教信仰的一个表现。来看第一首：

> 浑成空教立，元始正图（一作涂）开。赤玉灵文下，朱陵真气来。中天九龙馆，倒景八风台。云度弦歌响，星移宫殿回。青衣上少室，童子向蓬莱。逍遥闻四会，倏忽度三灾。

开头两句设想元始天尊在九罗天宣讲宝经，为世人度劫的情景，按照《洞玄灵宝玉京山步虚经》《太极真人敷灵宝斋戒威仪诸经要诀》以及陆修静的《洞玄灵宝斋说光烛戒罚灯烛愿仪》所说，是上法玄根众圣仙真朝宴玉京或朝圣大罗天的形式，其中"赤玉灵文下"是指天尊讲经，与《洞玄灵宝玉京山步虚经》所云"讲道静真，清咏洞经，敷释玄文"③ 完全一致。"云度弦歌响，星移空殿回"，这两句是描写道士或法师在音乐伴奏下，脚踏九宫八卦图步虚舞蹈；"中天"两句和"青衣"两句是写步虚者想象仙境仙圣的情景，这又与陆修静所说"存见太上"、"注念玄真"即存想思神的要求一致。④ 诗的最后两句以步虚词仪式可以消灾禳祸、普度众生收束全篇，

---

① 倪璠注：《庾子山集注》，第401页。
② 葛洪：《神仙传》卷一，四库本。
③ 《道藏》第34册，第625页。
④ 《道藏》第9册，第824页。

点明主旨，宗教目的鲜明之极。

庾信步虚词几乎不涉及道教仙界、仙境的虚幻描写，已暗示其对神仙信仰的理性质疑。他认为神仙就是对老庄无为、自然、虚无、守静、去欲、绝想、凝真等玄道理解透辟的人，或者说能达到这些理念和真道的要求，才是神仙。庾信的这种思想或者说他的神仙理念在十首步虚词的表现，是以一种先建立老庄玄道之论，再引用神仙实有之据的"立论（玄理）+典故（实证）"的结构模式来反映。这个模式说明他对狂热的神仙信仰的开始怀疑。十首步虚词有七首运用了这种结构模式，不能不说明他是以一种冷静理性的态度来对待道教人士鼓吹的神仙极其神秘的思想。

有了关于神仙的较为理性的认识，庾信对历史以来一些帝王荒谬地相信神仙的批判也就顺理成章了，其第九首表达的对汉武帝的轻蔑和对淮南王刘安的批评，即其代表：

> 地镜阶基远，天窗影迹深。碧玉成双树，空青为一林。鹊巢堪炼石，蜂房得煮金。汉武多骄慢，淮南不小心。蓬莱入海底，何处可追寻？①

以汉武帝为代表的统治阶级盲目愚昧地相信神仙以致狂妄地追求仙界仙境，渴望奢侈糜烂的富贵生活能够永远延伸，诗人对此给予了辛辣的讽刺，并以所谓蓬莱仙境只是一种虚幻的"存在"来警告统治者不要劳民伤财，浪费国家人力物力去满足一己之私欲，因此，诗歌的讽喻、批判色彩非常鲜明。

如果最高统治者一心迷恋于神仙事务而荒废国事朝政，置广大臣民的生死于不顾，国家就会有累卵之危，倾覆之灾；人民就会有离散之苦，涂炭之难。诗人对此是有深刻的认识的，因此在讽刺和批判统治者的愚妄之时，也包含着对国家前途、人民命运的深切忧患，抒发着自己希望国家稳定、统

---

① 倪璠注：《庾子山集注》，第400页。

一，人民团结、安康的情感和志愿，第八首云：

> 北阙临玄水，南宫生绛云。龙泥印玉策，大火炼真文。上元风
> 雨散，中天歌吹分。灵驾千寻上，空香万里闻。①

汉武帝建造迎仙之台，虽然虔诚之心赢得了西王母、上元夫人的降临，但终究没有把他仙度而去，汉武帝徒劳空费国家巨资，增添了人民繁重的经济负担。诗歌中巧妙地安插了"散"、"分"、"空"等字眼，暗示了国家将会有分裂、离散、空虚的黑暗的"前途"，而联系诗人国家破裂、灭亡、羁旅塞北、无家可归的现实处境，则诗人内心深隐的亡国之思、无家之痛、悲伤之感潜藏在每个字句的背后，这样，借"步虚"以言志的创作倾向把步虚词体转变和提高到一个崭新的层次，这是庾信对步虚词的重大发展。

就庾信在步虚词中的"言志"脉络探寻，再联系他所处的羁居环境，他要表达的最终的愿望将是什么呢？向往神仙、希企成仙，只是一种美好的不能实现的生命理想，一旦以理性的客观的科学的认识把握了仙的内涵，神仙的美梦也就被击得粉碎，汉武淮南也就成了讽刺揶揄的对象。而且，破碎、崩裂的国家命运，寄人篱下的"囚徒"处境，生命的意义到哪里去寻找呢？所有这些凝聚和浓缩在一起，诗人做出了既不汲汲于为仙，亦不求闻达于为官的归隐的抉择，有趣的是，这归隐的愿望被放到步虚词十首的最后一首来表达，更体现了这种选择是深思熟虑、千寻万觅的结果：

> 麟洲一海阔，玄圃半天高。浮丘迎子晋，若士避卢敖，经餐林
> 虑李，旧食绥山桃。成丹须竹节，刻髓用芦刀。无妨隐士去，即是
> 贤人逃。②

好一个"无妨隐士去，即是贤人逃"，庾信在晚年非常同情张衡的处境，曾拟张衡的《归田赋》而作《归田》诗，云："今日张平子，翻为人所

---

① 倪璠注：《庾子山集注》，第399页。
② 倪璠注：《庾子山集注》，第401页。

怜。"① 张衡自有人怜，"我"又为谁所怜呢？只好自怜罢了，这么无人可怜，只有归去隐迹罢了。

　　总之，庾信步虚词在模拟道教步虚词关于仙趣和宗教功能的抒写中，一步一步地把它转移到作家借题发挥、抒情言志的中心上来，从而拓展了步虚词的表现领域和情感内涵，正如葛兆光所指出："当步虚词不是由道士创作而是由文人创作的时候，它的内容便不再是宗教的诱惑而是人类的追求，它的情感也不再是宗教的情感而是生活在现实世界中的俗人的情感了。"② 文人拟作步虚词的意义也在于此。

---

①　倪璠注：《庾子山集注》，第 279 页。
②　葛兆光：《想象力的世界》，现代出版社 1990 年版，第 120 页。

结　　语

鲁迅说："中国文化的根柢全在道教，……以此读史，有许多问题可以迎刃而解。"① 为什么？因为"支配中国一般人底理想与生活底乃是道教底思想；儒不过是占伦理底一小部而已"②。因为道教包含了丰富的哲学思想、宗教神学思想、神仙思想、养生思想、化学思想、医学思想、药物学思想、文学艺术思想，……简直可以说是一部百科全书，不同学科的研究者可以从中读出不同学科的思想来，我们文学研究者也可以从中读出许多文学思想来。那么以中古道教对文学思想的认识来讲，有哪些总体特征呢？

中古道教无论是述说道典的产生，抑或是扬谕教义的作用，都具有神秘玄乎的色彩，比如把道教典籍的来源称为"天文"降世；中古道教把对"道"的本质理解为一种"取法自然"、顺物之性的原则，这条原则指导着它的一切思想行为，所以在中古道教文学思想里就表现出自然求真的倾向；"道法自然"又是对一切伪饰、华靡、矫情逆性的否定，所以从文学作品的风格上来讲，中古道教主张质朴简洁的文风；魏晋神仙道教在修真致仙的理论思考和操持方术上又表现出浓厚的艺术特质。这样，神秘玄奥的"天文"观，自然求真的思想倾向，质朴简洁的风格论，仙学与艺术的水乳交融形成

---

① 《鲁迅全集》卷9，人民文学出版社1958年版，第285页。
② 许地山：《道教史》，上海古籍出版社1999年版，第142页。

了中古道教文学思想的总特征。

一、神秘玄奥的天文观

道教典籍缘何而起？出现于北宋真宗时期由张君房对此前道教思想、教义、仪式等进行分类编辑的大型道教类书——《云笈七签》对此进行了较为总括性的回答："寻道教经诰，起自三元，从本降迹，成于五德；以三就五，乃成八会，其八会之字，妙气所成，八角垂芒，凝空云篆。太真按笔，玉妃拂筵；黄金为书，白玉为简，秘于诸天之上，藏于七宝玄台，有道即见，无道即隐。盖是自然天书，非关仓颉所作。"① "自然天书"，把道教典籍作为一种"天文"认定，从起源上讲，是自然天成；从构成上讲，由"妙气所成"；从时间上讲，渺不可寻，因为三元（混洞太无元、赤混太无元、冥寂玄通元）也是一个史前遥远无限的概念，至于它的出处传授就更神不可测了。总之，这一切都显得极其神秘诡奥。这种"天文"观在汉魏六朝道教的文献典籍里历历可见，但却凌乱不堪。必须进行一番认真的梳理。

《后汉书·襄楷传》谈到《太平经》的来历时，说"于吉于曲阳泉水上所得神书百七十卷"，同书又云桓帝延熹九年襄楷再上"神书"《太平经》。葛洪《神仙传》亦云："汉元帝时，嵩随吉于曲阳泉上，遇天仙，授吉青缣朱字《太平经》十部，吉行之得道，以付嵩。"这里都把第一部道教典籍《太平经》看成天授神书。而《太平经》本身之作者则更是把它看作"天经"、"神道书"、"洞极之经"。作者曾借书中传授者的口吻说："吾敬受此书于天，此道（承负之道，——引者注）都能绝之也，故为诚重贵而无平也。"② "丹明耀者，天刻之文字也。可以救非衔邪，十十相应愈者，天上文书也。"③ 由于要追求一个"澄清大乱，功高德正"④ 的太平理想和达到

---

① 张君房辑：《云笈七签》卷三，书目文献出版社1992年版，第12页。
② 王明：《太平经合校》，中华书局1960年版，第70页。
③ 王明：《太平经合校》，中华书局1960年版，第172页。
④ 王明：《太平经合校》，中华书局1960年版，第10页。

"治太平均"的太平盛世，必须有一部全能的理论典籍以之指导，而拥有和操持该经典的人必须"尊道重德"，否则"天书不下，贤圣不授"，"天书"一旦降世，"吾书乃天神吏常坐其旁守之"，"吾书乃三光之神吏常随而照视之"①，无数神圣奇怪的光环围绕在《太平经》的周身上下。

以《太平经》是"天书"、"天文"降世为逻辑起点，迎合古人传统的对天崇拜敬仰心理，并编撰出"天神吏"监而照视的神话传说，于是《太平经》的可信度便大大地甚至绝对地提高了。造经者说，《太平经》乃"真文正字善辞集"、"真文宝册"、"善券"、"要文大道"。因为它真，所以可信，故云"吾书敬受于天法，不空陈伪言也，天诛杀吾"②，"欲得吾书信，得即司效之，与天地立响相应，是吾文信也，以此大明效证，可毋怀狐疑"③。这种既神秘玄乎又真实可信的宣传文本，一旦让我们联想起文学创作富有的鼓动性和它的社会功能，太平道教的组织及其所发动的摧枯拉朽的反抗东汉腐朽皇权的"黄巾"斗争，也是顺理成章的事。

与《太平经》把"文"作为一种宗教典籍之记录从而充分发挥这种既神秘又可信的典籍组织和吸纳教徒之作用的"天文"观不同，葛洪的"天文"观重在强调这种来自"天授"的道教典籍和文献的具体实用的神奇效果，即重视"文"的功利性、实效性。如果说《太平经》的"天文"观强调的是道教"天书"的理论宣传作用，那么葛洪的"天文"观则重视道教神书的实验效果，特别是长生成仙、治病去邪方面的效果，从这里可以看到道教从民间道教向神仙道教发展的迹象。

《抱朴子内篇·辨问》云："《灵宝经》有《正机》《平衡》《飞龟授帙》凡三篇，皆仙术也。吴王伐石以治宫室，而于合石之中，得紫文金简之书，不能读之，使使者持以问仲尼，而欺仲尼曰：'吴王闲居，有赤雀衔书以置殿上，不知其义，故远谘呈。'仲尼以视之，曰：'此乃灵宝之方，长生之

---

①　王明：《太平经合校》，中华书局1960年版，第129页。
②　王明：《太平经合校》，中华书局1960年版，第152页。
③　王明：《太平经合校》，中华书局1960年版，第152页。

法，禹之所服，隐在水邦，年齐天地，朝于紫庭者也。禹将仙化，封之名山石函之中，乃今赤雀衔之，殆天授也。'"① 除了宣称《灵宝经》三篇为"天授""紫文金简之书"外，更强调的是它的"长生之法"，并以"禹之所服"来实验例证，效果是"禹将仙化"。

又《内篇·遐览》云："道书之重者，莫过于《三皇内文》《五岳真形图》也。古者仙官至人，尊秘此道，非有仙名者，不可授也。……家有《三皇文》，辟邪，恶鬼，温疫气，横殃飞祸。若有病垂死，其信道心至者，以此书与持之，必不死也。……道士欲求长生，持此书入山，辟虎狼山精，五毒百邪，皆不敢近人。……家有《五岳真形图》，能避兵凶逆，人欲害之者，皆还反受其殃。"② 这些"天文"道书的神奇实效以至于无所不包、无所不能了。

南北朝是道教典籍大整理大编纂的时代，特别是刘宋陆修静根据经传体系分成的"三洞"道教书目基本上奠定了后世《道藏》编修的基础，"三洞"书目体现了三个经传体系各自的道经创作和师承传受情况，这三个经传体系分别是上清经系、灵宝经系和三皇经系。这三个经系的经籍制作和来源情况也神秘玄奥。

上清经系有一个漫长而曲折的创建与传授过程，至陶弘景才把这个过程进行了系统的清理和记叙。他在《真诰》里以神秘玄奥而又近乎史实的笔调记述了上清经的来源和传授：晋哀帝兴宁二年（公元 364 年）太岁甲子，"紫虚元君、上真司命、南岳魏夫人下降，授弟子琅邪王司徒公府舍人杨某（羲），使作隶字写出，以传护军长史句容许某（谧）并其弟三息上计掾某某（许翙）。二许又更起写，修行得道"。托名神仙南岳夫人魏华存下降把上清经传授给杨羲，其实是用降神扶乩的方式造出上清经的早期典籍《上清大洞真经》，这里大肆渲染了神造神传道经的气氛，把早期上清经看成"灵

---

① 王明：《抱朴子内篇校释》，中华书局 1985 年版，第 229 页。
② 王明：《抱朴子内篇校释》，中华书局 1985 年版，第 336—337 页。

文"降世，一种神秘玄奥的"天文"观使上清经的来源扑朔迷离。后来于北周时期编纂的道教类书《无上秘要》曾引《洞玄诸天内音经》对上清经的制作与来源更说得神乎其神：天尊告曰："今日同座，欢乐难遇。……今当普为四众开天妙瑞，度一切人。"咸令四座闭眼伏地，于是大圣众同时闭眼伏地听命，俄顷之间，天气朗除，冥暗豁消，五色光明，洞彻五方，忽有天书字方一丈，自然而见空玄之上，五色光中，文彩焕烂，八角垂芒，精光乱眼，不可得看。天尊普问四座大众，灵书八会，字无正形，其趣宛奥，难可寻详，天既降应，妙道宜明。便可注笔，解其正音，使皇道既畅，泽被十方。① 上清经作为"天书"，"不可得看"，因为它神奇深奥，所以必须"注笔"解音，以便传授。

根据陆修静的观点，灵宝经系有两个分类，一类是"元始旧经"，即古《灵宝经》；一类是葛仙公所受传的新经。前者以东汉出世的《灵宝五符真文》（即《太上灵宝五符序》三卷）为代表，后者以《元始无量度人上品妙经》（后来又称《太上洞玄灵宝无量度人上品妙经》，简称《度人经》）为代表。关于古《灵宝经》的起源，在前述葛洪的天文观中略有涉及，但《太上灵宝五符序》卷首对自身的历史渊源述说更为详细，也更为神奇，卷下则阐明了该经的奇特性能与作用；"夫天书焕妙，幽畅微著，至音希声，陈而不烦，是以西吾之刃虽十寸而割玉，流星之金虽纤介而彻视，徒才大者用遍，有物细者用备，岂非灵宝五符其由是乎？"②

由于新《灵宝经》是由晋末葛巢甫对古《灵宝经》大加增饰繁衍而成，因此那种把经文看成为天之所造、神之所授的观点更富有神秘的色彩。比如对经名的称呼就有"天书"、"真文"、"天文"、"玉字"、"自然之文"、"灵文"、"赤书"、"灵书"、"天音"、"大梵之音"等等，卷首云《度人经》诸章"并是诸天上帝及至灵魔王隐秘之音，皆是大梵之言，非世上常辞，言无

① 《无上秘要》卷二十四《真文品》，道藏第25册，第66页。
② 《道藏》第6册，第336页。

韵丽，曲无华宛，故谓玄奥，难可寻详"①。除了从名称、来源等方面把灵宝经籍说得很神秘外，还谈到了"天书"其他方面的奇特性，如天书"藏于天宫"②："得之者不死，奉之者长存，宝之者真降，修之而神仙，度死骸于长夜，练生魂于朱宫。"③ 该经由圣真或仙童玉女护卫；天书出世时会产生许多天瑞地应，如此等等。

关于三皇经系的《三皇文》（《天皇文》《地皇文》《人皇文》的合称）之来源、传授情况的说法在葛洪《抱朴子内篇·遐览》里没有提及，只就其神奇效应作了渲染。该经本为西晋鲍靓所造，《广弘明集》卷九释道安《二教论》云："晋元康中，鲍靓造《三皇经》被诛。"④ 北周甄鸾《笑道论》亦云："鲍靓造《三皇文》，事露被诛。"⑤ 但到后来，道教内部对《三皇文》的来源几经粉饰增益，就愈来愈神秘化了。张君房辑《云笈七签》云："至于晋武皇帝时，有晋陵鲍靓，官至南海太守，少好仙道。以晋元二年二月二日登嵩高山，入石室清斋，忽见古《三皇文》皆刻石为字。尔时未有师，靓乃依法以四百尺绢为信，自盟而受。"⑥ 又《路史余论·八会文之初》卷一云："三皇内文皆三元八会自然成文，诸仙皆谓鸟迹之始。"⑦ 这古《三皇文》完全是破空而来，横空出世。后来有唐代道士对古《三皇文》进行修改增补，且取名《太清金阙玉华仙书八极神章三皇内秘文》，并作序云："九玄之初，二象未构，空洞凝华，灵风集粹，神章结于混成，玉字标于独化，挺乎有无之际，焕乎玄黄之先，日月得之以照临，乾坤资之以覆载，于是无上虚皇命元始大圣编于金阙，次于玉章，内秘上玄，未流下土，降鉴有

---

① 《道藏》第1册，第5页。
② 《道藏》第1册，第774页。
③ 《道藏》第2册，第532页。
④ 释道宣：《广弘明集》卷八，第147页。
⑤ 释道宣：《广弦弘明集》卷九，第157页。
⑥ 张君房辑：《云笈七签》卷四《道教经法传授部》，书目文献出版社1992年版，第22页。
⑦ 罗泌：《路史》，四部备要本，第167页。

道，乃赐斯文。"① 大概这是关于《三皇文》之成因、作者、造作时间、地点之完整的铺说。从上述关于汉魏六朝道教典籍特别是"三洞"经系的"天文"观念来看，我们可以清理出许多共同之点，当然主要是它们的神秘性，表现在：经籍产生的时空观念神秘，或出于九天之上，或成于亘古之前，甚或是横空而出；道经名称庄严神威，或名天文，或曰灵书，或称真文，或叫玉音；在构成上均为"气"所凝聚，自然结集，如《上清大洞真经序》云"此经之作……乃于虚空之中聚九玄正一之气结而成书"②，《九天生神章经》云灵宝经"乃三洞飞玄之气三合成音，结成灵文，混合百神隐韵内名，生气结形，自然之章"③，《三皇内文》云"斯文"乃"真精"自然化成④；在作用上均神奇有效，或修道成仙，长生久视；或驱邪除病，劾神化鬼，或消灾减困，度危夷险。总之，都着意夸饰和渲染其神秘玄奥，奇诡谲怪。

二、自然求真的思想倾向

道家哲学在探讨宇宙的本源、宇宙的构成从而得出"道法自然"的原则时，其实也在探讨宇宙万物的性状，认识到物之性状、性理是不能违逆的，必须顺物之性，顺乎自然。《老子》第二十六章云"重为轻根，静为躁君"，"轻则失臣，躁则失君"；第六十章云"治大国若烹小鲜"；第十七章云"功成事遂，百姓皆谓我自然"；第七十三章云"天之道，不争而善胜，不言而善应也"。顺物之性，已经是"道"、"自然"的另一种表述。《庄子》则用更为形象生动的寓言故事来阐明这种顺物之性，如"浑沌之死"（《应帝王》），"东施效颦"（《天运》），"鲁侯养鸟"（《至乐》），"是故凫胫虽短，续之则忧；鹤胫虽长，断之则悲。故性长非所断，性短非所续，无所去

---

① 《道藏》第 18 册，第 562 页。
② 《道藏》第 1 册，第 512 页。
③ 《道藏》第 5 册，第 844 页。
④ 《道藏》第 18 册，第 562 页。

忧也"(《骈拇》),不能违背物之本性,不能强为,只有遵循。顺物之性的归宿就是返真归实,守真为尚。中古道教深谙此理,故对其典籍的性状、经文造作的要求乃至弘教者的身份都反复强调"真"和"求真"。

有了物之性乃道之真作基础,于是中古道教就认为其所求所传之道即真道,所求所传之德即真德,而宣传这真道真德之文自然是真文,故《太平经》云:"且人家兴盛,必求真道德,奇文殊方,可以自救者;君子且兴,天必予其真文真道真德,善人与其俱共为治也。"① 《老子想尔注》亦云:"今世间伪技,因缘真文设诈巧。"② 南朝著名道士顾欢在《道德真经注疏》中注《老子》第十九章"绝学无忧"条时云:"绝学,不真,不合道文。"③此外,《上清大洞真经》卷六亦云:"道之所谓经者,发乎天真之音。"④ 这种情况,从许多汉魏六朝道教经典的命名上也清楚地表现了出来,大都有诸如"真经"、"真文"等字眼,如《道德真经》《冲虚至德真经》《上清大洞真经》。北周时编辑的《无上秘要》作为早期道教类书,则把道教经文专门置于《真文品》类之中。道符也是道教宣教的一种文本或文体,宣道者称之为"真符",如《太上洞玄灵宝素灵真符》。名山灵岳是道教信仰者的修仙成仙之所,对其地形地貌、脉气风水应了如指掌,为了崇教和纳徒的需要,对他们描摹的地理图本也命名为真图如《洞玄灵宝五岳古本真形图》。与其他宗教相比,道教在传授方式上更为别致,由于要申张其神秘性,故师徒之间往往采用秘密的口口相传的形式。陶弘景的宣道著作《真诰》在史料来源上取自杨羲、二许(谧、翙)手书的上清经典和修行秘诀,因假托众仙真亲口告授修仙真道,故名。至于汉魏六朝道教对传真道者之称为真人、真仙,更是上述求真倾向的集中体现。当然,"真人"的含义除了这里的道教典籍、文本观念上的求真之外,还包含着道教作为一种宗教所追求的真善美的美学

---

① 王明:《太平经合校》,中华书局 1960 年版,第 141 页。
② 饶宗颐:《老子想尔注校证》,上海古籍出版社 1991 年版,第 55 页。
③ 《道藏》第 1 册,第 555 页。
④ 《道藏》第 13 册,第 291 页。

理想人格。

　　因为"文亦所以记天下是非也"①，所以必须考本索原，力求真实。"正文圣书时出，以考元正始，除其过，置其实，明理凡书，即天之道也"②，"实"已经作为"真"的一个替换概念同样成为衡量文的一个标准，那么在道经的实际制作过程中怎样落实这个标准呢？从道经独特的创作方式和传授方式上看，汉魏六朝道经的造作和传授往往采用"天真"、"天神"或"天君"降临凡间，口述经的内容，由信道者举笔照书，整个程序既是一个造作过程，又是一个传授过程，《真诰》所云《上清经》的形成就是如此。其他如《太平经》的造作，乃是天君托付真人降临，向"生"口授经文，或是"真人"与"天师"对话，"天君"不露面，由"生"记录而成。这种方式把天上与地上关合在一起，经典的形成是"天授人受"的形式。另一种方式是在"天界"或"天庭"上造作和传授，如《灵宝无量度人上品妙经》则云元始天尊向众仙真讲述该经的内容，元始天尊既是此经的造作者，又是传授者。这些独特的方式我们可以称之为口头创作的方式。在上述两种方式中，双方都参与了道经造作和授受的活动，但真正的创作主体当然是"凡人"——现实生活中的信道者。信道者是怎样落实上述标准的呢？

　　《真诰》卷七《甄命授》第三云："学道者当得专道，注真情，无散念。"③ 又卷十八《握真辅》第二云："建志不倦，精诚无废，遂遇明师。"④作为道经创作的主体，即陶弘景所说的"学道者"，要想得到"明师"口述之道，必须"注真情"，"建志不倦，精诚无废"，只有"立诚"才能"修辞"，才能完成道经著作的制作，更宽泛一点讲，才能从事创作，因此，汉魏六朝道教事实上已涉及创作主体的态度问题，而这个问题也是六朝文学理论家、思想家积极讨论的问题。这种"诚"的重要性，在陆修静那里简直以

---

①　王明：《太平经合校》，中华书局 1960 年版，第 229 页。
②　王明：《太平经合校》，中华书局 1960 年版，第 188 页。
③　《道藏》第 20 册，第 527 页。
④　《道藏》第 20 册，第 598 页。

修道规范的条文肯定下来。《太上洞玄灵宝授度仪》云："臣受法禁重，不敢轻宣，备加核实，辞诚愈紧，察其丹心，谓可成就。"① 寇谦之在《太上洞渊神咒经》里从感情抒发、心灵感受、有心则灵、无心不传等方面来要求参与道经的造作与传授的主客双方，这更意味着文学创作主客体的和谐与统一必须提到重要的议事日程上来。"难遇今乃值，圣道咒符篇（指《太上洞渊神咒经》——引者注）。一生已欣幸，万劫更良缘。有情自感受，无心不遇传。八门绝极对，九祖并蒙迁。散聚欣歌会，稽首帝君前"②，"真情"、"志"、"诚"、"心"这些涉及创作主体的态度问题，从社会伦理规范和个体行为规范的角度上来讲，已经体现了"道德"的内涵和要求，对此，六朝文学理论家都曾给予过不同程度的关注，例如颜之推要求文章首先必须符合封建道德的"理"，"文章当以理致为心胸"③，刘勰就更不用说了。

三、质朴简洁的风格论

道家思想是一个极其严谨、深刻的"系统工程"，在表达方式上又善于用简洁凝练的语言体现丰富深邃的思想。它的严谨，是指其理论思维具有严密的逻辑性。比如"人法地，地法天，天法道，道法自然"；何谓自然？自然而然，自然而生；因为自然，故必顺之；顺适其性，故谓率性；率性则归真；归真即反朴，故"为天下谷，常德乃足，复归于朴"（《老子》第二十八章），"朴素而天下莫能与之争美"（《庄子·天道》）。思辨无懈可击，多少深奥的事理寓含其中而又阐述得简洁明了。道家思想在表达方式上，由于决定于返璞归真的最终归宿，所以《老子》说"大巧若拙，大辩若讷"（第四十五章），"信言不美，美言不信；善者不辩，辩者不善"（第八十一章），《庄子》说"大道不称，大辩不言"（《齐物论》），并主张"得意忘言"

---

① 《道藏》第9册，第839页。
② 《道藏》第6册，第674页。
③ 颜之推：《颜氏家训·文章》，四部丛刊本。

（《外物》），老庄看来，用最少量的语言甚至用无声语言去表达最丰富最深邃的思想是最能够打动人心并为之接受的。受老庄这种表达方式的影响，汉魏六朝道教也主张质朴简洁的文章风格。

中古道教追求质朴简洁的文章风格，在道教典籍的创作史上，较早的提倡者是《老子河上公章句》，《还淳》第十九云：“绝圣制作，反初守元，五帝画像，苍颉作书，不如三皇结绳，无文而治也。”① 这虽然表现了一种倒退的否定人类文明发展的文化观念，但对那种文过其实的社会“巧诈”文明之否定，是有其进步性的，所以《反朴》第二十八云：“归射质朴，不复为文饰。② 又《淳风》第五十七云：“我常无欲，去华文，微服饰，民则随我质朴。”③ 这已开始把一个万民质朴、忠厚老实的文明社会作为理想追求，并以此来要求作为万民之主的“圣人”，并提出了“圣人”必须符合的条件是“圣人不为文华，不为己利，不为残贼，故无坏败”，“圣人欲质朴”④。该书在注解《老子》的最后一章时说：“信言者，如其实也。不美者，朴且质也。”⑤ 这里很明确地把人类语言的品性和风格定位在“朴实”、“质朴”之上。

稍后于《老子河上公章句》的《太平经》，完全从文章创作的角度提出作文必须删繁就简，一以当十。“文多使人眩冥，不若举其一纲，使万目自列而张也。故万民扰扰，不若一帝王也。众星亿亿，不若一日之明也。柱天群蚑行之言，不若国一贤良也。天道广从，无复穷极，不若一元气与天持其命纲也”⑥。它又强调文和典籍的简约的极端重要性：“太平道，其文约，其国富，天之命，身之宝。”⑦ 早期五斗米道的创始人张道陵在《老子想尔注》

---

① 《道藏》第 12 册，第 6 页。
② 《道藏》第 12 册，第 8 页。
③ 《道藏》第 12 册，第 16 页。
④ 《道藏》第 12 册，第 17 页。
⑤ 《道藏》第 12 册，第 17 页。
⑥ 王明：《太平经合校》，中华书局 1960 年版，第 448 页。
⑦ 王明：《太平经合校》，中华书局 1960 年版，第 697 页。

中也提倡为文质朴简洁，如注《老子》第十九章时，认为对"道"的主旨的阐发，应做到提纲挈领，略陈梗概，简洁明朗："三事（智、巧、义——引者注），天下大乱之源，欲演散之，亿文复不足，竹素不胜矣。故令属此道文，不在（再）外书也。撰说其大略，可知之为乱源。"① 这种阐发主旨的工作，其实就是一种文章的"缩写"或"概括"，它要求简明扼要。

中古道教所追求的简洁质朴的文章风格，在道教大师、道教理论家葛洪那里则表述更为完整、更为系统，而且专拟《省烦》的题目对它进行深入细致的分析论述。葛洪从指责和反对儒家礼仪的繁芜琐碎入手，到批评汉代经学向章句之学发展的过程中体现的皓首穷经的弊端，最后提出了"减省"、"务令约检"的作文要求和风格追求。他认为，本来"安上治民，莫善于礼；弥纶人理，诚为曲备"②，可是，至"今五礼混扰，杂饰纷错，枝分叶散，重出互见，更相贯涉，旧儒寻案，犹多所滞，驳难渐广，异同无已，殊理兼说，岁增月长，自非至精，莫不惑闷。踌躇歧路之衢，愁劳穷疑之薮，煎神沥思，考校叛例"③。考其所起，实源于汉代琐碎的章句之学："尝有穷年竟不豁了，治之勤苦，决嫌无地呻吟，寻析憔悴，决（总）角修之，华首不立。妨费日月，废弃他业，愁困后生，真未央矣。长致章句，多于书本。"④ 要根除这些弊端和繁文缛礼，必须从"减省"入手，"务令约检，夫约则易从，俭则用少。易从则不烦，用少则费薄"⑤，"今若破获杂俗，次比种稷，删削不急，抗其纲较，其令炳若日月之著明，灼若五色之有定，息学者万倍之役，弭诸儒争讼之烦，将来达者观之，当美于今之视周矣"⑥。提纲挈领，有如日月朗彻明晰，这里虽然就儒礼而言，但文章写作甚或是文学创作，亦复如斯。

---

① 饶宗颐：《老子想尔注校证》，上海古籍出版社1991年版，第24页。
② 杨明照：《抱扑子外篇校释》，第80页。
③ 杨明照：《抱扑子外篇校释》，第91页。
④ 杨明照：《抱扑子外篇校释》，第92页。
⑤ 杨明照：《抱扑子外篇校释》，第87页。
⑥ 杨明照：《抱扑子外篇校释》，第92页。

道教发展至两晋南北朝，出现了许多道派广造道经的局面，上清经系就是在这个时期成熟起来的，它的首经《上清大洞真经》（又称《三十九章经》）对该经的文风特点进行了较高的概括，我们现在可以"质木无文"目之，"其文质于无文，判于溟涬混沌之始，而其开廓生植之著则可闻而质矣"①。题为晋代许真君（逊）所撰的灵宝经系中的《太上灵宝净明洞神上品经》则更为进步了，它开始从标准、特性、功能、效用、风格诸多方面凝练为最简要的句子对"文"进行定义和界说："质而可用之谓文。"② 这恐怕是我们见到的古代文学理论和思想中对"文"进行概念范围的最简洁明了的表述，比起自文笔观念形成以来任何烦琐的文笔之争都简洁有力、一针见血得多。对文的这种定义，为后来南齐著名道士顾欢在南北朝热闹而难分难解的佛道之争中总结佛道两教的文章特点时所借鉴，他在《夷夏论》中说："佛教文而博，道教质而精，精非粗人所信，博非精人所能。佛言华而引，道言实而折，折则明者独进，引则昧者竞前。佛者繁而显，道经简而幽，幽则妙门难见，显则正路易遵。遵正则归途不迷，见妙则百虑咸得。"③ 至此，汉魏六朝道教前文学观念中对于风格的要求以顾欢的"质"、"实"、"简"画上了圆满的句号。

四、仙学影响文学思想

中古道教典籍和道教人物在对"文学"之"文"的性质、起源的认识上，一开始就表现出神仙学说的色彩。道教徒在万物有灵观念的支配下，把"文"理解为"欺神"之所为，早期道教典籍《太平经》首开其端："行文者，隐欺之阶也。故欺神出助之。……文者，主相文欺，失其本根，故欺神出助之也。"④ 现象世界都是神灵作用的结果，而且神灵又有善恶好坏之分，

---

① 《道藏》第 1 册，第 555 页。
② 《道藏》第 24 册，第 608 页。
③ 僧祐：《弘明集》卷七，上海古籍出版社 1991 年版，第 45 页。
④ 王明：《太平经合校》，中华书局 1960 年版，第 31—32 页。

善恶之神又生造出善恶之事和善恶之物，以此为普遍原则，道教徒又认为
"文"之好坏亦是善邪之气所为，善气至则有善事，有善事，则有善辞；恶
气至则有恶事，有恶事，则有恶辞。故《太平经》云："真道德多则正气
多，故人少病而多寿。邪伪之多，则邪恶气多，故人多病则不得寿也。此天
自然之法也。"① 人的寿命长短，全由"文"的善恶所定，神仙学说与"文"
的质地性能就像孪生姐妹，从头来就相濡以沫，相纠相结。道教发展到魏晋
神仙道教阶段，葛洪更从文学作品风格的形成和风格的差异等更高的层面上
来揭示神仙学说与文学思想的关系。从神仙道教信仰出发，葛洪认为人在结
胎受气时，"皆上得列宿之精"②，人禀受星宿的精气，星宿之气又决定人的
寿命和求仙的可能："命之修短，实由所值，受气结胎，各有星宿。……命
属生星，则其人必好仙道，好仙道者，求之亦必得也。"③ 而星气又有清浊
之分，这种清浊之气，既决定人的寿命长短，又决定人的性情气质。人的性
情气质又有高低之分，高低不同的气质又决定文学作品风格的参差不等，故
葛洪说："清浊参差，所禀有主，朗昧不同科，强弱各殊气。"④ "才有清浊，
思有修短；虽并属文，参差万品。"⑤ 星气、寿命、才思（气质）、文风就这
么构成逻辑关系，仙学与文学思想就被道教徒如此关合牵连起来。

    中古神仙道教在追求修真致仙的目标中，非常注重操持养炼的功夫。葛
洪主张修道成仙必须无欲无望，清静体道，"学仙之法，欲得恬愉澹泊，涤
除嗜欲，内视反听，尸居无心"⑥，"仙法欲静寂无为，忘其形骸"⑦，"涤除
玄览，守雌抱一，专气致柔，镇以恬素，遣欢戚之邪情，外得失之荣辱"⑧。

---

① 王明：《太平经合校》，中华书局 1960 年版，第 139—140 页。
② 王明：《抱朴子内篇校释》，中华书局 1985 年版，第 226 页。
③ 王明：《抱朴子内篇校释》，中华书局 1985 年版，第 136 页。
④ 杨明照：《抱朴子外篇校笺下》，中华书局 1991 年版，第 109 页。
⑤ 杨明照：《抱朴子外篇校笺下》，中华书局 1991 年版，第 394 页。
⑥ 王明：《抱朴子内篇校释》，中华书局 1985 年版，第 17 页。
⑦ 王明：《抱朴子内篇校释》，中华书局 1985 年版，第 17 页。
⑧ 王明：《抱朴子内篇校释》，中华书局 1985 年版，第 111 页。

将这种修真致仙的操持之法借用通融到文学构思中，葛洪认为文学构思是一种动静结合、虚实相生的心理活动，它要求"沉静玄默"和"挹酌清虚"①，即在一种极其幽静默闻的状态下进行思维活动，心灵处于虚无静谧之境；同时，作家的神思又与万物相纠相结，与往古圣贤游神共语，"游神典文"②。葛洪的这种创作构思理论，既体现了他对文学艺术本质的深刻理解，又反映了他的文学思想是以神仙道教理论为指导的。陆修静建立和完善的灵宝斋法，强调修仙的要诀是清静虚省，洗涮杂念，心存玄虚神渺之道，内以斋心，外以约身，达到虚无寂静之境，无恚无欲，空灵透彻，是一种"绝群离偶"和"孤影夷豁"的状态，③即追求个体的恭肃诚敬，宁静致远，使主观心灵调整到澄碧虚落、空远素雅的最佳境界。把它借用到文学艺术创作上，陆修静提出"辞则清虚玄雅，理则幽微濬远"④，追求虚静空灵的美学价值和艺术境界，使作品体现出清空疏朗的艺术风格和淡雅恬静的神韵。以陶弘景为代表的上清派道教在修炼成仙的追求中，提倡"守一"、"存思"（又称"思神"、"玄想"）之法，所谓"守一"，就是守道，是把人的朴素自然的本性和宇宙自然之道相融合，将人类自身的有限生命融入永恒的宇宙造化之中，从有限中体味无限，使人的身心和宇宙自然合二为一，达到绝对自由的境界，即神仙的境界。所谓"存思"，就是修炼者通过其意志活动，想象人的身外之神，集中意念，把神收纳身中，同时又接引外界五行诸神返回人的体内，达到修身长生、驱邪去病的宗教修炼目的。这是一种瞑目的幻想活动，通过幻想，在脑海中描绘出种种幻象、幻景，让人的意念神志产生某种幻觉和感受，从而沉迷在幻象和玄想之中，达到精神的超脱和自由。上清派道教的这个"守一"、"存思"的"艺术"创作过程，其实就是六朝文学理论家们艳称的"精骛八极，心游万仞"，"寂然凝虑，思接千载；悄然动容，

---

① 王明：《抱朴子内篇校释》，中华书局 1985 年版，第 139 页。
② 杨明照：《抱朴子外篇校笺下》，中华书局 1991 年版，第 96 页。
③ 《洞玄灵宝五感文》，《道藏》第 32 册，第 618 页。
④ 《道藏》第 9 册，第 839 页。

视通万里",以至"神与物游"。特别是它认为存思时外界神灵纷纷涌进己身,这与文学艺术创作中灵感一旦爆发,物象就鱼贯而入作家的脑海完全一致,即所谓"情曈胧而弥鲜,物昭晰而互进"。

总之,中古道教一旦把仙学理论和修仙操作之法介入文学思想之后,仙学与文学思想就形成了或相生、或相通的连带关系,造就了真正意义上的道教文学思想。

主要参考文献

一、道教类

1.《道德真经》,《道藏》本,文物出版社、上海书店、天津古籍出版社 1992 年影印。下同。

《南华真经》《冲虚至德真经》《洞灵真经》《文始真经》《淮南鸿烈解》《太平经》《老子想尔注》《老子河上公章句》《周易参同契》《道德真经指归》《西升经》《太上老君说帝清静经》《黄庭经》(内外景经)、《黄帝龙首经》《金碧五相类参同契》《指归集》《抱朴子内篇》《抱朴子外篇》《灵剑子》《老君音诵戒经》《太上洞渊神咒经》《女青鬼律》《三天内解经》《三皇内文》《洞玄灵宝斋说光烛戒罚灯祝愿仪》《太上洞玄灵宝授度仪》《太上洞玄灵宝众简文》《陆先生道门科略》《洞玄灵宝五感文》《真诰》《登真隐诀》《真灵位业图》《周氏冥通记》《养性延命录》《华阳陶隐居集》《太上灵宝五符序》《八素真经》《上清大洞真经》《九天生神章经》《元始无量度人上品妙经》《洞玄灵宝三洞奉道科戒营始》《洞神八帝妙精经》《无上秘要》《三洞珠囊》《赤松子章历》《列仙传》《神仙传》《洞仙传》《续仙传》《三洞群仙录》《墉城集仙录》《历世真仙体道通鉴》《仙苑编珠》。

2. 丁福保:《道藏精华录》,浙江古籍出版社 1989 年版。

3. 傅勤家:《中国道教史》,商务印书馆 1930 年版。

4. 胡孚琛：《魏晋神仙道教》，人民出版社 1989 年版。

5. 刘师培：《读道藏记》，中国社会科学出版社 1991 年版。

6. 刘仲宇：《道教法术》，上海文化出版社 2002 年版。

7. 卿希泰：《中国道教史》，四川人民出版社 1988 年版。

8. 饶宗颐：《老子想尔注校证》，上海古籍出版社 1991 年版。

9. 王明：《太平经合校》，中华书局 1960 年版。

10. 王明：《道家和道教思想研究》，中国社会科学出版社 1984 年版。

11. 王明：《抱朴子内篇校释》，中华书局 1985 年版。

12. 杨明照：《抱朴子外篇校笺》，中华书局 1991 年版。

13. 张君房辑：《云笈七签》，书目文献出版社 1992 年版。

14. 张泽洪：《道教斋醮符咒仪式》，巴蜀书社 1999 年版。

15. ［日］洼德忠：《道教史》，萧坤华译，上海译文出版社 1987 年版。

16. ［德］韦伯：《儒教与道教》，洪天富译，江苏人民出版社 1993 年版。

二、道教文学类

1. 陈飞龙：《葛洪的文论与生平》，文史哲出版社 1980 年版。

2. 葛兆光：《想象力的世界》，现代出版社 1989 年版。

3. 葛兆光：《中国宗教与文学论集》，清华大学出版社 1998 年版。

4. 苟波：《道教与神魔小说》，巴蜀书社 1999 年版。

5. 黄世中：《唐诗与道教》，漓江出版社 1996 年版。

6. 黄兆汉：《道教与文学》，台湾学生书局 1994 年版。

7. 蒋艳萍：《道教修炼与古代文艺创作思想论》，岳麓书社 2006 年版。

8. 李炳海：《道家与道教文学》，东北师范大学出版社 1992 年版。

9. 李丰楙：《六朝隋唐仙道类小说研究》，台湾学生书局 1986 年版。

10. 刘守华：《道教与中国民间文学》，中国友谊出版公司 2008 年版。

11. 罗永璘：《中国仙话研究》，上海文艺出版社 1993 年版。

12. 罗争鸣：《杜光庭道教小说研究》，巴蜀书社 2005 年版。

13. 马焯荣：《中国宗教文学史》，香港银河出版社 2002 年版。

14. 孙昌武：《道教与唐代文学》，人民文学出版社 2001 年版。

15. 王汉民：《道教神仙戏曲研究》，人民文学出版社 2007 年版。

16. 文英玲：《陶弘景与道教文学》，聚贤馆文化有限公司，1998 年版。

17. 伍伟民等：《道教文学三十谈》，上海社会科学出版社 1993 年版。

18. 吴国富：《全真教与元曲》，江西人民出版社 2005 年版。

19. 杨建波：《道教文学史论稿》，武汉出版社 2001 年版。

20. 杨文光等：《道教文学艺术谈》，四川人民出版社 1994 年版。

21. 詹石窗：《道教文学史》，上海文艺出版社 1992 年版。

22. 詹石窗：《道教与戏剧》，台北文津出版社 1997 年版。

23. 詹石窗：《南宋金元道教文学研究》，上海文化出版社 2001 年版。

24. 张松辉：《汉魏六朝道教与文学》，湖南师大出版社 1996 年版。

25. 左洪涛：《金元时期道教文学研究》，人民出版社 2008 年版。

26. ［日］小南一郎：《中国的神话传说与古小说》，孙昌武译，中华书局 1993 年版。

27. ［日］桔朴：《道教的神话传说》，春秋出版社 1986 年版。

28. ［韩］金钟美：《天人合一和王充文学思想》，社会科学文献出版社 1994 年版。

三、史书文集类

1. 班固：《汉书》，中华书局 1962 年版。

2. 曹旭：《诗品集注》，上海古籍出版社 1994 年版。

3. 陈庆元：《沈约集校证》，浙江古籍出版社 1995 年版。

4. 陈寿：《三国志》，中华书局 1959 年版。

5. 范晔：《后汉书》，中华书局 1965 年版。

6. 范文澜：《文心雕龙注》，人民文学出版社 1958 年版。

7. 房玄龄等：《晋书》，中华书局 1974 年版。

8. 顾绍柏校：《谢灵运集》，岳麓书社 1987 年版。

9. 干宝：《搜神记》，中华书局 1979 年版。

10. 胡渭：《易图明辨》，商务印书馆《丛书集成初编》。

11. 胡之骥注：《江文通集》，中华书局1984年版。

12. 黄葵校：《陆云集》，中华书局1988年版。

13. 黄侃：《文心雕龙札记》，中华书局1962年版。

14. 金涛声校：《陆机集》，中华书局1982年版。

15. 李昉等：《太平御览》，中华书局1960年版。

16. 李昉：《太平广记》，中华书局1961年版。

17. 李延寿：《南史》，中华书局1975年版。

18. 刘义庆：《世说新语》，上海古籍出版社1982年版。

19. 逯钦立校：《陶渊明集》，中华书局1979年版。

20. 逯钦立辑：《先秦汉魏晋南北朝诗》，中华书局1983年版。

21. 倪璠：《庾子山集注》，中华书局1980年版。

22. 沈约：《宋书》，中华书局1974年版。

23. 僧祐：《弘明集》，释宣：《广弘明集》，上海古籍出版社1991年版。

24. 司马迁：《史记》，中华书局1959年版。

25. 王充：《论衡》，上海人民出版社1974年版。

26. 王弼：《周易略例》，四部丛刊本。

27. 魏收：《魏书》，中华书局1974年版。

28. 魏征：《隋书》，中华书局1973年版。

29. 萧子显：《南齐书》，中华书局1972年版。

30. 严可均辑：《全上古三代秦汉三国六朝文》，中华书局1958年版。

31. 姚思廉：《陈书》，中华书局1972年版。

32. 姚思廉：《梁书》，中华书局1973年版。

33. 虞世南：《北堂书钞》，中国书店1989年影印。

34. 张溥辑：《汉魏六朝百三名家集》，上海古籍出版社1994年版。

35. 周振甫：《文心雕龙今译》，中华书局1986年版。

四、艺术类

1. 《历代音乐史料集》，人民音乐出版社 1959 年版。

2. 《历代书法论文选》，上海书画出版社 1979 年版。

3. 安澜编：《宣和画谱》，上海人民美术出版社 1963 年版。

4. 陈传席编：《六朝画家史料》，文物出版社 1990 年版。

5. 崔尔平编：《历代书法论文选续编》，上海书画出版社 1993 年版。

6. 王大良：《华夏姓氏全书》，广西人民出版社 1993 年版。

7. 俞剑华：《中国绘画史》，上海书店 1992 年版。

8. 张光宾：《中国书法史》，台湾商务印书馆 1994 年版。

9. 张彦远辑：《书法要录》，上海书画出版社 1986 年版。

10. 张彦远：《历代名画记》，人民美术出版社 1963 年版。

五、今人著述类

1. 陈寅恪：《史学论文选集》，上海古籍出版社 1992 年版。

2. 陈寅恪：《金明馆丛稿初编》，三联书店 2001 年版。

3. 李剑国：《唐前志怪小说史》，南开大学出版社 1984 年版。

4. 刘汝霖：《东晋学术编年》，商务印书馆 1936 年版。

5. 刘师培：《中古文学论集》，中国社会科学出版社 1997 年版。

6. 罗宗强：《魏晋南北朝文学思想史》，中华书局 1996 年版。

7. 钱志熙：《唐前生命观和文学生命主题》，东方出版社 1997 年版。

8. 唐长孺：《魏晋南北朝史论丛》，三联书店 1955 年版。

9. 王瑶：《中古文学史论》，北京大学出版社 1986 年版。

10. 王钟陵：《中国中古诗歌史》，江苏教育出版社 1988 年版。

11. 张可礼：《东晋文艺系年》，山东教育出版社 1992 年版。

12. 张毅：《儒家文艺美学》，南开大学出版社 2004 年版。

13. 张羲等：《历史的庾信与庾信的文学》，辽宁教育出版社 1989 年版。